DELICIOUS FOODS
Copyright © 2015 by James Hannaham
Todos os direitos reservados.

Os personagens e as situações desta obra são reais apenas no universo da ficção; não se referem a pessoas e fatos concretos, e não emitem opinião sobre eles.

Arte da capa © 2020 IMAGE-FACE(MODEL) by Gyo Beom An

Tradução para a língua portuguesa
© Dalton Caldas, 2021

Diretor Editorial
Christiano Menezes

Diretor Comercial
Chico de Assis

Gerente Comercial
Giselle Leitão

Gerente de Marketing Digital
Mike Ribera

Gerentes Editoriais
Bruno Dorigatti
Marcia Heloisa

Editor
Lielson Zeni

Coordenador de Arte
Arthur Moraes

Capa e Projeto Gráfico
Retina 78

Designer Assistente
Sergio Chaves

Finalização
Sandro Tagliamento

Preparação
Andrio Santos
Iriz Medeiros

Revisão
Isadora Dotto Brusius
Larissa Bontempi
Retina Conteúdo

Impressão e acabamento
Ipsis Gráfica

DADOS INTERNACIONAIS DE CATALOGAÇÃO NA PUBLICAÇÃO (CIP)
Angélica Ilacqua CRB-8/7057

Hannaham, James
  Sabor amargo / James Hannaham ; tradução de Dalton Caldas. — Rio de Janeiro : DarkSide Books, 2021.
  352 p.

  ISBN: 978-65-5598-096-7
  Título original: Delicious Foods

  1. Ficção norte-americana 2. Trabalho forçado - Ficção I. Título II. Caldas, Dalton

21-0827   CDD 813.6

Índices para catálogo sistemático:
1. Ficção norte-americana

[2021]
Todos os direitos desta edição reservados à
DarkSide® *Entretenimento LTDA.*
Rua General Roca, 935/504 – Tijuca
20521-071 – Rio de Janeiro – RJ – Brasil
www.darksidebooks.com

JAMES HANNAHAM

SABOR AMARGO

TRADUÇÃO DALTON CALDAS

DARKSIDE

*A minhoca não vê nada
de belo no canto do sabiá.*
PROVÉRBIO

Para Kara e Clarinda

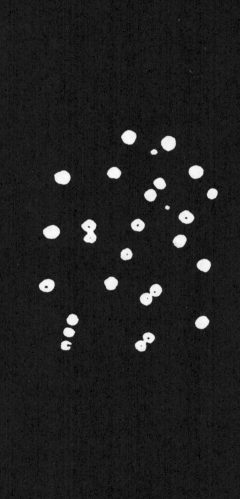

PRÓLOGO

MEIO SUJO

Depois de escapar da fazenda, Eddie dirigiu noite adentro. Às vezes ele achava que sentia seus dedos-fantasma roçarem as coxas, porque ele não tinha mais nada acima dos punhos. Manchas escuras cobriam o pano enrolado em volta dos ferimentos; sua mãe tinha estancado o sangramento com cabos de luz. Durante a primeira hora, mais ou menos, a estrada de chão batido chacoalhava o carro, aumentando a agonia do rapaz, e ele cerrava os dentes por causa da dor nauseante. Guiando o veículo com os braços enfiados em dois dos buracos do volante, Eddie não conseguia impedir que o Subaru sacolejasse e derrapasse, e temia que a polícia percebesse, fizesse ele parar e, ao descobrir que não tinha habilitação, prendesse ele por roubo de carro.

Quando chegou ao asfalto, virou à direita porque sim e, após alguns quilômetros, viu uma placa que comprovava o que ele e a mãe tinham achado esse tempo todo. Louisiana, sussurrou. Quase seis anos naquele lugar. Ver finalmente uma prova de seu paradeiro o tranquilizou momentaneamente, mas precisava seguir adiante.

Ele tinha apenas uma vaga lembrança de onde a fazenda terminava e não sabia se havia dirigido mais para dentro dela, onde podia ser capturado ou morto, ou em direção à liberdade.

O símbolo da bomba de gasolina no painel ficou vermelho por volta do momento em que viu placas para Ruston. O dono do Subaru tinha deixado a carteira perto da alavanca de câmbio e Eddie encontrou $184 dentro dela. Na sua cabeça de dezessete anos, isso significava que podia pagar a gasolina para chegar quase a qualquer lugar.

Primeiro ele foi a Houston procurar a sra. Vernon, mas para sua surpresa, a padaria dela tinha tábuas de madeira nas portas e janelas. Que uma mulher responsável daquelas tivesse falido ou fugido não indicava nada de bom sobre o que acontecera à vizinhança nos últimos seis anos. O único outro lugar seguro que ele conseguia pensar em ir era a casa da tia Bethella. Ele se enfiou em um moletom largo para esconder os ferimentos, mas ao chegar à porta percebeu que outra pessoa vivia no endereço dela: toda a mobília da varanda havia mudado, brinquedos espalhados pelos assentos e uma placa de madeira ao lado da caixa de correio dizia FAMÍLIA MACKENZIE. Já que era cedo demais para bater à porta, ele foi embora, mas na calçada falou com uma vizinha que se lembrava da tia. Ela disse que Bethella vivia em St. Cloud, no Minnesota. A tia havia dito que talvez se mudasse, mas não que ia para tão longe. Ela não tinha falado que ia ligar pra passar o endereço? Será que isso foi antes de cortarem o telefone?

Eddie sabia que Minnesota ficava longe, mas não conseguia ter noção da distância. O nome St. Cloud parecia um paraíso. Sua confusão só aumentou quando um caminhoneiro do Texas, um sujeito sonolento com um chapéu Stetson, fez parecer fácil chegar até lá. Você pega a 45 Norte até chegar na 35, disse o cara. Daí continua na 35. Daí tem uma saída pra 45 logo adiante.

Para economizar, Eddie só parava em lojas de conveniência e postos para abastecer, comprar salgadinhos e mijar. Se visse um carro de polícia no estacionamento, seguia em frente. Se precisasse pegar a chave para usar um banheiro de beira de estrada, procurava outro lugar. Depois de abrir o zíper da primeira vez, não conseguiu mais fechar. Pensou em dormir, mas toda vez que parava nos fundos de algum estacionamento e se deitava no banco de trás, pontadas ardidas de dor subiam dos braços até o pescoço. Quando pedia ajuda para usar a bomba de gasolina, estranhos franziam as sobrancelhas e se perguntavam com olhar chocado, *esse garoto consegue dirigir sem mãos?* Ele não dizia nada, mas se irritava e pensava, *eu cheguei até aqui, não cheguei?*

Na terceira manhã, sentindo-se mais seguro após chegar ao Minnesota, a dor agora um latejar amortecido, decidiu tomar uma Coca sentado em uma lanchonete na beira da I-94, a Hungry Haven, lugar aconchegante, decorado com fórmica e manchas cítricas nos talheres. Na seção de fumantes, a garçonete solitária estava sentada de costas para o balcão, tão distraída quanto qualquer cliente. Uma história urgente ressoava na TV atrás dela. Um astro do rock havia se matado com um tiro em Seattle. Ela encarava a estrada como se a estrada fosse Deus. Demorou um pouco para Eddie conseguir chamar a atenção dela, mas quando conseguiu, a mulher saltou e foi até ele, as costas retas, a caneta atrás da orelha.

Moça, você podia...? Não consigo acender sozinho, disse ele, o pedido abafado pelo cigarro que tinha arrancado da caixa e pegado com a boca. Ele sorriu e ergueu as sobrancelhas, encontrando os olhos da mulher com os seus.

Ah! Claro, certo, disse ela, os olhos arregalados, sem conseguir disfarçar a surpresa. Ela acendeu um fósforo e ele inalou o fogo através do cigarro. Hoje o dia tá bonito, anunciou ela, como se fosse algo profundo. Me chama se precisar de mais alguma coisa.

O crachá dizia SANDY e estava alfinetado em um vestido rosa e desbotado que tinha um avental cinza por cima. Por trás da voz anasalada havia um interesse tão forte que Eddie chegou um pouquinho para o lado no banco, como um siri, para evitar a força da curiosidade dela, temendo que a garçonete pudesse conhecê-lo contra a sua vontade. Sandy se afastou.

Na real, tô atrás de trabalho, Eddie soltou para as costas dela. Ele ainda não estava procurando, não pra valer, mas de repente ele precisava da bondade dela, verdadeira ou não. Aquela necessidade superava sua capacidade de se manter longe. Por aqui, continuou. Ele achava que Bethella não o deixaria ficar na mordomia por muito tempo. Se é que ia deixar alguma coisa. Talvez ela nem desse bola que o sobrinho estivesse sem as mãos — provavelmente ia culpar a mãe dele.

Sandy se virou e o brilho foi embora de seu rosto. Humm, disse ela. Que ramo de trabalho?

Que trabalho que eu sei fazer? Você ia ficar de cara. Sei consertar coisas. Computadores. Também mexo com carpintaria, elétrica, tudo que é tipo de bico.

Uma expressão de dúvida se espalhou no rosto dela e Eddie achou que quase podia ler seus pensamentos: *Mas como é que esse garoto vai fazer essas coisas desse jeito?*

Ele se empertigou. Eu sou bem determinado, posso fazer praticamente qualquer coisa, disse, tentando acabar com a hesitação dela. Deus pede três coisas pros Seus filhos: faça o melhor que puder, onde estiver, com o que tiver.

Que lindo isso, disse Sandy. Aposto que foi tua mãe que te disse isso.

Eddie sorriu porque sabia que a mãe jamais teria dito uma coisa dessas — ele pegou o ditado da sra. Vernon —, mas aí se deu conta de que Sandy podia achar que o sorriso significava *Ah, foi ela mesmo*. Confirmar essa fantasia sobre a vida dele aumentaria a propensão de ela ajudar. Após rápida conversa, ele disse seu nome completo e ela anotou em um lenço umedecido. Ele achou que nunca mais ia ter notícias da garçonete.

✳✳✳✳

Eddie levou um dia e meio para encontrar Bethella. Ele perguntou a uma das poucas pedestres negras onde podia encontrar um salão de beleza e mencionou que queria encontrar a tia. A pedestre perguntou o nome da tia, que ela não reconheceu, em seguida recomendou que tentasse o salão Marquita's Palace na St. Germain. Para chegar lá, Eddie teria de atravessar o rio Mississippi de carro — ele leu a placa em voz alta ao cruzar. Se espantou ao pensar que aquele era o mesmo rio que passava perto da cidade onde tinha nascido, Ovis, na Louisiana, e que percorria distância tão longa quanto a que ele tinha acabado de dirigir. Ver o mesmo rio ali o ajudou a se situar. O Grande Rio não era largo ou majestoso no Minnesota, não lhe causava tanto pânico quanto em sua terra — tinha menos a ver com a morte. O passado não atravessava aquelas águas mais rasas; ele não imaginou nenhum fantasma afogado encarando ele do leito do rio ou saindo pelos escoamentos, os olhos esbugalhados perguntando *Por quê?*

St. Cloud o tranquilizava — as casas suburbanas, espaçadas de maneira uniforme, faziam o jovem se lembrar da maquete de uma cidade que havia visto em um livro infantil. Até seus complexos habitacionais se espalhavam confortavelmente entre árvores altas e saudáveis e grandes gramados. Embora uma centena de brinquedos fluorescentes estivesse espalhada na entrada de uma garagem, os vários lotes seguintes tinham quintais bem-arrumados que exibiam alguns brotos verdes, e em alguns pontos as flores anunciavam uma primavera agradável. Aquilo tinha mais cara de casa do que Ovis, um lugar que ele não via já fazia quase uma década.

Eddie circulou pela área por quase meia hora sem sair do carro, repentinamente constrangido por não ter mãos, por causa do que ele considerou condescendência da parte de Sandy. Por fim, pensando no quanto a mãe precisava dele lá na Louisiana, estacionou em um salão de beleza e abriu a porta com o ombro, ocultando os braços atrás das costas com tranquilidade calculada. As mulheres do Marquita's não conheciam Bethella, mas conheciam outro salão, o Clip Joint, na zona oeste. O lugar já havia fechado quando Eddie chegou. Então, exausto e sem aquela dor que impedia o sono, ele levou o carro até o canto de um estacionamento deserto, se contorceu na traseira e tirou uma longa soneca. Até que ficou frio demais para dormir e ele teve que ligar o motor, girando a chave na ignição com os dentes.

Quando visitou o Clip Joint na manhã seguinte, manteve os punhos enfiados nos bolsos. Era melhor deixar eles erguidos, mas Eddie foi tomado por uma sensação incômoda. Uma gorda linda, numa roupa colada com estampa de leopardo, disse que conhecia a tia dele e sabia o lugar exato onde encontrar ela. Em seguida, desatou a falar, primeiro sobre o quanto admirava Bethella, depois sobre a situação em Ruanda e vários outros assuntos. Ele saiu da loja de ré, e ela continuou a falar, agora voltando a atenção para as colegas.

Ainda com o moletom, agora tanto para se aquecer quanto para dissimular sua condição, ele chegou ao endereço que a mulher lhe dera e ficou parado na escada da entrada por um momento, achando que tinha as informações erradas. Então subiu os últimos degraus e tocou a campainha. Quando movia os braços, o tecido escondia os ferimentos e caía sobre os punhos de um jeito espontâneo, quase como as orelhas de um cão amistoso. Ele achava que essa solução esquisita, em conjunto com as calças largas, fosse o bastante para se parecer com um adolescente normal e enganar a tia por um tempo. Ele enfiou os punhos de novo nos bolsos.

Não demorou para Eddie ouvir certo movimento dentro da casa, talvez passos de alguém descendo escadas acarpetadas. Em seguida viu um dedo afastar a cortina de tafetá engomada ao lado da porta, exibindo então um dos olhos da tia, que pareceu chocada. Eddie ouviu um gritinho abafado de alegria e o ar se agitou quando ela escancarou a porta num movimento rápido. Bethella era franzina, de sobrancelha cética e testa alta. Seu cabelo fino, agora mais grisalho e rajado, estava grudado ao crânio debaixo de uma touca de meia — ela ainda não tinha colocado a peruca hoje. Um vestido feito à mão, com minúsculas margaridas, pendia de seu corpo como se estivesse num cabide, as clavículas saltadas, os dedos angulosos com o esmalte descascado.

Da penúltima vez que a vira, quando tinha dez anos, no Dia da Ação de Graças, Bethella apareceu no apartamento de Houston onde ele morava com a mãe trazendo uma torta de batata-doce coberta por papel-alumínio. Antes de passar pela porta, Bethella disse à mãe do menino: É a última chance de ser sincera comigo, Darlene. Você tá usando? Quando a mãe gritou Não!, Bethella atirou a torta na varanda, o prato se espatifou e a torta grudou na parede. Depois a tia deu meia-volta e cruzou a calçada na direção do carro.

No vestíbulo, ela abraçou o sobrinho, e ele percebeu que ela usava o mesmo perfume suave de gardênia daquela vez. O cheiro levou Eddie de volta ao tempo em que tinha onze anos e havia ficado por um breve período com Bethella e o marido dela, Fremont Smalls, em Houston. Eles o levaram uma noite em que Darlene tinha fumado pedra demais e sido esfaqueada por uma pessoa que os adultos chamavam de *um amigo* ou *o amigo dela*. Mas já naquela época ele se perguntava que tipo de amigo podia esfaquear alguém a ponto de a pessoa precisar ir para o hospital. Entre a própria relutância em devolver Eddie a Darlene e a imprevisibilidade da mãe dele, Bethella ficou com o menino por uma semana. Mas ela não gostava muito de crianças e, depois que Eddie derrubou acidentalmente um vaso da Tailândia — que nem chegou a quebrar —, ela decidiu, como ele concluiu sozinho, esperar tempo suficiente para não ter que admitir qualquer causalidade e então entregar o sobrinho de volta à mãe, assim que ela saísse do hospital. Ou, como disse Bethella: Ela precisa de você. Fremont trabalhava demais, não ficava em casa o bastante para opinar no caso. Dois dias depois, ao entardecer, Bethella devolveu Eddie a seu apartamento e trancou a porta rapidamente, sem querer interagir com a mãe dele. Assim que entrou, Eddie percebeu que a mãe já tinha saído de novo. Ele se ajoelhou no sofá, abriu a persiana e viu Bethella partir de carro.

Bethella contou ao sobrinho que agora dava aula de estudos sociais e de francês no distrito escolar de St. Cloud. Ela e Fremont se mudaram de Houston para ficar mais perto da família dele e ele tinha trabalhado na pedreira Melrose por quase cinco anos.

Pelo que a mãe dizia de Bethella, Eddie esperava encontrar garrafas vazias empilhadas nos armários, escondidas atrás dos móveis, mas não viu nenhuma. Darlene achava muita audácia de Bethella sair julgando os outros quando ela própria tinha seus vícios. Mas, como em tantas famílias, as pessoas saíam por aí como crianças na Sala dos Espelhos — elas mal se viam pelos corredores e o que conseguiam ver estava completamente distorcido.

O truque do moletom não enganou Bethella. Quase imediatamente após se afastar do abraço rude do jovem, ela olhou para a manga direita, atirou-se para a frente como se tentasse pegar um prato caindo e agarrou o braço dele. Assim que ela arremangou o moletom, seu rosto assumiu um misto de compaixão e horror.

Meu Deus do céu, Edward. O que foi isso? Quando isso aconteceu?

Eddie supôs que ela perguntou *Quando* por ser mais fácil responder do que *Como*. Uns dias atrás, disse ele.

Bethella falou: Misericórdia, quase sussurrando, os olhos estreitos, o queixo baixo. Misericórdia.

Todo mundo que é negro sabe como reagir a uma tragédia. É só trazer um carrinho de mão cheio da Mesma Raiva de Sempre, jogar por cima da Frustração Habitual e regar com os Eles Deviam, exatamente do jeito que Bethella fez. Depois, mais calmo, disponha uns pedaços de Espanto Genuíno na mistura, mas sem chamar muita atenção. Mencione o Espírito Santo tanto quanto possível. Bethella balançou a cabeça e falou vagamente sobre o Plano do Senhor.

Você precisa ir num médico, disse ela. Quem que fez isso? Por quê? Onde você tava?

Muitas perguntas pra responder de uma vez, pensou Eddie. Tá tudo bem agora, ele disse, o que pareceu tranquilizar a tia por um tempo; porém, não demorou muito para que ela começasse a analisá-lo, a sobrancelha cética arqueando-se como uma ponte levadiça.

Tudo bem em que sentido?, perguntou ela.

Preciso voltar pra buscar minha mãe.

Bethella escancarou a boca e gritou: Ah, Darlene!, como se a mãe dele estivesse ali. Aposto que não é a primeira vez, disse ela. Mas no que diacho aquela lá se meteu agora, pra fazerem isso com você? Entra, menino, deixa eu fechar a porta. As mãos! Meu Deus!

A casa de Bethella cheirava a mofo, com toques de bala velha, naftalina e alguma coisa terrosa, talvez adubo do jardim ou as tripas cozidas da noite anterior. A poeira se assentara sobre a mobília coberta de plástico. Fazia um longo tempo que ninguém se sentava ali. Eddie decidiu não ser o primeiro e se acomodou na cozinha. Bethella foi até o telefone da cozinha, anunciando que ia ligar para sua médica, mas Eddie implorou para que ela não fizesse isso, insistindo que não precisava de ajuda, que as feridas nem doíam tanto assim. Foi preciso um pouco de esforço para convencer a tia, mas ela acabou relaxando e lhe ofereceu chá em uma xícara lascada. Querendo mais acalmá-la do que tomar a bebida, ele aceitou.

Usa o canudinho, disse ela.

O líquido quente era estranho e amargo, alguma mistura de ervas que nem um pouco de açúcar ia deixar melhor.

É mate, explicou ela. Da América do Sul.

Por ter folga no verão, Bethella podia viajar e trazer bugigangas culturais bizarras. Eddie bebeu, perguntando-se por que as coisas exóticas sempre tinham que ser nojentas. Legumes amargos, cabeças de peixe. Tentando não sentir o gosto, ele comentou do sabor estranho da bebida, sabendo logo de cara que aquele tipo de desconforto permearia toda a sua visita. E ele tinha feito tanto esforço para se libertar.

Bethella franziu o nariz e disse: E não vai fumar aqui na minha casa.

Eles passaram para a sala de jantar e ele se sentou. Quanto tempo você acha que vai ficar?, perguntou Bethella. Ela provavelmente não quis parecer impaciente, mas uma característica consistente em sua voz transmitia impaciência, não importava quais fossem as intenções. Uma longa pausa anuviou o espaço entre eles.

Eddie não sabia por quanto tempo ia ficar ali, talvez só até alguém da fazenda descobrir para onde ele tinha ido ou até ele achar um jeito de salvar Darlene. Mas ele não conseguia aguentar aquilo. O jovem estremeceu diante da possível rejeição de Bethella — era como se a tia o tivesse levado de volta para a mãe viciada mais uma vez. A pressão que ela fazia para que ele se explicasse e a lembrança da rejeição anterior surgindo pela segunda vez fizeram Eddie sentir como se alguém tivesse pegado suas tripas e torcido segurando-as pelas duas pontas. Ele projetou aquela agonia no rosto e soltou um som estranho, um suspiro misturado a um rosnado, salpicado por um gemido. Ele pôs os punhos na frente do rosto e se curvou no próprio colo.

Diante daquela reação instintiva, Bethella jogou de leve os ombros para trás e permaneceu em silêncio por um momento. Ela engoliu em seco. Ah não, querido!, disse ela. Eu quis dizer quanto tempo você *precisa* ficar antes de buscar sua mãe. Me desculpa. Ela alisou o ombro dele. Deu um tapinha. Tá bem, tá tudo bem, ela abrandou as coisas. E embora nada estivesse brando — e talvez jamais ficasse —, aquelas palavras encobriram tudo. Quer dizer, imagino que você não queira que eu vá junto. Vou te ajudar com tudo que puder, mas seria melhor se você não trouxesse ela aqui —

Eddie fechou a cara e a tia fechou a boca. Depois de um tempo, ela suspirou e ligou a televisão, que por algum motivo ficava na sala de jantar. As trombetas do noticiário da tarde retumbaram.

Fica um pouco, disse ela de frente para a televisão. Eu entendo. Tudo bem.

Ela mentiu, deduziu ele, porque a verdade era sempre um tigre; e o passado, com sua feiura e suas dificuldades, era uma vala tão cheia de corpos que podia se passar por uma noite sem estrelas.

Depois do jornal, ela mostrou o que chamava de quarto de hóspedes — na verdade o sótão —, puxando as escadas do teto por uma corda e mandando ele subir sozinho.

Um ex-aluno que precisava de abrigo foi meu último hóspede, disse ela. Mais ou menos um ano atrás. Alguns meses antes de Fremont falecer.

Eddie hesitou.

Certo, acho que você não ficou sabendo que Fremont faleceu. Ela suspirou. Já que sua mãe te arrastou sabe lá Deus pra onde.

Eddie balançou a cabeça e encarou ela de um jeito vago. Achei que ele estivesse trabalhando, disse.

Você sabe que o coração dele era ruim. Quer dizer, o coração era bom, mas não funcionava direito. Fora a hipertensão. Por mais que eu tentasse, não conseguia fazer aquele homem comer bem. Foi no trabalho. Bethella pausou, os olhos brilhando. Dezessete de fevereiro do ano passado, sussurrou.

Ele era um homem bom, Eddie conseguiu dizer ao se virar para subir as escadas. Ele adorava música.

Iluminado por uma única lâmpada, um colchão de solteiro bem-arrumado com lençóis listrados e meio queimados pela secadora antiga criava um pequeno oásis no meio de um lugar bagunçado, usado como depósito. Um cobertor laranja cheio de bolinhas jazia sobre o colchão. Pilhas de discos de jazz empoeirados se desfazendo, cobertores de lã cuidadosamente dobrados, um aspirador de pó quebrado de décadas atrás e um ventilador antigo abarrotavam os cantos do recinto. Uma caixa comprida, que parecia uma mala antiga, chamou a atenção de Eddie. Ele abriu os fechos com certa dificuldade e descobriu um trombone reluzente ali dentro, aninhado em veludo vermelho. A visão o fez pensar tanto em Fremont quanto em um corpo deitado num caixão, então ele fechou o estojo. Eddie olhou em volta do quarto escuro, duvidando que pudesse dormir bem ali. Ele imaginou as noites que passaria procurando sinais desagradáveis na fresta sombria onde as metades do telhado se uniam.

****

Em menos de uma hora, Bethella mudou de ideia e insistiu para que Eddie fosse a um médico. A minha médica, disse, ela é chinesa, talvez supondo que o sobrinho não aceitasse um médico branco. Mas Eddie não foi convencido de imediato, então Bethella passou um sermão sobre a teimosia de certos homens negros da família, como seu avô P. T. Randolph e seu tio Gunther. Você é igual ao seu avô. Ele gostava de ficar sofrendo, remoendo a dor, explicou ela. Bom, Gunther tem todo o tempo do mundo pra sentir pena de si mesmo agora que tá na cadeia. Vocês todos são bem espertos pra saber certinho como o mundo ferrou vocês, como o sistema ferrou vocês e que não existe esperança nenhuma de mudar. Seu pai não era assim. Ele era do lado dos Hardison. Um bom homem. Ele tentou mudar as coisas!

Eddie lançou um olhar de cansaço para a tia.

Bom, acabaram pegando ele, continuou ela com orgulho, mas pelo menos ele morreu lutando. Ela coçou o bíceps e seguiu falando. Então tá. Seja cabeça-dura. Mas eu não tenho tempo pra um jovem que perde as falanges e não quer ir ao médico. E você vai me contar como isso aconteceu e quem é o responsável o mais rápido possível, pelo amor de Deus.

A princípio Eddie ressentiu o envolvimento de Bethella e resistiu a ir no médico só por resistir, mas depois de um tempo admitiu a estupidez da teimosia, pesou a teimosia com a possibilidade de gangrena, que Bethella explicou em detalhes como seria, então concordou em ir. Ela se ofereceu para pagar metade da consulta ou descobrir um jeito de incluir o sobrinho no plano de saúde dela. Vou dizer que é meu filho, prometeu. Em silêncio, ele gostou da ideia.

A dra. Fiona Hong tinha cara de inteligente e uma risada fácil e cadenciada. Seus braços pareciam frouxos para uma profissional da medicina, para alguém que precisava enfiar agulhas nas pessoas. Mas aqueles braços arrebatadores conquistaram Eddie. Ele não se importou que ela o chamasse pelo primeiro nome. Quando ela tirou as ataduras, não demonstrou excesso de espanto nem sequer curiosidade. Em vez disso, pareceu impressionada, quase entusiasmada. Talvez os médicos gostassem de casos incomuns.

Vamos ter que te levar pra sala de operações, Eddie. Agora mesmo, no caso. Aquela risada alta, possivelmente nervosa, soou como um latido. Você também vai precisar de antibióticos e analgésicos, informou. E vamos nos ver de novo em breve. Ok?

Vários dias e médicos depois, quando os dois estavam no carro voltando para a casa de Bethella, a pouca paciência que restava da tia desapareceu. Virando a cabeça para ele como um pássaro, os olhos avermelhados, intensa e quase perdendo a calma, ela disse: Você não me conta o que aconteceu porque não quer que eu saiba o que a sua mãe fez. Quando vai parar de proteger ela? Para de proteger ela. Então, foi ela mesma que fez isso?

Eddie não concordava com Bethella, mas sabia que não devia ser insolente com a pessoa responsável da geração mais velha, principalmente porque precisava dormir no sótão dela. Se discutisse, ela faria valer sua autoridade e manteria sua versão de um jeito ou de outro. Ele só queria que a tia soubesse que a culpa não era de Darlene.

****

Algumas semanas após chegar a St. Cloud, Eddie começou a arrumar trabalhos esporádicos. Ele encontrou Sandy, a garçonete do Hungry Haven, por acaso em uma farmácia, e ela disse que um pedreiro sobrecarregado de trabalho, mas que não mexia com concreto, ficou sabendo de uma divorciada numa casa vitoriana perto de Pierz que precisava fazer toda a área da piscina e a entrada da frente. Despejar concreto não exigia muita manha e o pedreiro podia lidar com o que Eddie não conseguisse. Quando Eddie se encontrou com ele, o cara fez a ligação com Eddie sentado ali na frente dele. As pessoas faziam favores a estranhos naquele lugar, observou Eddie, sem serem exatamente amigáveis. Mesmo assim, sentiu que havia conseguido uma prorrogação de sua estadia. Bethella não sabia o que pensar sobre a decisão dele de trabalhar. Às vezes ela dizia para o sobrinho fazer faculdade; outras desejava abertamente ficar sozinha, dando a entender que ele devia arrumar um emprego fixo e se mandar.

Por fim, Bethella parou de tolerar as declarações de Eddie sobre ir procurar Darlene. Sua mãe e eu — começava ela, sempre interrompendo o pensamento. Em seguida ela dizia: Não faz isso. Tudo tem limite.

Darlene tinha ligado, implorando que ele voltasse, mas Eddie logo percebeu que ela não tinha parado com as drogas. Suas conversas descambavam para raiva e incoerência, e enquanto refletia sobre a relação deles em seu espaço de trabalho — também conhecido como o porão de Bethella —, certo dia ele admitiu para si mesmo que algumas coisas — e algumas pessoas — não têm conserto, nem com um habilidoso faz-tudo dos bons.

Depois disso, Eddie às vezes falava de maneira genérica em resgatar a mãe, mas dizia muito pouco à tia sobre a exploração e os danos físicos que havia sofrido na Delicious Foods. Ela nunca o encorajava a voltar para Darlene e nunca perguntava detalhes. Quanto mais o tempo passava, mais envergonhado ele ficava por tomar o lado de Darlene. E mais sentido ele via na decisão prática e racional de Bethella de cortar relações com ela.

Nesse meio-tempo, a sorte no trabalho tornou mais fácil que ele se resguardasse. Um trabalho puxou outros, depois uma posição de aprendiz e, em pouco tempo, um negócio fixo brotou ao seu redor. Naquele setembro Eddie fez dezoito anos e se mudou da casa de Bethella para um apartamento descendo a rua, para que ainda pudessem cuidar um do outro. Às vezes Eddie ia até a casa dela para assistir ao novo programa favorito da tia, uma série sentimental com uma anja negra. Ela fazia massagem em seus ombros e falava do orgulho que tinha dele, mas ele ainda percebia insinuações sobre o alívio dela por ele ter ido embora. Vez que outra ela aparecia com uma travessa — nada de torta de batata-doce, mas de verduras suculentas, o caldo desgrudava o empanado do frango frito além do ponto; purê de batatas embrulhado em papel-alumínio, absorvendo aquele gosto metálico; pés de porco malcozidos. Ele comia apenas o suficiente para ser educado e nunca reclamava — pois sabia que boas intenções valiam mais que comida ruim —, e acabou se acostumando à maternidade postiça que ela proporcionava a ele tanto quanto ela à maneira como ele preencheu parcialmente a lacuna deixada pela morte de Fremont.

No devido tempo, Eddie aprendeu a escrever novamente, colocando uma caneta na boca. Após ganhar destreza, ele esboçou um dispositivo: dois copos baixos, com uma tenaz fixada em cada um, uma espécie mais simples de gancho protético que havia visto em uma revista especializada. O carpinteiro com quem aprendia o ajudou a criar uma versão de madeira — era mais barata. Juntos aperfeiçoaram o dispositivo, e ajustaram para o seu braço direito. Eles poliram e finalizaram, depois cobriram com um polímero leve e, quando viram que funcionava, fizeram outro para o braço esquerdo e prenderam-no a um arreio feito com fios de categute, fixo nas costas dele.

Vestir aquela engenhoca encheu-o de satisfação, como se vestisse um terno novo e caro. Eddie esticou braços e cotovelos, testando o limite dos movimentos, as inflexões sutis de cada tenaz, as dobras acuradas dos punhos. A prótese parecia aniquilar o passado e estender o futuro ao infinito. Eddie teve esperanças brutais. Talvez ele fosse mesmo voltar ao sul e fazer Darlene deixar a Delicious, quisesse ela ou não.

Ele passou mais ou menos oito meses ganhando destreza no uso das pinças. Pela manhã e tarde da noite, praticava pegando grãos de arroz, girando maçanetas e torneiras, virando páginas, segurando utensílios, levantando copos. Conforme ficou mais confiante, tentou fazer malabarismo com dois ovos, mas, depois de lambuzar a mesa da cozinha, trocou para pedras pequenas.

A variedade e a sutileza de movimentos proporcionadas pela invenção de Eddie expandiram as habilidades muito além de suas expectativas. Despejar concreto e passar piche em telhados já não constituíam mais todo o seu trabalho. Depois de morar em St. Cloud por um ano e meio, ele voltou a mexer com fiações elétricas e a consertar aparelhos, como tinha feito na fazenda, embora demorasse mais para inspecionar um rádio do que antes. Ele tinha dificuldade de manipular as minúsculas chaves de fenda e os circuitos mais complicados. Mas a dificuldade durou pouco.

Eddie se tornou uma espécie de curiosidade para os clientes que começou a atrair. Eles vinham observá-lo trabalhar na garagem, atrás da casa que agora alugava, e ele ficava sentado em seu banco alto e bambo, concentrado, iluminado por uma forte luminária fluorescente, entre armários de arquivos impregnados de óleo e gaveteiros de plástico cheios de arruelas, porcas, parafusos, pregos e ilhoses. Às vezes eles ficavam por ali até parecer falta de educação — fascinados, supunha ele, pelo fato de um deficiente físico ter uma profissão que exigia tanta precisão, pela dificuldade extra causada pela cor da pele e, finalmente, pelos detalhes minuciosos de que conseguia dar conta usando apenas os ganchos curvos de madeira das mãos protéticas.

Eddie sabia que era visto como uma novidade, mas não podia se dar ao luxo de guardar rancor de tal reação. Em vez disso, procurava transformar o espanto do rosto das pessoas em uma renda estável. Se pudesse, tiraria moedas direto da boca dos curiosos. Ele enfrentava os olhares acanhados dos homens com assuntos técnicos: esses fios aqui — o danado desse microchip — você já viu uma placa de circuito assim — sua tela queimou. Se os clientes não demonstrassem interesse pelos aparelhos ou pelos consertos domésticos em que ele se debruçava, então falava do tempo. Quase sempre dava para reclamar do frio no Minnesota e, se não desse, podia dizer que era de admirar que não estivesse frio, ou comentar sobre o estranho calor do verão. Depois você podia passar para os Twins ou os Vikings. Se alguém trouxesse uma criança ou um cachorro à garagem, não tinha a menor chance de não virar freguês; quando a pressão de parecer bom e compassivo na presença de Eddie se unia à fofura de animais ou crianças, o clima resultante provavelmente faria um eremita acamado dar uma festa. Só as crianças perguntavam sobre sua deficiência e, se os adultos não as mandassem ficar em silêncio, ele falava franca e jovialmente.

Um dia uma menina ruiva perguntou: Ei, por que o senhor tem garras?

Foi um acidente, disse calmamente, embora ele se lembrasse de cada segundo — a venda feita de um pedaço de moletom, a tensão nos dentes cerrados, o momento em que apagou de tanta dor.

O pai deu um tapinha na nuca da filha. Não incomode o moço quando ele estiver ocupado, Viv.

Ele é o mão de obra sem mãos, observou Viv.

O pai da menina soltou uma gargalhada nervosa, Viv riu e Eddie se afastou do trabalho por um momento para rir com eles. Enquanto o pai ria, Eddie se perguntou se o homem ia brigar com a criança pelo comentário. Mas a tensão diminuiu. Eddie se abaixou, alguns fios arrepiados do cabelo dela fizeram cócegas em seu nariz.

Sabe de uma coisa, srta. Wilson? Você tá certíssima. Nunca tinha pensado nisso.

O pai dela fez um mea-culpa. Ela é muito atrevida, a minha Vivian. Desculpe, sr. Hardison.

Não precisa se desculpar, disse Eddie. É um ótimo título. Vou colocar no meu cartão de visitas. Ele se virou para a menina. Que tal?

Acho que seria legal, disse Vivian, um pouco acanhada.

Cuidado, alertou o pai dela. Daqui a pouco essa aqui vai querer direitos autorais.

Na semana seguinte, Eddie foi à gráfica e encomendou cartões com verniz localizado, gravados com seu nome e contato, a descrição feita pela menina em vermelho, no alto, curvada como um arco-íris numa paisagem e um rio ziguezagueando no centro.

MÃO DE OBRA SEM MÃOS

Quando pensava na frase, Eddie não ligava que ela reduzisse seus problemas a uma peculiaridade amigável e controlável. O rótulo engraçado e contraditório escondia toda a perda e toda a dor, e permitia que seus clientes o abordassem com uma sensação de conforto e simpatia. As pessoas não recuavam nem se assustavam mais quando seus olhos vagavam para o fim dos punhos dele. Ele é o Mão de Obra Sem Mãos, diziam eles. É muito legal, não é?

O *St. Cloud Times* escreveu um artigo sobre ele e sua empresa; na foto, ele sorria segurando as próteses para cima, um martelo equilibrado na direita. A manchete o descrevia como uma espécie de John Henry[1] local — como se fosse possível encontrar tantos John Henry no Minnesota, ele zombou para si mesmo. Eddie guardou 25 cópias do artigo e, embora tenha dado a maior parte delas, pendurou uma no alto da oficina, encapada com plástico.

Em pouco tempo, uma enxurrada de clientes procurou os serviços de Eddie; gente que tinha visto o artigo, o cartão ou que ouviu falar dele por amigos e parentes. Ele tirava de letra o leve espanto estampado em seus rostos leitosos, as perguntas inquietas pulsando naquelas veias azuis. Ele preferia a curiosidade à zombaria e por isso controlava a impaciência, pois o desconforto vinha atrelado a um saco de ouro. Alguns brancos lhe traziam aparelhos que, em outras circunstâncias, nem se dariam ao trabalho de consertar, só para conhecer Eddie Hardison, o Mão de Obra Sem Mãos.

---

1   John Henry é um personagem afro-americano mitológico, presente em diversas canções. Seu trabalho era, com a marreta, abrir buracos em rochas para alocar dinamite. Em uma competição com uma máquina a vapor para ver quem colocaria os cravos de aço mais rápido, ele venceu a máquina e morreu em seguida, de exaustão. (Nota do Editor - NE)

A alta qualidade de seu trabalho, no entanto, fazia grande parte dos curiosos voltar com problemas mais sérios — casas pré-guerra em que a fiação precisava ser refeita, restaurar banheiras, instalar ou remover painéis de madeira, projetar ou reconstruir pátios. Ele juntou dinheiro e comprou uma prótese mais moderna — de aço inoxidável desta vez —, mas preferia o conforto e a facilidade do modelo anterior, deixando a nova mais para aparições públicas: eventos na Igreja Batista Missionária Nu Way, reuniões de negócios, visitas dos amigos.

Dois anos e meio após chegar a St. Cloud, Eddie abriu uma loja de verdade no centro da cidade, a Hardison's, vendendo ferramentas, consertando eletrodomésticos, organizando reparos domésticos. Quando o florista da loja ao lado fechou, ele expandiu. A loja prosperou, e a novidade do Mão de Obra Sem Mãos passou, mas Eddie nunca tirou a frase do cartão de visitas.

Eddie não deixava que sua deficiência o impedisse de levar uma vida ativa e essa postura o recompensou de várias maneiras. Certa vez, quando foi a St. Paul patinar no gelo, conheceu uma paralegal chamada Ruth, quatro anos mais velha. Ruth foi a única mulher que ele conheceu no Minnesota que não se desconcertou com a falta de mãos, embora ela preferisse tirar ou aquecer a prótese de metal com o cardigã antes de fazer amor. Depois de namorar por oito meses, o que Bethella considerou pouco tempo, Ruth foi morar com ele e se tornou sua noiva. Sem casar, eles tiveram um filho, a quem deram o nome de Nathaniel. O menino pareceu herdar a tenacidade do pai e o carisma do avô.

Eddie presumiu que, ao esboçar e seguir um plano de vida tão comum, pudesse superar suas desgraças e deixar para trás todas as lembranças agonizantes da Delicious Foods. Mas elas nunca o deixaram, assim como a vontade de voltar à Louisiana e acertar tudo também nunca desapareceu por completo. Às vezes ele acordava assustado de madrugada, convicto de que tinha voltado à fazenda. Envolvido na escuridão, as memórias voltavam, pousando em sua cama como pássaros sombrios prestes a atacá-lo. É inevitável, eles pareciam dizer, alguém vai revelar tudo o que aconteceu naquela fazenda, então você vai ter que voltar.

1.

A DANÇA DO CÉREBRO

Preguiçosa? O idiota saiu chutado naquele sedã preto dele as luzes de trás se misturando com as placas de trânsito. Darlene viajou muito naquela palavra. Tinha tanta coisa que o filho da puta podia dizer e ele nem se ligou que falou com alguém que fez faculdade. Tu podia até usar outras palavras pras atividades dela naquela hora umas até nem tão legais mas *preguiçosa*? Ela teve que rir do tanto que ela dava duro pra ganhar uns trocados. Cara de pau! O maluco não sabia nada da vida dela. Ela tinha um filho de onze anos de idade pra criar e tinha que sair por aí de sapato ruim a umidade estragando o permanente. E nesse junho todo o sol tava queimando tão forte que a estrada ficava embaçada lá na frente tudo que é tipo de miragem aparecendo na rodovia. Era como se um caminhão cheio de mercúrio tivesse tombado tá ligado?

Pra Darlene parecia que tudo que ela tentava fazer acabava sendo uma miragem do calor. A galera devia era culpar o cara do sedã ou aquele livro idiota de autoajuda que ela leu. Ninguém pode me culpar pelo que aconteceu com Darlene. Ninguém pode te fazer amar alguém te fazer correr atrás de alguém tanto assim. Talvez eu atraia certo tipo de gente. O povo sempre fala que sim. Os médicos agora falam que a química no cérebro faz algumas pessoas ficarem ligadonas por tipos codependentes. Mas eu tenho um compromisso com Darlene. De todos os meus parças — e eu tenho *milhões*, queridinha — é ela que mais me faz pensar se eu dei meu melhor por ela. Às vezes penso com meus botões que talvez a mina não devesse ter me conhecido. Só que ninguém mais pode ver as coisas pelo lado dela além do papai aqui o Pra Sempre Seu Scotty. Eu sou o único que sempre ficou do lado dela.

Nove meses na pista e a noia ainda tinha aquele jeitinho na hora de fazer a coisa tá ligado? E ela não mostrava nada das carnes. Minha menina ia de rasteirinha e uma saia abaixo do joelho — sem zoeira! Em vez de ir pra beira da estrada pra dar uma olhada em quem passava, ela olhava de longe quase dos arbustos ou sei lá onde esperando um carro diminuir e parar. Ela achava que ia entrar no carro e fumar uma pedra. Matar dois coelhos com uma cajadada só.

Lá no Mundo Aquático de Hinman atravessando a faixa dupla tinha umas piscinas de acrílico gigantes que mais pareciam os penicos de Deus. Os donos tinham acabado de ligar aquelas palmeiras de plástico com um monte de luzinha. Caminhonetes estacionadas nas churrascarias e letreiro de neon quebrado piscando na parede do sex shop. Os mexicanos com cara de coitado no ponto de ônibus.

O Texas era uma merda me desculpe. Gordos glutões queimados de sol e mansões cafonas por tudo que é canto, carros chamativos do tamanho dum bonde, um brechó e uma loja de penhor pra cada cinco desgraçados. E a porra do calcário! O estado inteiro e tudo que tinha naquela merda era de calcário. Os shoppings parecem que brotaram direto do chão. *Sobre esta rocha, hei de construir meu shopping.* Parece que nunca ouviram falar de outra pedra na vida. Os vendedores de granito tão até com ciúme. No verão o Texas era quente demais pra 99 por cento dos seres vivos; nos dois meses de inverno nenhuma casa tem isolamento térmico daí tu tem que esfregar as pernas debaixo do cobertor como se fosse um grilo e esfregar com tanta força que quase botava fogo no próprio rabo.

Daí algum branquelo de cabelo raspado que ela tava torcendo pra ser um cliente — pra ela ganhar algum e a gente poder cair na farra — diminuiu, pôs a cabeça pra fora da janela do passageiro e gritou Preguiçosa.

Preguiçosa! Darlene deu alguns passos pra trás — a rasteirinha me dava pena dela ela usava aquela coisa desde o dia em que a gente se conheceu (ela disse logo de cara que não podia usar salto mas não falava o porquê e só mais tarde quando eu penetrei o santuário interior do cérebro dela é que descobri). Ela fez força pra lembrar daquele cara e do rostinho de coelho dele. Porque, quando eles falavam *preguiçosa* também queriam dizer *preta*. Ha ha ha. E a preguiçosa trabalhava pra quem? Se desse o duro que dava no Banco Nacional Peckerwood[1] ela seria a gerente da porra toda. *O cacete* pensou Darlene *seria a presidente. E seria um trabalho mais fácil até. No ar-condicionado? Botei esse papel numa pasta. Agora vou colocar a caneta de volta no suporte. Pronto. Feito por hoje. Ei dona secretária! Onde colocou meus tacos de golfe?*

Um buraco perto da faixa fez ela tropeçar e minha menina bamboleou. A noia torceu o pé e quase deixou a bolsa cair. Minha linda achou que se curvar ia ser indecente mesmo naquele saião comprido. Ela ainda não sabia nada sobre marketing pessoal. Ela se agachou e viu a faixa da rodovia brilhando ali. O lance fez ela esquecer o cara-de-coelho e voltar pros pensamentos habituais pensamentos sobre passar mais tempo comigo.

I wanna rock with you, ela cantou sem pensar. O dia ficava laranja-escuro e sombras rompiam pelas árvores como se fossem garrafas quebradas. O passado perseguia a mina como um chiado de motor velho sempre rodeando qualquer coisa que ela tivesse pensando. O som do falecido marido assoviando ficava alto pra caralho na cabeça

---

1   O termo *peckerwood* originou-se no dialeto *jive* afro-americano em 1800 e fazia referência a *woodpecker* (pica-pau), mas no início de 1900 começou a ser aplicado como um epíteto racial contra brancos, com um significado semelhante aos termos *white trash* (lixo branco) ou *redneck* (caipira). Na segunda metade do século XX, em ambientes prisionais no Texas, na Califórnia e possivelmente em outros lugares, a palavra *peckerwood*, originalmente usada para se referir a prisioneiros brancos em geral, passou a ser associada a membros de gangues de prisão racistas e panelinhas. As palavras *pecker* e *wood* também são usadas como gírias para "pau" e "duro". (Nota do Tradutor - NT)

dela e se *eu* já não aguentava aquele barulho imagina o quanto a noia ficava louca de pedra. Darlene ficava toda troncha — dessa vez ela se curvou e pôs as mãos no ouvido como se o som tivesse vindo de fora da cabeça.

Depois que a sensação ruim foi embora ela se levantou e se virou pro trânsito pensando numa pessoa feliz. O livro falava que pra ter boas experiências e dinheiro na vida tu precisava ter pensamentos positivos e visualizar as paradas. Aí ela imaginou um cara qualquer botando um bolo de notas de vinte na mão dela. Ela estendeu a mão e tudo pra receber a bufunfa imaginária — eu quase caí na garga- lhada. Mas nessa estrada em vez de clientes cheios da grana só tem mãe de família passando de cara feia no volante da minivan. A pir- ralhada vira a cabeça abrindo e fechando a boca apontando aque- les dedinhos cheios de chocolate tipo Mãe o que que ela tá fazendo?

Quando tu vai ver tá tocando "Who's That Lady?" dos Isley Bro- thers na cabeça dela. *Real fine lady.* Naquela época Darlene era uma gata. A menina podia parar o trânsito pra muito mais gente que uns clientes xexelentos se usasse minissaia justa e salto. Eu falava essa porra pra ela o tempo todo.

Pra onde ela foi agora diacho? Daqui a pouco tá lá em Beaumont. Não tinha mais ninguém ali rodando a bolsinha quem sabe elas deram sorte. Os grilos tavam mais barulhentos, latidos de cachorro vindos lá do inferno e sumindo, faróis zunindo em prata e preto como espa- çonaves voando baixo — podia ter qualquer um ali. Aliens. ET e o caralho a quatro. Chewbacca fumando um com o Alf.

Darlene começou a andar de ré olhando pros faróis até chegar perto do fim da faixa comercial daquele inferno de cidade que ela tava. Naquele ponto já não tinha mais luzes de trânsito — fim do mundo. Depois disso só escuridão total. A terra coberta de mato, árvores bai- xas e meia dúzia de estrelas lá longe — peraí — aquilo ali era uma carcaça de corvo toda fodida? Não só um pedaço de pneu na porra do acostamento. O sol enfim desistiu e deu as costas no horizonte. Vão se foder ele falou. Vão se foder vocês todos vocês não merecem minha luz seus lixos nojentos. Encontrem outra estrela.

Do lado de fora do estacionamento duma churrascaria falida os faróis dum carro se aproximaram feito os olhos brilhantes dum monstro estourando na cara de Darlene e — *aleluia!* — o carro diminuiu. Um carango pobre e velho um VW Rabbit ou coisa assim. Não dava pra Darlene ver dentro mas quem tava dentro podia ver fora e o carro diminuiu parando no cascalho. Lá dentro tinha um homem de rosto redondo uns cinquenta anos se esticando por cima duma pessoa e abaixando o vidro. Era um negro claro, cabelo afro curto, óculos fundo de garrafa com lente cor de vinho e pele áspera. Tinha um cigarro grudado na mão esquerda e a pança redonda encostada no volante. A pessoa no banco do passageiro era um adolescente magrelo de camisa de manga curta. O mano tinha a pele clara como a do homem, lábios bonitos e orelhas que vinham até aqui, a imagem dum virgenzinho assustado tá ligado? Até uma novata sacava aquela encrenca.

Uma nuvem de fumaça de cigarro acertou a cara da Darlene e ela recuou como se tivessem jogado uma cobra nela mesmo sendo ela uma fumante inveterada. Eu achava que Darlene podia ganhar a vida como cantora; a noia se movia como uma princesa graciosa daquelas bem finas tipo a Marilyn McCoo ou a Lola Falana. No rádio AM do carro ela ouviu "Rhythm of the Night" do DeBarge. Daí ela pensou *Menos mal são de classe média têm dinheiro.*

O homem se inclinou por cima do garoto e falou: Que que você tá fazendo aqui sozinha, coisa linda?

Fica fria pega a grana pega as pedras vai pra baia. Darlene ouviu as frases dentro da cabeça e eu achei que elas tinham um ritmo legal daí eu pedi pra ela falar em voz alta e ela falou.

O pai disse: Como é que é? Vai pra baia? Então tá. Ele girou a manivela da janela uma vez mas Darlene botou os dedos na borda do vidro daí ele parou. As merdas que a gente faz por amor. O amor que a gente faz pelas drogas.

O garoto comentou: Ela tava falando *dela*, pai. Eu acho.

A gente reparou no chaveiro de plástico trançado balançando na ignição e a sombra das tranças formava um padrão que parecia uma suástica. Aquilo fez a gente pensar no que o livro dizia.

Mas e os judeus?, pensou e disse Darlene. Mas e os judeus? Eles não podem ter provocado o Holocausto contra eles mesmos, tá ligado?

O garoto falou: Desculpa, o quê?

Os judeus! Sabe? Ela apontou pro chaveiro. Os Escolhidos?

Judeus?, disse o garoto.

Sim, porque se você é uma antena —

O garoto perguntou: Dona, você tá bem?

Com seus bons pensamentos, quer dizer —

O pai desligou o motor, tirou os óculos, esfregou os olhos, pôs os óculos de volta. Ele coçou a cabeça e falou: Quanto é que vai ser?

O xadrez da camisa do garoto fez com que Darlene se lembrasse duma toalha de mesa da infância. Quem me conhece bem tá sempre dando esses saltos e voltas interessantes dentro da cabeça tá ligado? Eu chamo de dança do cérebro. Dava pra ouvir as flautas daquele som do Van McCoy fazendo *tu-tu-tu-turu...do the hustle!*

Ela cutucou o peito do menino e ele curvou o tronco pra se afastar igual à curva duma banana. Vamos colocar a cesta de frango frito bem aqui, disse Darlene, achando que uma piadinha pudesse quebrar o gelo. Eles não entenderam aí ela cutucou o mano de novo mais perto do umbigo. E a salada de batata aqui, falou. Eu rachei o bico e Darlene também mas ela ferrou os pulmões e isso fez a maluca tossir e cuspir.

Pai —

O pai de cabelo afro fechou a cara tenso se contorcendo no banco. Ele puxou uma carteira grossa da calça e tirou duas notas de vinte. Olha aí, Darlene me disse, tá vendo, o livro tá certo. Eu pensei um pensamento bom e olha aí as notas de vinte que eu sonhei.

Belo truque, falei.

O homem disse: Tá bem, aqui tá meu frango frito. Isso aí é meu frango frito. O que você faz por quarenta?

As sobrancelhas dela se levantaram.

Pai. Ela tá —

O pai começou a gritar e a resmungar ao mesmo tempo. Vê se cala essa boca porra. Você vai provar pra mim que não é desse jeito. Ho-je. Foi aquele seu primo imprestável que corrompeu você.

O filho fechou os olhos e virou a cabeça pro outro lado. Não, pai. Não foi o que você — O filho engoliu um suspiro e alisou a maçaneta do carro do jeito que de repente fazia com o pinto quando tava sozinho em seguida deu um soquinho meia-boca nela. O gogó dele foi até embaixo e depois subiu de novo.

O pai jogou a grana no colo do moleque mas ele nem se mexeu daí nesse meio-tempo minha gata pegou as duas notas toda delicada como se fossem bebês. Ela dobrou direitinho pensando *Minha passagem pra luz*. Agora a gente ficou animado. Quarenta mangos não é muito mas queria dizer que a gente ia passar um tempão juntos num futuro bem próximo. A gente tava tipo *Love, soft as an easy chair, love, fresh as the morning air*[2]. Darlene pensou se a gente não podia só dar no pé pra não ter que fazer mais nada; ela tinha orgulho demais pra trabalhar nesse ramo e eu falava pra ela Tá tudo bem, faz como tu quiser. Não tô julgando ninguém.

O pai quebrou o silêncio e falou: Sai do carro, vai ali no mato e trepa. Ele fez um bico com o lábio de baixo. A piranha já catou meu dinheiro!

O garoto pôs a mão na porta e disse: Você quis dizer seu frango frito.

Darlene sorriu mais que de costume porque ainda tava pensando nos quarenta dólares e tinha esquecido que eles podiam ver a cara dela.

O filho continuou só olhando e o rosto dele ficou todo tenso. Pai, isso não é cristão, pai. Quero que minha primeira vez seja especial. Você disse que era pra eu esperar até casar!

O pai bateu a cinza do cigarro no cinzeiro e falou: Não vem com essa bobajada de primeira vez. Você já fez várias merdas de pecado. Acha que eu não sei? Por acaso acha que eu sou idiota?

O moleque se virou e se inclinou pro lado do pai tentando manter a conversa em particular. Argh, grunhiu ele. Ela tá *muito* louca. O que foi aquela doideira que ela falou do Holocausto?

---

2   Trecho de "Evergreen", famosa na voz de Barbra Streisand. Algo como: Amor, suave como uma poltrona; Amor, fresco como brisa da manhã. (NT)

Darlene enfiou as notas gêmeas bem no fundo da bolsa pra esconder dos ladrões debaixo duma moedeira que ela tinha achado no chão dum bar, uns óculos escuros arranhados e um monte de batom aberto — ela não sabia mas um deles tinha aberto e tava lambrecando as tralhas dela com um monte de mancha vermelha. Eu sabia porque eu tava lá na porra da bolsa umas duas pedras pequenas num vidrinho que ela achava que tinha perdido.

Dois meses atrás no domingo de páscoa um cara que se dizia vendedor de carro pagou a mina pra ela assistir ele foder uma melancia. Sérião. Pôs a melancia na mesa de cartas furou ela com uma faca e fez Darlene ficar dando moral pra ele enquanto ele metia a vara naquela bola verde.

Ele falou pra ela: Eu fico excitado quando tem alguém assistindo. Eu gosto da vergonha.

Ela não conseguia pensar no que dizer. Fode esse troço redondo! Humm! Faz ela virar suco, campeão!

A fruta começou a pingar uma água rosa pelo buraco. Aquela bunda cabeluda fez *unnnf* e ele gozou dentro da melancia.

Quando tirou o pau pra fora ele sorriu e falou: Espero que ela não emprenhe, que eu não quero filho verde!

Só de lembrar daquela merda a gente rachava o bico. Não quero filho verde! Como se eles fossem ser umas melanciazinhas com pernas. Mas uma coisa eu vou te contar o sr. Fodemelancia tinha umas verdinhas. Darlene gastou a maior parte comigo no mesmo dia.

Alguém tão fechado quanto Darlene sem nenhum talento natural pra rodar a bolsinha podia assistir os fodemelancia direto. Ruim não era que nem alguns outros clientes. Melancia era bem melhor que levar queimadura de cigarro, facada, cintada nas costas e um varão de cortina no cu, tudo coisa que ela já tinha feito ou chegado perto de fazer. Por um tempo Darlene teve um jeito delicado e inexperiente que fazia os filhos da puta quererem meter o louco com ela como aquelas garotas de filme trash.

Quando tava na rua ela tava sempre viajando Alguém Pode Me Matar. Ela ficou tão obcecada com a morte que nem tomava precaução nenhuma. Pra Darlene descolar umas pedras nunca significou arriscar a vida — até porque não descolar as pedras era como morrer um pouquinho e ela ainda não tinha perdido essa parada. E se perdesse bom foda-se ela não tinha como saber. A ideia de paraíso dela era a gente junto o tempo todo — como a gente falava 27/9: vinte e sete horas por dia, nove dias por semana — sem ninguém pra julgar nossa relação. Sem nenhuma das inconveniências que a gente tem por causa do corpo. Vocês acham que o corpo é quem vocês são mas ele nada mais é que a porra de um saco de carne.

Darlene se afastou pensando em dar no pé — pra onde ela não fazia ideia — e o pai gritou pra ela ficar ali mas a noia não escutou direito.

Naquela hora outro pensamento que a gente formou junto na cabeça dela como se fosse uma colcha de retalhos usada saiu da boca da mina sem ela se ligar. De quem que uma melancia... ri... quando você mata ela?

Pai, não vou conseguir fazer isso. Não vou conseguir!

Então pega a porra do meu dinheiro de volta.

Quê? Você tá brincando. Pai?

Uma ambulância passou aos berros buzinando uma nota aguda depois uma grave e aquilo chamou a atenção dos malucos. Eles esperaram que nem criminoso o som passar, por carros normais zunirem pelo asfalto outra vez pra poder se acalmar o bastante pra ignorar a barulheira de fundo. E Darlene deu uns passinhos pra longe deles antes da barulheira passar. O garoto olhou pra cabeça do pai depois pra cara de Darlene então virou de novo.

Primeiro o moleque pediu com educação. Falou Dona? e abriu a porta do carro.

A palavra *dona* fez ela se afastar mais rápido como uma maldição lembrando ela quem devia ser daí ela se virou e foi na direção da entrada empoeirada da churrascaria achando que as duas notas de vinte eram dela agora e que ela não tinha que fazer nada com o garoto. Tinha um caubói de plástico num cavalo empinado pendurado no telhado. Móveis quebrados atrás da vidraça engordurada e uma placa de ALUGA-SE pregada num canto por dentro da janela.

O pai empurrou o filho contra a porta e falou: Qual o seu problema, nego! Pega lá aquele dinheiro de volta!

Ai, meu cotovelo!

Darlene correu mas tinha uma cerca ali e ela não conseguiu pular aquela merda. A cerca era alta demais e ela tava doida demais e tinha arame farpado demais enrolado no alto da cerca. Ela ouviu a porta do carro batendo e os pés batendo no asfalto atrás dela e quando viu o filho da puta tava com as mãos nas costas dela. Ele tinha uma coisa meio elétrica e atlética naqueles dedos como se fossem uma bomba de profundidade. A juventude pulsando nas veias uma coisa bruta e desajeitada. Ela se curvou e jogou as pernas pra trás tentando acertar o saco dele com o calcanhar mas acabou chutando a bolsa dela por acidente. A minha garota não tinha a mesma força que ele.

Tinha um mendigo descalço perto duma lixeira mostrando aqueles pés inchados e ferrados. Um deles tava virado numa ferida em carne viva atraindo moscas. Darlene gritou socorro mas o mendigo só levantou a cabeça e não reagiu mais. A mão do garoto cobriu a boca da mina que tinha gosto de sabonete mais limpa que as refeições recentes de Darlene. Daí ela lambeu aquela pelezinha entre os dedos dele pra ver se ele soltava a cara dela mas ele só apertou ainda mais.

O mendigo levantou a cabeça e abaixou de novo. Uma garrafa de Old Crow servia como travesseiro e chupeta. O moleque tirou a mão da boca da Darlene e descobriu um jeito de enfiar a mão na bolsa e vasculhar sem soltar a mina. Depois que pegou o dinheiro a bolsa caiu do braço dela e ele empurrou ela pra frente. Darlene torceu o tornozelo e caiu de cara no meio-fio perto da lixeira já sentindo o nariz, o lábio e o rosto inchando. Um carro de polícia diminuiu a velocidade a cinquenta metros dali na estrada principal. O polícia do lado do passageiro viu a cena mas eles não pararam de repente porque o pai do moleque falou que tava tudo bem. Darlene cuspiu dois dentes um terceiro tava tão mole que caiu quando ela encostou a língua nele. Ela ficou rolando o dente na boca.

Acho que isso fez Darlene ficar mais doidona ainda. Ela não é vaidosa mas tinha que manter as aparências pra conseguir clientes. Eu fazia questão que ela soubesse pelo menos *isso*. Ela pegou os dentes enfiou no bolso da saia e partiu pra cima do garoto — saltou bem nas costas dele assim que ele encostou na maçaneta do carro e tentou esganar o desgraçado usando a gola da camisa dele pra ganhar o controle. Cara ela queria muito aqueles quarenta paus. Mas algum demônio poderoso surgiu de supetão por trás do garoto ele jogou ela pra trás e esbofeteou a louca. A cabeça da Darlene chicoteou pra trás e a mina cambaleou e se curvou. Uma dor forte e pesada se espalhou do nariz até o crânio. Ela não conseguia mais virar o pescoço sem dor e sentiu gosto de ferro e sal. A noia encostou no lábio estendeu a mão e viu os dedos vermelhos e todas as linhas do amor do coração e do destino estavam molhadas de sangue. O carro saiu cantando pneu no cascalho depois pegou a estrada e foi diminuindo até sumir. A poeira se misturou ao gosto de metal areiento na boca dela e ela cuspiu o sangue e a poeira no chão. As gengivas latejando com força.

Quarenta dólares... Porra Darlene eu falei. A gente podia tá arrumado pelo menos por um dia cacete. Por mais que eu amasse Darlene não consegui esconder minha decepção. Eu ficava meio puto às vezes. Não tenho orgulho disso. Mas a mina era daquele jeito que desabava sob pressão. Então eu dei um chilique. Perdi a cabeça e gritei, xinguei e acusei ela de me trair. Aí eu acho que deixei bem claro que não ia deixar ela ir pra casa até conseguir algum pra gente poder fazer a dança do cérebro 27/9.

Ela olhou pra mim com a bochecha murcha. Quem é que vai me pegar agora ela perguntou com a cara quebrada, faltando três dentes e sem sapato? Não dá mais pra mim. Isso é um horror. Desisto.

Puta que pariu!, gritei. Vai ver o Cabelo Raspadinho tá certo! Vai ver tu é *mesmo* preguiçosa, sua —! Eu fiquei rouco de tanto gritar dentro da cabeça da maluca. Chamei ela dum zilhão de palavrões que nem consigo repetir aqui. Falei Tu não quer ficar comigo de verdade! Tu não me ama! Chorei — ela me fez chorar.

Scotty!, gritou a noia. Para, por favor! Me fala como eu vou conseguir dinheiro agora. Scotty! Eu amo você *sim* faço qualquer coisa por você.

Apontei o rosto dela pra estrada. Bota a cara na rua! falei. Não é vergonha nenhuma tentar sobreviver piranha. Tu não sabe que a rua sempre tem a resposta?

E é claro que eu tava certo.

2.
PÁSSAROS PRETOS

Eddie se acostumou a ficar sozinho em casa depois das nove, quando a mãe ia a festas, ou pelo menos era o que ela dizia. *Toda noite uma festa?,* pensava ele no início. Às vezes ela ia encontrar um amigo e voltava em vinte minutos. No pátio da escola, durante o dia, ele brigava com colegas do quinto ano que xingavam a mãe dele, não convencido de que os moleques tivessem alguma prova, mas à noite os xingamentos ecoavam dentro da cabeça. *Sua mãe é sua mãe,* ele dizia a si mesmo, *e você precisa perdoar, não importa o que as pessoas digam, não importa se ela fez o que disseram que ela fez.*

De manhã, de vez em quando, ele a encontrava deitada de bruços no sofá, com a roupa do dia anterior, uma perna pendurada acima do tapete e uma crosta de baba na almofada embaixo da boca, aos roncos. Ela deixava a televisão ligada e ele ouvia as pessoas falando um tempão sobre um cara chamado Dow Jones, um sujeito que caía muito. O vestido da mãe tinha subido, exibindo a dobra onde a coxa encontrava a bunda. Ninguém mais morava no apartamento, e descobrir a bunda da mãe à mostra, de maneira tão grosseira, instantes após ter acordado com uma ereção, sempre produzia uma sensação confusa na cabeça dele. Pra abafar esse sentimento, Eddie pegava um lençol, botava sobre o corpo dela e beijava sua bochecha delicadamente, tentando não acordar a mãe. Ocorreu-lhe que estava fazendo o trabalho dela, mas ele não percebeu a nuvem de ressentimento se formando em torno do seu amor por ela, a hostilidade se tornando cada vez mais sombria. O filho sou eu, sussurrou para si mesmo. O filho não pode cuidar da mãe.

Em outras noites ela nem voltava pra casa e as chaves só faziam barulho na fechadura ao amanhecer, acordando o moleque com um susto. A porta se abria com tudo, batendo na parede pré-moldada, seguida pelo baque duplo da bolsa contra o tapete e do corpo contra o sofá. Eddie fechava a porta do quarto pra não incomodar. Os sons tranquilos da manhã lá fora deixavam tudo mais suave. Passarinhos cantando, motores de carro, um galo que alguém criava, talvez ilegalmente, num quintal, em algum lugar no complexo de prédios de tijolos de dois andares do início dos anos 1970. Depois que a mãe chegava, ele tentava dormir, e depois de lutar pra pegar no sono ele sempre cochilava confortavelmente por uma ou duas horas antes de levantar pra ir à escola, sabendo que Darlene tinha mais uma vez escapado dos inúmeros perigos do mundo noturno.

Numa terça-feira de manhã, em junho, um dos últimos dias do quinto ano, deitado entre sonhos inconscientes e fantasias acordadas, ele imaginou uma época anos antes, quando ainda viviam em Ovis com seu pai, antes de virem pra Houston. (*Vamos mudar pra ficar mais perto da tia Bethella*, a mãe tinha dito, mas mesmo aos nove anos ele suspeitou que ela tivesse outros motivos.) Antes da mudança, eles tinham uma casa de rancho de tijolos amarelos e um quintal — um quintal de verdade —, um retângulo infinito de mato seco, algo que ficava maior e mais verde em sua imaginação conforme o tempo passava. À noite, bandos de iraúnas pousavam em um carvalho no canto do pátio, perto da cerca de arame. As penas pretas iridescentes tinham uma elegância natural e os pássaros olhavam pra ele com inteligência desdenhosa, como ricos bem-vestidos encontrando um andarilho no tapete vermelho. Eles não queriam *um pouco* de sua comida, pelo que parecia, queriam roubá-la *toda*. Os sons roucos soavam mais como rádios quebrados do que pios, e pra dar aqueles gritos eles abriam o bico e estufavam as penas com tanta força que parecia que iam explodir. Pela maneira como andavam e zombavam, Eddie deduziu que aqueles pássaros tinham dentro de si as almas dos negros raivosos do passado, fantasmas que voltavam pra um eterno acerto de contas.

Seu pai, Nat Hardison, que agora poderia ser um desses espíritos indignados, vivera naquela casa com eles, mas Eddie, que fez seis anos no mês seguinte à morte do pai, não conseguia ter muitas lembranças claras dele — uma história de ninar sobre uma baleia, a caixa de equipamentos rajada de verde que levaram numa pescaria, o cheiro da loção pós-barba Old Spice. A mãe tinha uma foto do pai, de uniforme da Força Aérea, numa prateleira ao lado da cama, virada pra fora pra não ver quando se deitasse. O sol havia deixado a foto meio queimada, mas, daquele mundo de sonhos cor-de-rosa, o pai brilhava de volta, exibindo o maxilar quadrado, em L, e as bochechas altas, mostrando os dentes ao sorrir.

Eddie se lembrava de perseguir as iraúnas no antigo quintal, talvez porque a estranheza delas ameaçasse sua necessidade de ordem. Em sua fantasia, Eddie sabia que se conseguisse livrar o quintal de todos os pássaros o pai voltaria — não a imagem estática e desbotada, mas o homem real e magro cuja perna ele cavalgara como um cavalo em direção àquele futuro imaginário. Ele encontrou uma ferradura caída na grama e a jogou contra a cerca. Quando o ferro atingiu o arame, asas pretas bateram por toda a parte ao redor; gritos penetrantes ecoaram pela vizinhança. A sensação da presença do pai surgiu de maneira tão poderosa que ele despertou.

Pai?, indagou ele.

Então veio a percepção de que estava sozinho em Houston, um pensamento que se transformou em terror.

Mãe?

Ele não a encontrou no sofá nem em lugar algum. Procurou por vestígios de que ela tivesse chegado e saído, mas não viu a bolsa, os sapatos, nem mesmo as roupas que às vezes ela pendurava na maçaneta ou largava perto da cama, roupas que depois ele dobrava e guardava, colocava ordenadamente no cesto ou deixava pra ela sobre a cama, observado pela foto do pai com aprovação, esperava ele.

O dia de aula estava prestes a começar, mas a mãe não havia aparecido, então Eddie saiu cedo e correu até a padaria da sra. Vernon pra dizer que a mãe tinha desaparecido. A sra. Vernon, firme de todas as maneiras imagináveis, tomava conta de casa e da loja praticamente sozinha. A padaria vendia o trivial, como pães, mas também bolos *red velvet*, cookies e torres de coco pra casamentos. Os aromas atraíam a garotada, fazendo do local a primeira parada do comércio, antes mesmo do fliperama. A sra. Vernon sempre sabia quem tinha grandes problemas na vida. Os vizinhos chamavam aquilo de dom, mas todo mundo tinha problemas; a sra. Vernon só fazia as perguntas certas e não se importava em se envolver. Até certo ponto.

Quando compreendeu os problemas de Eddie, a sra. Vernon imediatamente chamou a polícia. Ele observou os ponteiros do grande relógio acima da vitrine se aproximarem do início das aulas, e a sra. Vernon ainda estava em espera, prendendo o telefone entre a bochecha e o ombro e esticando o fio enrolado. Eddie admirou a atitude centrada da sra. Vernon, que vendia carolinas e café passado mesmo enquanto cuidava da situação dele. Ele fantasiou que ela o adotaria se a mãe nunca mais voltasse. Mas tal pensamento fez com que ele chegasse perto demais de desejar a morte da mãe e então se sentiu culpado. Em vez de cobiçar a atitude maternal da sra. Vernon, ele se ocupou fingindo que escolhia um entre os diversos cookies da vitrine — folhas de pistache verde, quadriculado rosa e marrom, quadrados enterrados no chocolate. Eddie inspirou aquele aroma amendoado.

Eu gostaria de informar um desaparecimento, disse a sra. Vernon. Nome Darlene Hardison. Ela começou a soletrar o nome da mãe dele e parou no meio. Ah sabe, é? Aham. Outra pausa. Não importa o que ela faz, senhor. É que ela tem um filho pequeno esperando, e ele tá bem aqui. A voz dela se animou. É mesmo? Você pode conferir o registro?

Mantendo o telefone preso contra a orelha, a sra. Vernon deu troco a uma pessoa e deu total atenção aos clientes durante vários minutos. Às vezes ela olhava pra Eddie e erguia as sobrancelhas pra indicar que ainda estava aguardando. Em seguida falou, abatida, pro telefone: Então ela não tá aí, né? Ela botou a mão sobre o bocal e se dirigiu a Eddie. Quando foi a última vez que você viu ela?

Ontem à noite, respondeu ele, por volta de nove e meia.

Nove e meia, ontem à noite, repetiu a sra. Vernon para o policial ao telefone, então congelou o rosto em um bico durante longa pausa. Sexta de manhã parece muito tempo, seu guarda. Você não acha — não, suponho que não. Ao final da ligação, ela suspirou e disse: Obrigada pela ajuda, e Eddie percebeu que ela quis dizer *Obrigada por nada*. Ele forçou as lágrimas a voltarem pra dentro da cabeça. A sra. Vernon lhe deu uma fatia de bolo num pote plástico pra que ele levasse de merenda, mas aquilo só fez com que ele se sentisse bem o suficiente pra relaxar o rosto. Nem o melhor bolo do mundo poderia ajudar.

Esperar pela mãe desaparecida, mesmo que só por um dia, era uma eternidade. Eddie contou sobre a mãe a uma má companhia da escola e o garoto disse: Cada segundo que você não faz nada, pode ter alguém matando ela e você não tá impedindo a morte dela! Durante o recreio, um garoto chamado Doody, cujo nome na verdade era Heath, tentou roubar no dedobol e Eddie pisou no pé dele com tanta força que Doody chorou e disse que Eddie tinha quebrado o pé dele, embora pudesse andar sem problemas cinco minutos depois. Nenhum professor testemunhou o acontecido; nenhuma autoridade ficou sabendo mais tarde.

Eddie procurou pela mãe durante o trajeto úmido e suado de volta pra casa. Quando chegou ao apartamento, ficou pensando que ela ligaria se tivesse acesso a um telefone. Quando vasculhou os aposentos, descobriu que ela tinha deixado pra trás uma de suas blusas favoritas, com fios dourados na barra. Seu inventário agitado de tudo o que ela não havia levado provava que ela não tinha tido a intenção de desaparecer, de deixar pra trás os pertences que prezava ou qualquer outra coisa que amasse. Quem a havia raptado?

Horas se passaram; a casa permaneceu em silêncio. A rua parecia mais quieta que de costume, como se todos soubessem que Darlene Hardison havia desaparecido e, pior ainda, como se tivessem se escondido pra evitar ter que se importar. Pra abafar o silêncio do telefone, Eddie aumentou o volume da televisão. A sra. Vernon passou lá pra ver se a mãe dele tinha aparecido e Eddie disse que não. Ele esperou ouvir algo na voz da sra. Vernon que dissesse que ele poderia passar a noite com ela, o que não aconteceu, apenas uma reclamação sobre como a própria casa dela estava cheia e uma promessa de dar uma conferida nele amanhã.

Agora, se continuar assim, vou ter que chamar o Conselho Tutelar, alertou a sra. Vernon no dia seguinte, quando ele fez uma visita pouco antes da padaria fechar, já que ela não tinha aparecido o dia todo.

Não, choramingou Eddie. Posso cuidar de mim mesmo. Além do mais, minha tia Bethella mora do outro lado da cidade, caso eu precise dela. Já fiquei com ela antes, disse o menino à sra. Vernon, embora tenha pensado ao mesmo tempo que seria impossível contatar Bethella. Ele sabia que a mãe e a tia se odiavam, e sentia que a tia o odiava por causa da mãe. Não, ele jamais poderia pedir a ajuda dela outra vez. Mas talvez pudesse se virar sozinho. Tenho quase doze anos, disse ele.

E acha que já é adulto. Hum.

Sou o homem da casa, afirmou, enfiando as mãos nos bolsos, tentando parecer lógico e fazer uma expressão séria e adulta.

Quanto a isso, acho que o senhor tem razão, concordou a sra. Vernon com sobriedade, forçando-o a se lembrar, tão rápido quanto alguém sente frio ao cair na água gelada, por que aquilo era algo ruim. Ele saiu rapidamente da loja antes que ela visse a vergonha estampada em seu rosto ou o ouvisse chorar.

✲✲✲✲

Às 9h30 daquela noite, pouco depois do horário que Darlene normalmente saía, Eddie desligou as luzes e os aparelhos, saiu pela porta da frente e a trancou. Ele desceu as escadas até o estacionamento do complexo, preocupado que alguém o visse e percebesse o que tinha acontecido, ou então julgasse Darlene uma péssima mãe por deixá-lo sair tão tarde. Faróis de carro iluminaram sua silhueta de repente, tão fortes que não dava pra ver o carro por trás. As luzes pareceram expor sua solidão e seu desamparo, sensações que ele não conseguiu deixar de lado, mesmo após correr pra calçada e pegar o caminho até o comércio.

Ele já havia passado de carro diversas vezes por partes da grande avenida comercial; às vezes quando o ônibus da escola fazia uma curva errada ou um desvio, mas raramente à noite. Vê-la desse jeito novo o encheu de medo. Algumas seções, principalmente os centros comerciais próximos da rodovia, tinham restaurantes e cinemas. Não havia calçadas. No Texas, ter um veículo significava ter vida — se você andasse pelo acostamento, todos veriam que você havia fracassado de alguma maneira; que não podia comprar um veículo, que seu carro tinha quebrado e que você não podia pagar um táxi, que você não tinha amigos pra quem ligar. Talvez você fosse estranho demais pra pedir carona. Ali, na calçada, pessoas desgrenhadas com bengalas e carrinhos de compras levavam bichos sarnentos a lugar nenhum. Adolescentes de olhos pintados de preto e piercings no nariz se arrastavam pro submundo de Houston. Um boliche degradado mas popular ficava em frente a um quarteirão de redes de restaurantes mexicanos e chineses, e mais pra baixo havia um daqueles supermercados enormes e brilhantes que ficava aberto a noite toda só porque podia; a clientela ficando mais esparsa e mais estranha conforme a noite avançava. Trechos inteiros da estrada fechavam após o horário comercial — um aglomerado de lojas que vendiam antiguidades, ladrilhos cerâmicos, artigos e livros cristãos estava adormecido nas sombras e, mais à frente, depois de um posto de gasolina iluminado, havia outra extensão de avenida onde vários centros comerciais tinham falido e seus gigantescos estacionamentos escuros pareciam ondular como fazem os rios amplos e profundos à noite.

Na esquina, perto do final do estacionamento vazio de uma loja de departamentos, uma mulher esperava em uma parada de ônibus. Ela estava apoiada contra o painel luminoso, em silhueta, olhando pra dentro de todos os carros que paravam no semáforo. Isso não pareceu estranho a Eddie até ocorrer a ele que os ônibus já deviam ter parado de rodar. A princípio o garoto julgou a mulher desafortunada, depois ignorante e malvestida, mas quando percebeu o que ela estava fazendo, viu sua criatividade. Ela tinha uma desculpa, mesmo que esfarrapada, pra estar ali naquele território. De repente ele pensou na mãe

— primeiro precisava descartar a possibilidade de que a mulher fosse ela, depois se conformar com a ideia de que a mãe não era diferente daquilo, o que não conseguiu fazer. Mas sentiu que aquela mulher talvez pudesse conhecer sua mãe, ou saber onde ela estava.

Ele passou, fingindo não a notar. Após caminhar mais cinquenta metros, parou e voltou ao abrigo da parada de ônibus. Ele ficou imóvel longe dela, observando-a acender um cigarro e jogar o fósforo aceso casualmente na rua. A mulher estreitou os olhos pra ele, deu um trago e soprou a fumaça. A expressão que ela lançou na direção dele — sobrancelhas estreitas, boca franzida — fez Eddie se sentir como se a tivesse ofendido.

Não, chuchu, disse ela. Não vai rolar. Ela se inclinou pra fora do abrigo e esticou o pescoço na direção oposta. Hum-hum. Muito novinho.

Não sou tão novo, anunciou ele. Tenho quase doze.

Ela deu um passo pra trás e gargalhou, Eddie viu que ela se abria em simpatia por ele. O que tá acontecendo comigo?, perguntou ela pro céu. Nem acredito que pensei — ela balançou a cabeça e tragou o cigarro outra vez. Minha nossa senhora. Onze anos de idade. E o que que cê tá fazendo nesse —

Procurando minha mãe, disparou ele.

A gravidade do assunto pareceu se estabelecer no corpo da mulher, como se a mesma coisa já tivesse acontecido com ela. Ah, então é isso, disse ela. Ela tá na pista, é?

Eu acho. Não sei direito onde ela tá, dona.

O nome Darlene Hardison não pareceu familiar pra mulher. Aqui, disse ela, muita gente — os nomes não são os mesmos, sacou? Como é que ela é?

Uma mãe normal.

Tem que melhorar esse lance aí, querido. Que altura, que peso, que cor. Peitão, peitinho, bundão — e o cabelo dela? Natural, liso, aplique, pintado? Cicatriz, tatuagem. Que que ela tava usando. Com quem ela tava.

Nada de útil veio à mente de Eddie. Adjetivos vagos orbitavam em sua cabeça. *Bonita. Legal.* Se ele não encontrasse a mãe naquela noite, precisaria de uma foto. Foi difícil criar um retrato da mãe com ferramentas tão pouco desenvolvidas e ele viu seu fracasso refletido na expressão vazia da mulher. Ele não podia lidar sozinho com aquilo, mas não deixou que esse pensamento entrasse em sua consciência. Precisou conter a revolta no peito, uma coisa que o fazia querer gritar, chutar o abrigo da parada de ônibus ou a si mesmo.

Um reluzente sedã branco diminuiu a velocidade próximo ao ponto de ônibus. A mulher desviou o olhar de Eddie, atirou o cigarro inacabado ao chão, esmagou-o na calçada e inclinou-se na janela do carro. O rap que tocava alto lá dentro abafou a conversa deles. Uma voz gemeu: *Don't believe the hype!* Em pouco tempo a mulher se virou pra ele e sorriu. Essa é minha carona. Ela escancarou a porta, entrou e bateu. Na imaginação de Eddie aquela estranha se tornou sua mãe, que talvez fizesse as mesmas coisas, cruzando sem muito cuidado a linha do perigo, do desaparecimento e — pior do que se envolver nos braços assassinos de um estranho, pior do que morrer — deixando o filho pra trás.

Só então lhe veio uma imagem vívida da mãe. Magra, de contornos arredondados, como uma escultura de sabão na chuva, quadris maiores do que sua estrutura parecia capaz de suportar. Ela alisava os cabelos e os mantinha na altura dos ombros. Usava vestidos sem mangas, com estampas florais discretas e sapatos baixos — ele se lembrava especialmente de um par cor de mostarda. Na antiga casa, em Ovis, ela jardinava de outubro a maio, quando não estava tão quente pra passar tempo no quintal, e sonhava em comprar um sistema automático de irrigação pra grama. Ele se lembrava de comer uma marca específica de biscoito recheado de chocolate que tinha a cor da pele dela, não aquele marrom escuro de madeira envernizada, mas um tom mais claro e corado, como cascas de cedro. Ela era graciosa e pintava as unhas dos pés e das mãos de uma respeitável cor de ameixa. Como um céu estrelado, pontinhos pálidos se espalhavam por seu rosto, talvez por uma crise de acne na adolescência. Ele se lembrou de sentar-se no colo dela e traçar aquelas constelações, e ela afastava as mãos dele com tapas. A maquiagem que ela usava sempre contrabalançava as manchas. Essas eram algumas das primeiras lembranças de Eddie, que gradualmente acabavam abrindo espaço pra outra coisa, como se Darlene tivesse puxado um zíper e as duas metades de seu corpo caíssem como uma casca, revelando outra pessoa.

Essa imagem mental durou apenas o tempo que o sinal vermelho piscou, dizendo pra não andar. Ainda mais nebulosa era a lacuna entre aquela imagem e a mulher que não estava encontrando naquela noite. O pai de Eddie também havia desaparecido, quase seis anos antes, quando o acharam morto. Ele sabia que o pai tinha pilotado um avião na Guerra do Vietnã e, depois disso, na faculdade, tinha jogado basquete. O pai de Eddie devia ter feito um bom trabalho como soldado, pois usava uma medalha prateada, em formato de estrela, em cima do coração naquela fotografia perto da cama da mãe. Isso é por bravura, dizia ela, com tanta frequência que ele falava ao mesmo tempo que a mãe. Charlie não pegou seu pai, não senhor. Ele precisou vir pra casa pro Jim Crow fazer isso. Aí ela ria, mas não era um riso de graça.

Eddie fez um monte de perguntas naquela noite. Ele encontrou várias pessoas peculiares, contornadas por luzes fluorescentes, fora de lojas de conveniência chinfrins; andando por estacionamentos vazios onde o mato brotava do chão trincado, salpicado por cacos de vidro; espiando de dentro de quartos de motel de concreto escuro com portas quebradas. Ninguém se lembrava de Darlene; algumas pessoas nem sabiam se lembravam do que era se lembrar do que quer que fosse. Outras se esqueceram que não se lembravam. Algumas falavam rápido durante um longo tempo, e não paravam mais. Algumas pessoas não conseguiam formar palavras.

Uma mulher magra de olhos fundos alegou que definitivamente tinha visto Darlene. Sem dúvida, ela disse, com certeza, nessa mesma estrada. Mas ela também insistiu que isso tinha acontecido há dez anos. A gente dividiu uma fatia de pizza, continuou ela, porque só tinha dinheiro pra uma, e sua mãe queria com azeitona em cima, eu lembro disso com certeza, e a gente teve uma briguinha por isso porque eu odeio azeitona.

Por alguma razão, Eddie achou melhor não comentar que a mãe também odiava azeitona.

As atendentes das lojas de posto de gasolina davam de ombros, um homem que usava um cinto de ferramentas e alegava ser eletricista disse que morava a duas horas dali, em Nacogdoches, e um homem nervoso, de cabelo preto, liso, e com uma tatuagem de seu falecido Rottweiler à mostra no peito pousava a mão na parte inferior das costas de Eddie e repetia: É melhor ir pra casa, garoto, que a merda vai estourar bem aqui, filhote. Ele apontou pro chão com os dois indicadores. Eddie encontrou dois garotos mais novos que ele que queriam dinheiro pra comprar um chocolate. A princípio eles o ameaçaram verbalmente, mas depois de revirar os bolsos e explicar sua jornada, um deles se ofereceu pra ajudar a procurar a mãe desaparecida. Eddie recusou e, enquanto se afastava, andando de lado, ocorreu a ele que ninguém mais tinha se voluntariado a ajudar. Dois ou três sedãs escuros diminuíram a velocidade na beira da estrada, abaixando as janelas escuras do lado do passageiro. Eddie correu deles.

Na segunda noite de busca, atraído pelo rosa e laranja brilhantes de uma loja de *donuts* 24 horas, ele achou que pudesse finalmente encontrar gente lá dentro que não só sabia e se lembrava, mas que também sabia *do que* sabia e se lembrava do que se lembrava, e que alguma coisa daquilo fosse verdade. Ele entendeu que não podia confiar nas pessoas da noite, que o assustavam e o irritavam, e sentiu uma profunda ardência no estômago quando pensou que a mãe havia se juntado a elas ou morrido com elas, que nem o pai, e que na melhor das hipóteses essas pessoas tinham engolido Darlene, feito ela desaparecer naquela terra arruinada, onde a verdade e a mentira não importavam, onde as diferenças desapareciam em meio a memórias, sonhos e um jovem parado na frente delas fazendo uma pergunta desesperada.

3.

CONJURO

Pouco depois de Darlene chegar à Universidade Estadual de Grambling, ela ganhou uma irmã de fraternidade, Hazel, que tinha vindo transferida da Estadual da Flórida. Hazel tinha uma atitude animada e contestadora, alimentada por sua determinação de superar os ataques sociais contra ela — pele cor de mogno, traços pequenos demais para seu rosto, uma pinta proeminente no nariz, altura incomum para mulheres e comportamento durão.

Toda essa etiqueta sulista me desconcerta, dizia Hazel de vez em quando. Sempre me sinto como se estivesse tocando trompete na festa do chá. Ela compensava a rudeza com camaradagem. Hazel organizava as idas do grupo ao boliche, supervisionava a decoração da casa e fazia um espantoso churrasco de peito de boi bem tostado. Suas blusas esvoaçantes, vermelhas e turquesas, geralmente estampadas com padrões africanos ou palmeiras, e as roupas berrantes pareciam complementar sua conversa franca — no geral sobre seus maiores vícios: chocolate, bourbon e sexo — e seu senso de humor indecente. Todo mundo gostava dela, especialmente várias irmãs da Sigma Tau Tau, de olhos grandes e pouco brilho. E Darlene, que, enquanto virava mulher, uniu-se à plateia chocada mas encantada de Hazel, achava difícil não imitar sua insolência contagiante. April Woods, uma formanda cheia de pose, de pele clara e nariz reto, tinha a função oficial de modelo de conduta, mas o carisma de Hazel fez todo mundo usar roupas mais vibrantes. Ela soltou a língua, as atitudes e os cintos das garotas.

Hazel ignorava sua suposta falta de status e assim a superou. Ela se aceitava e exigia reciprocidade como o preço de seu apreço. Associado a valores fortes, um senso de indignação moral percorria seu senso de humor, como um córrego subterrâneo. Ela tinha o maior prazer em alfinetar hipócritas e um desprezo imediato e inclemente por qualquer pessoa que nem sequer parecesse ter feito algo antiético para proveito próprio. Certa vez, Tanya Humphrey (É Ta-*nya*, não *Tâ*-nya, dizia ela) insistiu para que Sigma se ligasse a Jamalya Raudigan, uma líder de torcida notoriamente egocêntrica cujo pai tinha um escritório de advocacia negra em Atlanta, onde Tanya queria estagiar. No meio de uma festinha, Hazel pediu para todos fazerem silêncio, subiu na mesinha de centro e falou para Tanya: Para de promover essa alpinista social irritante só porque você quer trabalhar no Curtis, Gitlin, Raudigan e Sindell. Quando Hazel expunha as falhas de alguém, parecia que ela enfiava um maçarico cheio de verdades no nariz da pessoa. Ela raramente voltava a ira contra uma irmã, mas todo mundo sabia que você não devia bater de frente com uma força tão obstinada e de língua tão ferina.

Mais de um *linebacker* da Grambling havia chamado Hazel de lésbica, embora nunca na frente dela, e a ideia de que aquilo pudesse ser verdade retumbava sob as frequentes reclamações de Hazel sobre os homens e era tacitamente reforçada por sua solteirice eterna. Darlene tinha ouvido esses boatos sobre Hazel e escutado os comentários dela sobre os homens, espichando o pescoço por curiosidade. Embora não acreditasse completamente no que todos diziam, ela aceitava a possibilidade. Naqueles dias do segundo ano, nas raras ocasiões em que as amigas diziam a palavra *lésbica*, era sempre um xingamento, nunca uma pessoa.

Todos os Alphas tiveram de engolir o choque quando Hazel engatou com Nat, um homem alto e impossivelmente atraente que se movia com a elegância estranha de um louva-a-deus. Um ala no time de basquete dos Tigers, com várias comparações a Willis Reed. Aquele seu patamar de cara um pouco mais velho e experiente só aumentava o charme — ele veio para a faculdade no projeto de readequação dos militares, uns dois anos após ter servido no Vietnã, e tinha acabado de começar o terceiro ano.

Nat precisou de três tentativas para convencer Darlene a sair do campus com ele depois da aula de economia, para ir a uma lanchonete gordurenta que os outros estudantes raramente frequentavam. Ela inventou desculpas até o terceiro pedido. Uma série de possibilidades passou por sua cabeça: talvez ele quisesse o caderno de economia dela, por isso tinha decidido ganhá-lo na conversa. Talvez ele não fizesse ideia de que aquilo pegaria mal e a escolha do restaurante não tinha sido proposital. Ou quem sabe ele quisesse dar em cima dela pelas costas de Hazel. No centro de todas essas possibilidades estava o homem em si: o flexível camisa 55, os olhos cor de âmbar emoldurados por cílios femininos; um cara tímido, bonito, de perguntas sensíveis e olhar atencioso que provavelmente despertava fantasias matrimoniais até mesmo na mais sensata irmã Sigma. Ele segurava bolas de basquete com facilidade e Darlene adorava pensar naquelas mãozonas envolvendo seus quadris ou segurando seus seios, e aqueles dedos longos apertando seus mamilos. Seu carisma solar afetava o raciocínio dela de maneira tão dramática que qualquer coisa que pudesse separá-los — até Hazel — se tornava irrelevante.

Na segunda vez que Darlene foi com ele à lanchonete, ele roçou os dedos no braço dela, deixando suas intenções claras. Embora percebesse o erro daquele carinho e sentisse o possível rebuliço que causaria na irmandade, ela não conseguia deixar de pensar em Nat da mesma forma que todas as outras irmãs pensavam, como um grande prêmio que só uma idiota recusaria. Debaixo da mesa, sua perna relaxou, deslizou-se contra a de Nat e ficou ali parada como prova de sua entrega. Na próxima vez que se viram, andaram mais para longe do campus. No terreno atrás de outro restaurante, quando reconheceram ao mesmo tempo sua sedutora privacidade, seus rostos se aproximaram instintivamente e bocas e línguas se tocaram em prazer lúbrico e ilícito.

O namoro secreto a envaideceu, deixando-a com um brilho de satisfação. Suas colegas de quarto perceberam e disseram que ela tinha a aparência corada de uma pessoa obcecada; elas cutucavam sua cintura e exigiam informações tão pessoais que ela ficava vermelha e se escondia delas na biblioteca. Era muito difícil para ela esconder informações tão picantes das garotas com quem dividia batom, pomada de cabelo, blusas, meias e anotações das aulas, e com quem geralmente fazia longas conferências após uma simples olhadela de um atleta bacana.

Outras vezes, ela queria que as amigas soubessem. Sua colega de quarto, Kenyatta, não a deixou em paz e Darlene finalmente confessou, tomando o cuidado de enfatizar que eles tinham apenas se beijado.

A princípio a expressão no rosto de Kenyatta congelou, depois se transformou em terror.

Não tá feliz por mim?, perguntou Darlene.

Não, disse Kenyatta, isso não é bom. Isso não é *nada* bom.

Uma vertigem tomou conta de Darlene, e ela logo entendeu como as amigas encarariam tudo. Nat, o cara, o astro do basquete, não levaria a responsabilidade, somente Darlene, a piranha, a ladra de homens, independentemente de qualquer credibilidade que pudesse ter com as irmãs. Quando se tratava de traição, elas não lhe dariam a menor chance.

Então é só não contar, implorou ela a Kenyatta. Esquece que eu te contei.

Me desculpa, mas as meninas vão descobrir de um jeito ou de outro. Deus sabe que eu também não consigo guardar segredo. Melhor acontecer logo do que depois, pra todos os envolvidos. Pra que você foi me contar, também?

Não, Kenyatta, não faz isso. Você não pode. Por favor.

Uma Tau Tau não pode passar a perna em outra Tau Tau. Você sabe disso.

Kenyatta jamais cogitaria guardar segredo como um ato de misericórdia. Ao escolher essa confidente, Darlene havia se esquecido da lealdade de Kenyatta à hierarquia inflexível do grupo, que exigia que as meninas mandassem regularmente as roupas mais estilosas para April aprovar antes dos bailes; apesar de as razões de April para esse ritual não serem claras, todo mundo dizia que o motivo era impedir que alguém a ofuscasse. Muitas vezes April escolhia toda a sua roupa dentre as melhores peças do grupo.

Darlene, petrificada, só podia esperar até que alguém levasse as más notícias à própria Hazel. Até lá ela tentou manter distância — mas não de Nat, com quem frequentemente se encontrava à noite em ruas residenciais escuras ou em parques, onde ninguém desse atenção a dois vultos escuros pressionados contra o caule de uma árvore, de lábios colados, as mãos percorrendo ardentemente o corpo um do outro.

Durante esse período, ela ficou de sobreaviso, sempre pronta para o confronto inevitável. Imaginou puxões de cabelo, então cortou os cabelos um pouco mais curtos e os prendeu bem firmes, em um pequeno coque. Mas nada aconteceu. Kenyatta alegou não ter contado, apesar das declarações de fidelidade à Sigma Tau Tau. Quando Darlene cruzava com Hazel, ela não detectava nenhum sinal de vingança — nada de olhos estreitos, nenhum canto da boca levantado, nenhuma palavra estranhamente fora de lugar ou ambígua na conversa. Paradoxalmente, quando voltaram ao campus após o recesso do inverno, as conversas de Hazel com Darlene pareceram assumir um tom mais familiar que de costume, uma leveza fresca como a rara geada matinal.

Hazel jogava no time universitário de basquete feminino. Por um lado, isso parecia torná-la uma ótima pretendente pra Nat; por outro, alimentava os boatos de sua sexualidade. Um fim de semana, quando ela tinha um jogo fora, Darlene e Nat se encontraram em uma pousada cara localizada a uma hora de distância, em Shreveport, decididos a transar.

O lugar tinha uma atmosfera suntuosa; quartos chiques forrados com papel de parede e com nome de pintores renascentistas e uma banheira acinzentada embutida em um recanto de madeira nas suítes de luxo. Nat havia pedido a suíte Botticelli, ele disse, mas só a Rafael estava disponível.

Cinquenta dólares a mais por noite, disse ele, mas você vale muito mais que isso.

Logo depois de chegarem, eles fizeram amor pela primeira vez: ofegante, agitado e desastrado na banheira de hidromassagem vazia. Depois Nat brincou de jogar água nos dois com o chuveirinho, banhando seus corpos parcialmente vestidos. A água fazia cócegas em seus corpos conforme evaporava e aquilo encheu Darlene com uma suave sensação de bem-estar. Deitados exaustos no edredom, tiraram o restante das roupas, seguraram o rosto um do outro e aproveitaram o calor gostoso da pele se tocando.

Quando se cansaram daquele luxo, concordaram em ir jantar. Para Darlene, a ideia parecia quase tão escandalosa quanto fazer amor. Uma vez eles cruzaram com um dos colegas do time de Nat na lanchonete fora do campus e ficaram paranoicos por terem sido vistos juntos em público, criando a aparência do que por acaso era verdade. Mas àquela distância do campus eles encontraram um universo alternativo onde seus desejos podiam florescer. Darlene começou a achar boba e frustrante sua crescente ansiedade. Ninguém pertence de verdade a ninguém, pensou ela quando trancaram a suíte e desceram a escadaria vitoriana unilateral. O coração te leva em uma viagem. As pessoas têm seu próprio livre arbítrio hoje em dia. As mulheres são mais livres — tá em todos os jornais, nas séries de TV, na boca do povo. Se as pessoas escolhem ficar juntas, elas concordam com as condições.

Ela aceitou tal ideia, embora detestasse ter que dividir Nat com Hazel agora que tinha admitido estar apaixonada. Sem pensar nas palavras, pressentiu que Hazel provavelmente veria a infidelidade dele como confirmação de sua crença de que os homens — negros, em particular — não tinham escrúpulos, e descobrir o caso deles talvez a encorajasse a largar Nat e a experimentar mulheres, se é que já não tinha experimentado. Uma porção mais cruel e nebulosa da imaginação de Darlene se perguntou se, no time feminino de basquete, jogar fora de casa também não significava um monte de troca-troca na madrugada. Sim, as pessoas eram livres para fazer o que quisessem com quem desejassem. Os homens não podiam possuir escravos nem criados, nem mesmo as mulheres eles podiam possuir mais. E as mulheres nunca possuíram os homens, isso é certo.

Os dois entraram no saguão, onde Darlene ficou parada admirando a magnífica porta de entrada, os vitrais em tons pastel restaurados à glória original. Então Nat tomou a mão dela e a conduziu pela varanda escura. Ela curtiu a fantasia de riqueza e romance quase tanto quanto a incrível sensação de que, durante aquele fim de semana, eles pertenciam um ao outro; de que a beleza e a elegância daquele momento imploravam para que transformassem aquilo na realidade de todos os dias.

Eles chegaram aos degraus da entrada — só uns dez, mais ou menos. Mesmo assim, Darlene exclamou que não conseguia enxergar bem o suficiente para descer sem quebrar o pescoço, então ele foi na frente, para demonstrar onde ficava cada um deles. Quando o céu acima da cabeça dele se tornou visível para ela, contornando-o contra uma tapeçaria de nuvens em forma de foice, rastros de avião e estrelas pálidas, aquele gesto profundo de ajuda emoldurou o caráter dele de maneira tão perfeita que ela deu um salto momentâneo para o futuro, para o dia do casamento de sua possível filha, quando ela discursaria aos presentes sobre aquele gesto de gentileza e o usaria para definir a relação do casal.

Nesse momento uma voz familiar rasgou a escuridão. Darlene percebeu, em um sobressalto, que a pessoa estava sentada em uma das cadeiras de vime da varanda, imóvel e cuidadosamente posicionada no canto onde um loureiro alto do outro lado do parapeito criava uma sombra impenetrável. A pessoa provavelmente nem respirava.

Que porra é essa?, indagou a voz. Vocês devem se achar espertos pra caralho, né?

Ambos viraram o rosto, e Hazel saiu da escuridão. Ela ficou atrás e acima deles, parada com as mãos nos quadris. Kenyatta me contou, mas eu não acreditei, porque ela é tão fútil. Acho que ela tava certa mesmo.

Os ombros de Darlene e Nat caíram como se de repente eles tivessem voltado a ser crianças envergonhadas. Nat abriu a boca e fez um som de *hã*, pronto para justificar tudo com sua voz grave, um baixo retumbante que podia afogar qualquer coisa desagradável no melaço. Darlene deu um passo para o lado, esperando tornar-se irrelevante à discussão pelo maior tempo possível.

Você não tinha um jogo fora?, perguntou Nat, estupidamente.

Cancelaram na última hora, disse Hazel. O ônibus voltou. Cheguei bem a tempo de seguir seu rabo até aqui. Quase fiquei sem gasolina. Lugar bacana. Bacana *mesmo*. Quando é que você ia *me* trazer pra essas pousadas renascentistas?

Escuta, Hazel —

Nem começa, ralhou ela. Hazel deu um passo à frente, para uma posição em que a luz da noite cortava seu corpo na diagonal, como uma faixa. Não tem merda nenhuma que você possa dizer que vá mudar isso aí. Ela balançou a mão para lá e para cá com desdém e terminou levantando um dedo no espaço pessoal de Nat. Então não deixa nem ela sair da boca.

Ele falou mesmo assim: Hazel, Hazel. Nós somos só amigos, é sério.

Hazel repetiu as palavras dele, zombando numa voz de personagem de desenho animado, depois recuou e deu um soco no queixo dele. O punho dela era forte e rápido. Nat levantou os braços tarde demais para bloquear o golpe. Ele cambaleou nas escadas e tentou pegar o corrimão, mas perdeu o equilíbrio e caiu na calçada, torcendo o tornozelo.

O que mais você tem a dizer, sr. Gostosão?

Ele tinha mordido a língua.

Darlene saltou escada abaixo e se curvou sobre o tornozelo machucado de Nat, pouco antes de Hazel, triunfante, descer os degraus estalando os saltos — ponta de esmagar barata, todos diziam — os peitos balançando desafiadoramente sob a blusa larga.

Inclinando a cabeça, ela por fim se dirigiu a Darlene. E *você*, você não tem nem *noção* do que te espera. Tá ouvindo?

Hazel pôs a mão no bolso. Ela se agachou ao lado de Nat e, assim que ele conseguiu ficar de joelhos, ela levou a mão em concha aos lábios e soprou com força uma espécie de poeira acre no rosto dos dois, o bastante para que eles tivessem que fechar os olhos contra o pó ardente.

Hazel se levantou e gritou uma frase em francês, algo que Darlene não entendeu, depois ergueu as mãos, sacudiu-as para Nat e dispersou o restante da poeira em Nat e Darlene. A substância acabou se mostrando um tipo de fuligem sebenta, possivelmente vulcânica, que grudou nas bochechas e nos lábios; Darlene pensou horrorizada que talvez fosse um corpo cremado. Logo depois, Hazel atravessou a estrada principal e desapareceu, deixando que os dois se limpassem e se acalmassem.

Gris-gris ridículo, resmungou Nat a Darlene, embora ele não pudesse ver o quanto estava apavorante — um rastro líquido e vermelho no canto da boca e os dentes cobertos de sangue porque ele tinha mordido a língua. Não funciona. Ela carrega esse negócio o tempo todo. Você nunca viu? Idiotice.

Mas quando eles voltaram à universidade parecia mesmo que algum feitiço bizarro tinha surtido efeito. Não neles dois, mas em todo mundo que conheciam. As notícias do escândalo se espalharam rápido, sem dúvida polinizadas pela língua afiada de Hazel. Quando o fim de semana terminou, um banimento velado havia começado. A identidade de ambos foi esvaziada de repente; eles não eram ninguém. Até o status de Nat havia caído de certo modo, embora não tanto quanto o de Darlene. Quando ela atravessou o saguão do alojamento arrastando a mala, pessoas que costumavam sorrir, mesmo aquelas que não a conheciam, olharam para o chão. Ninguém ofereceu ajuda para subir as escadas. Quando Darlene chegou ao quarto e levantou a roupa de cama, encontrou uma rã dissecada no meio do colchão, sangrando formol.

Um dos colegas de quarto de Nat, cuja namorada passava muito tempo com Hazel, deu um encontrão nele, e deixou Nat sem ar. Três semanas depois, outro cara que Nat nem conhecia lhe perguntou como chegar à união dos estudantes, deu-lhe um soco no estômago e saiu correndo. O cara não parecia aluno da Grambling — Nat e Darlene se perguntaram se Hazel tinha parentes ou contatos perigosos fora da universidade, para quem havia começado a pedir favores. A paranoia deles chegou ao auge quando Darlene passou a ser a vítima de vários trotes horríveis.

Pelo próximo mês e meio, a maior parte dos cadernos de Darlene foi roubada ou destruída. Ao virar as páginas dos livros durante as aulas, encontrava as palavras PUTA, PIRANHA e VAGABUNDA rabiscadas com pincel atômico vermelho. Os rostos de seus familiares nas fotos que ela mantinha na cômoda criaram bigodes e barbas. Seus olhos foram escurecidos e desenhos grosseiros de genitálias saíam da cabeça e da boca das crianças. Suas amigas da irmandade, inclusive a colega de quarto, Kenyatta, negavam a responsabilidade pelo vandalismo. Darlene recebia telefonemas de estranhos de madrugada, o mais assustador às três da manhã de uma quarta-feira, uma voz de computador que parecia um brinquedo de criança ameaçando cortar a garganta dela.

Alguém passou creme para contusões em seu sutiã. A ardência veio durante uma prova de economia, anestesiando e queimando o peito, ao ponto de ela engasgar e quase desmaiar. A sensação continuou mesmo depois que ela se livrou das alças sem tirar a camisa e escondeu a peça gelada entre as pernas. Ela levou pau na prova. Ninguém admitia ter feito nenhuma daquelas coisas, e havia suspeitos demais para apontar uma pessoa específica. Darlene ficou espantada ao descobrir quão horrível as pessoas podiam te tratar, até mesmo as pretensas irmãs, se tivessem uma boa desculpa. Hazel não precisava de pó nenhum. No fim das contas, a magia negra não funcionava por causa de feitiços e poções, e sim por medo da perseguição e das intrigas que permeavam a vida das pessoas feito água contaminada.

Darlene lutou contra o abuso, achando que ia acabar diminuindo, mas não diminuiu. Enquanto isso, as autoridades encaravam os trotes como incidentes isolados e não um sistema de tortura, então não ofereciam ajuda a Darlene. Suas irmãs se escondiam atrás da reputação conquistada. As garotas da Sigma Tau Tau eram voluntárias do sopão comunitário, como os administradores da faculdade frequentemente lembravam a ela, lideravam a distribuição de comida enlatada e apoiavam a ascendência social da comunidade negra organizando feiras de doces. Elas se apresentavam, em seu tradicional uniforme lilás e tangerina, em centros de idosos. Também organizavam shows de *stepping*[1], bazares da igreja e arrecadavam dinheiro para pessoas com paralisia cerebral. Ninguém acreditava que elas tivessem se unido contra Darlene e, por fim, ela sentiu que não tinha escolha a não ser deixar a Grambling.

Nat havia se tornado extremamente protetor com Darlene e, conforme os ataques contra a jovem continuavam, o mundo social deles encolhia e sua relação pessoal se intensificava. Ele alegava ser responsável por tudo o que havia acontecido a ela e insistiu em deixar a faculdade a seu lado. Darlene e Nat combinaram com os professores que fariam o máximo de provas e trabalhos que pudessem, mesmo faltando a algumas aulas, então tomaram medidas para se transferir para a Centenary, em Shreveport, explicando o mínimo possível às próprias famílias, evitando quaisquer perguntas sobre a relação dos dois. A animação de Nat com a transferência aumentou quando ele descobriu que a Centenary tinha um time de basquete de grande potencial — os Gentlemen, nome que fez Darlene rir. A NCAA[2] estava punindo os Gents, disse ele, porque deixaram de passar os dados estatísticos deles; Nat tinha conhecido um jogador da Centenary chamado Robert Parish[3], um pivô que tinha um dos melhores históricos do esporte universitário, mas ninguém sabia. A Darlene pareceu que mais decepção e injustiça aguardavam Nat pelo caminho, mas, ainda assim, ela doou um sorriso vazio ao esforço dele.

Antes mesmo de o semestre terminar, eles fugiram para Shreveport pra morarem juntos, não porque outros casais tinham começado a tornar aquilo moda, mas porque não tinham ninguém mais com quem contar. A irmã de Darlene, Bethella, era a única outra pessoa da família que tinha feito faculdade, e ela havia fugido para Houston sem olhar para trás. Darlene sentia que não podia voltar

---

1   Dança percussiva com origem nos passos do *isicathulo* sul-africano e outras danças, muito frequente em irmandades universitárias negras dos Estados Unidos. (NT)

2   Sigla em inglês para *National Collegiate Athletic Association* (Associação Atlética Universitária Nacional), entidade máxima do esporte universitário nos Estados Unidos. (NT)

3   Robert Parish fez fama na NBA com a camiseta 00 do Boston Celtics. Integra o hall da fama da liga e em 1996 foi escolhido um dos cinquenta melhores jogadores de basquete de todos os tempos. O seu número foi aposentado pelos Celtics, típica homenagem feita aos jogadores mais importantes de cada time. (NE)

aos modos interioranos de sua família depois de ter adotado todos aqueles hábitos e anseios de jovem universitária. Da última vez que tinha ido para casa, o irmão mais velho, que abandonara o colegial, empurrou o livro de psicologia dela de cima da mesa enquanto ela estava estudando. Mais tarde, à mesma mesa de jantar, disse a todos o quanto estava orgulhoso dela. Ainda assim, ela nunca teve as notas mais altas, e o banimento afetou seu humor e piorou sua situação acadêmica. Podia ter sido pior; o pai adotivo de Nat, Puma, um homem religioso e perspicaz, descobriu a história toda, e o que ele chamou de devassidão, mendacidade e fornicação pré-matrimonial de Nat o deixou tão enojado que proibiu o filho de voltar para casa.

Após alguns meses, com medo dos alojamentos no campus da Centenary, o casal encontrou uma pequena casa com amplo quintal na avenida Joe Louis. Enquanto conversavam com um novo vizinho, ouviram que o festival Holiday in Dixie começava naquela noite. Era uma sombra pálida do Mardi Gras, atrasada em um mês; aquele evento só acontecia de verdade mesmo em New Orleans, mas essa festa de segunda linha os acolheu de uma maneira que a Grambling jamais acolheria outra vez. Até o gumbo morno que compraram em uma carrocinha os encheu de lembranças de um tempero mais picante e uma salsicha mais gostosa. Apesar de o salmão das trouxinhas ser só carne escura e pele, a massa oleosa ainda se desfolhava adequadamente nos dentes e aquilo trouxe conforto suficiente. Eles sentiram que haviam feito a escolha certa.

Apesar da perda e da vergonha em deixar a Grambling, toda vez que olhava para Nat, Darlene sentia que havia vencido. Ele tinha concordado em ir com ela, quando poderia ter ficado e a abandonado como os outros. Também havia se contentado com uma bolsa de estudos mediana para jogar basquete. As palavras não provam o amor verdadeiro, ela pensava, só a lista de sacrifícios que você faz para manter ele vivo. Nat demonstrara seu amor através da honra.

Nat não sabia quase nada sobre os pais verdadeiros, apenas o primeiro nome da mãe. A agência talvez soubesse mais, mas se recusava a lhe dar qualquer informação. Seus pais de criação o adotaram com treze anos, depois de o sistema jogar a criança em lares instáveis do leste do Texas, onde supostos irmãos roubavam seus cartões de baseball, mães batiam na canela dele com taco de sinuca e irmãs o amarravam em cadeiras para brincar. Somente seu crescimento repentino deu fim aos abusos. Dos seis lares pelos quais passou, ele só quis ficar em dois. O primeiro era de uma divorciada carinhosa com quadris em forma de maçã, o segundo era da família que o adotou, os Hardison: a mãe adotiva, LaVerne, era uma jovem rechonchuda com sardas e queloides espalhadas pela pele; o pai adotivo, Patrick, apelidado de Puma, um homem sólido como um trono, da cor e da aparência de uma noz, ex-oficial da Marinha, tenso e autoritário, cujo amor severo continha bem pouco do primeiro ingrediente. De Puma, Nat absorveu uma fervorosa admiração pelos militares e respeito pelas autoridades, bem como o desejo de emular os altivos heróis de Iwo Jima e da Coreia.

Seus novos amigos na Centenary não sabiam que a ligação intensa, e algo paranoica, de Nat e Darlene havia surgido da perseguição na Grambling. Em um encontro com amigos, um casal que eles conheciam da União dos Estudantes Negros ficou olhando quando dividiram o mesmo prato e quando Nat se levantou para que Darlene saísse da mesa e fosse ao banheiro, seguindo-a até a porta. Os amigos fizeram uma piada desconfortável quando os dois voltaram, mas Nat não entendeu o que eles haviam achado de tão incomum. Darlene mencionou timidamente que eles também tinham se matriculado juntos na maioria das aulas.

Nós dois estamos fazendo economia, disse ela, e ajudamos um ao outro nessa loucura toda. Eu faço cartões de memorização pra nós. É divertido. Somos praticamente a mesma pessoa agora.

Seus companheiros de jantar sorriram e mudaram de assunto e, no futuro, era frequente terem compromisso quando Darlene os contatava.

Quase simultaneamente ao banimento da Grambling, um policial de Pensacola matou um homem negro à queima-roupa com uma Magnum .357. Pouco depois, alguém estrangulou uma testemunha importante que afirmava ter relação com o policial e ter visto o assassinato. No final de janeiro, o júri absolveu o policial. Centenas de pessoas foram às ruas em Pensacola, mas setenta policiais agrediram os manifestantes com cassetetes. Nat acompanhou tudo e ficou indignado; ele demonstrava tanta raiva por esses fatos quanto pelo que havia acontecido com Darlene. Ela se perguntava se ele estava deixando Pensacola tomar o lugar da injustiça anterior, algo mais pessoal. Agora ele insistia que tinham de trabalhar pela igualdade, mesmo que em pequena escala. Então Darlene percebeu que estava grávida. Era provável que a criança tivesse sido concebida mais ou menos uma semana depois de decidirem pedir transferência da Grambling.

Então Nat se sentiu motivado a mudar para uma cidade menor, como aquela perto de Lafayette, onde Darlene crescera. A gravidez pareceu tornar os desejos dele inevitáveis, até mesmo necessários. Meio que aleatoriamente, Nat escolheu Ovis, na Louisiana, uma vila às margens do rio Mississippi, quase abaixo da linha de pobreza, em parte por causa do nome estranho. O nome soava humilde para ele, remetia ao tipo de lugar onde ele poderia organizar e mobilizar os negros locais. Ele também tinha se inspirado na carreira política de Tom Bradley e de Maynard Jackson; parecia que um portal havia sido aberto para que prefeitos negros fizessem com que pessoas comuns percebessem que a segurança e o poder vinham com o direito ao voto, e que o envolvimento na política podia melhorar seu padrão de vida e impedir injustiças como a de Pensacola. A nação logo faria duzentos anos — já era tempo.

Como se para queimar aquele idealismo pelas beiradas, o feto não resistiu. Na maior parte do ano seguinte, Nat e Darlene deixaram a porta do segundo quarto da nova casa fechada, até ambos recuperarem as forças para tentar ter outro filho.

No setembro seguinte, Eddie nasceu — prematuro, e a dificuldade em cuidar dele só aumentou o transtorno na vida dos pais. Com pouco dinheiro, eles acabaram esperando para se casar, até Eddie ter uns seis meses. Eles não tinham dúvidas de sua relação, mas todo aquele espalhafato e a despesa de um casamento, além da obrigação de mobilizar as famílias, sempre pareceram triviais e irritantes em comparação a seu romance monumental e aos sonhos sociais.

Apesar de Nat, por causa da família, ter conhecido em primeira mão a teimosia da população rural durante a infância vivida no leste do Texas, ele mantinha uma espécie de fé sonhadora no potencial que eles próprios representavam. Afinal, Nat tinha feito alguma coisa por si e sabia que outros também podiam fazer o mesmo. De vez em quando, sem nenhuma modéstia, falava de si mesmo como uma espécie de Moisés conduzindo seu povo através do deserto, mas na verdade ele dava um duro danado convencendo as pessoas a votar numa época em que elas ainda achavam que podiam ser prejudicadas por tentar melhorar de vida. Ainda assim, Nat e Darlene abriram um mercado chamado Mercearia Mount Hope na minúscula avenida central da cidadezinha, onde, numa sala nos fundos, homens e mulheres solitários e desamparados se reuniam para beber na paz e na companhia de gente igualmente sem esperança. No geral, as pessoas admiravam a determinação de Nat em mobilizar a comunidade, arrecadar fundos, realizar campanhas de registro eleitoral, mas não esperavam mudanças repentinas.

Faísca McKeon, no entanto, um homem de rosto brilhoso, cujo corpo compacto tinha tomado a forma da poltrona manca e surrada que era sua favorita no pátio empoeirado na parte de trás, balançava a cabeça na diagonal toda vez que Nat começava uma nova iniciativa. Nada disso aí vai dar em nada, resmungava. Já ouvi essa história um montão de vezes.

Ele contou três casos de desgraças recentes e próximas para embasar sua opinião. O primeiro envolvia uma ativista do norte, negra de dezessete anos raptada, estuprada e estripada com uma peixeira em Acadia Parish, provavelmente pela Ku Klux Klan.

Caso arquivado, disse Faísca erguendo a sobrancelha, e a gente sabe o que isso quer dizer.

O segundo tinha a ver com um judeu que levou um tiro no rosto, perto de Baton Rouge, por causa do boato de que tinha um caso com uma mulher branca proeminente na comunidade. Faísca contou essa para provar que o ódio era uma coisa profunda e não se tratava só de preconceito contra os negros.

Católicos também, disse ele. Ninguém diferente tem chance nenhuma neste estado desgraçado, afirmou balançando a cabeça.

A terceira história era do seu próprio tio, Louis McKeon, que se recusou a abrir mão de parte de um terreno para um branco e logo depois desapareceu.

Meu primo Grant não tinha nem seis meses na época. Me diz que homem da família McKeon deixa uma criança assim, comentou Faísca, sem deixar nem rastro. Vou te dizer que isso nunca aconteceu — nós somos gente honrada. Minha prima Geneva? Disse que ouviu um branco falando que jogaram o corpo do tio Lou no Mississippi e que os caras ficaram assistindo os jacarés comerem ele, ficaram lá só rindo, apostando ou qualquer merda dessas. E os brancos dizem que os pretos são todos animais, que a gente é quase macaco. Vou te dizer que eu prefiro ser quase macaco do que ser que nem esses caipiras branquelos. Pelo menos o macaco ia ser meu amigo lá na África, não ia vender a casa dele na terça se eu me mudasse pra casa vizinha na segunda. Pra você ver, pra esse povo um animal é ainda mais negro do que os negros. E você sabe que os animais são criaturas lindas de Deus. Por que eles acham tão ruim ser macaco?

E ainda assim os habitantes de Ovis pareciam ter aceitado as injustiças que sofriam como algo inescapável. Nat sentia que podia se ajoelhar à frente daqueles sorrisos tensos e colher a raiva deles com as mãos, batendo de porta em porta e enchendo cestos com a colheita, mas suas tentativas de plantar ou de transformar a colheita em algum tipo de ação muitas vezes não davam em nada.

Bom, perguntou ele a Faísca, por que você não se registra pra votar, cara?

Faísca, o homem mais bravo da região, nem costumava levantar o olhar no processo de arrumar a mão no pôquer. Da única vez que respondeu, falou: Votar em quem? No filho do caipira fiadaputa que matou meu tio?

Os homens riram como se estivessem tomando cerveja juntos, apaziguando a sensação comum de decepção, frustração e raiva, tão intensa que podia se tornar assassina se fosse provocada, mesmo que a oportunidade de extravasar tudo isso jamais chegasse. Mesmo que tivessem uma chance, as garras da injustiça logo recairiam sobre esses homens, desmembrariam e sumiriam com eles em seguida. Então todo mundo esqueceria que aquilo tinha acontecido, apagando-se qualquer rastro, exceto um dolorido miasma que agitava o musgo espanhol[4].

Porém, alguns homens e mulheres gradualmente procuravam Nat em particular e ele convencia esses poucos a enxergar além do desespero e da fúria e a vislumbrar um futuro mais fácil, mesmo que só um pouco. Algumas pessoas se inscreveram. Elas brincavam sobre a época em que seu desespero desapareceria, que alguém ia dar uma chance e, com um sorriso orgulhoso, Nat viu que elas tinham dado o primeiro passo para se livrar do desespero perpétuo. Mas toda essa atividade, apesar do otimismo no centro de sua política, logo atraiu atenção negativa na forma de telefonemas ameaçadores, palavras desagradáveis na rua e atendimento ruim no comércio local. Eles já tinham passado por esse tipo de coisa antes, vinda de seu próprio povo, lembrou Nat a Darlene, então eles sabiam que não deviam dar muita atenção. Ainda assim, Nat tinha a tendência de comparar erros menores a outros maiores, como as atrocidades cometidas contra Henry Marrow[5], Medgar Evers[6] e Emmett Till[7], e por isso não conseguiu enxergar o que eles realmente eram: os lances iniciais de um jogo de xadrez que ele jamais poderia vencer, considerando quantas jogadas à frente os adversários já estavam pensando.

---

4 *Spanish moss* é um elemento comum em narrativas ambientadas no sul dos Estados Unidos, associado a algo agourento, inevitável ou à indiferença do destino ou do mundo natural ao homem. No Brasil, existe uma planta equivalente, a barba-de-velho, mas ela não tem o mesmo sentido do musgo espanhol. (NE)

5 Negro assassinado a tiros por um branco em Oxford, Carolina do Norte, em 1974, aos 23 anos, em uma briga racial. Um júri composto apenas por pessoas brancas inocentou o assassino, o que gerou uma onda de protestos pelos direitos civis em todo o país. (NE)

6 Ativista negro de direitos civis responsável por uma ação movida em 1954 para que ele pudesse cursar a faculdade de direito na Universidade do Mississipi. A ação serviu de base para que a Suprema Corte dos Estados Unidos tornasse ilegal a segregação racial nas universidades. Eves foi morto em 1963, aos 37 anos, em Jackson, Mississipi, por um membro da Ku Klux Klan. Todos os julgamentos realizados pelo júri composto unicamente por pessoas brancas foram inconclusivos e o supremacista branco ficou livre até 1994, quando surgiram novas evidências e o caso voltou a julgamento. Dessa vez, o acusado foi condenado, vindo a falecer na prisão em 2001. Bob Dylan, Nina Simone, Matthew Jones, Wada Leo Smith, entre outros artistas, compuseram canções em homenagem a Medgar Eves. (NE)

7 Negro de 14 anos linchado em Money, Mississipi, em 1955, após supostamente assobiar para uma mulher branca. Seus assassinos foram absolvidos por um júri composto por brancos. O escritor e compositor brasileiro Vinicius de Moraes escreveu um poema sobre essa barbárie chamado "Blues para Emmett Louis Till", em 1962. (NE)

4.

DEMOS NOME À CABRA

A mina parada do lado daquela van no acostamento parecia ok pra Darlene — melhor que ok. Primeiro que a mulher tava com uma blusa *limpa* de estampa de triângulos africanos multicoloridos que mais parecia um vitral. Só uns dois furos naquela blusa — mesma coisa com o jeans desbotado e as sapatilhas. A van parecia meio nova. Não tinha arranhão nem amassado que desse pra ver debaixo da luz branca na frente da Party Fool, no lote do lado de onde Darlene tinha acabado de perder três dentes. Os pneus da van tavam brilhando de tão engraxados as calotas também. A porta de correr abriu macia dava pra sentir o cheiro de carro novo lá dentro mesmo de longe. As janelas reluziam os bancos pareciam daquele tipo que se reclinam pra lá e pra cá tá ligado e quando Darlene se esticou por trás da mulher e espiou lá dentro percebeu que os manos sentados tavam confortáveis.

A moça — que disse que se chamava Jackie — começou a falar igual àqueles vendedores da TV falando rápido sobre essa quebrada e esse trampo que pareciam bons à beça e que eu e Darlene, que a gente devia ir junto. Os cachinhos do permanente dela caíam pela testa daí o cabelo descia até a nuca preso por grampos na parte acima das orelhas pra dar um visual mais profissa. Mas Darlene não prestou atenção em nada do que Jackie disse porque ela falou mais que o necessário igual as pessoas faziam quando notavam que tu não ia querer o que elas tavam vendendo.

Enquanto a gente tava ouvindo Darlene teve que plantar os pés no chão pra não gritar de alegria mesmo com todo aquele sangue ressecado grudado no nariz e na gengiva e os joelhos esfolados. Parecia que a moça tinha um trampo que eles queriam *dar* pra minha garota sem entrevista nem nada trampo duro mas trampo bom nada de vender o corpo e levar facada nem ter que assistir cajun viciado em vergonha mandar ver na melancia.

Jackie disse: Os colaboradores da empresa fazem trabalho agrícola colhem uma grande variedade de frutas, verduras e legumes. Ela falou de verdade essas frases como se fosse um livro que nem ela terminou de ler.

Só pra constar Darlene cresceu fazendo aquela merda aí ela ficou com saudade da infância. Nesse trampo ela ia colher frutas e verduras que nem uma menininha inocente de novo. Jackie também fez a fazenda parecer o tipo de lugar onde a gente Darlene e eu podia ir junto e ninguém ia impedir a gente de curtir, fazer nossa farra e isso parecia tão perfeito que a gente se perguntou se não tava inventando aquela parada.

Uma imagem apareceu na mente da Darlene uma cornucópia audaciosa recheada de pimentão verde e vermelho e derramando a porra toda: banana, cenoura, uva, sabe lá mais o quê. Tudo geladinho, crocante, fresquinho e molhado de orvalho por causa que tinham acabado de colher. Na cabeça da mina alguém quebrou uma cenoura e ela soltou uma nuvem de partículas no ar.

Darlene me falou: Tá vendo, Scotty. O livro funciona. Eu joguei positividade e amor na minha antena e o universo me mandou isso de volta pra me abençoar.

Jackie disse: *Acomodações três estrelas.* Ela prometeu *piscina olímpica.* Falou *atividades recreativas. Salário competitivo. Férias.* Em seguida mostrou a Darlene uma foto duma espécie de complexo tipo condomínio com uma piscina do caralho em formato de feijão bem no meio.

Depois Jackie ainda jogou benefícios tipo plano de saúde. Temos um dentista que pode ajudar com qualquer problema que tiver, disse Jackie olhando pra boca da Darlene, além de uma creche. Pra ser franca, continuou falando a mulher, o pagamento não é lá muito alto mas oferecemos a nossos funcionários um salário acima do mínimo que é o valor competitivo nesse ramo.

Darlene curtiu a sinceridade. Melhor ainda do que ter um salário alto era a sensação de trampar com gente que dava pra respeitar, que te falava a verdade, filhos da puta com quem dava pra ter comunicação. Aquela ali parecia a primeira dose de sorte de Darlene em todos esses seis anos desde que ela tinha perdido Nat. Acima do salário mínimo? Ela se imaginou botando a mão naquela sorte fazendo carinho nela então a sorte ia *ronronar*.

Agora Jackie solava direto não dava nem pra espirrar. A noia tinha lábios que pareciam um coração e tinha lambuzado gloss cor de telha neles as bordas cintilando. Igual a uma ameixa vermelha sexy. A língua dela tava sempre indo pra algum lugar quando falava. Às vezes ela lambia o canto da boca pra não ressecar.

Jackie. Jackie? Jackie, dizia Darlene de vez em quando tentando interromper dizer o quanto já tava dentro.

Os olhos de Jackie ainda não diziam nada — só diziam *O negócio, o grande negócio, a maravilha daquele negócio.* Ela tava nervosa — e eu sabia o porquê. Eu reconheci a maluca era uma velha amiga. Então eu precisava apresentar as duas. Jackie parou a propaganda por um segundo.

Posso ligar pro meu filho?, perguntou Darlene.

Às vezes Eddie diz que Darlene nunca se importou com ele com destaque pra este momento específico que tamos falando agora mas ela nunca deixou de querer ter certeza que podia manter contato. Eddie devia achar que a mãe amava o pai mais do que ele e isso podia até ser a real mas ela pensava em Eddie o tempo todo. O amor é mãe pra início de conversa então quando os filho da puta começam a brigar pra ver quem é que ama mais quem querendo dizer que isso que tu fez hoje precisa corresponder com aquela declaração de ontem sobre o quanto tu amava alguém e eles pegam amorzômetros e começam a medir essa porra até o infinito eu fico puto. Eu já acho que as pessoas podem me amar ou alguém como eu e ainda assim ter suas obrigações com as outras pessoas na vida delas o número 2, o 3 e o 4, e assim por diante e tudo bem.

Quando Darlene perguntou sobre ligar pro filho Jackie ficou agitada de novo. Claro que pode ligar pro seu filho, disse ela. A gente deixa você usar o telefone quando chegarmos lá. Sem cobrar!

Jackie apontou pra porta aberta da van como se tivesse no *The Price Is Right*[1]. Darlene pensou que tinha ouvido barulho de gente no cachimbo e de pedra estourando lá dentro. A escuridão e os vidros escuros não deixavam ela ver muita coisa e naqueles dias ela também tava sempre ouvindo barulho de pedra em qualquer coisa.

Falei pra Darlene: conheço essa galera. Eu aprovo. Gata entra logo nessa merda antes que aquele povo nas moitas atrás da Party Fool que fica ouvindo tudo que a gente fala descubra essa oportunidade incrível e tente colar com a gente. Darlene disse sim e saltou na direção da van sem a menor ressalva. Quando fez isso percebeu um tapete felpudo no chão do veículo um tapete estendido à nossa frente na estrada pra prosperidade.

Darlene hesitou por causa que não sabia se ia conseguir entrar na van. Os olhos da noia se reviraram e ela quase teve um troço tava prestes a cair. Ela agarrou o descanso pros pés pra se equilibrar daí se atirou no chão da van perto do banco do meio. A mão passou no tapete bege e ela lembrou que na infância tinha passado a mão numa ovelha que o pai chamou de Luther.

No volante só com a luz do teto ligada um mano de olho vermelho sugava a última gota duma caixinha de suco maior barulho. Quando terminou atirou a caixinha na estrada pela fresta da janela. A brisa jogou ela na pista do meio e um caminhão passando esmagou aquele troço igual a uma folha.

---

1   Programa de televisão dos Estados Unidos em que os participantes precisam acertar da forma mais precisa possível o valor de diversos produtos para vencer. (NE)

Jackie riu. O motorista virou a cabeça e deu o maior sorriso sem abrir a boca. Tinha mais quatro malucos sentados nos outros bancos todos que nem sombras corcundas feitas pelos faróis vindos do outro lado da estrada. Olho Vermelho girou a chave, a porta fechou e eles pegaram o rumo deles.

Darlene achou um banco e olhou pra Jackie. Eu cresci numa fazenda, disse Darlene.

É mesmo? Isso vai ser uma mão na roda.

Que horas são? Preciso ligar pro meu filho, tá?

Beleza.

Fica a quanto tempo de Houston?

Só subir essa estrada aqui, uma hora, mais ou menos.

Perto assim? Que bom! Darlene viu um monte de vultos escuros três na última fileira e um na frente deles passando uma luzinha vermelha pra lá e pra cá. O da frente pegou o negócio na palma da mão e Darlene congelou quando viu o cachimbo. O homem levou o bagulho aos lábios a luz ficou mais forte quando ele tragou e o cachimbo fez aquele chiado o que levou Darlene a ter um orgasmo de esperança. Ela amava o som da minha voz.

Se quiser acender um agora, pode ficar à vontade. Não tá na hora de trabalho!, disse Jackie, rindo.

Darlene quase teve uma síncope. Você não liga?, perguntou.

Jackie falou toda calma e profissa. Essa empresa toma conta dos funcionários de verdade! Não julgamos.

Sério?, perguntou pra Jackie. Pra Darlene, alguém tinha que indicar eles pra Melhor Empresa Que o Mundo Já Teve.

Sério, disse Jackie.

Pode crer, disse um dos caras no fundo.

Qual é o lance?, perguntou Darlene.

O lance é que não tem lance.

Êta sorte! Um dos manos passou o cachimbo pra frente e Darlene sugou aquela coisa como se fosse uma chupeta. Ela tava pensando que a gente podia passar um tempo junto mas também que ia ter um trampo honesto de verdade num lugar onde entendem o nosso lance e não iam impedir nem fazer ela se afastar de mim. Bom demais.

Que oportunidade incrível, disse Darlene num arroubo. Ela tava se sentindo a Miss América no primeiro desfile com aquela tiara do caralho carregando as rosas nos braços acenando e chorando.

Eu corri pras poucas partes duvidosas e descrentes que restavam na mente de Darlene e gritei: Gata, se joga! Diz sim pras sensações boas! Diz sim pro prazer! Foda-se a dor. Toda aquela maldita dor? Deixa lá pra trás. Não é isso que o livro manda fazer?

Que bom que não encontrei nenhuma resistência na mente dela porque eu queria ir pra aquela fazenda tanto quanto ela... Agora eu sei que quando alguém vai na tua casa e te promete o paraíso na terra geralmente o caminhão da entrega não tá parado ali na calçada. Isso é ainda mais verdade no Texas. Mas a gente não podia pensar nisso. Darlene já tinha merda demais na cabeça pra ter que pensar em mais uma.

Depois que a van entrou em movimento Jackie passou aos recrutados uma prancheta e uma caneta tipo quando tu arranja um *emprego* pra valer e disse: Esse é o contrato.

Alguém já tinha dobrado aquela bagaça na última página e botado uma marca amarela no lugar onde tu devia assinar. Um mano musculoso de dentes gigantes e olhos de idiota chamado TT estreitou os olhos pra página e rabiscou na linha da assinatura. Sirius B um sujeito intenso e silencioso sentado do outro lado tirou o contrato da prancheta foi pra primeira página e segurou o papel como se quisesse ler aquela merda na luz que entrava zunindo pela janela.

Jackie se inclinou até perto dele e disse: Não esquenta, cara, é só assinar.

Antes de ver o que os outros tinham feito Darlene pegou a caneta da prancheta e escreveu toda feliz *Darlene Hardison* na linha da assinatura. Desceu uma tela no mundo dela mostrando um futuro brilhante de alegria igual ao livro disse que ia ser se tu pedisse e acreditasse que fosse receber.

Imagina Darlene sem pensar. Imagina ela flutuando sobre aquela van tendo um longo esperançorgasmo um rio de felicidade correndo da boca até a virilha e voltando quente e suave envolvendo o corpo dela como numa mistura de maple syrup e sexo. Imagina eu fodendo ela bem fundo macio e lento um corpo de fumaça dizendo pra ela que amo ela mais do que a mãe dela já amou. Imagina Darlene estrelando um filme de Hollywood chamado *A Moça do Trabalho Bom pra Cacete*.

Depois de conhecer um pouco os futuros parças e de todos terem compartilhado histórias e drogas a van ficou quieta por um tempinho e Darlene recostou a cabeça relaxou a pélvis e ficou toda filosófica. Ela disse Droga é um barato então deu um sorriso tão fácil daqueles de quando a gente botava um disco na vitrola. A van tinha suspensão macia saltitante. Jackie se virou pra ouvir arregaçando aqueles lábios brilhosos. Darlene pensava naquelas merdas até em dia sóbrio agora aquilo saía da boca da noia como se fosse um discurso de campanha.

Droga é *bom!* Ela falou com vários *os* a mais. Mas não é só isso!, disse. Tudo o que eles falam que é ruim nesse país? É *bom!* Ela contou nos dedos. Sexo é bom, fast-food é bom, os pretos são bons, dançar é bom e vocês *sabem* que álcool é fantástico. É por isso que eles — eles atocham isso na tua cabeça sem pedir, que é tudo ruim, porque se todo mundo percebesse que era bom, ninguém fazia mais nada! Ninguém ia perder tempo indo pruma faculdade idiota se ninguém vai te contratar depois que você se formar, nem trabalhar pruma megaempresa que vai roubar sua vida. Ela se recostou de novo e suspirou. E tenho dito, disse ela. Agora passem o cachimbo da paz!

Nem precisa dizer que a van inteira tava rolando de rir e concordando com aquilo.

Um pouco depois saíram da Rodovia Qualquer Coisa e desceram por uma estrada estadual ou municipal sem poste em lugar nenhum talvez até sem número. O motorista ligou o farol alto. No lado esquerdo a van tocava os sucessos do rádio cheio de interferência. Os alto-falantes do lado direito não funcionavam. A estação tocou "Need You Tonight", "Sign Your Name" e "Get Outta My Dreams, Get Into My Car" — falei pra Darlene que conhecia o DJ e ele tava tocando aquelas músicas só pra nós. Daí entrou aquela música "Never Gonna Give You Up" e eu falei Essa é sobre a gente, lindona.

Lá da rodovia vez ou outra dava pra ver alguma fazenda escura pontilhada por arbustos e ali da estrada de chão a luz dos carros ia diminuindo e ficando pra trás. Apesar de seu estado de espírito tudo aquilo que a Darlene não se ligou ficou com ela do mesmo jeito que um som agudo demais pro teu ouvido detectar ainda tava ali e os cachorros ou o que for ainda pudessem ouvir. Ou que nem radioatividade que teu olho não vê e ainda assim pode se espalhar pra tudo quanto é lugar e foder a porra toda. Eu não conseguia afastar todos os pensamentos da cabeça dela mesmo que ela me implorasse — a noia queria que eu acabasse com aquelas sensações elas surgiam como um zumbi se alimentando da vida dela. Mas eu faço as coisas dum jeito diferente. Gosto de deixar a galera animada, fazer esquecer os medos, dar um gás na coragem, botar um gingado no passo da geral.

Então enquanto Darlene fumava com os manos nos fundos da van ela ainda ouvia alguma coisa sussurrando *Ele se foi, ele se foi, nada importa, nunca importou. Vamos todos morrer logo. E aí o mundo vai acabar, então pra que continuar? Procura ele. Fica com ele.* Juro que essa parte não saiu de *mim.* Porque quando alguém quer mesmo morrer tem uma parada mais potente que o Scotty — imagina uma droga que tu só usa uma vez e morre garantido. É isso aí se chama veneno. Hã-hã não muito obrigado não trabalho desse jeito. Tudo que eu falei foi Fuma aí.

O silêncio se abateu nos fundos da van e os malucos viram que sem poste dava pra ver as estrelas lá fora chispando igual às pedras no cachimbo. Aquele mano de nome Sirius B apontou um daqueles bichos do horóscopo falando que aquilo conseguia prever como tu vai ser.

Essa parada não significa nada, Darlene disse. Não existe nada lá fora.

Sirius B falou: Então o que você acha que tá segurando as estrelas?

É só — sei lá, qualquer coisa. Darlene agitou as mãos na frente do rosto. É só *lá fora.* Tipo, no espaço profundo — Deus. Horóscopo é só uns idiotas botando ideias satânicas no nada. Povos antigos olharam pra cima através das nuvens e disseram: Aquilo é uma cabra!, gritou ela, esbugalhando os olhos igual ao TT pra mostrar a imbecilidade. E o povo insistiu tanto tempo nisso que agora todo mundo olha pra lá e fala: Olha lá a cabra! Ela cruzou os braços mas não tinha terminado de falar. Mas é idiota porque demos nomes às estrelas. Não existe nenhuma linha ligando nada lá no céu pra formar uma cabra. É a mesma coisa com tudo. As pessoas deram nome a tudo, aí a gente acha que o nome é a verdade. Mas nada faz sentido se nós mesmos é que fizemos as regras. Deus fez as regras, a gente só inventou nomes falsos.

Darlene não pensou no rosto de Nat nem no sangue. Certeza que ela não tava viajando no que rolou depois nem se aquilo tinha alguma coisa a ver com o trabalho de obeah que Hazel tinha feito nela. Ali no meio do caminho ela nem pensou que a Rodovia Qualquer Coisa nunca fazia curva que ela te deixava num estado de suspense. A van só tinha feito uma curva parece que uma curva pra esquerda um tempo atrás mas ela não lembrava quando. Daí a estrada ficou bem esburacada jogando todo mundo pra frente contra os apoios de cabeça e pro lado contra as janelas.

Por quilômetros só tinha mato crescendo do lado da estrada depois as árvores voltaram daí apareceu uma casa de fazenda ao lado dum celeiro caindo aos pedaços depois um trator enferrujado e então uma roda grande pra cacete. Daí a parte rosa do céu começou a ficar toda azul e Darlene podia ver coisas bisonhas pra ela sem saber que distância tinha viajado tipo se tivesse visto um templo ela ia dizer Acho que a gente chegou na China. Sem questionar nada.

O que ela viu lá longe foram árvores na linha do horizonte colinas sem graça e um carro queimado. Neblina saindo do chão. Não tinha cidade, prédio em lugar nenhum, só o capim alto e verde, postes de telefonia e fios, depois milharais, fileiras duma planta verde que devia ser couve ou repolho, então a porra do milho de novo. Darlene não se ligou mas eles não tinham passado por nenhuma casa de qualquer tipo em mais de uma hora. Jackie se mexeu no assento e o courino fez barulho contra as coxas dela.

Jackie falou: Quase lá.

Darlene olhava pela janela e só via o maldito milho. Eles viajaram a noite inteira pra chegar mas ninguém na van perguntou quantas horas tinham passado. Tava rolando muita diversão ali pra prestar atenção no tempo ou no lugar. A gente queria mais era se livrar de tempo e de lugar. Um dia eu quero trocar de lugar com vocês todos só um pouquinho pra vocês sentirem antes de morrer como é que é não ter corpo. Jesus do céu isso ia tirar um monte de preocupação da cabeça de vocês. Primeiro com as contas médicas depois com racismo e sexismo e o mais positivo é que ia imediatamente acabar com essa besteira de Quando Eu Vou Morrer. Falei pra Darlene que o problema da humanidade é que se tu tem corpo, tu precisa ter tempo e lugar. Mas quando tu tem um tempo e um lugar tu na verdade não tem porra nenhuma — o tempo não faz nada além de desaparecer. As pessoas, os lugares, as estações, os acontecimentos vão mudando mais rápido do que tu consegue se ligar quanto mais lembrar ou apreciar eles. Como é que vocês conseguem viver ligados no 220 o tempo todo caralho? Nem me pergunta. Scotty não tem a menor ideia. Antes vocês do que eu.

5.

MOSTRA OS PLANETAS

Edward Randolph Hardison sempre quis fazer as coisas rápido. Até seu parto veio um mês antes, logo depois do feriadão do dia do trabalho em setembro, mais um evento em uma semana cheia de expectativas no noticiário — a espaçonave Viking 2 enviou as primeiras fotografias coloridas de Marte, o Rat Pack voltou por pouquíssimo tempo e Mao Tsé-Tung morreu. Após a experiência avassaladora que seus pais tiveram com o aborto espontâneo no ano anterior, eles quase desmoronaram esperando ao lado da incubadora, vendo Eddie respirar por aparelhos até seus pulmões finalmente se desenvolverem. Nat e Darlene queriam se estabelecer antes de casar, mas a urgência dos problemas de saúde de Eddie, seguida da euforia provisória que sentiram quando finalmente puderam levar uma criança saudável para casa, no meio de outubro, inspirou-os a fazer uma cerimoniazinha de casamento em março, não muito longe do hospital de Shreveport. Para evitar a aparência de imoralidade — seus vizinhos ficariam chocados se descobrissem que eles viviam em pecado —, Darlene entregou Eddie à irmã durante as fotos do casamento. Se necessário, Nat e ela às vezes mentiam sobre o que tinha acontecido primeiro, o nascimento ou o casamento.

Depois que o estado de Eddie estabilizou, eles voltaram correndo para Ovis para cuidar dos negócios. A Mercearia Mount Hope ficava na parte mais errada de uma cidade cheia de partes erradas: era uma construção de madeira verde, com vigas grossas segurando o toldo. Tinha sido um posto de gasolina, mas com o tempo o pai de Eddie mandou tirar as bombas, moveu o prédio principal e acrescentou outra estrutura pra que se parecesse com um típico mercado, incluindo uma varanda convidativa onde os vizinhos logo se reuniriam para jogar cartas e dar voz a suas queixas. Passava um riacho atrás da loja, e lá, enquanto os adultos falavam de negócios, Eddie tentou inúmeras vezes capturar peixinhos entre as mãos e uma vez perseguiu um gato malhado e miador de olhos verdes.

Antes de a loja abrir, nas noites em que as pessoas se reuniam na casa de tijolos amarelos que eles alugavam na cidade, os pais de Eddie o mandavam cedo para a cama, mas o menino passava sorrateiramente pela porta aberta do quarto e observava o que podia do corredor, onde via homens como seu pai, de porte ereto e vozes retumbantes, e mulheres atraentes como sua mãe, porém mais desleixadas, de expressão brejeira e cética, amontoados na sala da casa, fumando, vendo televisão e bebendo bourbon. Em algumas ocasiões, Eddie inventava desculpas pra se levantar e dar uma olhada naquela caixa fascinante de imagens trêmulas e acinzentadas. Mas esses adultos nunca assistiam a nada empolgante; somente a homens brancos em pódios, um de frente pro outro, discutindo com palavras que ele não entendia, ou a multidões em vastos salões, onde caíam balões nas cores dos Estados Unidos.

Com mais frequência, os homens se reuniam sozinhos pra assistir a algum jogo — os Saints ou basquete universitário. Mas as regras e as interrupções nas jogadas perturbavam a concentração de Eddie e ele não conseguia manter a atenção infantil em nada por muito tempo. Quando a mãe o pegou bebericando de um copo de uísque poluído por uma guimba de cigarro, ela aumentou os esforços pra manter o filho no quarto durante as reuniões do pai e também longe dos próprios encontros dela, mais tranquilos, com as mulheres.

Depois que o mercado abriu, todas as atividades foram transferidas para a varanda e o quintal lateral do prédio. Eles se congregavam em longas mesas verdes de piquenique do lado de fora da Mercearia Mount Hope, e os pais de Eddie trocavam impressões da vida com os vizinhos — pessoas de macacão, mulheres empurrando crianças brancas em carrinhos. Nat e Darlene encorajavam todos a escreverem seus nomes em pranchetas. Naqueles tempos, Eddie vivia pra cima e pra baixo na rua principal, nas lojas de usados, onde encontrava brinquedos, ou implorava por alguns trocados a sua mãe pra correr até a sorveteria, que atraía todo mundo com aquele cheiro delicioso de casquinhas assando.

Os pais de Eddie sempre lhe deram a impressão de estar fazendo um trabalho importante, possivelmente arriscado. Desenhavam planos de emergência pra ele nas páginas em branco dos livros de colorir. Proibiam-no de confiar em estranhos. O telefone às vezes tocava em horas adversas e ele ouvia a mãe entrando em pânico e o pai se levantar de madrugada pra trancar portas e janelas. Seu pai não só tinha uma espingarda atrás do balcão da loja como também ensinou a esposa a usar a arma.

Mas, numa manhã, pouco antes de fazer seis anos, Eddie acordou e descobriu que o pai não tinha voltado pra casa. Ele fitou Darlene enquanto ela falava ao telefone, o rosto contorcido de medo e raiva. Ela não prestava atenção nele, a unha arranhando o canto de um quadro de recados na geladeira, esfarelando o quadro em flocos marrons porque os vizinhos não atendiam as ligações e ela estava ficando frenética. Sua determinação e pessimismo eram expressos em pequenos fragmentos: *Eu simplesmente sei! Deus, como pôde permitir isso? Por favor, faça com que ele não esteja.*

Mãe, vamos até a loja pra ver se ele tá lá, insistiu Eddie.

Eu já liguei, disse ela. Ele não atendeu.

Talvez o telefone não teja funcionando.

Talvez, respondeu ela. Talvez...

Darlene voltou a atenção novamente aos telefonemas e continuou concentrada naquela atividade mesmo quando Eddie bateu o pé na frente dela e insistiu. Ela não queria sair de casa nem deixar ele ir sozinho. Por fim ela concordou em deixar o menino ir até a casa de um amigo no fim da rua enquanto observava pela janela.

No começo da tarde, pouco depois que Eddie voltou, vários policiais entraram na casa. Eles nunca tinham entrado em visitas anteriores e pareciam querer dizer coisas sérias; Eddie sabia disso porque tiraram o chapéu. Brancos quase tão altos quanto seu pai se aglomeraram em volta da mesa da cozinha; era uma novidade ter gente branca naquele espaço tão pequeno, quanto mais aqueles caras autoritários e musculosos de óculos de proteção, cabelos curtos cor de milho e de pouco papo. Sua mãe, que praticava a hospitalidade sob todas as circunstâncias, ofereceu-lhes café e aqueceu biscoitos pra eles como se atendessem em domicílio todo dia, insistindo pra que se sentassem. Ele esperava que alguns deles pudessem ser astronautas. Quando falaram sobre identificar alguma coisa que chamavam de *o corpo*, de início ele não percebeu que falavam de seu pai. A mãe demonstrou choque e, após alguns instantes, desabou apertando os próprios braços, caiu de joelhos ao lado da mesa e, depois de uma pausa constrangedora, correu pra fora, até o varal, e se atirou entre as cordas, puxando as roupas pra baixo e gritando coisas que não pareciam saídas de nenhuma língua. Os homens ainda estavam conversando, agora entre si.

Depois que a porta de tela bateu, Eddie foi até lá e observou o trajeto de Darlene. Ele não conseguia ver atrás dos lençóis, mas seguiu os prendedores com o olhar, porque eles estalavam e voavam em todas as direções. Logo os policiais vieram até a porta e se postaram atrás dele de forma solene, a cabeça baixa como se estivessem orando antes da refeição. A mãe saiu detrás de um lençol de elástico segurando um macacão do pai, abraçada nele como se as pernas do marido ainda estivessem ali dentro, passando a roupa no rosto, abafando o choro, molhando o tecido com as lágrimas. Eddie correu até lá, mas ela pareceu não ver o filho em meio à dor.

Dias depois aconteceu algo parecido com uma festa. Todos os parentes haviam sido convidados, exceto o pai. Quando perguntou à tia Bethella por que tinham esquecido de convidar ele, ela bateu com força na bunda de Eddie, olhou fixamente pro garoto e levantou o dedo indicador até um ponto no meio dos olhos, como se fosse um ladrão segurando um canivete.

Nunca diga isso, disse ela. Nunca!

A mãe, notavelmente quieta e entorpecida, de chapéu *pillbox* e véu no rosto, o vestiu de blazer preto e calças pinicantes, comprados num brechó. Ela segurou sua mão na primeira fileira da igreja enquanto todos cantavam e choravam diante de uma caixa oblonga e brilhosa, coberta de flores, que as pessoas agora diziam conter o corpo do pai dele. Como é que elas sabiam? Não dava pra ver lá dentro.

Mais tarde, ao passo que Eddie transpirava naquele blazer, embora não ousasse tirar, um grupo de pessoas baixou a caixa que diziam conter o pai em uma colina. Homens jogaram terra por cima dela. Quando é que iam parar aquele circo todo e deixar o pai sair daquele troço? Ele tinha lido livros ilustrados sobre Harry Houdini. Talvez devesse contar a eles, pensou. Mas começava a aprender a não dizer a maior parte do que pensava.

Nos dias chuvosos que se seguiram, ao que parecia relaciona-dos aos acontecimentos de sua vida, ele implorava à mãe pra visitar a colina e levar sombrinhas extras. Não podemos deixar o pai se molhar, protestava.

Amigos vinham em casa, balançavam a cabeça e diziam: Hum, hum, hum. Bom, você sabe que se ele fosse branco já teriam um suspeito a essa altura.

Com o tempo, Eddie passou a compreender a parte da morte que significa *nunca*. Ou seja, a coisa toda. Nunca mais voltar, nunca balançar você de cabeça pra baixo, nunca levar você pra escola, nunca dar presentes, nunca aparecer nos feriados. Mas a finitude daquilo não o chateava tanto quanto deveria. Na maior parte do tempo ele não acreditava naquilo, então tentou transformar o *nunca* em *um dia* com as ferramentas costumeiras: ideias que ouvia nos hinos, arrepios que sentia enquanto solistas choravam durante os cultos dominicais na Batista Ebenezer. Ideias de anjos, de paraíso. De ancestrais olhando pra baixo, com orgulho e raiva nas frontes franzidas. Do sol e do vento acariciando as franjas do milho maduro em um campo vasto. De atos piedosos e de Jesus Cristo levitando sobre a caverna vazia.

Em contraste, a mãe exigia algo impossível, talvez indescritível, algo que ele não entendeu até muito depois — ela precisava que o tempo retrocedesse. Gradualmente a postura dela se curvou, o peito ficou mais pesado. Ela parou de receber quem quer que fosse, raramente ligava pra alguém, o telefone não tocava mais, ela se tornou silente e indiferente e seus humores a fecharam para o mundo.

Por um longo tempo, Eddie pensou apenas em se adaptar à perda do pai e à perda do mercado, e não em procurar as causas dessas perdas. Mas ninguém o apontou nessa direção — na verdade, os parentes desviavam sua atenção disso. Ele fazia uma pergunta direta a um primo qualquer ou a Bethella durante visitas esporádicas — Como é que meu pai morreu? Eles olhavam pra um canto da sala e lhe ofereciam uma abstração nobre — Morreu lutando pelos seus direitos. A pergunta seguinte parecia ridícula, espontânea — Quero dizer, o que matou o *corpo* dele? — e simplesmente pairava no ar.

Você precisa descobrir, dar queixa e processar, todos diziam a Darlene, às vezes, até pra ele, que tinha seis anos de idade. Eddie, sua mãe precisa levar essas pessoas à justiça. Ela está com medo de quê? Ela tem nosso apoio mil por cento.

Mas o menino vinha observando a mãe naqueles dias e pressentia, sem saber de fato, que alguma coisa inominável havia se enrolado como uma cobra em torno da perna dela, e depois prendido seu torso; a respiração agora estava difícil, e os olhos, vermelhos e fundos. Ele escutava as palavras que ela murmurava às fotografias do pai — *Eu nunca devia ter pedido. Não devia ter usado aqueles sapatos. Me perdoa. Como pode me perdoar?*

Então um monte de gente lá do norte chegou perguntando o que que tinha acontecido. Eddie passou ainda mais tempo do que antes naquele mundo confuso de gente falando por cima de sua cabeça, principalmente sobre política. Quando passou a aceitar, relutantemente, a ausência do pai, o caminho da dor bifurcou-se em relação ao da mãe, depois se afastou do dela. Quando a casa ficou calma outra vez, Darlene começou a negligenciar a vida cotidiana e permitiu que uma maré de caos chegasse com tudo: uma enxurrada de vestidos imundos, cabides, caixas de pizza, guimbas de cigarro e finalmente larvas. Ela deixava a televisão ligada o tempo todo, geralmente para o sofá vazio, de modo que parecia que os comerciais não imploravam a público algum que comprasse seus produtos, assim como os evangelistas rezavam pra ninguém.

Mais para o final de seus dias em Ovis, Darlene começou a andar com uma turma diferente — nada mais de gente da política. Esses eram homens que Eddie havia visto uma única vez, homens que fumavam charutos desagradáveis, que dirigiam Lincoln Continentals enferrujados, que forravam o couro branco e gasto do interior dos carros com jornais velhos, que deixavam unhas cortadas sobre a mesa de centro. Os ânimos dela se tornaram imprevisíveis. Certa vez, Eddie trouxe uma bola de basquete murcha pra casa e a mãe jogou a bola na cara dele por nenhum motivo que ele pudesse entender. Ele se virou, de modo que a bola o acertou no flanco, deixando um hematoma turvo. O impacto causou arrependimento a ela, como se a bola tivesse pegado nela em vez dele, e Darlene beijou o espaço embaixo do braço do filho durante os dias seguintes, ao passo que a marca ficou roxa como uma berinjela. A confiança entre os dois se tornou latejante e desapareceu à medida que a borda do machucado foi ficando mais nítida.

****

Um ano depois de o pai morrer, a mãe de Eddie ainda não tinha tirado as roupas do marido do quarto. Ela parou de falar com uma amiga que tentou arranjar um homem pra ela. Ela não tinha arrumado emprego. As economias da mãe tão acabando, a mãe tá tendo dificuldade de conseguir trabalho, ela dizia, e ele precisava tirar uma pilha de cartas de apresentação inacabadas do balcão da cozinha quando tomava café da manhã. Mas, quando saltava do ônibus da escola e voltava pra casa de tarde, encontrava Darlene com o mesmo roupão esfarrapado, tomando um líquido grosso e marrom de um pote de sorvete na cozinha, os olhos vidrados, olheiras fundas, hipnotizada por programas vespertinos de TV que culminariam em brigas encenadas. *Minha mãe roubou meu namorado!* Latas vazias de cerveja se espalhavam na mesa de centro, garrafas abertas de vinho barato rolavam de lado, às vezes caindo no tapete. Ela parou de ir ao tribunal e se trancava no quarto, muitas vezes aos prantos, às vezes o dia todo. Nessa época, Eddie aprendeu sozinho a cozinhar um ovo e a seguir as instruções no verso das caixas de comida congelada. Ela começou a racionar as barrinhas de cereal, parou de comprar roupas novas pra ele e os lápis que ela comprava pra ele levar na escola quebravam fácil e se acabavam em duas ou três semanas.

Seis meses depois que o pessoal do norte foi embora, Darlene enfim conseguiu um emprego em uma loja de conveniências. Eddie supôs que o novo trabalho daria início a uma nova vida: o humor melhoraria, ela pararia de roer as unhas, finalmente iria à reunião de pais. Mas nada disso aconteceu; na verdade, as coisas pioraram.

Quando encontrou o cachimbo naquele verão, a princípio Eddie não soube o que era, mas achou que dava uma bela espaçonave de brinquedo, já que se parecia um pouco com a *Enterprise*, redonda de um lado e fininha do outro, então ele conduzia a nave entre os dedos pelo apartamento. Ele pilotava pelo universo daquela sala vezes sem parar, tentando atingir a velocidade da luz. A primeira vez que Darlene viu o menino brincando com o cachimbo, ela arrancou o objeto da mão dele sem explicações, apenas xingamentos — xingamentos que ele raramente a ouvira dizer antes. Aquela mudança pareceu mais agourenta do que o cachimbo.

Numa tarde, ele chegou em casa e a encontrou de cabelos desgrenhados, só com um rolinho rosa, quase desmaiada na mesa de cartas que usavam pra comer. Ele puxou a cadeira ao lado dela e descobriu uma das fôrmas de sapato do pai caída no assento. A combinação do que viu o deixou ciente de tudo aquilo que havia fingido não entender a respeito da mãe. No passado, ele a flagrara acariciando intensamente ou olhando para fotografias do pai ou para objetos que haviam pertencido a ele, mas dessa vez Eddie sentiu que tinha interrompido alguma atividade altamente vergonhosa entre a mãe e a fôrma de sapato, talvez o resultado de um feitiço vodu pra transplantar a alma do pai pra fôrma de sapato e ressuscitá-lo. O absurdo daquela situação deu a Eddie coragem de fazer uma pergunta tão esquisita, ultrajante e aterrorizante que, em todas as outras vezes que sua língua tentara formular a pergunta, ela simplesmente evaporara da boca.

Alguém matou meu pai?, perguntou o menino.

Sim, disse ela debaixo daquela cobertura de cabelos, como se ele tivesse perguntado se o sol nasce no leste. Em seguida, de maneira mais feroz, levantando a cabeça, acrescentou: Mataram ele bem matado, pra que ficasse bem morto.

Quem?

Eles não sabem, disse Darlene.

Não passou pela cabeça de Eddie, até dias depois, que ela podia ter falado de mais de um grupo de pessoas com a palavra *eles*. Àquela altura, o assunto já tinha morrido. Ele ficou tentando descobrir o que ela quis dizer, mas durante o resto do ano, durante toda a segunda série do ensino fundamental, ele não conseguiu encontrar um jeito tranquilo pra fazer a mãe falar de novo sobre a morte do pai e descobrir o que ela pensava. Primeiro, quem eram *eles* que ela falou? A polícia? As pessoas da cidade? Ela falou como se fossem os detetives que não conseguissem provas suficientes pra condenar os suspeitos, mas também disse com desdém, como se não acreditasse que os detetives não soubessem. Ou será que a mãe quis dizer que *ela* sabia, mas ninguém escutava ela? Seu cérebro de oito anos tentou desvendar o mistério, até que uma possibilidade final surgiu como um sapo venenoso no brejo, chacoalhando a lama, e essa opção se provou tão feia que podia ter o mesmo peso da verdade. Que *eles* sabiam, mas fingiam não saber. Que um *deles* pudesse ter ajudado ou encoberto as evidências.

Naquele verão, pouco antes de morrer de câncer pancreático, Faísca contou como matavam alguém que quisessem que ficasse morto. Darlene e Eddie viajaram até o hospital mais próximo, em Delhi, Louisiana, pra prestar as últimas homenagens.

Você amarra as mãos dele pra trás com corda, confidenciou Faísca enquanto Darlene usava o banheiro. Quebra as pernas dele. Bate na boca dele com uma chave de roda pra ele engolir a maioria dos dentes e espalhar os fragmentos. Você dá dezoito facadas nele. Põe fogo no corpo dele dentro da própria loja. Atira no cara com a própria arma dele. Tô te contando isso porque você precisa saber, ele chiou. E coitada dela, sua mãe não vai falar.

Eddie ficou atordoado demais pra acreditar no que aquele excêntrico notório de quem ele mal se lembrava tinha dito — levaria mais cinco anos pra absorver aquilo.

Faísca faleceu e naquele novembro Darlene e Eddie se mudaram para o Texas, um pequeno apartamento no quinto distrito. Eddie chorou e esperneou que teriam de deixar o pai dele lá, e todas as coisas associadas a ele, inclusive a Mercearia Mount Hope, mas a mãe explicou, segurando as próprias lágrimas, que eles podiam voltar a qualquer momento e que também deixariam pra trás muitas lembranças dolorosas. A loja agora é só um terreno baldio, disse ela.

Quando se mudaram pra casa nova, ela chamou o filho da sala vazia antes do seu amigo chegar no caminhão alugado com os seus pertences. Vai ser melhor, disse ela, o eco da voz preenchendo o espaço vazio. Vamos ficar mais perto da família, e eu mais longe da tentação.

Não foi melhor.

A tentação foi com eles. Alguns meses depois de ele e Darlene se mudarem pra Houston, os cobradores começaram a ligar. Sua mãe, uma mistura frequente de drogada, sempre ausente e dormindo, geralmente não podia atender, então Eddie aprendeu a reconhecer as ligações por causa dos segundos de silêncio que ouvia depois de atender. Ou então uma máquina dizia: *Por favor, aguarde.* As ligações passaram a acontecer várias vezes por dia; ele ouvia aquelas vozes robóticas na secretária eletrônica quando voltava da escola, ou então ligavam à noite. Se ele atendesse, tentava soar mais novo. Às vezes cortavam algum serviço. Ele passou a ferver água no fogão elétrico pra tomar banho. Abria o forno pra se aquecer durante as noites frias de janeiro e fevereiro, que passavam por inverno no Texas, e fazia a lição sob a luz que entrava pela janela.

Falar com a mãe parou de surtir efeito. Ela não prestava mais atenção ao mundo nem ao tempo. Agia como alguém envolvida por uma névoa de felicidade, mas uma felicidade falsa que, na opinião de Eddie, sugeria que ela não ligava mais pra ele. Um ano depois, tia Bethella apareceu pro jantar de Ação de Graças, mas deu meia-volta e foi embora. Eddie achou que ela não ia mesmo gostar do peru seco que seria oferecido a eles nem do molho genérico de mirtilo. Eles não puderam comer a torta de batata-doce que a tia trouxera. E ele ficou com mais raiva da tia por ela ter atirado a torta no chão da varanda, enfurecida com Darlene, do que por ter ido embora.

Eddie decidiu não ir à escola em certos dias, escolhendo perambular pelo perímetro, encontrando amigos nos fliperamas durante o recreio. Ele pegava emprestado o que considerava ser muito dinheiro; outras vezes surrupiava notas e moedas da bolsa da mãe pra poder pagar sua alimentação de tacos de um dólar e chiclete. Nos dias em que ia à escola, fazia coisas idiotas como imitar a professora de ciências na frente dela ou arrumar briga com um garoto sujo de olheiras profundas. Toda vez que ia parar na sala da direção, Eddie achava que a mãe iria à escola. Darlene apareceu mesmo algumas vezes, apenas pra negar o uso de drogas aos administradores, que *agiam* como se acreditassem nela mais do que pareciam de fato acreditar, mas, no fim, a mãe só parou de aparecer. A enfermeira da escola disse a Eddie que também tinha viciados na família e pra ele se lembrar de que, não importava o quanto ele se comportasse mal, jamais tiraria a atenção da mãe dele das drogas. Não é pessoal, disse ela. É uma doença. Às vezes a enfermeira lhe dava cinco ou dez dólares. Fazia diferença.

****

Numa noite de outubro, Darlene colocou um dos chapéus do falecido marido, um fedora que parecia novo, e se sentou à mesa de frente para Eddie, talvez fingindo ser um empresário. Ele havia passado a ignorar a mãe, porque fazer contato visual podia provocar um confronto ou virar um episódio desagradável ainda pior. Mas quando ele a ignorou daquela vez, ela abaixou a cabeça diante da mesa, apesar da bagunça, e olhou pra ele por baixo da aba do chapéu, fazendo sons de coruja. Ela tentou outros bichos. Gatos, cabras. Em seguida, fez uma saudação, levantou a voz e insistiu que estavam em outro lugar — num barco, aparentemente.

Temos que cuidar das emergências, senhor, exigiu ela. As outras pessoas precisam ver se não tá correto, de modo que uma reação não adianta! Mostre-nos os planetas.

Mãe?, perguntou Eddie, achando que falar diretamente com ela quebrasse a barreira de loucura que ela erguera entre eles. Ele fez a pergunta outra vez — Mãe? —, botando os dedos em volta do braço dela, como se quisesse puxar Darlene de volta à realidade.

Mostre-nos os planetas!, ela repetiu e bateu a mão na mesa, levantando de leve as cartas, moedas e dominós e quase derrubando um vasinho feito pra uma única flor.

Eddie tirou a mão quente dela da mesa, enroscou seus dedos menores entre os dedos ásperos dela, agora com esmalte vermelho maçã-do-amor descascando, e a levou ao pequeno descampado do lado de fora, do tamanho de um tapete, com alguns ramos de trevo nas laterais. Cachorros latiam ao longe e caminhões passavam pela rodovia, gemendo como gigantes em dor.

Ela o seguiu, cambaleando, e, quando ele se acostumou à beleza do ar frio da noite e ao arranjo espetacular de nuvens rosadas e azuis no imenso céu, ele apontou pra um ponto brilhante perto da lua e disse: Ali.

Uma onda de calma aleatória se assentou nos ombros dela. A visão de Vênus talvez não tivesse nada a ver com a mudança em seu humor. Parecia que, pra ela, Vênus poderia ser uma lanterna, uma motocicleta descendo uma rodovia de mão única, um fósforo perdendo a chama. Mesmo assim, os dois ficaram ali sentados, fascinados. Darlene tirou um pé da sandália e distraidamente desenhou círculos na terra com o dedão, sem nem olhar pra baixo. Naquele momento de paz, ele pôs o rosto entre os joelhos, pra que ela não visse, e esfregou em silêncio a bochecha contra a perna, permitindo que lágrimas apáticas caíssem dos olhos.

6.

COM A PRÓPRIA CORDA

Os guardas na loja rosa e laranja de donuts disseram que a polícia não podia procurar a mãe de Eddie de imediato porque era preciso esperar.

Todo mundo que tem alguém desaparecido precisa esperar, disseram a Eddie. Não é só você, filho.

Ele e três policiais estavam sentados a uma mesa, em cadeiras de assentos plásticos, e os oficiais assomavam acima dos braços finos e marrons do garoto. Eddie girava no assento, fascinado pela maneira que ele balançava e parava, concentrado na cadeira pra evitar os olhos dos policiais. Tudo lá fora tinha agora o mesmo brilho escuro que o interior do olho de alguém.

Nem sempre dá pra saber de cara, disse um policial, se inclinando sobre o enorme copo de café, se uma pessoa fugiu por motivos pessoais ou se algo de outra natureza aconteceu, exigindo que agentes da lei se envolvam.

De forma inconsciente, Eddie fez uma cara que demonstrou que ele não compreendeu aquele princípio — quando alguém desaparecia, não era só procurar? Não era simples assim?

A barriga convexa daquele sujeito deixava sua camisa de policial esticada. O bigode descia pelos dois lados até o queixo, e ele tinha uma expressão suave, genuína, que não condizia em nada com seu uniforme cerimonioso.

Às vezes as pessoas não conseguem lidar, ele continuou explicando, e fogem de suas vidas de propósito, porque acham que os problemas vão desaparecer se simplesmente tirarem o corpo fora. Uma pessoa ruim não fez nada com elas, disse ele, enrugando o espaço entre as sobrancelhas, elas só se mandam. E nos primeiros dias, a não ser que a gente encontre alguém que diga ter visto um cara mau levando a pessoa embora, sempre há esperança de que a pessoa volte em função do próprio comprometimento, porque essas pessoas percebem que amam todos aqueles que deixaram pra trás e que tudo que elas precisavam era de um pouco de sossego.

O que é *comprometimento*?, perguntou Eddie.

Hã, concordar. Significa que concordam com elas mesmas. De próprio acordo.

Não, disse outro policial. É *compromisso*. Ninguém deu atenção a ele.

Eu mesmo fui procurar por ela, disse Eddie. Porque todo mundo aqui fala pra não confiar na polícia.

Os policiais se entreolharam e depois se viraram para Eddie.

Não sei por que alguém diria uma coisa feia dessas, comentou o policial bigodudo. Não confia na gente, filho?

Posso confiar em mais alguém?, perguntou Eddie. Existe outra polícia que não vá fazer ela precisar da própria corda?

O policial riu e seu peito trepidou sob a camisa justa.

Esse período de espera já tinha deixado Eddie cético o bastante pra decidir que não envolveria a polícia mesmo quando chegasse a hora. Ele faria tudo sozinho. A polícia, percebeu, não teria o mesmo incentivo. A suspeita de que eles achavam que não valia a pena encontrar sua mãe não veio de algo que disseram, mas da atitude geral de tédio ligeiramente divertido, até do policial que parecia querer ajudar, mas que não podia quebrar as regras. Ele provavelmente não queria parecer diferente dos parceiros.

Esse policial rabiscou o endereço de Eddie e o telefone da sra. Vernon no verso de uma multa de estacionamento. Eddie se levantou pra ir embora e, nesse momento, deu aos homens uma imagem mais detalhada de Darlene, aquela que tinha elaborado em sua cabeça, então eles prometeram ficar alertas e contatar ele assim que o período de espera terminasse. Um quarto policial voltou do banheiro e se sentou na cadeira de Eddie.

Garoto corajoso, Eddie ouviu um deles dizer ao atravessar o piso de cerâmica e empurrar a porta com o ombro. Ele se atirou para as luzes cor-de-rosa que inundavam os confins do estacionamento.

Decidiu que tentaria entrar na mente da mãe, procurando nos lugares onde ela poderia ter ido, munido da fotografia que havia tirado de um álbum marrom, até a metade com retratos desbotados. A foto que tinha encontrado mostrava seus pais sorrindo em frente a uma árvore de natal abarrotada de festão, cravada no passado por coletes jeans e cabelos *black power*, mas ele achou que as pessoas da noite deviam ver apenas a mãe. Pra preservar a lembrança do pai, perturbadora e confusa demais pra compreender naquele momento, Eddie cobriu a imagem de Nat com um pedaço de jornal, tendo o cuidado de dobrar pra trás, como uma capa, e prender com fita pra não danificar a frente.

A polícia, como prometido, deixou um recado na secretária eletrônica da sra. Vernon uns dias depois de ele ter falado com os policiais, garantindo-lhe que uma investigação estava em andamento, mas ele não voltou a ligar. Já tinha dado prioridade à própria investigação, pois decidiu que, em um mundo justo, somente ele devia ter permissão de encontrar a mãe, por acaso ou por vontade de Deus. Mas como ele não viu sentido em recusar abertamente a ajuda deles, não respondeu.

No terceiro dia, Eddie chegou acabado ao fim da aula. Tinha cochilado algumas vezes e quase pegado no sono. Ele não vinha se alimentando bem — apenas cafés da manhã e merendas gratuitas na escola, que levava em parte pra casa pra comer mais tarde, escondidos na mochila ou debaixo da camisa. Sua carteira, na segunda fileira do fundo, o poupara das desconfianças do professor — o sr. Arceneaux nem teria notado mesmo, considerando quantos problemas de disciplina explodiam ao redor dele todos os dias. Perceber que ninguém se importava era ao mesmo tempo libertador e assustador — ele poderia reprovar naquela matéria e nas outras, sair da escola e passar a vadiar e a beber cerveja Dixie sentado em caixotes de leite, jogando dominó em frente a casas abandonadas, sem que ninguém expressasse qualquer sinal de espanto. Ele poderia desaparecer ou morrer e levaria semanas ou anos até que alguém percebesse o que tinha acontecido.

Ao correr os olhos pela sala, sonolento e grogue, Eddie entendeu pela primeira vez que os colegas valiam tão pouco quanto ele. Não importava que eles nunca tivessem percebido a falta de valor que pairava sobre eles, prestes a esmagá-los como o pé do Godzilla. Não havia muito que pudessem fazer pra resistir. Poucas coisas poderiam salvar eles todos, a seu ver. A escola poderia, pelo menos era isso que todos diziam, mas a escola era tão intragável quanto um remédio. O esporte poderia, ou virar cantor ou rapper, mas ele não era uma pessoa musical. Mas achava que, com a escola, as probabilidades melhorariam. De repente veio à mente a imagem nítida do falecido pai cruzando o parquinho de concreto, pisando na grama e nas folhas lá fora pra espiar dentro da sala de aula e monitorar seu progresso, com aquele rosto acinzentado, preocupado e sério. Eddie não fingiu que aquilo tinha de fato acontecido, mas aquela ideia mexeu com ele. Ele se empertigou e se forçou a prestar atenção, dando uma olhadela nervosa pela janela de vez em quando, mas vendo apenas passarinhos.

Eddie temia que Darlene estivesse morta, mas aquela hipótese não lhe parecia tão ruim quanto a ideia de que ela o tivesse abandonado com a própria corda. Ele pensou que preferiria encontrar a mãe morta do que viva e ter de suportar uma rejeição cara a cara, possivelmente ampliada pelo acréscimo de Algum Homem. Algum Homem que ele imaginou ser um cara bruto e atarracado, com pesados colares folheados a ouro, amaldiçoado com uma testa saliente, um ronco gutural e o hábito de desafiar as pessoas a darem um soco na barriga dele. Um tipo de James Brown estúpido e orgulhoso, de braços tatuados e penteado à Jheri, que dirigia um Cadillac branco com a lataria enferrujada. Na cabeça de Eddie, esse cara agressivo não era muito diferente do Mr. T; talvez isso estivesse relacionado ao aumento das horas passadas em frente à TV agora que tinha a casa só pra ele. Talvez o tal Algum Homem fosse o cafetão da mãe, apesar de não saber se ela tinha um, muito menos se ela realmente vendia o corpo. Ele nunca a vira pegar dinheiro nem fazer qualquer coisa. Ainda assim, Eddie temia a aparição de um cara de roupa espalhafatosa e punho de ferro que confirmaria a categoria da mãe e o aprisionaria por meio de regras cruéis e irracionais. Qualquer envolvimento potencial de Darlene o apavorava; qualquer um que ficasse entre eles só poderia acelerar sua já rápida e constante separação.

Mas o medo não impediu que ele se aventurasse pelo submundo todas as noites após o desaparecimento dela, criando pra si uma vida de fantasia como detetive. Na verdade, a fantasia era quase real. Eddie repartiu um velho mapa de Houston, já tão gasto que os retângulos de papel praticamente se soltavam sozinhos. Ele circulou cada bairro e, começando com a própria residência, no quinto distrito, ajoelhou-se sobre o mapa na sala de casa, rabiscando os pontos de referência da cidade, fazendo fatias dentro dos rodoanéis concêntricos. Em algumas noites ele visitava os recantos mais sórdidos das fatias, sempre fazendo novas conexões, como uma corrente de papel que pudesse levar até a mãe.

Quando havia terminado com as áreas mais prováveis das fatias, ele passou pro lado de fora do rodoanel, até que a jornada noturna começou a exigir mais passagens de ônibus do que podia pagar com o dinheiro que pegava emprestado de amigos e professores sem explicar a situação. Então precisou andar longas distâncias pra casa depois que os ônibus paravam de circular. As aulas gradualmente terminaram e, pra maioria das crianças, a responsabilidade se dissolveu em calor e algazarra, mas Eddie estava preocupado em descobrir um jeito de pagar o aluguel e as contas se a mãe não voltasse logo.

Toda vez que via seu senhorio, Nacho Vasquez, um homem bronzeado da altura de Eddie e que vestia camisa jeans e gravata de caubói com um broche prata e turquesa, Nacho sempre direcionava a conversa para Darlene — Como tá sua mãe?, perguntava. Ela tá em casa? Demorou até agosto pra que ele pedisse a Eddie pra lembrar ela do aluguel atrasado em dois meses. Eddie explicou que a mãe tinha viajado a negócios — uma viagem longa. Quando perguntado que tipo de negócios, Eddie disse que a viagem era um emprego, que ela havia encontrado trabalho em outro lugar durante um tempo. Ele disse a Nacho que ela sabia do aluguel e que pagaria quando voltasse. Eddie estava prestes a subir numa bicicleta emprestada por um amigo do colégio e sair em busca de Darlene outra vez.

Ela te deixou aqui?, perguntou Nacho.

A sra. Vernon toma conta de mim, disse Eddie. Todo dia.

Ela foi sozinha?

É. Ela não tem namorado nem nada.

Ah, não? Hum. De que tipo de caras sua mãe gosta?

Não sei. Ela não gosta de caras altos. Não mais.

Nacho ficou vermelho. É mesmo? Ela já namorou, tipo, com alguém como eu? Sou metade francês e metade mexicano.

Talvez. É. Vou perguntar!

Quando ela volta?

Daqui a umas duas semanas.

Diz pra ela me mandar aquele aluguel, tá? Mas talvez eu quebre o galho dela se... entendeu? Deixa pra lá. Tá bem? Mas logo!

Tudo bem, disse Eddie, e quase dava pra ele notar o tempo se expandindo, como se tivesse girado uma manivela e feito o sol andar pra trás e nascer no oeste. A paciência de Nacho uma hora ia acabar. Mas Eddie esperava que Darlene voltasse bem antes que isso acontecesse.

7.

QUEM É A DELICIOUS?

A van desacelerou e parou de soco. Os faróis iluminaram uma parede e os tijolos da parede faziam parte duma casa de fazenda de blocos de concreto. O motorista de olho vermelho um mano chamado Hammer engatou a marcha pra estacionar, deixou o motor ligado e disse: Chegamos. Hammer não era o nome verdadeiro do cara e chamava assim por causa que ele parecia com o MC Hammer — um magrelo de cabelo raspado em listras num dos lados com óculos gigantes. Ele esticou os braços segurando no alto do volante e falou Lar doce lar, cambada, daí um segundo depois falou PRA FORA a voz alta mesmo tipo o demônio de *Amityville* pra um sujeito chamado Hannibal e pro TT que tavam gesticulando e falando merda e ainda não tinham levantado.

Ninguém naquela van ligava pra porra nenhuma. TT e Hannibal — um avoado que tava sempre com um chapéu xexelento — quase saíram no braço pra saber se Michael Jordan era *o* melhor. Eles concordavam que ele *jogava* melhor, mas Hannibal disse que só jogar melhor não fazia ninguém *o melhor*, porque onde fica o espírito esportivo?

Então ninguém viu o farol iluminando o cafofo novo quando a gente passou por ele quanto mais a fazenda toda. Eu podia ter falado sobre os barracos que vi perto duns botijões brancos de gás, dum campo largo pra caralho pontilhado por meia dúzia de laranjeiras, do capim pantanoso que se ia até onde os faróis alcançavam. Parecia tranquilo o tipo de lugar onde ninguém ia se meter na tua vida e eu odeio quando as pessoas julgam meus parças só porque querem passar um tempo comigo. Toda vez que eu posso tirar férias com eles eu não penso duas vezes.

Uma galinha bamboleou pela estrada na nossa frente. Hammer quase bateu nela — ele teve que pisar com os dois pés no freio e o lance fez a van pular pra frente tipo Sherman Hemsley dum jeito que Darlene viu o assento de bolinha debaixo do rabo do Hammer quando ele levantou. O bando todo foi empurrado e começou a reclamar. Hannibal deixou o cachimbo cair mas não quebrou só que rolou pra baixo dos bancos. Ele teve que se ajoelhar e rastejar pra achar o bagulho que tava rolando pra lá e pra cá. Quando ele se abaixou todo mundo viu o cofrinho dele e a parada foi hilária pra geral menos pruma moça animada chamada Michelle que tava de maria-chiquinha apesar de já ter trinta e poucos anos — a mina pulou por cima da bunda do Hannibal e olhou pra fora pela janela com cara de atucanada segurando no encosto do banco.

E aí, atropelou?, ela perguntou. Não bateu nela, né? Dá azar atropelar galinha!

Principalmente pra galinha, disse Hammer.

Lá da estrada a galinha sacudiu aquele troço vermelho que ela tinha na cabeça pros novos empregados na van como se dissesse Claro que eu tô aqui seus otários. Tão olhando o quê, caralho?

Com todo aquele drama sobre parar Darlene e eu ficamos sentados lá atrás olhando pra cena estudando ela como se fosse um hiponestecismo filosoficado e com uma risadinha a gente pensou *Por que a galinha atravessou a estrada?* Meio de zoeira mas Darlene também falou aquela merda em voz alta. Por que a galinha atravessou a estrada? Ninguém agiu como se tivesse ouvido então a gente começou a perguntar de verdade — minha mina queria uma *resposta. Por que a galinha atravessou a estrada?*

Bem nessa hora a galinha partiu pro capim alto do lado da van. Hammer apontou pra ela e disse pra Darlene: Parece que você perdeu a chance de uma exclusiva. Daí ele saltou do banco do motorista e abriu a porta pra gente sair.

Michelle falou pro Hammer: Você é engraçado. Ainda bem que não bateu nela.

Jackie franziu a testa e os olhos tentando ver pra onde a galinha tinha ido como se talvez ela tivesse que ir atrás. Como é que ela saiu?, resmungou Jackie. Mas aí sua expressão mudou como se não ligasse mais.

A gente tava na frente dum prédio comprido de um andar só feito de concreto e com uma fileira de janelas sujas alinhadas no alto da parede. Jackie, Michelle, TT e Darlene desceram dos assentos pisaram numa poça cheia d'água e tiveram que sacudir os sapatos. Hammer cutucou depois bateu em Hannibal e Sirius B pra que os malucos levantassem e saíssem da van. Eles saíram meio de qualquer jeito nervosos. Agora que Darlene tinha saído daquela porcaria de ar-condicionado da van a umidade fez a noia sufocar. Ela ficou procurando alguma pista de pra onde a gente tinha ido — será que a gente ainda tava no Texas ou será que era Louisiana, Mississippi ou quem sabe praquele rabinho da Flórida? Ninguém sabia e se eu fui o único filho da puta que prestou atenção então era certo que eles tavam com *mucho problema*. Quanto tempo pra andar aquela distância? Aquela ali era uma árvore do Texas? Será que era? Que hora será que era? Aquilo ali era cana-de-açúcar?

Darlene olhou pro prédio meio desconfiada então com todo mundo os bons aromas de sua memória foram embora substituídos por um cheiro forte de merda. Tipo um cheiro de merda tão ruim que enfiava a mão inteira dentro do nariz beliscava o fundo do cérebro e retorcia os dutos lacrimais como uma casca de limão entrando num coquetel dos infernos. Os novatos engasgaram com cara de nojo e voz de vômito. Alguém viu penas no chão apontou e falou que viu penas no chão.

Isso é um galinheiro, disse Darlene como se tivesse acabado de descobrir a América. Por que a gente parou aqui?

Não, não, isso não é galinheiro porcaria nenhuma!, disse TT. Como é que pode ser galinheiro se a gente acabou de ver uma galinha correndo do *lado de fora*?

Cracudo, resmungou ela.

Piranha, eu ouvi isso, começou TT, mas Sirius B deu um passo e ficou entre eles.

Darlene fez uma careta pro TT e depois se virou suspirando pra ela mesma porque TT sempre falava o oposto do que tu tinha acabado de falar. Ela sabia que era melhor deixar quieto.

Tô mal por você, TT, disse Sirius B.

Na van Sirius contou pra todo mundo como ele era conhecido na música em Dallas e Fort Worth — principalmente Fort Worth — e aquilo não impressionou ninguém mas do lado de fora Darlene pôde conferir a altura dele e viu que o cara tinha braços compridos e sexy e um corpo magro e musculoso com a bunda dum jogador de futebol. Os pés eram enormes iguais ao Pé-grande. Ela chegou mais perto pra sentir o calor humano entre os braços dele e os pelinhos que cresciam ali.

Você tá na realidade oposta de todo mundo, Sirius disse pra TT. Não precisa ser nenhum Einstein pra sentir o cheiro desse maldito galinheiro. Ele riu do quanto TT era ridículo.

Darlene deu um sorrisinho e quis botar a mão por dentro da camisa de Sirius entre as omoplatas pra sentir de primeira se a pele dele era macia. E botou. E em vez de pular pra trás ou qualquer coisa assim Sirius se virou e mostrou o rosto como se fosse um presente que ele ia deixar ela desembrulhar depois mas agora ela tinha que esperar. Mas entre a sensação daqueles músculos macios e a expressão sincera que ele mostrou pra ela os olhares deles se tocando a porra ficou toda melosa e aquilo fez ela se borrar de medo. A mina tirou a mão dali e botou pra trás como se quisesse desfazer o que tinha acabado de fazer. Sirius olhou pra frente outra vez.

Jackie pediu pro Hammer deixar o farol aceso pra todo mundo enxergar melhor naquele lusco-fusco e disse pra galera acompanhar ela até uma porta corrediça, pesada e cinzenta a alguns metros dali. Ela continuou procurando em volta talvez pra ver aonde a galinha tinha ido depois destrancou a porta e abriu ela com a ajuda de Sirius e ficou parada do lado pra todo mundo poder entrar embora ela não tivesse acendido nenhuma luz. O fedor de bosta de galinha ficou dez vezes mais forte. Darlene entrou no prédio naquele ar azedo e nojento de galinha mas ficou parada na entrada onde o chão tava coberto de palha. Aí ela ouviu barulhos de *tim tim tim* vindo da esquerda. Ela olhou pra lá e viu que o barulho vinha dos pés das galinhas ciscando no fundo das gaiolas. O outro barulho era o *có có có coró* das aves por toda a parte ou pelo menos as aves que tavam com insônia.

Hannibal falou depois de um tempão quieto. O cara tirou o chapéu de cima do nariz e da boca e perguntou: Pra que que a gente tá entrando aqui? Só tem bicho e sei lá o quê. Ele botou o chapéu no rosto de novo.

Calma aí, galera, sussurrou Jackie como se tivesse medo de acordar as aves. Desse lado é gente, não tem galinha nenhuma. Essa é a área sem galinha. Ela moveu a mão num semicírculo e falou: Com galinha, sem galinha. Ok? Ela ligou uma lanterna e entrou na área sem galinha e era tipo pra todo mundo ir atrás.

A luz da lanterna de Jackie dançou pela quebrada e Darlene e eu vimos partes do muquifo. Pra uma área sem galinha tinha uma caralhada de pena e serragem pelo chão. Tu tinha que tomar cuidado pra não escorregar naquelas bolotinhas de madeira e cair de bunda. Eu falei Amei esse lugar, não é lindo? Mas Darlene discordou de mim. Tá ela fez faculdade e tudo mais não era aluna de destaque nem nada mas ainda tinha aquelas ideias burguesas de conforto e de acomodações que pra mim eram difíceis de respeitar. Pra ela tudo tinha que parecer uma pousada renascentista idiota tá ligado?

Enquanto isso eles tinham fileiras de beliches bem bons não muito distantes uns dos outros por todo o espaço. Tudo bem tinha gente de todos os tons de marrom se revirando naquelas camas sem lençol que mais pareciam umas caixas de chocolates que tinham caído no chão e amassado os chocolates só que colocaram eles de volta nas caixas. Não importa. Várias dessas camas tinham colchões meio acabados as molas enferrujadas saindo por cima porque a parte de cima tava toda rasgada. As camas ficavam tão juntas que quase formava uma cama gigante. O chão de concreto e as paredes tinham mil camadas de tinta e as camadas tavam descascando então dava pra ver padrões marrons e brancos subindo pela pintura e manchas mofadas de infiltração por cima da porra toda. Tinha umas janelinhas perto do teto mas tavam com tábua por cima. Eu falei tudo bem. A gente aceita o bom e o ruim.

Mas Darlene congelou olhando de cima daquela porra de pedestal dela e naquela hora veio a ruína dela.

Essas são as acomodações, disse ela pra Jackie tentando não botar ponto de interrogação no final nem revelar toda a decepção porque pelo canto do olho ela viu os parças de viagem entrando e indo direto até as melhores camas vagas. Hammer ajudava o pessoal mais chapado. Alguém subiu na parte de cima dum beliche e a coisa toda balançou como se fosse desabar se uma pessoa grande demais dormisse ali. Ela achou que talvez Jackie tivesse brincando talvez eles só tivessem parado ali pra passar a noite.

Algo de errado com elas?, perguntou Jackie. Eu fico ali no fundo. Ela lançou a luz da lanterna pra outra parede de concreto que saía do meio do salão mas não chegava até o teto dando a ela uma boa privacidade. Se tá bom pra mim, tá bom pra você, a não ser que você seja uma vadia fresca, aí você devia ter avisado. Os olhos dela passaram pra cima e pra baixo do corpo de Darlene julgando a mina e o cacete.

Pra ser sincera, Jackie, não é o que eu tava esperando. Você falou três estrelas! Achei que seria pelo menos duas.

Pode ir embora quando quiser, mas você deve a carona e as acomodações pelo menos dessa noite, porque a gente não vai levar ninguém a lugar nenhum até amanhã.

Como assim?

Tá no contrato. Você assinou o contrato.

Quanto é que eu devo?

Quinhentos da carona e cem da primeira noite.

Seiscentos dólares?, perguntou Darlene.

Ela se sentiu enganada como se agora tivesse que fazer uma plantação inteira de arroz com um grão só.

Você paga trabalhando, disse Jackie.

A galera da van tinha entendido a situação rapidinho e sem se irritar tinha pegado cada um seu lugar. A retardatária da Darlene se viu ao pé do colchão mais rejeitado mais despedaçado. Ela fez um pequeno círculo em volta do beliche procurando alguma outra cama limpa que talvez ninguém mais tivesse visto. O que restava do orgulho dela se desfez quando a noia largou a bolsa no colchão e se sentou na parte da cama que ainda parecia uma cama. Seu coração começou a bater feito louco como uma mariposa assustada debaixo dum copo de suco.

Pra mim era uma grande reunião uma festa. Caguei pra quantas estrelas era. Que mané estrela.

Daí Jackie falou: Não sei você, Darlene, mas eu tô exausta. Ela abriu a boca pra bocejar e saiu pro quarto principal. Depois que sua nova supervisora desapareceu Darlene olhou fixamente como um gato pra luz que balançava atrás da parede de Jackie. Daí a luz apagou e uma escuridão grossa feito petróleo se derramou nos olhos dela e começou a encher eles. Ela podia enxergar quem sabe umas duas pessoas nas camas. Então pôs a mão na frente do rosto mas não conseguia ver nada além das unhas rosadas e só se fizesse força. Lá fora tinha começado a clarear mas ali dentro ninguém via nada. Sirius tinha pegado a cama de baixo ao lado da dela que pra ela não parecia tão suja. Darlene ficou olhando pras costas dele esperando que de repente ele se sentasse e trocasse com ela por causa da proteção que tinha demonstrado antes mas não. Ele segurou os joelhos, chiou e gorgolejou o que significava que tinha caído no sono.

Eles ainda não tinham deixado ela falar com Eddie e mesmo sendo tarde ela sabia que devia dizer a ele pra onde tinha ido e que tava bem. Como ela achava que a companhia tinha cortado o telefone ela pensou em ligar pra algum vizinho que pudesse ver como ele tava. Ela não sabia como Jackie ia reagir sabendo que a vadia já tinha ido pra cama Darlene ficou viajando se devia lembrar ela agora ou esperar até de manhã. Mas aí a maluca ficou toda maternal e saiu tateando entre a galera dormindo se contorcendo entre as camas até encontrar a tal parede especial e aí sussurrou:

Jackie.

Não ouviu nenhuma resposta.

Jackie?

Sim, querida? Precisa de um trago?

Preciso *muito* ligar pro meu filho. Onde posso ligar pra ele?

Ai, Darlene, fofa, me desculpa. Esqueci. Agora tá muito tarde, já é quase de manhã, não posso te levar lá essa hora.

Darlene pensou no que ia dizer em seguida mas o silêncio engoliu seus pensamentos. Então Jackie abriu a boca outra vez.

Quantos anos tem o seu filho? Ele não vai tá acordado uma hora dessas, vai? Mesmo Jackie tendo feito aquela pergunta num tom doce parecia que ela tava desafiando Darlene a admitir que não era uma boa mãe.

Não, claro que não. Ela pensou que ele podia ter ficado acordado esperando ela voltar — às vezes ele ficava —, mas o tom lógico de Jackie deixou Darlene arrasada por pensar que tinha que ligar àquela hora. De repente pedir um telefone pareceu ridículo. Ainda assim ela continuou pensando em *Eddie Eddie Eddie* e eu comecei a ignorar a noia — eu tinha um monte de outros amigos no pedaço não precisava dela — e claro que eu sabia que isso ia deixar ela emburrada. Daí eu falei Darlene olha quanta positividade tu atraiu pra si garota. Para de se preocupar com aquele menino idiota e vem pra farra comigo.

Jackie disse Boa noite, mas Darlene ficou com o rabo parado ali sem saber o que ia acontecer se saísse pra procurar o telefone. Ela ficou ouvindo as roupas de Jackie fazendo barulho enquanto procurava uma posição confortável pra dormir. Ela pensou que Jackie não podia ver ela parada ali porque ela não conseguia enxergar Jackie as duas pretas e invisíveis naquele maldito salão escuro. Então ela ficou ali encostada na parede enfiando as unhas no concreto áspero.

Fica a seis quilômetros daqui, disse a voz de Jackie, completamente rouca e distraída. Oito quilômetros, aliás. Vamos de manhã, acrescentou ela com um pouco mais de vontade.

Darlene sentiu que Jackie tinha escutado seus pensamentos e decidido dar um aviso pra não criar problemas. Se foi uma coincidência ou um palpite na mosca não importava porque aquilo assustou a maluca. Ela se empertigou saiu de perto daquela parede e voltou pra cama. Precisava descobrir como passar o que restava da hora de dormir naquele colchão manchado e esburacado que parecia que ia espetar o olho se ela se virasse de bruços sem falar em todos os estranhos ao redor.

Daí ela pensou em usar a bolsa como travesseiro pra que ninguém metesse a mão ali e pegasse as coisas dela. Ela achou que tinha deixado a bolsa em cima do colchão. Não? Quem sabe debaixo da cama? Será que tinha deixado na van? Ela apalpou os lugares do colchão onde podia ter colocado a bolsa mas esse método apesar de popular nunca fez nada reaparecer. Ela se ajoelhou pra procurar debaixo da cama mas não conseguia enxergar nada nas sombras ali embaixo então tateou pelo cimento duro. Quando se afastou as mãos estavam cobertas de poeira e fios de cabelo. Ela tinha penas, gravetos, cocô de rato e ração de galinha grudados nas palmas das mãos. Um espirro dançou pelo nariz dela mas Darlene segurou a vontade e seu rosto se contraiu tipo *gnaufg!* Ela limpou a sujeira das mãos nas coxas e disse Merda, merda, merda bem baixinho um monte de vezes como se fosse o nome de cada segundo daqueles. Eu tava curtindo com TT e a gente tentou não rir dela. A Regra Número Um é ficar com a mão na sua bolsa.

O estresse fez a mina querer me procurar mesmo que eu e o TT tivesse rindo da figura patética dela. Ela bateu no próprio coração e falou Idiota, idiota, idiota entre os dentes. A van ainda tava lá fora e ela pensou que tinha uma mínima chance de ter deixado a bolsa lá em cima do banco. Mas primeiro ela deu uma olhada em cada um daqueles vultos pretos agitados naquele salão comprido quarenta e seis ao todo.

Nenhum de vocês tá dormindo!, gritou ela. Vocês acabaram de fumar uma montanha de crack e agora tão fingindo que tão dormindo? Até parece. Quem tá com a minha bolsa?

Darlene!, gritou Jackie e a voz ecoou pra fora da parede. Se acalma, cacete.

Um desses... tá com a minha bolsa e eu vou descobrir quem é.

Vai dormir, querida, a gente cuida disso depois que dormir um pouco, tá bem? Que que você tinha lá que precisa tanto assim?

Quietinha na dela Darlene teve que admitir que suas coisas não valiam quase nada. Eu era a coisa mais valiosa daquela bolsa — um frasco de vidro pela metade e uma pedra num saquinho plástico — e com certeza algum parça ia oferecer um trago em todo caso quando ela começasse a noiar. Mas o problema da dona Darlene era com a atitude — vocês sacam o quanto a galera se sente violada quando alguém cata as coisas delas, né.

Depois dum tempo a voz de Jackie ecoou pelo recinto como se fosse a mente de Darlene que tivesse falado como se Jackie tivesse cortando nossa dança do cérebro tá ligado? Jackie falou: Ainda quer aquele trago? É seu, se quiser.

Eu sorri pra Darlene dentro do cérebro dela. Sabia o que ela ia fazer. Sem querer me achar nem nada mas eu *sou* irresistível.

Um lance totalmente desnecessário passou e Darlene disse Ok e foi pro quarto de Jackie. Jackie fumou primeiro e aquilo surpreendeu Darlene por um segundo. Quando Jackie tragou o cachimbo o som das pedras queimando como a estática dum rádio ficou mais alto e fez os olhos de Darlene ficarem em êxtase como se ela fosse a porra duma santa. A chama do isqueiro dava ao rosto delas um brilho marrom-avermelhado e o tubo de vidro quente quase queimou os lábios e os dedos dela de novo. Darlene sabia que eu não tava no meu melhor humor — alguém misturou meu lance com levamisol, odeio essa merda — se bem que bagulho bom não ia deixar ela dormir.

Daí Jackie falou: É dez, tá, mas não se preocupa, vou botar na sua conta.

Levamisol é bom pra desverminar cachorro mas não tranquilizou Darlene nem um pouco depois que ela me botou pra dentro. Depois que saiu tateando da área do quarto Darlene ficou tentando descobrir quem tinha roubado ela sem usar os olhos. Quando aquela merda não funcionou cambaleou até a porta de entrada tipo uma chapa meio industrial e ela achou que talvez pudesse levantar aquela tranca em silêncio e sair pra investigar. A barra tava fria quando ela encostou — estranho pra um lugar que no geral era quente ela e os outros tinham começado a usar a barra da camisa pra enxugar o suor que escorria da testa porque fazia tudo que eles viam parecer salgado. A barra de ferro enferrujada subiu um pouquinho quando ela levantou mas aí a mina viu um cadeado gigante prendendo aquele troço uma tranca que ela não acreditava não ter percebido quando foi fechada atrás do grupo. Quem baixou a tranca? Hammer? E se rolar um incêndio?

Darlene enfiou as mãos na greta onde a porta encontrava o batente tentando chegar a um acordo com o peso do aço e o sistema de roldanas que fazia aquela porra toda abrir. A fenda quebrou uma das unhas dela tão feio que ela teve que arrancar fora.

Ah pensou ela, *isso é bom. Ninguém podia ter saído desse lugar com a minha bolsa.* Ela decidiu se instalar bem na abertura da porta até o sol nascer pra ninguém poder passar. De manhã ela ia fazer um inventário e achar a porcaria da bolsa. Seus olhos tentavam absorver o máximo de luz possível mas não adiantava. Ela ficou o tempo todo de olhos abertos mas sentia como se eles tivessem fechados piscar também não mudava nadinha. Então ela fechou os olhos de verdade e falou pra si mesma que talvez tudo ficasse bem de manhã. Ela ficou viajando no livro e visualizando alguém devolvendo a bolsa pra ela.

Ela deitou a cabeça pra trás e bateu no concreto com tanta força que precisou travar a mandíbula pra não gritar. Então esfregou onde doía e achou que pudesse nascer um galo ali. Depois a dor começou a formigar e daí ficou chata. Eu soltei os braços e as pernas dela pra fazer eles relaxarem e ela aceitou que ia ter que adotar uma posição de esperar pra ver. Ela visualizou a maldita bolsa ela recebendo a bolsa de volta então caiu no sono.

Mesmo assim a bolsa nunca apareceu. E a porcaria não só não se materializou mas quanto mais Darlene insistia em descobrir quem tinha surrupiado ela ou pra onde tinha ido mais malucos se perguntavam — na cara dela — se tinha mesmo acontecido algum crime.

Michelle começou a dizer: Você tinha mesmo uma bolsa? Não lembro de você com bolsa nenhuma na van.

Sirius lembrou da bolsa e descreveu ela direitinho mas Michelle não se convenceu. Ninguém confiava em TT ou em Hannibal inclusive TT e Hannibal e Hammer não tavam em parte alguma. Nenhum filho da puta confessou o possível roubo da provável bolsa e o episódio todo pegou mal pra Darlene e fez ela parecer doida porque acusou geral antes mesmo de conhecer todo mundo.

Umas duas horas depois deles terem chegado lá o horário de dormir acabou e todo mundo teve que levantar e começar a porra do dia mesmo que não tivessem descansado nada. Pra essa galera *hora de levantar* significava *queimar uma pedra num cachimbo sujo* mas Darlene não tinha mais nem eu nem a bolsa então teve que pedir pra alguém. Depois do café da manhã — um ovo cozido, um iogurte esquisito sem marca e um copinho de leite desnatado quase azedo — Jackie destrancou a porta pra sair e fumar mas não deixou Darlene revistar ninguém atrás da bolsa. Quando Darlene conferiu a estrada a van tinha vazado quase certeza que durante aquela hora ou duas em que ela tinha cochilado. Hammer devia ter levado pra algum lugar. Será que ele tava do lado de dentro ou de fora? Será que Jackie tinha a chave esse tempo todo? Será que Jackie pegou a bolsa?

Darlene irritada escapou pra dar uma curta caminhada longe do galinheiro pra respirar um pouco de ar puro. Ela se ligou que o muquifo era parte de três prédios parecidos e conectados entre si assentados perto do alto dum morro. Uma estrada de terra cortava tudo ao meio como a divisão dos cabelos brancos dum velho. Depois que conseguiu chegar num lugar alto pulando os buracos e poder ver por cima do morro ela virou pra olhar pra fazenda.

Em 360 graus a vista era quase a mesma. Um monte de folha de milho brilhante se agitava até o horizonte como se a mão invisível de Deus tivesse mexendo nelas e elas iam diminuindo com a distância e virando uma maçaroca cor de esmeralda. Depois tinha umas arvorezinhas cinzentas e uma fileira comprida daquelas torres elétricas do Godzilla lá bem longe onde o mundo começava a fazer curva, uma distância tão absurda que ninguém imaginava fugir pra lá. Por isso que deixavam ela andar por aí durante o dia.

Darlene lançou um olhar nervoso pro galinheiro como se quisesse pular fora mas aí um homem que ela nunca tinha visto antes saiu do prédio mais próximo e chamou ela de volta pelo nome. A forma como ele disse o nome dela fez a noia achar que tinha feito uma coisa errada ao sair por aí — a segunda sílaba saiu mais forte que a primeira do mesmo jeito que o pai dela dizia quando ela deixava ele com raiva. O som daquela voz por si só puxou a maluca de volta pro galinheiro e ela aumentou a velocidade conforme descia.

Os pés de Darlene tavam fazendo tchuff-tchuff então ela parou na terra pedregosa mas o cara apontou pra porta do galinheiro. Na outra mão ele tinha uma arma — ainda no coldre mas com a porra da mão nela — e aquilo fez a noia se perguntar qual o problema será que ele ia atirar nela se ela não voltasse?

Ele falou pra ela: Eles vão descontar dez dólares do seu pagamento por perder a chamada.

Dez dólares não parecia muito comparado ao que ela precisava ganhar ou ao salário que esperava então ela mal deu atenção ao que ele disse.

O homem era um tipo étnico de corpo redondo e bronzeado rosto pequeno demais pra cabeça e umas orelhas de abano que ficavam quase a noventa graus. Ele passava a mão no bigode como se fosse um gato. O cara não se apresentou na hora mas tirou a mão da arma assim que ela entrou.

Darlene ouviu os últimos nomes dos outros empregados quando entrou no dormitório. Jackie fez todo mundo formar duas filas uma de 23 outra de 22 pessoas então a novata sabia aonde ir. Ela preencheu o espaço vazio e esperou seu nome mas Jackie nunca chamou. Ela falou pros homens se separarem das mulheres porque eles tinham uma tarefa especial. Enquanto as mulheres esperavam Jackie foi ter um particular com o cara do bigode que tinha chamado Darlene pra dentro. Darlene se afastou do grupo das mulheres e esperou logo atrás de Jackie pra falar com ela.

As palavras de Darlene saíram estranhas por minha causa e também porque ela não tinha dormido muito. Jackie, será que alguém... ligou pra minha bolsa? Quer dizer, meu filho. Alguém achou minha bolsa, posso ligar pro meu filho?

Jackie soltou a respiração. Ninguém tá com a sua bolsa. Acho que você não tinha bolsa nenhuma. Você me mostrou seu RG? Precisamos colocar seu RG no arquivo.

Olha aí, o RG tava na minha bolsa! E quanto ao meu filho?

Quando a gente for pro trampo, podemos parar no armazém e aí você liga. Ela lançou a atenção por cima de Darlene em direção ao resto da galera. Homens pra direita, mulheres pra esquerda, por favor.

Ué, disse Darlene, o trabalho é diferente?

Darlene, se quiser ir com os homens, você com certeza pode tentar. Jackie fez um tom de voz agudo e irritado, tentando soar toda profissa.

É mais dinheiro, não é? Já te devo 620, preciso de mais dinheiro.

Só é mais dependendo de quanto trabalho você fizer, disse Jackie. Você não vai querer dar duro, vai? Ela ergueu as sobrancelhas e se virou pra contar os homens que tavam se juntando.

Darlene franziu o rosto trocando a perna de apoio e uma sensação de mau humor pegou a noia de jeito. Ela ergueu a cabeça e foi até o grupo dos homens dizendo: É claro que vou querer dar duro! A princípio ela ficou atrás dos manos mais altos depois ficou na ponta dos pés pra ouvir as instruções de Jackie. Quando o espaço vazio engoliu a voz de Jackie Darlene decidiu não pedir pra ela repetir. Quando já tinha enchido o saco do cara mais baixo mais pra trás de tanto pedir pra ele repetir o que Jackie dizia ela decidiu imitar os malucos quando eles enrijeciam o corpo e puxavam as camisetas furadas e as calças enlameadas pro lugar. Os que já tavam lá e tinham as luvas de lona obrigatórias (quinze dólares no armazém) puxaram elas com aqueles dedos ásperos. A maior parte dos homens saiu em direção à porta Darlene marchando com eles se preparando pro trampo duro que ela esperava ser justificado pela grana alta. Ela não tinha os sapatos apropriados então Jackie encontrou um par que alguém tinha deixado pra trás.

Ela falou: Essas botas eram do Kippy.

Parecia que Kippy era alguém importante. Darlene calçou as botas e percebeu que os cadarços tavam duros e sujos feito terra escura cor de ferrugem espalhada pelos sapatos também.

Kippy fugiu. Tentou. Mas não conseguiu.

Darlene mexeu os dedinhos dentro duma das botas que cabiam nela igual a um coelho dentro dum silo graneleiro. Os sapatos eram grandes demais e agora ela tava pensando que aquela terra enferrujada era o sangue do Kippy.

Eles pegaram o cara. Então... Jackie sacudiu o corpo como se quisesse dizer: *Não tentem fazer isso em casa, crianças.*

Em pouco tempo dez deles já tavam andando num ônibus escolar modificado. A maioria dos bancos tinha sido arrancada daí a galera tinha que ficar de pé e as janelas do ônibus eram daquelas que as crianças abaixavam pra jogar aviãozinho mas tinham sido retiradas então os dois lados tavam abertos. O para-brisa tava quebrado igual a uma teia de aranha tinha sido alguém que o capataz chamou de craqueiro. Os manos que trabalhavam lá há mais tempo se sentaram logo de cara e pegaram os poucos bancos porque quando o ônibus começava a andar e a balançar por causa dos buracos da estrada tu podia perder o equilíbrio e cair pela lateral aberta tá ligado? Um monte de tonel de plástico grande e verde ocupava boa parte do interior do buzão.

Darlene se sentou perto de Sirius mas ele tava todo desconfortável por causa daquele papo de homem que começou assim que os caras se separaram das mulheres. Ele se inclinou pra longe dela e não olhou pra trás. Um dos manos às vezes fazia um comentário grosseiro e olhava pra ver o que ela tava fazendo mas Darlene nem tava ouvindo direito aquelas piadas sujas e aquela zona toda. Ela bodeou rápido desde aqueles tragos sujos da manhã e um tambor martelava na cabeça dela de novo. Eu ouvi ela pensando: *Preciso de você, Scotty. Quero tá com você.* Eu falei que amava ela também e que ia precisar dela pra sempre. Tô sempre contigo falei. Comecei a cantar a música do casamento dela: *You're the best thing that ever happened to me...* Olha pra cima. Ela levantou o queixo pro céu e viu nuvens gorduchas com a borda reta no fundo elas tinham uma leve cor de manteiga por causa da luz da manhã. Pra gente aquela cena lá em cima parecia uma enorme mesa azul no meio de um salão de baile forrada com pedras de crack. A gente achou que podia esticar a mão e puxar aquelas pedras gigantescas como se tivesse arrancando limão do pé.

Darlene levantou as mãos até onde as janelas deviam estar mas o ônibus passou num buraco e sacudiu demais. Ela titubeou e agarrou a lateral do assento à frente pra não cair. Uma das pernas dela ficou pra fora. Sirius olhou pra ela por um segundo e estendeu a mão mas àquela altura a noia já não precisava mais se segurar. As têmporas dela latejavam, as veias pulsando, gotas de suor escorriam dos sovacos dela até a cintura e elas faziam cosquinhas aquilo coçava. Um dos caras tinha a voz igual à de Nat e logo ela começou a ouvir o falecido marido assoviando "You Are My Starship" junto daqueles tambores. Então os olhos dela ficaram cheios d'água como se tivesse chorando mas ela não sabia o motivo das lágrimas porque só se sentia dormente como se de repente ela fosse uma torneira de metal que alguém tinha aberto.

Outro maluco que não tinha se apresentado interrompeu o breve transe triste dela e disse: É melhor você ter braços fortes. Ele levantou os braços e flexionou eles pra mostrar como é que era ter braço forte.

Ela olhou pro nariz deformado dele tentando fazer o cara se sentir tão pequeno quanto ele fez com ela.

Ele disse: Você sabe que é melancia, né?

Que que tem melancia?

Que a gente vai colher.

Ah, é, claro, claro. Hum-hum. Melancia. Mas é mais dinheiro.

Nada, não é tão mais que as outras coisas.

Darlene ficou viajando em como ia ser carregar uma fruta do tamanho dum cachorro nos braços. Eu *sei*, disse ela. Juntando o trabalho gigantesco ao calor grudento porque já tava tão quente que os homens mais suados tinham tirado as camisas e tavam usando elas de toalha ela ia cair dura quando fosse de tarde. Eu queria dar mais força pra minha garota mas senti meu poder diminuindo até eu ser só uma formiguinha pulando pra cima e pra baixo nas terminações nervosas dela igual a um par de sapatos pendurado nos fios de telefone.

Não são as grandonas, disse o cara, não é nenhuma Carolina Cross — ufa. Graças a Deus que ainda tá cedo. Acho que vão ser assim, ó. Ele curvou as mãos no ar pra mostrar uma coisa do tamanho de uma bola de basquete. Talvez um pouquinho maior. Chamam elas de Sugar Baby.

Darlene se lembrou daquele cliente cajun enraba-melancia. Se ele pudesse vir pra cá falei ele ia tá no paraíso ela podia ganhar um bom dinheiro e gastar num monte de drogas. Tinha muita vergonha aqui praquele filho da puta curtir. Eu vivia por aquele biquinho pra cima que os lábios molhados de Darlene faziam eu queria ver eles em volta dum cachimbo de novo me mandando pra dentro goela abaixo pra eu poder acariciar com jeitinho aquelas esponjinhas dentro dos pulmões dela e devolver aquela linda autoconfiança pra ela.

Parece que você vai gostar, disse o cara.

Não, ela falou, tô pensando em outra coisa. Desculpa.

Eu também rio desse jeito às vezes, disse ele, tentando ver alguma coisa depois dos campos planos. Eu também era amigo do cara — a gente passava o maior tempo junto rindo de merdas que nem eu nem ele ia lembrar agora.

Darlene não gostava de colher melancia nenhuma. Nem essas Sugar Baby que só pesavam uns cinco quilos. Mas tinha que fazer isso pelo menos por mais um mês porque tinha escolhido o serviço e eles não deixavam trocar fora que ela tinha algo a provar. O capataz o cara do bigode que também era o motorista escolheu os lugares com as melancias mais maduras. Ele disse que dava pra saber se tava madura se a grama embaixo tivesse amarela daí o maluco deu um monte de dica sobre quando a melancia não tava madura e avisou geral pra não tocar em nenhuma das que ele não tivesse cortado do pé porque se arrancar o talo vai estragar o processo de amadurecimento e isso seria ruim pro que ele chamou de demanda do consumidor.

Daí o cara ia pra cima e pra baixo nos canteiros de melancia empunhando uma lâmina em formato de vírgula cortando as vinhas e libertando aqueles globos verdes. O segundo no comando tinha uma faca de cozinha e fazia a mesma coisa só que com mais dificuldade.

Depois do corte eles viravam a melancia pra fora pros catadores verem se tinham cortado o talo fora ou não. Então o buzão passava devagar por uma fileira e cada metade do grupo formava uma corrente humana de cada lado. Eles pegavam as Sugar Baby e passavam as maduras pra baixo até alguém atirar elas pra um dos apanhadores lá dentro um mano de cada lado do ônibus. Os apanhadores tinham que jogar elas nos cestos sem machucar nenhuma. E tinha quilômetros e quilômetros dessa merda pra fazer.

O capataz — Darlene ouviu ele responder ao nome How que devia ser apelido de Howard — talvez porque tivesse visto ela quase fugir naquela primeira manhã não quis botar ela em nenhum dos serviços mais fáceis. Ele não deixou ela se abrigar na sombra dentro do ônibus e arrumar as melancias em uma pilha — os camaradas dele os caras com quem ele fazia piada de buceta foram quem pegou o serviço. Ele botou ela no meio da corrente humana onde precisava pegar as Sugar Baby com a barriga. Uma ou duas vezes elas tiraram o fôlego dela. A mina respirava fundo fingia que não tinha doído e jogava a melancia pro próximo apanhador que dava pro cara do buzão.

O supervisor How parecia gostar de sacanear a Darlene sempre lembrando que foi ela que quis vir e colher melancia com os caras. Ele fingia que ela tava num time de baseball e fazia um lance a lance das jogadas ou pegadas dela zombando quando ela se fodia. Mas ela não quebrou nenhuma dizia pra si mesma. Não deixou cair nenhuma. Seus braços tavam machucados, ela torceu um dedo e as unhas quebradas às vezes arranhavam a casca da melancia mas ela nunca deixou cair nenhuma.

A estação prosseguiu e as melancias mudaram de forma e viraram blocos enormes do tamanho duma criança pesados feito chumbo. Darlene sempre pensava que elas pesavam a mesma coisa que Eddie quando ele era menor o que fez ela perguntar se podia ligar pra casa mas aí ficava muito complicado ou caro então em vez disso ela passava um tempo comigo. Ela até chegava perto do orelhão mas nunca tinha dinheiro. Ela discou um número e ele falou umas merdas doidas que ela nunca tinha ouvido um orelhão falar. Ele dizia: *Por favor, deposite cinco dólares para os próximos cinco minutos.* Daí ela falava: Isso são vinte moedas de 25!

Uma vez quando tava colhendo melancia ela parou enxugou o suor da testa com o punho e ficou ali parada toda atleta esperando a próxima. How encheu o saco dela por causa daquilo.

Ele falou: Aposto que você quer abrir uma dessas Charleston Gray e sentar naquela pedra ali, né?

Não era a primeira vez que ele falava mal de colher melancia parecia mais era que ele tava querendo irritar os negros. How se dizia cem por cento mexicano e falava um monte de merda tipo que o Texas e a Califórnia na verdade pertenciam ao México que os gringos roubaram tudo implicava com os negros do grupo por causa da Guerra Civil e dizia que eles pertenciam a ele. Ele falou pros poucos mexicanos do grupo que era asteca e eles eram seus prisioneiros de guerra.

A princípio naquele calor de rachar e naquela umidade filha da puta que não dava pra respirar Darlene sonhou mesmo em parar o trabalho e abrir uma melancia Sangria com as próprias mãos mordendo a parte vermelha bem devagar e deixando o suco escorrer pelas bochechas, o pescoço e o peito metendo a cara dentro dela e se molhando só pra refrescar. Mas por causa dos comentários do How ela não queria que ele soubesse disso porque ia parecer racista[1] contra ela mesma querer parar de trabalhar pra comer uma melancia. Mas esse tal de How nunca parava com aquela merda.

Você sabe que é isso que você quer, né? How disse a ela. Ele zombava dela com um sorriso exagerado. Tudo que vocês querem é um pouco de melancia.

---

1   Nos Estados Unidos, há um estereótipo racista relativo a um apetite incomum das pessoas negras por melancias. De acordo com alguns historiadores, o estereótipo data do fim da escravidão no país, quando muitas pessoas afro-americanas passaram a se sustentar física e financeiramente do fruto, e o hábito passou a ser escarnecido pelos brancos.

Caralho, How, soltou Darlene. Tá fazendo 38 graus e a gente tá aqui jogando essas frutas de dez quilos com toda delicadeza como se elas já pertencessem a alguma dondoca branca no Garden District? Se eu quiser parar e comer uma, quem se importa se me chamarem de negra só por querer o que qualquer pessoa normal ia querer? Se comer, descansar e sobreviver for coisa de negro, tô dentro!

O cara atrás dela na fila disse: É isso aí, então grunhiu e lançou uma Carolina Cross pro lado dela, pode crer.

A melancia bateu na barriga dela fazendo ela cambalear uns dois passos pra trás e cair sobre o joelho mas segurou firme como se deixar uma daquelas merdas cair fosse espatifar o último pedaço de sua força de vontade na terra. Quando ela reuniu forças pra atirar aquela maldita monstra pro cara do ônibus sentiu a maior fissura de ficar comigo de novo pra fumar e fumar e fumar até eu encher seu interior vazio de fumaça então a gente ia poder dançar juntos em espiral subindo até aquele salão de baile celestial cheio de drogas muito acima do planeta Terra.

8.

TRONCO À DERIVA

Darlene se enrolou na roupa de cama enquanto dormia naquela manhã e, com ela amassada contra o corpo, se encolheu no meio da cama, suando. O relógio dizia 6h05 quando ela acordou, e Nat ainda não havia chegado em casa. Às 6h06, nada; 6h10, 6h14, 6h59, ainda nada de marido; e ela tinha certeza de que sabia o que isso significava. Sua mente lhe disse: *O Nat vivo teria ligado.* Os órgãos internos de Darlene pareciam mudar de posição; os pulmões caíram para os quadris, o coração pulsava pelo estômago. Pela primeira vez ela se permitiu pensar: *Ele não tá vivo. Ele se ofereceu pra ir até a loja pegar o Tylenol e agora não tá vivo. Se eu não tivesse com dor de cabeça, ele teria ficado em casa, a salvo. Se não tivesse usado aqueles sapatos apertados que eu sei que me dão enxaqueca, eu não teria pedido o Tylenol e ele teria voltado pra casa ontem à noite. Se eu não tivesse tomado um sedativo, achando que podia substituir o Tylenol, não ia ter pegado no sono.*

Eles tinham se acostumado às ameaças ocasionais e aos trotes dos adversários políticos ao longo dos anos, mas depois que Nat se pronunciou na imprensa local contra David Duke, ex-membro da KKK que virou deputado, a Mercearia Mount Hope entrou no radar de vários detratores maliciosos. Nas últimas semanas, Nat e Darlene tinham encontrado um amontoado de folhas pautadas enfiadas na caixa de correio ou por debaixo da porta, cobertas de epítetos. Ambos já tinham ouvido palavras desagradáveis gritadas do interior de carros e passado por um incidente perturbador com a polícia local, quando dois policiais uniformizados entraram na loja. O primeiro disparou a pistola para o alto a troco de nada enquanto o segundo comprava um pacote de carne seca com o atendente de plantão apavorado. Às vezes o telefone tocava e, do outro lado da linha, alguém respirava ou ameaçava: *Vamos amarrar você, negro. Vamos fazer uma piñata humana com seu rabo.*

Uma vez Darlene atendeu o telefone e, após alguns segundos de silêncio, ouviu um rádio estalando ao fundo. Finalmente uma voz rouca perguntou: Connie? É você? Alô, a Connie está?

Darlene soltou um suspiro audível e disse à mulher: Ligou pro número errado, senhora, com um tom alegre e aliviado.

Que bom que *você* tá feliz com isso, disse a voz antes de bater o telefone no gancho.

A maioria dos clientes que opinava achava que a polícia não tinha levado as ameaças à Mount Hope a sério, mas não dava para chamar a polícia contra a própria polícia. Faísca fazia uma piada que ele se imaginava ligando: *Alô, polícia da polícia? Estamos com alguns policiais desrespeitando a lei aqui e que não me deixam em paz. Mande um policial, rápido, mas mande outro pra vigiar o primeiro.*

Desde o instante em que acordara, a ausência de Nat havia queimado buracos no tecido de sua vida. Ela considerava a vida de Nat e a sua praticamente a mesma — nunca ocorrera a ela que o casamento pudesse representar alguma coisa menos do que isso. Se ela alguma vez pensava na morte, rezava para que os dois pudessem morrer juntos em um acidente de carro aos oitenta e três anos, ou que entrassem na senilidade com seus muitos netos em volta da cama king-size, massageando as falanges de seus dedos e dando gelatina de amora na boca. Ela não havia pensado com cuidado no risco que é amar alguém, ou no quanto as escolhas feitas por quem você ama podem aumentar esse risco.

Darlene se obrigou a levantar, jogou os lençóis pra trás, deixando tudo emaranhado no colchão. Numa manhã normal, Nat já teria entrado calmamente no quarto, colocado o café dela sobre um apoio na mesa de cabeceira e feito a cama enquanto ela tomava banho, assoviando e passando de cômodo em cômodo. Ela foi pé por pé para o corredor, achando que o encontraria ali; ele daria uma desculpa por ter demorado, ela ficaria com vergonha da preocupação tola e eles se beijariam. Ele não apareceu, no entanto, o som de seu assovio entrou na mente dela em paralelo a uma faca de puro medo que se amolava em suas costelas. Por um tempo, Nat tinha gostado daquela música do Tavares, "It Only Takes A Minute", mas às vezes assoviava uma melodia gospel, ou algo um pouco mais sombrio, que soava como "When Johnny Comes Marching Home". De vez em quando ele assoviava entre os dentes, outras vezes molhava os lábios e fazia bico. As notas das músicas se repetiam na lembrança dela, como lufadas de vento embocando pelos corredores, que a pegavam desprevenida, às vezes calorosas e amorosas, outras apenas irritantes.

Àquela altura, Nat normalmente já teria enchido a casa com o aroma de bacon frito. Eddie provavelmente teria levantado com ele para pôr a mesa e encher de suco os copos de geleia, antes de Nat levar o filho para o que chamavam de creche — na verdade, era apenas a casa de uma senhora cuidadora da região. Mas, quando ela espiou no quarto de Eddie, viu o filho ainda dormindo. Darlene gelou diante daquela percepção e tentou se aquecer ao cruzar o corredor na direção do telefone. Quando ligou para a Mount Hope, a linha do outro lado tocou interminavelmente. Ela discou o número de todas as pessoas de sua lista de contatos em toda a cidade de Ovis e de várias cidadezinhas próximas, mas não conseguiu resposta em lugar nenhum; talvez ninguém se levantasse tão cedo. O medo de notícias ruins a impediu de ir pessoalmente à loja. Ela esperaria em casa, pelo menos por mais um tempo. Eddie acordou, aflito por estar atrasado, perguntando pelo pai. Darlene respondeu que ele havia batido o dedo do pé e tinha ido ao hospital.

Como é que ele conseguiu dirigir com o dedo doendo?, Eddie quis saber.

Ele bateu o dedo esquerdo, e pisa no acelerador com o direito, disse ela.

Eddie se calou e aquela mentira acalmou Darlene o suficiente para que considerasse irracional seu próprio medo. Talvez alguma versão da mentira realmente tivesse acontecido. Ela sabia que, às vezes, se ficasse pensando demais nisso, poderia ter medo de todos os momentos que passava longe de Nat — sem saber que perigo ele podia enfrentar naquelas partes nebulosas da vida em que ela não participava.

Naquela tarde, quando havia decidido descobrir tudo de uma vez por todas, a polícia lhe fez uma visita, logo após Eddie voltar para o almoço depois de brincar na rua.

A polícia falou de uma coisa que chamou de isso.

A princípio Darlene ficou transtornada e se atirou porta afora, em direção ao varal, mas depois que a polícia foi embora ela se acalmou, lembrando-se de não confiar no que a polícia dizia, certamente não mais do que em sua própria experiência. Ela se preparou para caminhar até Mount Hope e investigar. A polícia pode não ter entendido os fatos direito — os brancos de Ovis tinham o hábito de confundir um negro com outro. Talvez Faísca tivesse acidentalmente morrido queimado numa das casas vizinhas e Nat tivesse só pegado no sono numa das cadeiras dos fundos, como já tinha feito uma vez depois de beber demais numa festa noturna. Então ele precisou abrir a loja assim que acordou e não pôde atender ao telefone porque uma fila de clientes o manteve ocupado.

Lá fora, um pequeno grupo de árvores baixas soltava um cheiro doce e grosso de xarope de bordo. Todo mundo que ela encontrava no caminho era submetido a um interrogatório — Você viu Nat? Ele jamais teria ficado fora a noite toda, se ela não tivesse pedido para ele sair. Se ela não estivesse com enxaqueca ontem à noite. Tenho certeza que ele tá bem, eles respondiam. Não soube de nada. Não soube de nada — mas eles não olhavam nos olhos dela quando diziam isso.

Então Darlene cruzou com Faísca, que subia a rua da casa deles — vivo, meio acordado. Ela tentou disfarçar a decepção diante da continuidade da existência do homem, mas o crescente pavor fez suas pernas tremerem.

Ah!, disse ele. Não soube? De repente seus pés de galinha se enrugaram numa vergonha aparente e ele ficou completamente mudo. Suas pernas gordas se mexeram como se ele quisesse sair correndo. Se servir de alguma coisa, disse ele, eu mesmo passei a noite na delegacia por vadiagem e não vi eles trazerem ninguém, com certeza não o Nat, porque quando um sujeito vistoso como ele entra numa cela, todo mundo nota. Darlene agradeceu a Faísca e se apressou na direção da loja, estalando os dedos, sentindo a pulsação correr sobre as bochechas, chegando aos olhos.

Um grupo de senhoras de vestidões floridos e perucas sedosas cruzou a estrada para cumprimentar Darlene, duas com flores nas orelhas. As duas mulheres maiores bloquearam seu caminho de um jeito que parecia óbvio e deliberado. Ela notou que as mulheres eram vizinhas, mas não tinha uma relação próxima com nenhuma delas, nem com Harriet nem com Alice nem com Jeanette. De onde ela estava, não dava para ver a loja, um bosque alto de bordos e pinheiros obscurecia a vista.

Nossa, dona Darlene! Como está hoje?, perguntou Alice, segurando o punho de Darlene com as duas mãos, a voz aguda e falsa. Os antebraços grossos de Alice pareciam dois grandes tubos de massa de biscoito.

Ignorando as muitas perguntas de Darlene sobre terem visto Nat, as mulheres matraqueavam sobre assuntos de nenhuma importância — o tempo quente, quem está cozinhando o quê, quem não estava na igreja e por quê, a colheita de cana do ano passado, um casamento próximo. Elas fizeram isso com energia suficiente para confundir Darlene por vários minutos, especialmente quando faziam uma pausa para pedir a opinião dela sobre diversas trivialidades, mas logo ela entendeu que elas tinham informações a esconder. Quando sutilmente tentou dar a volta nelas, elas foram junto, cercando-a naquele curral humano.

Como está Eddie?, perguntou Jeanette. Ela enganchou no braço de Darlene, então procurou a mão dela com as suas mãos e entrelaçou os dedos nos dela. Ela aproximou o rosto do de Darlene, forçando o olho no olho.

Darlene, de sua parte, resistiu ao olhar de Jeanette, deixando os olhos se perderem na distância, através das árvores, na direção de Mount Hope. Ela respondeu às mulheres sem prestar muita atenção, com respostas curtas e tentando se desvencilhar com elegância do toque firme de Jeanette.

Esta tarde fresca não tá uma delícia, com todo esse calor que tem feito?, comentou Harriet. Ela inspirou até a capacidade máxima dos pulmões, acariciando o rosto dela. As outras concordaram e acrescentaram comentários enfadonhos às declarações animadas e inconsequentes dela. Então uma nuvem de comentários tediosos e sinistros pareceu atacar o grupo como mosquitos sedentos.

Nesse momento, o vento mudou e o cheiro forte de madeira queimada atingiu com tudo o nariz de Darlene; pela primeira vez ela viu uma fina coluna de fumaça cinzenta se erguendo acima da área da loja. O horror em seu rosto deve ter sido nítido, porque as mulheres apoiaram os pés como se a qualquer momento fosse preciso segurar ou empurrar Darlene para trás. Jeanette avançou e deu um abraço de urso, amoroso e paralisante, em Darlene. As lágrimas distorceram sua voz quando ela implorou a Darlene: Por favor, não chegue mais perto.

Com um puxão, Darlene se livrou das mulheres, que se arrastaram atrás ela, embora não conseguissem impedir que ela corresse até Mount Hope. Ela se abraçou e gritou quando chegou à entrada carbonizada. Ergueu os olhos e viu o céu através do que antes fora o telhado, as vigas tortas, escurecidas, rachadas e chamejantes do incêndio. A porta da frente, derrubada pelos bombeiros, pendia por uma única dobradiça. Plástico derretido, o freezer severamente queimado, tudo dizendo em uma só voz que a polícia havia dito a verdade, que seu marido havia perecido entre aquelas coisas.

Mais tarde, no necrotério, que cheirava a desinfetante de limão e formol, os mesmos policiais que ela esperava que tivessem mentido, ao falar *isso* em sua casa, pediram que ela visse outra coisa queimada, uma coisa que encontraram nos destroços. Por um momento, Darlene pensou que eles tinham pegado um porco de alguma churrasqueira próxima e decidido fazer uma brincadeira. A princípio a visão daquela coisa não a afetou mais do que ver uma bandeja de costelinha em uma mesa de piquenique, até que os médicos e policiais se referiram *àquilo* como *ele*.

Ele parecia uma das vigas de apoio da loja, um tronco que virou carvão. Se passasse o dedo pelos contornos, ela imaginou que ele soltaria pedaços de pó preto na mesa de aço e no chão, escurecendo o espiralado de sua digital. Ela sabia por que haviam lhe pedido que viesse, mas ficou confusa ao ver aquele pedaço bizarro de madeira que poderiam ter tirado de uma fogueira à margem do rio. Ela quase riu, como qualquer pessoa normal faria, mas essas outras pessoas não teriam notado que a aliança de ouro em volta de um dos dedos combinava com a aliança em seu próprio dedo. A escultura tinha a boca aberta, e Darlene pensou no marido gritando e sufocando na fumaça à medida que as chamas substituíam a respiração. O sangue sumiu de seus braços e pernas, ela se virou e cobriu a boca, então caminhou cuidadosamente para fora da sala, até a área de espera mais próxima, e desabou numa cadeira.

Aquilo tinha mesmo acontecido, alguém havia ateado fogo em seu marido, arrancando-o de sua vida para sempre e deixando-a sozinha. E agora ela tinha a mesma probabilidade de ser esfaqueada ou incendiada pelas mesmas pessoas que haviam decidido que não importava quando alguém matava e mutilava corpos como o dele. Ela desejou ter morrido no lugar dele. Não, ela desejou que tivesse ido com Nat até a loja e mudado o resultado, ou que não estivesse com enxaqueca naquela noite, ou que não o tivesse deixado ir até a loja, apesar de ter dito que ficaria bem, que tinha tomado um sedativo. Então ela se perguntou se alguém da polícia estava envolvido, ou sabia de alguma coisa; que talvez alguém da polícia houvesse encharcado Nat com gasolina, talvez outro tivesse riscado o fósforo, outros o tivessem esfaqueado, e talvez eles a tivessem seguido até a área de espera naquele exato momento. Talvez aquele homem, ou aquele ali; qual desses doentes tinha o rosto mais cruel? Ou o mais *bonzinho*. Qual filhadaputa disfarçava melhor? Ela tinha certeza de que eles também iam tentar passar a faca nela e tocar fogo no corpo dela como se ela fosse um pedaço de costela — ou no filho dela.

****

Os pais de Darlene não viriam para o velório — eles provavelmente não apareceriam nem nos próprios funerais. Seu pai, P. T. Randolph, tinha várias doenças não tratadas — hipertensão, catarata e artrite reumatoide, só para listar três. Ele alegava que era em nome da religião, mas todos diziam que ser salvo significava menos para ele do que guardar dinheiro. Ele havia esbanjado em uma cadeira de rodas alguns anos atrás, mas agora a dividia com a mãe de Darlene, Desirée, que teve trombose nas duas pernas, além da diabetes correndo solta. Segundo o irmão de Darlene, Gunther, a quem chamavam GT, eles mal saíam do sofá, quanto mais de Lafayette. Não tinham mais carro nem telefone em casa, e, se não queriam comprar um telefone, jamais pagariam uma passagem de ônibus. Além do mais, disse ele, a mãe entra em pânico só de pensar em subir num ônibus.

Surpreendentemente, LaVerne e Puma, que há anos haviam cortado relações com Nat, dirigiram até New Orleans para o velório, mas Puma ficava interrogando qualquer um que desse atenção: Como é que sabem que é ele? Eles não sabem de verdade! Esse não é meu garoto. Bethella evitou Puma e, mais tarde, reclamou para Darlene de sua falta de respeito. Um destacamento de fuzis disparou três salvas em honra militar, e Darlene sentia os olhos de Puma nela. Sua expressão aflita parecia disparar cada tiro, todos apontados para o coração dela. Depois os pais de Nat se viraram contra Darlene, como se suspeitassem dela pelo assassinato, como se soubessem do Tylenol e os sapatos apertados. Ela ouviu LaVerne dizer: Ele devia ter sido enterrado no jazigo dos Hardison. Darlene percebeu que precisaria ficar longe deles.

A despeito da família, pessoas com as melhores das intenções tentaram ajudar Darlene o melhor possível durante os anos seguintes. Atendentes de lojas, vizinhos, assistentes sociais, um detetive de São Francisco. Ela se lembrava dessa ajuda de tempos em tempos e a sensação melhorava seu humor por um breve período. Os detetives acabaram desconsiderando um grande número de pessoas e se fixaram numa gangue de jovens bandidos, possivelmente contratados por um grupo de bandidos mais velhos. Eles temiam não ter provas suficientes para garantir a condenação, mas os prenderam mesmo assim, embora o promotor não tenha conseguido mudar o julgamento para um local mais favorável.

Nat tinha feito, sem contar a Darlene, um modesto seguro de vida, além do seguro contra incêndio da loja. Quando soube disso, por correspondência, ela chorou; e passou a pensar em cada cheque que preenchia como sendo um cartão-postal enviado do além pelo marido. Darlene evitava passar tempo demais em Ovis, comprando leitelho ou joelho de porco em outras lojas de cidades próximas. Além da loja, ela havia perdido o ânimo de empilhar sozinha latas de feijão cozido nas prateleiras, ou de decorar o caixa com fotos de membros da família que ela não conseguia mais encarar por causa do que ela tinha feito e, portanto, não tentou reconstruir nem reinaugurar a loja. Ela simplesmente se escondeu, temendo que aqueles monstros insanos, que achavam que não tinham de seguir a lei, voltassem e terminassem o serviço. Às vezes ela tinha esperança de que realmente fizessem isso.

Bethella se prontificou a cuidar de Eddie por uma semana, logo após o funeral, durante aquela calmaria aterrorizante que se seguiu à morte de Nat, quando parecia que ninguém mais se importava, a não ser ela. Nesse período, os advogados negros e judeus de Nova York, todos de nomes bíblicos — Aaron, Abraham e Leah — vieram a Ovis e ficaram semanas em motéis próximos e casas particulares, oferecendo seus serviços de graça. Darlene se recusou a dar festa, mas Eddie passou o sexto aniversário brincando no quintal com alguns dos filhos dos advogados. Os advogados a entrevistaram numa intensidade fervorosa, embora ela não pudesse dizer muito; foram às ruas, embora ela não tenha ido; apontaram o dedo para a imprensa, dizendo tudo o que sabiam sobre justiça e como ela devia funcionar. Mas apontar dedos não produzia provas suficientes para que a justiça se alimentasse. Apesar da tenacidade deles, depois de mais de um ano sem resultados, os advogados tiveram que se desculpar, então foram embora de vez. Embora a polícia tenha encontrado uma marca de pneu que correspondia à picape de certo garoto e seus amigos, que foram interrogados, todas as outras provas haviam sido incineradas. E eles não foram capazes de encontrar uma única testemunha. Ao final de todos aqueles meses, os advogados balançaram a cabeça e rabiscaram números de emergência no verso dos cartões de visita. A polícia prometeu continuar trabalhando no caso; todos eles pareceram sinceros. Então os advogados voltaram para sua cidade de origem, provavelmente pensando em outros casos que pudessem de fato trazer justiça.

Depois que foram embora, Darlene decidiu que deveria conseguir por conta própria qualquer informação que pudesse revelar os assassinos de Nat, mas quem fez aquilo encobriu muito bem os rastros, enfiou as armas do crime em lugares que ninguém tinha encontrado e provavelmente queimou as roupas ensanguentadas. Nenhum branco da cidade admitia ter visto nada de estranho. Nenhum branco acreditava em nenhum negro. Às vezes parecia que uma loja imaginária tinha sido incendiada e um negro imaginário tinha perdido sua vida imaginária lá dentro.

Alguns dos brancos que não tinham sapatos, de roupas esburacadas e chapéus roídos por traças, passaram a olhar para Darlene de um jeito diferente depois de um tempo, como se a história fosse indigesta e eles não conseguissem botar nada para fora. Será que eles sabiam de coisas que não podiam contar ou será que a detestavam? Como é que uma loja pode pegar fogo de noite e ninguém vê nada, pensava Darlene, e reclamava a qualquer um que quisesse ouvir, além de muitos que não queriam, e interrogava qualquer pessoa que ela achava que pudesse ter visto alguma coisa que não queria ter visto. Em pesadelos, ela via chamas alaranjadas mastigarem Mount Hope por completo, iluminando a vizinhança e o rosto de pessoas que ela servia todos os dias, pessoas que encaravam o clarão enquanto seu marido gritava por socorro e derretia atrás das janelas.

Mas, após um ano e meio, o desejo de vingança de Darlene diminuiu o bastante para que uma rotina diária se formasse, uma rotina que evitava qualquer acontecimento que tivesse a ver com Nat, focando nas coisas relacionadas a criar um filho e nas dificuldades de pagar a conta de telefone, o aluguel e o seguro do carro, assuntos que Nat resolvia sem sua ajuda e que a renda da loja cobria, mal e mal. A perda de apenas uma dessas fontes de apoio — a loja, a renda, o marido — poderia ter destruído Darlene. Mas perder todas as três, além da culpa que sentia por seu papel na tragédia, acabou drenando o espírito de Darlene e seu último sopro de força. Àquela altura, ela queria simplesmente ficar sentada, imóvel, olhar além da realidade e ignorar o mundo; ela queria trocar de lugar com as tarefas chatas da vida, então ela teria importância novamente e todas as obrigações se tornariam pequenas, distantes e inúteis.

À medida que o dinheiro do seguro foi acabando, um branco excêntrico, que alegou ter conhecido Nat, percebeu a situação e deu a Darlene um emprego que ela chamava de passe Ave-Maria: o tipo de emprego que você aceita sabendo que não vai cobrir as despesas, esperando conseguir um emprego adicional no dia seguinte (ou um melhor no mês seguinte), admitindo que você simplesmente precisa sair de casa. Ela virou atendente e caixa em uma filial da rede chamada Hartman's Pharmacy, o tipo de loja sem graça onde Papais Noéis e renas de papel crepom verde e vermelho desbotavam na vitrine caótica e empoeirada até fevereiro, mês em que ela começou.

Ela só tinha trabalhado lá umas duas semanas quando os sujeitos entraram. Dois dos cinco suspeitos que a justiça não tinha provas suficientes para condenar. Os dois magricelas e tatuados, pele acinzentada, espinhas e olhos mortos de assassinos. Por causa da longa fila de pessoas falantes, Darlene não viu os homens até que eles chegassem ao caixa. Ela se voltou para o último cliente na frente dos dois caras e, quando o cliente saiu e ela viu aqueles dois tão perto, sem nada entre eles, perto o bastante para apertarem o pescoço dela, ela cambaleou para trás como se alguém a tivesse empurrado.

Eles largaram uma caixa de latas de Schlitz no balcão com uma pancada presunçosa. Darlene deu a volta por trás de Carla, no outro caixa, e foi para os fundos. Os dois não tinham reconhecido Darlene e, quando ela desapareceu, eles a princípio ficaram confusos. Depois de alguns minutos, ficaram irritados porque ela não voltou.

No tribunal, eles tinham feito a barba e usado gravata, mas desde então haviam deixado o cabelo crescer. Um deles usava uma camiseta imunda, que dizia ALABAMA em letras metálicas. A sujeira destacava as rugas nas dobras dos dedos e contornava as unhas. Um deles tinha um bigodinho fino. Então os nomes explodiram na cabeça dela — Claude e Buddy Vance, cujo pai, Lee Bob, era considerado o líder.

Pra onde ela foi, cacete?, perguntou Buddy.

Claude riu. Ela tá com trabalhofobia?

Buddy, o mais velho e mais alto, o da camiseta do Alabama, bateu no balcão algumas vezes com a palma da mão. Dá licença!

Carla, no meio de uma transação, pediu que esperassem um segundo e disse a eles: Não tem nada de errado. Ela foi à sala dos fundos, mas, assim que chegou à porta, ela se abriu e Carla precisou dar um salto para trás. Darlene pôs a cabeça para fora.

Darlene, o que houve? Você tem clientes.

São eles, disse. É muita cara de pau virem aqui.

Eles? Que eles? Quais deles são eles?

Eles!, insistiu Darlene, como se forçar aquela palavra de repente pudesse revelar o significado oculto.

Os clientes estavam se amontoando na fila do caixa e tinham começado a resmungar. Darlene não tentou responder a Carla na íntegra; só abriu a porta e voltou ao caixa pisando firme, para que a fraqueza que sentia inundando braços e pernas não a fizesse desabar. Ela se obrigou a ter coragem, pensando no que Nat desejaria.

Recompondo-se, ela se concentrou na caixa de Schlitz, mas não conseguiu encontrar a etiqueta do preço.

É nove e noventa e nove, disse Claude. Como tá na placa bem ali. Ele era mais quieto, mais intenso que Buddy, o tipo que talvez sussurrasse para você enquanto te estrangula até a morte.

Buddy apontou. A placa mostrava caixas de doze latas de Schlitz, *duas* por \$9,99. Eles só tinham uma. Uma caixa não teria desconto, seria \$12,99. Ela tentou explicar o problema, hesitante, sem olhar nos olhos deles, mas as palavras se tornaram impronunciáveis; e sua mente, um pequeno furacão.

Os pés de Buddy ficavam se mexendo, como os de um lutador. Por fim, Darlene olhou para a testa dele, cada vez mais vermelha. Agora ela via que ele era pavio curto, dono de uma fúria a que Nat não sobrevivera. Ela olhou para a mão dele sobre a caixa, cheia de veias, os dedos peludos que talvez tivessem segurado a chave de roda — ela imaginava uma chave de roda, embora nunca tenham descoberto qual fora o instrumento contundente — que esmagara a têmpora de seu marido e que o deixara lá, morto no chão da própria loja, porque ela estava com dor de cabeça e precisava de Tylenol. É por isso que ela nunca mais usaria Tylenol, por isso que andava em qualquer outro corredor da farmácia em vez de passar perto do Tylenol, por isso que nunca tocava no Tylenol quando alguém comprava. Por isso que não dizia a palavra *Tylenol*. Não pensava na palavra *Tylenol*. Pelo livro, ela sabia que pensar em certas palavras podia lhe trazer azar.

Deixa eu te falar o que eu acho dessa cerveja de merda de doze e noventa e nove!, disse Buddy, rasgando a caixa de papelão e puxando uma lata. Ele a sacudiu com vigor e abriu na direção de Darlene, a espuma jorrou para cima e para baixo. Claude sorriu para o irmão e se preparou para correr.

As pessoas nas duas filas recuaram — algumas horrorizadas, outras admirando Buddy. Um cara corpulento de boné de baseball tentou agarrar o braço de Buddy, para que ele parasse, mas Buddy pegou uma segunda lata e a abriu também.

Carla gritou: Ei, vou chamar a polícia, e Darlene gritou *Para* e *Não* várias vezes, então escorregou em alguma coisa, ou desmaiou, e caiu no piso emborrachado atrás do balcão do caixa.

Buddy se inclinou sobre o balcão e continuou encharcando Darlene de cerveja mesmo depois que ela caiu. O homem de boné tentou conter Buddy segurando o braço dele. Claude correu até a porta e parou lá, pedindo a Buddy para fugir, e quando ele começou a sair, Buddy pegou uma terceira lata de cerveja e a esguichou por toda a parte. Mais uma vez o homem de boné tentou impedir Buddy, mas o braço dele, molhado de cerveja, escorregou da mão do homem. Então Buddy apontou a lata de cerveja para o homem, que ficou enfurecido e perseguiu os dois para fora da loja, os três rosnando xingamentos.

Darlene, caída no chão, continuou gritando depois de os homens terem fugido. Na confusão, alguns clientes correram para fora da loja para assistir à perseguição; outros desistiram das compras e alguém roubou um punhado de barras de chocolate 100 Grand. Carla se ajoelhou ao lado de Darlene no piso emborrachado, tentando enxugar o rosto e as roupas dela com a barra do uniforme e, ao mesmo tempo, consolar a colega. Darlene tinha encolhido os braços para se defender e os manteve duros na frente do peito.

Deus tenha misericórdia, disse Carla. Eu vi no jornal! Aqueles eram os meninos que... quer dizer, provavelmente foram eles, mas ninguém sabe. E você! Eu nem juntei uma coisa com a outra. Ai, minha nossa.

O terror de Darlene diminuiu um pouco e ela chorou normalmente.

Carla se sentou sobre os joelhos. Por que não tira o resto do dia de folga, querida? Vem amanhã, ou tira uns dias, começa do zero. Vou avisar o Spar sobre o que aconteceu. Ela pôs as mãos no quadril, depois as soltou de lado. Então disse: Senhor, como eu odeio esta cidade.

9.

UMA MELHORA

A não ser que o trabalho terminasse tarde — o que acontecia direto — a Delicious devia pagar a galera todo dia por volta da chamada das cinco horas ou um pouco depois. As pessoas ficavam ansiosas por aquela merda como se tivessem começando o fim de semana mas a maioria delas trabalhava o mesmo tanto todo dia menos domingo então não fazia muita diferença. A empresa não fazia registro dos pagamentos. Eles mesmos contabilizavam a produtividade sem contracheque nem nada. Algumas pessoas ganhavam por cesto outras por hora ou por ovo pra quem ficava no galinheiro com as galinhas poedeiras. Os infelizes que recolhiam a merda das aves pra usar de fertilizante ganhavam por balde. Ninguém queria aquele trabalho fora que ele te deixava exilado do grupo. Sirius B parecia que sempre procurava os piores trabalhos agindo como se fosse Jesus. Ele foi atrás desse como se todo mundo fosse querer e ninguém disse nada.

Eles te enfileiravam do lado de fora do dormitório e diziam quanto tu tinha trabalhado e quanto ia receber daí botavam o pagamento na tua mão. A maior parte da galera não ganhava mais que dez dólares por dia então na real eles não tavam distribuindo nada além de mais dívida. Mas em alguns dias certos noias conseguiam ganhar trinta ou quarenta. Todo mundo tava atrás disso como se a empresa tivesse fazendo tipo uma loteria. Enquanto isso a Delicious descontava *tudo* — refeições, botas, cestos e sacos que eles emprestavam pra colheita, álcool e principalmente euzinho. Eles te davam bebida e droga como se fosse tua festa de aniversário depois botavam tudo na tua conta tá ligado?

Deixavam How no comando e aquele filho da puta fazia todo o trabalho rápido como um leiloeiro fazendo a folha de pagamento parecer ciência. Então se tu não ganhasse o que esperava tinha que sair na maciota meio confuso enfiando os três ou quatro merréis no bolso pra ninguém ver quanto tinha ganhado nem te roubar nada. Tinha gente que fazia o maior esforço com aquela merda — tipo o Hannibal que guardava um pedaço de papel debaixo do chapéu e anotava quase toda maldita dívida que tinha e cada fruta que colhia mas quando falava com o How era vencido na lábia e ganhava a mesma quantidade de nada igual ao resto do povo.

Às vezes não fazia nenhum sentido que a versão do How do seu salário fosse tão mais baixa do que a que tu tinha calculado enquanto trabalhava o dia todo. Darlene pegou a ideia de Hannibal de anotar tudo num papel pra ter uma prova pra dar se How dissesse que ela não tinha trabalhado o tanto que dizia. Mas toda vez que ela batia o pé How dizia que ela tava inventando ou que descontou o pagamento dela por conta dum comentário sarcástico que tinha feito sobre a empresa.

Aquele How lembrava de todas as coisas ruins que tu tinha feito ou dito e tu nem notava que ele tinha percebido e aí ele te lembrava bem na hora que tu precisava dum trago, de dinheiro ou dum fuminho. Mesmo que tu só tivesse dito o que disse pra desabafar. Tu não podia falar mal da empresa nem reclamar daqueles cestos quebrados e sem alça, do equipamento escangalhado que arrancou fora o dedo duma pessoa uma vez e quase sempre abria um talho numa coxa semana a semana nem apontar que não tinha máscara nem um lugar limpo pra lavar a mão mesmo com aquela nuvem de pesticida no lugar. Acima de tudo tu não podia reclamar de porra nenhuma durante o expediente. Ele também mandava os noia espionar uns aos outros então ele te descontava mas recompensava os desgraçados pela informação de segunda mão. Às vezes How te descontava até por questionar o cálculo da dívida. Essa merda fodia com os filhos da puta.

Mas se tu reclamasse How falava: Cê acha que um grande produtor diversificado que tem contratos com a Birds Eye, Chiquita e Del Monte precisa tirar cinco mangos do pagamento dum funcionariozinho de merda que nem você? E aí tu calava a boca porque na real tu precisava mais do dinheiro que daquele momento miserável de amor-próprio. Só que esses momentos miseráveis começavam a se acumular como gotinhas de óleo num riacho contaminado.

Então Darlene podia descolar uns trocados extras por dia se conseguisse jogar umas melancias a mais, coletar todos os ovos ou juntar um pouco de bosta de galinha com o Sirius. Toda terça e sexta quase na mesma hora que How distribuía pro grupo aquele vento que chamavam de pagamento ele e Hammer levavam todo mundo pro armazém; uns dez ou onze quilômetros de estrada até um lugar que eles diziam que se chamava Richland mas a galera chamava de armazém. Era provável que os filhos da puta gastassem tudo e ainda pegassem emprestado o que faltava então o que tu ganhava naquele dia nem contava como pagamento mais parecia pagamento negativo.

Richland não parecia bem uma cidade. Quase nada crescia lá — arbustos atrofiados e grama seca até onde a vista alcançava, um posto de gasolina, um armazém, um prédio de tijolos à vista arruinado, um barraco de telhado de zinco e uma placa pintada que dizia MERCADO em vermelho. Aquele buraco era pequeno demais pra aparecer no mapa. Tinha gente no grupo que achava que a Delicious tinha na verdade criado a cidade. Outras diziam que elas tavam paranoicas por minha causa mas Sirius B disse Não é paranoia se acontece bem na sua frente.

De noite entre a fissura e o consumo a galera entrou num daqueles muitos papos que sempre atravessava o galinheiro feito um vírus. Esse era se a fazenda era mesmo na Louisiana ou se talvez eles tivessem levado todo mundo pra Flórida naquela van. Darlene e Sirius costumavam ficar do mesmo lado sobre onde eles tavam por causa que ela cresceu perto de Lafayette. Algumas semanas depois que ela chegou o grupo todo ficou discutindo onde eles tavam até depois de apagarem a luz. Darlene ficou quieta um tempão fervendo igual a uma panela em fogo baixo depois a voz dela explodiu na escuridão dizendo que as iraúnas de cauda longa tavam sempre por ali que elas não existem em lugar nenhum a não ser no Texas, Louisiana e México, que via elas o tempo todo quando era criança perto de Lafayette mas que ninguém tinha visto nem um flamingo porque todo mundo sabe que eles tão pela Flórida inteira mas *não* na Louisiana então como é que você explica isso? A área sem galinha inteira ficou no maior silêncio enquanto os noia pensavam naquilo daí TT disse: Isso não prova nada, porque passarinho não precisa parar em fronteira nenhuma. Eles não sabem a diferença quando é um estado e quando é outro.

Darlene gritou: Ai, cala a boca!, e cruzou os braços, então anunciou que tinha que ir dormir depois daquela por causa que a coisa toda tinha ficado muito chata. Ela fechou os olhos mas eles não tinham ficado fechados nem por um minuto quando sentiu alguma coisa encostando no cotovelo dela. Primeiro ela respirou fundo porque achou que uma barata gigante ou uma aranha venenosa tivesse subido na cama dela e fosse picar ou que TT ia estrangular ela por ter provado que ele tava errado. Mas na mesma hora que ela percebeu que era a mão de alguém ela notou que não era a palma que tava encostando nela — alguém tava arrastando as juntas dos dedos pra cima e pra baixo no braço dela num movimento calmo e lento de vai-e-vem.

Parecia que aqueles dedos tocavam cada um daqueles cabelinhos superfinos do braço dela fazendo eles levantarem e abaixarem o quanto quisessem. O toque fez a mina lembrar dos encontros com Nat na lanchonete. Darlene sabia de quem era a mão por causa do lado da cama de onde ela vinha e do quanto era comprida. Mas só pra ter certeza ela esticou a mão direita e enganchou o dedo dentro daquela mão que acariciava seu antebraço esquerdo sabendo que pertencia a Sirius só de sentir aqueles calos ásperos bem embaixo dos dedos e as veias saltadas logo abaixo dos pulsos. Ela continuou mexendo o dedo pela palma e quando a mão dela tava toda dentro da dele ela sentiu a pulsação dele ali na parte de baixo da mão latejando contra a ponta do dedo dela.

Aquilo continuou por um tempo a mãosturbação mas aí começou a parecer um pouco idiota se não fosse acabar em *sexo* de verdade. O problema de foder no alojamento não era que alguém visse — na real ninguém conseguia enxergar a própria mão na frente da cara de noite naquele galinheiro. O problema era fazer tudo em silêncio porque aquelas camas rangiam feito umas condenadas e tu podia dizer alguma coisa pra alguém naquele salão de concreto sussurrando bem baixinho e os filho da puta lá do outro lado não iam só ouvir o que tu falou eles iam te *responder*.

Sirius teve que levantar bem devagar. Darlene ficou ouvindo cada rangido que a cama dele fez conforme deixava ele sair. Ela imaginou o corpo daquele homem se aproximando dela mais devagar que um cheque do governo e também não largou a mão dele como se ela soltasse ele fosse cair na escuridão pra longe dela. Então chegou o momento em que a cama não fazia mais barulho e ela sentiu a respiração e os lábios de Sirius perto do rosto dela. Ela ergueu um pouco a cabeça e procurou os lábios dele com os dela. Doeu um pouquinho por causa das queimaduras e dos machucados perto da boca mas ela nem pensou nisso por conta da delícia daqueles lábios.

O mano sussurrou dum jeito macio tão baixo que ela quase nem ouviu que eles podiam ir pro banheiro pra rolar porque de noite ninguém sabe a diferença entre um rabo preto ou dois no banheiro já que não dava pra ouvir o que acontecia lá dentro tão bem quanto no salão principal. Darlene não tava pensando direito em nada e ela com certeza queria continuar o que eles tinham começado mas talvez não até o ponto que ela achava que ele tava pensando. Mas pelo menos no banheiro os dois não precisavam ficar tão atucanados. Ela levantou da cama da mesma maneira delicada que ele tinha feito a língua cutucando tudo dentro da boca deles e tal e eles respiravam tão forte que sabiam que precisavam sair daquele salão.

Ela segurou no passante da calça dele e ele tateou na escuridão o caminho pro banheiro e embora o banheiro fedesse pelo menos eles podiam se apertar numa cabine sem porta e ter um pouco de privacidade por um microssegundo. Ele sentou no vaso e ela em cima dele e ela não conseguia ver nada lá dentro então era como se tivesse fodendo o nada ou o céu da noite como se ele fosse uma estrela e ela a escuridão que prendia ele lá em cima.

Em pouco tempo ele acabou e depois dum tempo maior ela também. Então ela caiu nos ombros dele como se fosse cair no sono ali mesmo.

Eu vi um monte desses passarinhos também sussurrou ele. As iraúnas? Eu sabia que a gente tava na Louisiana.

Aí alguém bateu na parede da cabine e o clima quente foi pelo ralo.

****

Onde eles tavam não era a única coisa que o povo ficava falando nem de longe. Os desgraçados falavam muito do próximo trabalho e como iam conseguir ele. Quando eu sair da Delicious, vou entrar na construção civil, vou começar meu próprio negócio de paisagismo, vou dirigir um caminhão de sorvete — nada disso tinha base nenhuma na realidade. Eles discutiam ainda mais sobre esporte depois de assistir parte dos jogos na TV portátil de Jackie que tinha uma tela de nove polegadas toda azulada. A galera ficou falando de Carl Lewis e Flo Jo a porra do verão inteiro.

Além do transporte de quinhentos dólares e dos cem dólares da primeira noite o povo tinha que alugar as camas e pagar taxa de água e energia num total de vinte dólares por dia. Sirius falou: Tô ganhando dez por dia e pagando vinte por noite? Essa merda não faz sentido. Todo mundo só disse pra ele trabalhar mais porque em algum momento ia dar pra superar aquela dívida. Não tinha ar-condicionado e era sempre tão quente que a galera começou a tomar banho de roupa tentando se refrescar enquanto as roupas secavam. Ninguém conseguia dormir direito naquele calor. Eles só recolhiam as despesas de moradia uma vez por semana então se tu não quisesse mais dívida precisava ser esperto e esconder aquelas verdinhas em algum lugar onde ninguém pudesse encontrar. Tu precisava até garantir que ninguém fosse roubar tuas coisas enquanto tava no banho, então muita gente tinha aqueles saquinhos de Ziploc e enfiava o pouco dinheiro e tudo mais que tinha ali dentro — obturação de ouro, foto das crianças — pra que eles pudessem levar os pertences não tão valiosos pro chuveiro e ficar de olho na bufunfa, como TT chamava.

Mas nunca tinha muito naqueles saquinhos, por causa que, lá em Richland, Gaspard Fusilier botava os preços tão lá em cima que eles comiam teu dinheiro todo. Eles cobravam $4,99 por uma minigarrafa de Popov, $12 por um pacote de seis latas de Tecate. Darlene e os outros pensavam *Sacanagem* — às vezes eles até falavam Sacanagem mas nunca muito alto — eles sabiam que não tinham escolha a não ser pagar aquele preço absurdo quase sempre fiado. E já que todo mundo era viciado em droga ou álcool ou nos dois ou negava até ser pego o pessoal comprava garrafas, pedras e apetrechos dum cara de fora que também botava o preço lá em cima porque todos eles sabiam que aquela operação dava certo nos cafundó de sabe lá Deus onde lá no meio da Louisiflórida e tu não podia fazer a porra duma comparação de preço tá ligado?

Se Darlene comprasse os mantimentos (era assim que chamavam as compras) antes que todo mundo ela esperava o resto da galera perto do buzão fumando pedras no espaço entre o miniônibus e as árvores. Ela chamava aquilo de chá da tarde. Eles faziam os trabalhadores andar mais rápido e ser mais produtivos me mantendo longe deles entre o almoço e a janta. O lance deixava os noia tudo doido mas a administração prometia mundos e fundos pra eles na forma de pedras extras. A galera ficava louca nos campos — se arrepiando e tagarelando e o cacete — mas tu ia ficar surpreso de ver como um craqueiro colhe os morangos rapidinho quando tem um isqueiro e um cachimbo cheio esperando por ele.

Um dia lá no campo um mano barrigudo chamado Moseley que ninguém sabia quanto tempo já tava na Delicious contou pra todo mundo como um cara que tinha treta com outro que ele acusava de ter roubado seu sanduíche muffuletta fez uma faca caseira derretendo a ponta de baixo dum garfolher que de vez em quando eles ganhavam com o almoço. Daí ele espetou o inimigo no rim dum jeito que ele teve que ser mandado pro hospital. E o cara nunca mais voltou. Ninguém sabe o que aconteceu depois, disse Moseley, se ele morreu ou o quê. Alguém disse que valia a pena tentar aquele lance pra sair da Delicious e outra pessoa falou que ia contar pro How.

Tinha uma pedra perto dumas árvores cheias daquele musgo espanhol a uns trinta metros do armazém embora ainda fosse visível de onde Hammer costumava estacionar. Darlene gostava de sentar naquela pedra apertando um mísero pão com queijo entre os dedos antes de botar ele pra dentro e arrematar com uma Popov ou duas ou três nos dias bons. Quando ela se sentava lá ouvia um riacho correndo acariciando as outras pedras antes de entrar num tubo de concreto que passava debaixo da estrada bem perto dali. Ela viu um bando de corvos rondar e destroçar um gambá morto na beira da estrada. Uma vez alguém falou pra ela que os corvos lembravam do teu rosto pra sempre então se tu fizesse alguma ruindade de merda com um corvo e voltasse vinte anos depois tentando ser todo bonzinho, ele ia grasnar pra ti e falar: Olha, é aquele mesmo filho da puta! Vamos bicar o cérebro dele, galera.

Uma vez depois de uns dois meses e meio trabalhando na Delicious Sirius B veio sentar perto de Darlene. Tinha alguma coisa errada com ele alguma coisa além das drogas e devia ser alguma loucura porque tirando um brilho distante nos olhos dele uma coisa que quase parecia êxtase o problema dele não era nada tangível a não ser que tu levasse em conta as merdas que ele falava. Sirius não era de comer pelas beiradas; ele encontrava a coisa mais dolorosa na cabeça ou a ideia mais cósmica e agia como se o papo pudesse começar ali na parte mais intensa. Quando tu falava com Sirius B era como se ele tentasse te esfaquear com uma conversa.

Ele tava sentado na pedra perto de Darlene fumando. Quando ele acabou de dar o primeiro tapa segurou a respiração com força chiando e falando ao mesmo tempo em que passava o cachimbo pra mina. Aí ela acendeu pra fumar o resto queimando o fundo primeiro e depois passando pra cima pros meus pedaços de pedra brilhante lá dentro.

Ele falou: Tá com saudade do teu menino, Darlene? Já ligou pra ele?

Ela balançou a cabeça me botou no chão e começou a amassar aquele maldito sanduíche de novo. Ela disse: Não é fácil usar os telefones, como você sabe. Darlene achava que Eddie não ia querer ver ela daquele jeito aliás que ninguém devia ver ela daquele jeito — o cabelo despenteado, os lábios queimados, as costuras desfeitas daquela camiseta de terceira mão que ela usava; suada, suja, toda se coçando, cheia de ferida, na fissura quando eu tava longe demais pra animar a minha garota. Ela falou pra si mesma: *Eddie é esperto que nem Nat, ele vai encontrar alguém pra dar pra ele o que ele precisa.* Ela imaginou que a irmã fosse intervir.

Então Sirius perguntou pra ela: Você entrou em contato com alguém?

Deixei um recado pro Eddie, dizendo que tô bem e pra não se preocupar, ela mentiu, mas não pude falar onde me encontrar porque onde é que a gente tá? Ela passou o olhar pelos arbustos e árvores ao redor e mais pra longe pela névoa cinzenta lá perto do horizonte na puta que pariu. Aquele filho da puta do How fica falando que vai me dizer o nome do lugar e o endereço de onde a gente tá, mas eu acho que nem ele sabe!

O telefone da Delicious não funcionava pra ninguém e os dois sabiam dessa merda. Mas Sirius era cavalheiro demais pra desmentir ela.

Isso não tá certo, não pode deixar eles te afastarem do teu filho.

Ela achou que ele tava menosprezando e ficou meio indignada. Não tô deixando ninguém me afastar de nada, disse ela. Ela roeu a casca do sanduíche e começou a morder o pão amassado com queijo amarelo. A garganta dela tava seca e ela não tinha nada pra ajudar a engolir o sanduíche porque naquele dia ela tomou as Popov primeiro e o calor do fim de agosto já tinha desidratado ela. A mina ficou olhando pro riacho pensando que talvez pudesse pegar água dali mas pelo cheiro latas amassadas e maços de cigarro boiando e pela maneira que a espuma que formava na água nunca desaparecia das pedras ela deduziu que aquela merda era poluída.

Às vezes eu fico com uma sensação disso tudo, disse Sirius.

Isso o quê?

No dia seguinte ao sexo de mão que tinha levado ao sexo do banheiro Sirius falou pra Darlene que tava de boa e disse isso de novo das outras vezes que aconteceu. Aquela frase se repetia na cabeça dela — *Tô de boa*. Ela ficou confusa e frustrada porque pegar ela não tinha deixado Sirius caidinho ou se tinha ele tava fingindo que não.

Você sabe, disse ele, o dormitório tem rato e barata, a gente fica colhendo melancia pesada e juntando merda de galinha o dia todo nesse calor de doido, o salário é o mais baixo possível, não pode ligar pra ninguém, ninguém te deixa sair do lugar nem visitar sua casa, supondo que a gente ainda tenha uma... Isso não parece um castigo de Deus? É como se Ele tivesse dizendo: Vai se foder, seu preto cracudo, não consegue fazer nada melhor que isso?

Darlene torceu o canto da boca. Em primeiro lugar, disse ela, não sou cracuda *nem* preta, muito obrigada. Eu estudei. Cracudo é uma pessoa que perdeu toda a noção do mundo lá fora, como se fosse um zumbi, isolado de toda a existência, tipo eles batem, estupram e matam sua irmã por um trago, e não faz diferença em que ordem. Eu não sou isso. E Deus nada. Você fez a escolha de catar bosta de galinha, Sirius.

Me desculpa, madame. Sirius olhou pro ônibus e depois na outra direção.

E nossa, isso aqui pra mim é um avanço! Pelo menos agora tô num trampo bom — trampo *duro*, mas honesto. Darlene flexionou um dos braços, que tava mais magro e musculoso de tanto jogar fruta pra lá e pra cá, mas também de usar drogas. Ainda assim não dava pra saber o que tinha deixado a mina mais magra. Tenho orgulho desse trabalho, disse. Posso falar pras pessoas. E não preciso correr o mundo inteiro lidando com gente estranha quando tô a fim de me chapar. Aqui é uma parada só. Certo?

Pode crer.

Sirius fez que sim apesar da merda que eles *não* disseram tá tão densa quanto fumaça de crack pairando no ar como uma dúvida imprudente grudada em cada gotinha de umidade. Mas Darlene não sabia se a sensação tinha a ver com a atração que eles tavam ignorando ou com outro lance que eles não conseguiam ver direito ou com alguma merda que os dois sabiam mas não podiam falar porque ia mudar todos os medos deles de suspeitas nebulosas pra demônios reais tipo demônios *a cavalo* galopando estrada afora no caminho deles sem poder parar. Os dois ficaram em silêncio observando os outros trabalhadores saírem da loja e se reunirem perto do buzão e a pressão de voltar pra lá ficou mais pressurizada.

Quem sabe por causa daquela dúvida e da sensação de que aquele momento íntimo ia terminar em breve Sirius do nada começou a falar do passado dele. Disse que sempre teve interesse em ciência em especial no céu e nas estrelas que queria estudar pra se tornar astrônomo ou meteorologista mas os manos dele não sabiam como descolar esses trampos. A mãe dele falou que você precisava de um telescópio e precisava ser inteligente então ele achou que aquilo queria dizer (a) que eles não podiam comprar telescópio nenhum e (b) que ela achava que ele não era inteligente. O pai dele falou que não dava pra ganhar dinheiro olhando pra estrela e que ele devia arrumar um emprego que desse dinheiro de verdade um trabalho que as pessoas precisassem o tempo todo tipo construir casas ou costurar defunto.

Sua professora do terceiro ano também não sabia dizer o caminho pra virar astrônomo, só que precisava ser muito bom em matemática. Ele tinha acabado de bombar numa prova de matemática porque não sabia que ia ter prova e não tinha estudado merda nenhuma. Depois ele foi prum ensino médio ruim daí o maluco saiu e começou um grupo de hip-hop mas não tavam contratando ninguém de lugar nenhum a não ser Nova York ou Los Angeles e ele tava lá em Fort Worth e não conseguiu fazer a galera se mudar — eles disseram: Longe demais! Caro pra cacete!

Mas eu continuei lendo as páginas de ciência no jornal, disse Sirius. Que inferno, é só o que eu leio. Eu não acompanho política, mas ciência é um lance interessante pra mim. Um sorriso se espalhou pelo rosto dele. Ele disse: Darlene, sabia que tem uma estrela no céu que é um diamante? Ela chama BPM 37093. Eu decorei isso porque assim que der pra ir pra lá eu já tô na nave. É uma estrela que entrou em colapso. Uma estrela se cristaliza quando morre. Foi isso que aconteceu com a BPM 37093. E todo o carbono dela foi comprimido num diamante. Um diamante que tem um *bilhão de trilhão de trilhões* de quilates. Dá pra acreditar? Um *diamante* que é maior que o sol? Mas quando eu chegar lá não vou ficar de olho grande nem nada. Vou cortar uns dois pedaços talvez só do tamanho da minha mão e trazer de volta. Vou ser um megabilionário e não vou ter mais preocupação nenhuma.

Você é o maior mentiroso, Darlene disse, flertando com a voz. Não existe esse número bilhão de trilhão de trilhões.

Juro por Deus! Essa merda é de verdade *mesmo*. Daí, como se quisesse provar que tava falando a verdade o tempo todo, ele admitiu pra ela que se chamava de Sirius B em parte porque o nome verdadeiro dele era Melvin — Por favor, não conta pra nenhum desses idiotas, disse — e a outra parte porque também é o nome da estrela mais próxima do sistema solar. Ele soletrou pra ela explicando que todo mundo que ouvia o nome confundia com a palavra em inglês *serious* que quer dizer "sério" mas toda a inspiração dele tinha vindo do céu. Suas pupilas dilataram e ele contou pra ela sobre o povo Dogon, de Mali, na África. Ele disse que eles tinham rituais antigos que vieram de informações astronômicas que os brancos tinham acabado de descobrir como a estrela do seu nome. Você precisa dum telescópio pra ver a Sirius B, disse ele. Agora, como é que o povo Dogon sabia disso tanto tempo atrás? Também falou que os Dogons eram anfíbios.

Darlene tava viajando que devia botar limite num filho da puta que acredita em negros anfíbios dos tempos antigos que sabiam de paradas sobre o espaço sideral, certo?

Aí Sirius levantou e desceu até o riacho chutando pedras e espirrando água. Ele disse: Não fala que você me viu, Darlene. Acho que posso confiar em você. Daí o filho da puta se abaixou e entrou na galeria de esgoto.

Sirius? O que você tá fazendo, Sirius?, gritou ela.

É uma experiência, ele gritou de volta. Sua voz ecoava dentro do tubo como se fosse a própria terra falando.

E o contrato? Por acaso não assinou o contrato? Você deve dinheiro pra eles.

Vou voltar, garantiu ele. Por um tempo, só o barulho da água vinha do cano. Só quero ver o que acontece.

O que acontece é que você vai apanhar. Hammer ou How vai te encontrar e acabar com você. Ou você vai morrer nesse buraco aí. Ou eles vão te encontrar e te matar. Ela se recostou e mostrou os pés pra ele. Essas botas eram do Kippy!

Não fala que me viu. Por favor, só não fala que me viu. Ou fala que eu fui em outra direção.

Darlene quis levantar e ir com ele mas pelo canto do olho ela viu How reunindo o grupo pra voltar pro galinheiro. Apesar de How tá com as costas largas e protuberantes viradas só de olhar praquele pescoço musculoso já fez ela ficar com medo que ele se virasse e levantasse a sobrancelha assim que percebesse que ela tava tentando fugir. Ele ia correr até lá e botar a arma pra fora pra impedir que ela se debandasse do galinheiro e isso ia acabar denunciando Sirius também. Se um deles tinha uma chance talvez ela não devesse forçar a mão.

Sirius! Preciso que você faça uma coisa.

O cilindro falou: O quê?

Quando chegar longe o bastante, liga pra esse número e diz pra eles onde você tá e quando eles te encontrarem conta pra eles como chegar até mim. Ela recitou o número da padaria da sra. Vernon várias vezes. Decora, implorou ela. Por favor. Decorou? E liga.

Sirius prometeu.

✳✳✳✳

Nos intervalos e quando entrava em pânico ou se frustrava Darlene também sonhava em quebrar o contrato e fugir. Durante a tarde se ela levantasse a cabeça ou fizesse uma pausa de dois minutos de jogar as Sugar Baby pra TT ou Hannibal ela conseguia enxergar através daquele milharal infinito de todos aqueles arbustos ou bosques de bordo ou carvalho que ladeavam um sem-número de riachos ziguezagueando a propriedade. Eram tantos que ninguém conseguia memorizar. Então ela fingia que podia ir embora e voltar pra vida calma que ela nunca teve.

Uma tarde eles tinham ido pra plantação de limão que a Delicious tinha. Os Fusilier que dirigiam a empresa tentaram se especializar em cítricos uma época — pelo menos foi isso que How disse — mas esses poucos acres uns seis ou sete eram tudo que tinha restado do experimento que eles diziam que tinha uns duzentos ou trezentos acres que também não tinham vingado. Mas agora tinha só umas poucas árvores retorcidas de limão taiti e siciliano e o grupo descobriu que elas não davam tanta fruta. Depois de passar por um monte de canteiros os vinte deles que trabalhavam ali só tinham colhido fruta suficiente pra cobrir o fundo dum cesto e mesmo aqueles limões tavam cobertos por manchas marrons e buracos.

Até How viu que tava ruim e pela primeira vez ele só podia culpar o solo pobre e aquelas árvores xexelentas não a preguiça dos catadores. Hannibal falou: Eles sabem que não tá na época de colher limão, só querem deixar a gente ocupado, fazendo alguma merda. Que caralho.

How não queria mas deu um intervalo de cinco minutos pra galera e então falou que depois eles iam borrifar pesticida nas folhas das árvores e aerar a porra do solo. Darlene teve permissão para andar uns metros pra cima da estrada pra se agachar e mijar. Dum dos lados dos limoeiros tinha mais um daqueles milharais gigantes de milho que disseram pra ela que servia mais pro gado nada que fosse pra mesa do jantar de ninguém. Ela achou um corredor entre duas seções o lugar parecia privado o bastante pra fazer suas necessidades então ela se agachou.

Naquela época do ano o milho tava mais alto que a testa dela prestes a ser colhido as borlas amarelas dançando ao vento. A família dela plantava milho no pequeno terreno onde ela cresceu — não podia ser longe daqui ela pensava. Aquilo ali tinha aquele cheiro familiar de casa e às vezes a mina sentia o cheiro de eucalipto entrando no nariz. Sirius disse que se você ficasse parada e ouvisse com atenção dava pra ouvir o som do milho crescendo um barulho que Darlene nem podia imaginar. Ela deduziu que tudo soava como aquilo: as folhas do milho balançando, o próprio vento, um ruído que ela ouvia de vez em quando como um piso de madeira estalando. Mas ela não tava preparada pra sentir o que sentiu naquela hora: os dois campos de milho crescendo dos dois lados começaram a respirar como se tivessem pulmões gigantes debaixo da terra como se tivessem suspirando ela pensou ou dormindo.

Ela terminou levantou e pensou em fugir. Pra qualquer lugar. Era só escolher uma direção e tentar a sorte. Daí tentou descobrir pra que lado tinha que ir pra encontrar gente que não tinha nada a ver com a Delicious que ia ficar com ela e proteger ela se necessário. O ônibus tinha vindo duma direção que ela achou que fosse norte e aquele ali era o sol no oeste. Mas ela não tinha como saber qual caminho ia dar em algum lugar seguro do jeito mais rápido. Sirius tinha fugido mas a administração não falou nada disso com ninguém como se fosse um segredo de família desde 1859.

Talvez como uma maneira de falar sobre Sirius Hammer, How e o grupo tentavam superar uns aos outros descrevendo os perigos que tu corria se escapasse pra floresta ou mesmo se chegasse no charco. Jacarés, crocodilos, ursos-negros, areia movediça, pântanos cheios de mosquitos que todo mundo falava que eram do tamanho dum passarinho, caipiras armados que viviam à moda antiga, cães-lobos famintos, sacerdotes de vodu que precisavam de carne humana pros sacrifícios, rãs enormes e insetos venenosos, hera venenosa, carvalho venenoso, urtiga. TT uma vez insistiu todo sério que o Diabo tava lá, o de verdade. Ele falava *O Diabo* — que a irmã dele tinha visto *o Diabo* que o Tinhoso tinha rasgado os ligamentos do tornozelo dela pra ela não correr mas que ela rastejou de volta pro carro e fugiu. TT disse que viu os ligamentos rompidos e tudo mais. A maioria do povo não levou o maluco a sério mas ele contou a história bem o bastante pra calar a boca de todo mundo e receber o apoio geral.

Hannibal logo ali abraçado no chapéu disse: Eu é que não me meto com *o Diabo*.

A terra continuava respirando agora mais devagar. Darlene foi ao milharal ressonante e pôs um pé na beirada depois outro então decidiu atravessar as plantas altas até sabe Deus onde: a ideia de ir embora puxava ela cada vez mais longe campo adentro. Mas depois de um minuto ou dois a noia percebeu que eles podiam ouvir ela se mexendo ali e que eles tinham botado minúsculas câmeras de vigilância no milharal algumas enfiadas dentro das folhas das plantas em parte pra vigiar os corvos e os cervos mas também por outros motivos. O milho ficou impossível de atravessar e quando ela sacudiu as mãos — que já tavam cortadas por causa das folhas ásperas e pegajosas dos pés de milho — ela teve que dar meia-volta.

De volta ao buzão ela analisou a geografia com mais cuidado que nunca esperando ver alguma merda que revelasse o paradeiro dela que apontasse alguma direção de verdade que dissesse o que fazer. Ela nunca tinha visto em nenhum lugar por onde eles passavam uma casa ou barraco que não fizesse parte da propriedade dos Fusilier ou dos prédios da Delicious. Sorrindo How apontava eles pros trabalhadores o tempo todo e Darlene de vez em quando achava que ele sorria porque isso significava que eles nem podiam sonhar em ir embora.

Árvores densas se espalhavam pelo terreno às vezes indo até o horizonte outras sumindo bem onde a linha do horizonte terminava dum jeito brusco talvez descendo prum rio. A neblina não deixava ver onde o campo acabava e o céu começava. No ensino fundamental sua professora de ciências ensinou pras crianças que há muito tempo quando os continentes eram só um continente o meio dos Estados Unidos ficava no fundo do oceano e às vezes Darlene se pegava imaginando que ainda tava lá aquele vento todo se transformando num líquido profundo e sufocante bagres e polvos passando por todas as colinas feitas de areia e alga peixes pré-históricos se alimentando nos galhos nus das árvores mortas que se arrastavam pra fora da terra.

A terra era tão plana que o céu tomava a maior parte da vista e a grandeza daquele azul fazia Darlene sentir que diminuía toda vez que olhava praqueles padrões imensos macios e ondulantes que pulsavam e se dissolviam pelo céu parecendo uma pintura assustadora como um prelúdio pro universo ridículo lá em cima onde não tinha ar e tudo ficava a um quazilhão de quilômetros de distância de tudo e as estrelas eram diamantes. No final de cada dia enquanto o horizonte ficava escuro e ela observava as estrelas e os planetas piscarem acima da fumaça dos aviões ela pensava em Eddie em Sirius e nos bilhões de anos desde que a água tinha escoado e nos bilhões que tavam por vir e no quanto o mundo dela tinha ficado pequeno. Sem botar nenhuma palavra naqueles pensamentos ela tava certa de que não era importante e começou a correr mas correu de volta pra todas as coisas da vida que ela conhecia muito bem — especialmente eu.

10.

MENDIGO BÊBADO SABE

Fazia alguns meses que Darlene havia desaparecido e Eddie não tinha conseguido encontrar a mãe em nenhuma das áreas comerciais semia-bandonadas de Houston. Mas as pessoas da noite, que povoavam as lanchonetes 24 horas e boates *after-hour*, o tratavam bem, oferecendo ajuda mesmo quando não podiam, e ele parou de julgar essas pessoas. Um cara num posto de gasolina lhe deu um desconto num pacote de chicletes e um chocolate grande de graça. Todo mundo tinha uma sugestão diferente para o que podia ter acontecido e, embora nin-guém propusesse que sua mãe tivesse morrido, nenhum dos cená-rios potenciais soava promissor. Ela podia ter fugido com um cliente, diziam alguns, ou alguém podia ter raptado Darlene. Talvez alguém a houvesse roubado e ela tivesse ido parar no hospital outra vez, pensou Eddie, como em fevereiro passado, quando ele morou com a tia Bethella. Mas ele não a encontrou no hospital e, pra piorar, tia Bethella tinha se mudado. Ela havia dito naquela ocasião que talvez ela e o marido deixassem Houston em breve, que avisariam e liga-riam pra passar o endereço, mas o telefone de Darlene foi cortado, então talvez tia B. em breve mandasse uma carta.

Lembrando-se da conversa da sra. Vernon com a polícia, Eddie supôs que eles não tivessem prendido Darlene por prostituição e a atirado na cadeia. Ela podia estar em uma farra superlonga, teorizou o atendente de um hotel. Algumas pessoas que ele encontrava estreitavam os olhos e tentavam se lembrar se a conheciam, lambendo o nome dela com a língua. A conexão de Eddie com o submundo de Houston não eliminou seu desespero, mas quando ele voltava aos aposentos mal iluminados do apartamento, se tranquilizava por saber que a informação na rua tinha começado a passar da calçada pra barraquinha de frango frito, pro clube de strip-tease e pra loja de penhor. Mas a rotina de tirar a roupa pra se deitar, escovar os dentes e fazer as orações não tinha mudado. Ele se atinha a isso desesperadamente. Depois de apagar a luz, ouvia o ruído baixo das televisões e conversas dos outros apartamentos gradualmente diminuir pra tensão nervosa do silêncio; então observava os movimentos das sombras no teto e não dormia até que o desconforto misturado à exaustão e ao tédio sequestrasse seus sentidos. Depois, Eddie descia escada abaixo na bicicleta emprestada e rodava por toda Houston. O Quinto Distrito, onde ele e a mãe moravam, ficava no meio de Houston, por isso não era sempre que ele precisava ir longe. Houston não tinha muitos morros, o que tornava andar de bicicleta até fácil. Carros e caminhões causavam mais problemas do que a distância ou a topografia.

Ele não conseguia deixar de procurar durante o dia, mas as melhores pistas vinham à noite. Depois que a escola terminava, ele passava a tarde lendo revistas de carro nas bibliotecas e livrarias, ou visitando amigos do colégio, consertando bicicletas e instalando Nintendos, e depois jogando Donkey Kong Jr. e Super Mario Bros. até a hora do jantar, quando ele normalmente escapulia, a não ser que conseguisse descobrir como ficar e comer alguma coisa diferente de cereal e sanduíche sem ter que explicar nada da sua situação em casa. À noite, montava na bicicleta e continuava a busca, às vezes fingindo ser uma espécie de Batman.

As áreas mais decadentes de Houston se tornaram sua obsessão. Lá em Garden Villas, Eddie conheceu uma mulher que se chamava Risadinha e, embora ela não parecesse saber muito, ele gostava de topar com ela uma noite ou outra. Como muita gente, a princípio ela o confundiu com um fugitivo. Outros tinham cometido esse engano e aquilo o irritava, mas às vezes até lhe davam comida, então ele tentava manter a calma. Mas dessa vez o garoto perdeu a compostura e gritou: Não, eu sou o contrário de um fugitivo! Sou um ficativo!

Risadinha disse a ele que tinha visto uma mulher em Montrose que parecia sua mãe, mas quando ele foi lá na noite seguinte, um maconheiro de nome Myron não conseguiu confirmar o relato. Myron achou que Darlene podia estar usando um nome diferente lá em Southwest ou em Hidden Valley.

Em Hidden Valley, várias noites depois, Eddie avistou um grupo de mulheres do outro lado da 45, mas quando ele conseguiu encontrar a passagem subterrânea mais próxima e chegou ao local onde vira elas, todas tinham desaparecido em diversos carros de janelas escuras. Em um estúdio de tatuagem, um cara chamado Bucky imediatamente o tirou do local, mas parou do lado de fora pra ouvir a descrição da mãe de Eddie. Bucky alegou conhecer seis mulheres diferentes que pareciam com Darlene e queria saber o que um moleque de onze anos estava fazendo naquela parte da cidade tão tarde. Franzindo o rosto com doçura, ele pagou um táxi pra levar Eddie pra casa e jogou a bicicleta no banco de trás.

Essa rotina durou um mês e meio. Ao final de agosto, as fontes de Eddie começaram a render outras fontes. Risadinha disse pra ele procurar uma mulher da noite apelidada de Juicy perto de onde Risadinha trabalhava, lá na rua Telephone, então Juicy disse pra ir mais pro norte, até a rua Jensen. A rua Jensen era no caminho de casa, então Eddie deixou pra outra noite. Quando chegou lá, num centro comercial que tinha uma loja de artesanato, um correio, uma loja empoeirada de bebidas e uma franquia de pet shop, Eddie conheceu uma transexual asiática que fumava um cigarro atrás do outro e se chamava Kim Ono. Ela sugeriu que ele voltasse à Southwest, descesse a rua Gulfton e procurasse uma prostituta chamada Fatback.

Fatback sabe tudo que acontece antes de acontecer, disse ela, e mais um monte de coisa que não acontece.

Como é que eu vou encontrar essa mulher?, perguntou Eddie. Como ela é?

Kim Ono revirou os olhos e falou: Menino, o nome dela é Fatback por um motivo, ok? Arqueando a sobrancelha desenhada a lápis mais alta do que parecia humanamente possível, ela apagou o cigarro na caixa de correio. Crime federal, disse ela sorrindo.

Quando encontrou Fatback, uma mulher segura de si e meticulosamente arrumada, que tinha mais uma paisagem do que um corpo em cima das pernas, como um sorvete de máquina, ela alegou com toda certeza que já tinha visto Darlene, mas só algumas vezes e não nos últimos meses. Apesar da notícia ambígua, parecia que a área de Southwest podia render frutos. Ele visitou os bairros vizinhos pelas três noites seguintes, mas nada aconteceu. Ele começou a se perguntar: *Por que não posso encontrar outra família que não vai desaparecer?*

Fatback ficaria de olho pra ele, ou pelo menos foi o que ela disse. Após mais dois meses, em outubro, ele visitou a mesma área de novo por não ter nenhuma ideia melhor, as esperanças quase extintas.

Mas aí ele topou com Risadinha no bairro dele e ela sempre podia dar atenção porque não tinha muitos clientes. Todos achavam sua risada inapropriada e desagradável. Imagine você, disse, toda vez que um cara abaixa as calças, eu rio. É um hábito nervoso, não consigo controlar. Ela riu como se quisesse demonstrar. Eu rio assim o tempo todo, mas a maioria dos caras não gosta nem um pouco quando parece que você tá rindo do negócio deles. Se eu virar pra rir é pior. Os homens são muito inseguros. Excluindo a presente companhia, claro.

Ela passou aquela mão cheia de unhas compridas na cabeça dele e ele se perguntou se ela faria sexo com ele de graça, mas não conseguiu formular a pergunta certa pra seguir nessa ideia, então deixou quieto.

Exceto meus caras regulares, continuou ela. Eles gostam até um pouco *demais*. Mas toda vez que um cara novo aparece eu preciso dar o caralho dum aviso pra ele. Oops, falei palavrão na frente duma criança. E eu não devia tá te contando isso. Você é tipo um bebê! Você me lembra meu priminho!

Eles passaram um tempão conversando na frente de uma cerca de arame que rodeava o estacionamento de uma loja náutica lá na I-45, debaixo da faixa 50% DE DESCONTO EM TODOS OS BARCOS. O anúncio, amarrado na lateral de um semirreboque estacionado sem o caminhão, se debatia no vento, agitado pelos veículos que passavam rápido demais. Não era completamente impossível que um motorista que estivesse passando pensasse que ela vendia barcos. De vez em quando Risadinha fazia uma tentativa frustrada de atrair alguém que passava. Ele gostava que ela não conseguisse fazer ninguém parar, porque a ideia dela com outros homens dava ciúme. Eddie queria que ela tomasse conta dele, ou namorasse com ele, ou alguma coisa que combinasse as duas coisas, algo que ainda não tinha nome.

Só quando ela avistou um carro conhecido, um Trans Am brilhante, amarelo feito gema de ovo, foi que se animou e saiu pulando pra beira da estrada, gritando: Hey, Danny! E aí, Dan-Dan? Ei!

Eddie contraiu o maxilar e chutou a calçada, observando a negociação deles; ele deduziu que ela tivesse se esquecido dele e começou a se afastar, pensando no próximo lugar pra onde ir, mas Risadinha gritou e acenou pra ele pouco antes de fechar a porta e ir embora com Dan-Dan. Então ele perdoou tudo. E bocejou — tinha ficado fora até quase duas da manhã de novo. A companhia de seus amigos da noite havia começado a parecer mais segura do que o apartamento vazio.

Eddie andou exatas sete vezes em volta dos caibros que seguravam a frente do semirreboque, pé por pé, às vezes por baixo do reboque — meio que esperando produzir um efeito mágico que trouxesse Risadinha de volta. Ele disse coisas pra ouvir como soavam naquele espaço metálico e ecoante, bobagens como o quanto ele queria que Risadinha voltasse pra que ele pudesse foder ela, que ele se sentia excluído porque era o único com quem ela *não* trepararia mesmo que ele tivesse dinheiro, então, sem motivo, bradou o nome da mãe. Ele ameaçou virar um cafetão se Darlene não voltasse, achando que isso certamente ganharia a atenção dela, mesmo que tivesse virado um fantasma. Após forçar as cordas vocais, ele começou a assoviar e depois finalmente se aquietou.

Uma voz desencarnada explodiu o silêncio, assustando Eddie. O tom de barítono rouco de um homem mais velho parecia pairar em algum lugar perto do semirreboque, talvez embaixo, talvez dentro. Sessões de tosse catarrenta interromperam seu discurso — não dava pra chamar de ataques; ataques não duram tanto tempo.

Eddie rodeou o caminhão novamente, achando que pudesse descobrir alguém armado debaixo dele, alguém que fosse roubar uma das duas últimas coisas de valor que ele ainda tinha — a nota de cinco dólares ou a vida. Em vez disso, enquanto investigava, acabou distinguindo a forma de um mendigo deitado contra uma caçamba a alguns metros dali. Conforme se aproximou, Eddie viu que o homem tinha se plantado em um ninho de garrafas vazias de Four Roses e Thunderbird e caixas amassadas de restaurantes de fast-food, listradas de vermelho e branco, cujas folhas finas e oleosas de papel-manteiga se espalhavam pelo estacionamento abandonado, a trajetória interrompida de vez em quando pela grama alta que perfurava as rachaduras pretas e sinuosas no asfalto.

Quando o homem falava, a parte de baixo do semirreboque e os barcos do outro lado da cerca faziam sua voz ressoar e se projetar, dando a ela uma autoridade quase sobrenatural. Procurando a Mamãe, anunciou o homem, de maneira quase afrontosa, como se fosse o título de um filme que ele estivesse prestes a exibir.

Eddie parou e carranqueou na direção da voz. Aquele homem ouvira informações que ele tinha compartilhado em particular. Como se já não tivesse ofendido Eddie o suficiente, o sem-teto improvisou um blues quase incoerente, zombeteiro, em volta da declaração. *Eu sei onde sua mamãe tá. Mendigo Bêbado sabe onde a mamãe tá.* Eddie ficou furioso, cheio de ódio por aquele estranho. *Que que cê vai fazer pro Mendigo Bêbado pro Mendigo Bêbado te falar onde a mamãe foi?* Apesar da provocação, Eddie percebeu que, embora o homem tivesse dificuldade pra falar, ele era um ótimo cantor. Algumas vezes o sujeito repetia um verso que talvez tivesse vindo de outra música: *Não tenho mais mãe agora.* Aí ele parou de cantar.

Ah, é? Onde você acha que ela tá?, soltou Eddie.

Vai me comprar um goró, filho, antes de eu te falar qualquer coisa. Nem fodendo.

Mé que é?

Você não sabe de *porra* nenhuma, rosnou Eddie, enfatizando o xingamento, empolgado por desabafar e testar palavrões em um adulto. Você só tá tentando descolar mais vinho barato.

Eu sei o que aconteceu com a mamãe, o homem cantou-murmurou. Depois, em uma música improvisada e desconexa, descreveu Darlene com detalhes suficientes pra ser identificada — a bolsa que carregava, o tipo de sapatos que usava, o penteado, a posição correta da pinta mais proeminente de seu rosto — então Eddie arqueou as costas, preparando-se pra atacar o homem se, como ele temia, o mendigo decidisse acrescentar insultos à descrição que agora ele reconhecia como da mãe. *Ela é uma gracinha*, cantou lascivamente. *Mas perdeu os dentes. Não tem dente! Mas ela é bonitinha pra abraçar. É, ela é gata! Mas só de boca fechada.* Ele desabou na gargalhada.

Eddie virou uma criança outra vez e correu até o mendigo. O quê? O que aconteceu? Cadê ela? Ela perdeu os dentes? Como?

Essa matraca aqui não abre até ficar soltinha, entendeu? Loja de bebida naquela estrada ali. Ele gesticulou vagamente numa direção onde não parecia ter rua alguma.

Tenho doze anos, protestou Eddie.

Tô pouco me fodendo se você é um embrião, neguinho! Anda! Quer saber onde a mamãe tá, não quer? Eddie tinha chegado perto o bastante pra sentir o cheiro azedo de uísque em volta, o cheiro do corpo dele era tão forte quanto uma bandeja de cebola crua.

Encontrar um adulto pra comprar bebida pra ele não foi um problema tão grande; ele tinha ouvido uma porção de crianças da escola dizendo que faziam isso com frequência. A dificuldade maior jazia do outro lado da primeira — como é que ele ia encontrar aquele bêbado de novo, caso achasse a loja de bebida e descobrisse como comprar a cerveja que o homem pediu? E se ele comprasse o negócio, voltasse e o cara tivesse sumido? Como ter certeza de que aquele sujeito, que já passava tanta impressão de ser um espírito maligno, não desapareceria?

Como é que você lembra de tanta coisa da minha mãe se tá bêbado o tempo todo?, perguntou Eddie.

Não tem a menor graça lembrar das merdas que aconteceram *comigo*, nego, disse o mendigo de maneira arrastada. Eddie sentiu o cara esperando que ele risse, mas não conseguiu.

Os dois ficaram nesse bate-bola por um tempo. Eddie tentou fazer o cara ir com ele, mas o mendigo não levantava. O garoto cogitou arriscar — afinal, não existe nada mais patético do que um alcoólatra que não consegue se motivar o suficiente pra conseguir o próprio goró. Mas encontrar uma pista viável, depois de tantas semanas de procura, deixou Eddie nervoso o bastante pra hiperventilar. A ideia de que aquele sujeito podia ser o único obstáculo entre ele e a mãe deu força de vontade e tenacidade quase sobre-humanas.

Por mais que o homem insistisse que não ia a lugar nenhum, Eddie não conseguia acreditar nele. Como era de se esperar, o homem não tinha nada que valesse a pena usar como garantia.

Por fim, a uma curta distância, Eddie avistou um pedaço de barbante que antes tinha mantido uma caixa grande fechada. Com o consentimento do mendigo, amarrou os punhos dele, primeiro juntos e depois ao suporte do trailer, com um nó tão desorganizado que não tinha escolha a não ser permanecer firme.

Você vai fazer eu me atrasar pro baile presidencial, disse o homem. Porque é pra lá que eu vou levar os litrões que você me trouxer.

Eddie se afastou de ré na bicicleta, observando com cuidado pra ter certeza de que o homem não podia escapar; depois, em dado momento, se escondeu atrás de um sedã pra se certificar de que ele não ia fugir. Em seguida, subiu na bicicleta e pedalou freneticamente até chegar ao estacionamento da loja de bebidas.

Após algumas tentativas, encontrou um Houstonita perto da loja de conveniências local que parecia descaradamente imoral. Ele contou a história e ofereceu um inadequado subsídio de cinco dólares. O cara entregou a ele um par de garrafas em formato de ogiva, de líquido cor de mijo, em dois sacos de papel dentro de uma terceira sacola plástica com alças, que Eddie pendurou no guidão, então pedalou de volta ao estacionamento para a entrega.

Ele encontrou o homem ajoelhado ao lado do trailer, em posição de oração, só que xingando, rosnando, mordendo o nó, louco feito um animal. O cara alegou saber vodu, alardeou que era um sumo sacerdote, ameaçou lançar uma maldição em Eddie que não deveria nada à de Cam.

Em nome de Papa Legba, você vai ser nego pra sempre, bradou o homem, e seus parentes vão ser todos negos. Negos bem pretos, de sangue ruim, sujos, burros demais pra saber o próprio nome e tão pretos que não vai dá pra ver eles nem *de dia*. Lábios tão grossos que eles vão precisar comer de canudinho, nariz tão chato que não vão conseguir respirar, cabelos tão desgrenhados que vai ter gato perdido no meio.

Eddie pôs as sacolas com as garrafas no chão e ficou ao lado do homem, atacando aquele emaranhado bizarro de barbante, enterrando as unhas nos nós apertados, puxando e arrebentando quando nada mais funcionou. Depois que o homem se viu livre das algemas, caiu em cima de uma das sacolas de papel, rasgou a lateral e revelou a garrafa. Ele não perdeu tempo admirando, só abriu e virou três quartos da bebida antes de se acalmar o suficiente pra reconhecer a presença de Eddie outra vez.

Com os olhos na segunda garrafa, desacelerou os goles na primeira e olhou pro seu captor com certo ressentimento, um ressentimento que Eddie logo entendeu que talvez nunca pudesse ser revertido, mesmo que conseguisse tirar as informações do cara na lábia.

Sua mãe entrou na Van da Morte, disse o mendigo, enfatizando a palavra *Morte*, quase rindo.

Van da Morte? Vai se foder, seu mentiroso f...

Eles vêm pra cá nessa van, tá, e eu já vi um monte de gente entrar nessa van, mas nenhum deles volta. Eles já pediram pra eu ir, e eu ouvi eles falarem que pegam o pessoal e levam pra fazer algum trabalho maravilhoso em algum lugar, mas eu falei pra mim mesmo: *Que tipo de trabalho é esse que ninguém volta?* Ele concordou com a cabeça como se Eddie já tivesse dado a resposta certa. A morte, esse é o único trabalho de onde um negro nunca volta pra casa. Eles devem tá lá, fazendo comida de cachorro com carne de preto. Pode ser que eu seja paranoico ou que teja exagerando, mas alguma coisa tem.

Eddie tinha ouvido ou lido a história de um homem que vai ao inferno pra buscar a esposa e acaba trazendo ela pra casa, embora não se lembrasse onde tinha ouvido — na escola, provavelmente — ou dos detalhes. Ele acreditava que era possível ir ao inferno e trazer as pessoas de volta sãs e salvas.

Onde eles vêm buscar as pessoas?

Ali, subindo a estrada um pouquinho. Em Northwood Manor, perto do supermercado Clayton's.

Me leva lá.

O mendigo recusou, e assim que recusou Eddie pegou a garrafa cheia de bebida amarela e recuou, segurando acima da cabeça como se fosse jogar no concreto. Isso provocou no velho um ataque de gritos e xingamentos, depois de tosse. Então olhou pra garrafa de um jeito selvagem, como se fosse um filho. Ele se levantou e se arrastou na direção da garrafa, um braço estendido, mas Eddie brincava de um jogo cruel de bobo em torno do corpo intoxicado do velho. Quando pareceram se dar conta de que o jogo não tinha fim, do fato de que Eddie jamais daria a garrafa e ele jamais conseguiria pegar, o ridículo daquele impasse se tornou aparente e nenhum dos dois conseguiu conter as risadas. Embora Eddie o odiasse e achasse que o sentimento era recíproco, o homem então concordou em levar Eddie ao último local onde havia visto a Van da Morte.

Acho que não é muito longe, disse o mendigo. Demorou um tempo, mas Eddie conseguiu arranjar uma carona pra eles em uma caminhonete, e levou a bicicleta na caçamba.

Eles me chamavam de Tuckahoe Joe, o mendigo explicou pra Eddie e pro motorista, ou só Tuckahoe, ou Tuck, porque ele cresceu em um lugar chamado Tuckahoe e porque seu nome verdadeiro era um nome de mulher que vários homens da família dele usavam pra amaldiçoar uns aos outros. Então usava o apelido mesmo.

Comecei a usar quando tocava, disse ele. Música, quero dizer. Eu tocava blues. Sabe o que é isso?

Eddie fez que sim, embora tenha sentido a alfinetada à sua inteligência.

Agora eu só vivo a porra do blues, resmungou Tuck. Toquei baixo prum sujeito popular chamado Willie "Mad Dog" Walker. Durante anos. Já ouviu falar? Ele é o segundo sobrinho-neto do T-Bone Walker Jr. Ou pelo menos era o que ele dizia. "Only Got Myself to Blame" — conhece? É dele, aliás, o único grande sucesso dele.

Tuckahoe cantou um trechinho, mas Eddie não reconheceu a melodia. Música de gente velha, pensou. Música de gente morta. Tuckahoe disse a eles que a banda tinha viajado pela costa leste e depois vindo pra Houston só de transporte público. Eles pegavam o ônibus ou o trem de uma cidade a outra e depois andavam ou pediam carona quando não tinha uma linha direta. Como se quisesse comprovar a história, ele listou todas as cidades por onde já tinha passado e como passar de uma linha pra outra.

Quando você chega em Houston, no entanto, disse ele, você pode ir pra Dallas, pra Austin ou San Antonio, mas entre elas e El Paso é tudo deserto, então a banda teve que parar. A princípio a gente parou em Austin. Austin é tipo uma planta-jarro. Bom, pra mim era. Sabe o que é isso? Planta-jarro? É uma planta que come mosca, igual a uma planta carnívora, mas ela captura as moscas porque tem um líquido delicioso de açúcar lá dentro, no fundo, e as paredes são escorregadias; então, quando a mosca pousa na maldita planta, ela escorrega lá pra dentro e se afoga na felicidade. Pensando bem, New Orleans era até mais desse jeito, só que ela te mata mais rápido. Enfim, disse ele, virando a primeira garrafa na vertical acima da cabeça pra sentir o último gosto do néctar, ainda tô me afogando em felicidade.

O motorista fez uma cara horrorizada quando Tuck bebeu daquele jeito, mas não disse nada.

Tuck olhou para o rótulo antes de botar a garrafa entre os pés e abrir a segunda.

O motorista respirou fundo.

Conforme se aproximavam do destino, o monólogo de Tuck ia perdendo substância e se diluindo. Ele também teve dificuldade de se lembrar onde exatamente tinha visto a Van da Morte. Os fatos se contradiziam; Tuckahoe esteve primeiro na Virginia, depois em Nova York, os nomes se enchiam de improbabilidade — Abrimos pros Rolling Stones em Memphis, na noite que MLK foi assassinado, disse ele — por fim, a narrativa explodiu e as máscaras de plástico caíram do rosto de suas fantasias. Eddie tentava acreditar nas histórias por compaixão, uma vez que sentia o abandono extremo de Tuck, mas, ao mesmo tempo, Tuck tinha se tornado gradualmente mais repugnante pra ele durante o trajeto, ampliando a distância entre os dois. Sem falar no motorista, que talvez fosse uma profecia autorrealizável de solidão. Eddie temia ter chegado a outro beco sem saída, ao lado de mais uma pessoa desorientada cujo vício deixava sua mente nebulosa demais pra se lembrar de qualquer coisa.

Mas alguns minutos depois, Tuck teve um lampejo de clareza e de repente pediu que o motorista os deixasse a alguns metros de distância do estacionamento de uma Party Fool fechada, ainda que bastante iluminada. Eles desembarcaram. A mascote da cadeia de lojas, um arlequim, brilhava no alto do telhado, governando cada movimento deles com seu cetro. O motorista ajudou Eddie a tirar a bicicleta da caminhonete. Tuck tirou a segunda garrafa, já pela metade, do saco de papel. Ele bebia e dizia a Eddie como os motoristas da Van da Morte operavam.

Eles escolhem as pessoas mais fora da casinha, disse ele. Foi isso que pareceu pra mim. Não sei como você vai fazer os caras se interessarem por um garotinho. Eles só tão atrás das piores prostitutas, drogados, bebuns, percebe, gente que tá fora da casinha. Ei, vai ver eles tão vendendo esqueleto de preto pra Baylor fazer pesquisa. Depois daquela merda em Tuskegee[1], pode acontecer qualquer coisa.

---

1   Em 1932, foi iniciado um experimento, sem consentimento, com 600 homens negros no Alabama, em Tuskegee. Os infectados com sífilis eram tratados com placebo para estudar os efeitos da permanência da doença. O estudo só teve fim com a denúncia por falta de ética em 1972. Em 1997, o governo dos EUA reconheceu o erro e indenizou os 8 sobreviventes do abuso. (N. E.)

Eles esperaram uma hora e quinze minutos, então uma van azul-marinho diminuiu e parou vinte metros à frente deles, suave como uma pantera. Tudo ficou em silêncio por um momento, até que o próximo carro passasse uns minutos depois.

Pela primeira vez em algum tempo, Tuck ficou em silêncio, contemplativo, quase reverente. Ele deu um gole na cerveja e virou os olhos reumáticos para Eddie. Tá com sorte hoje, garoto, murmurou ele, por fim. O mendigo tossiu e cuspiu. Ou não.

Uma mulher magra de bunda redonda, com blusa de brechó, saiu da van e andou apressada na direção dos dois. Aproximando-se com a mão estendida, ela se apresentou como Jacqueline Faire-LePont, plantou os saltos no asfalto empedrado à frente deles e perguntou a Tuck se ele precisava de trabalho fixo. Antes que respondesse, ela anunciou que tinha um pra oferecer e falou ininterruptamente de um lugar maravilhoso onde ele poderia prosperar em algum tipo de profissão. Ela parou brevemente de falar e sorriu para Eddie.

Sim, precisamos de trabalho, disse. Mas você viu minha mãe? O nome dela é Darlene Hardison.

Jackie se animou logo de cara. Darlene? Ah, sim! Ela é sua mãe? Ah, conheço sua mãe *muito* bem.

Tuck pôs a mão na nuca de Eddie e sussurrou: Não tenha tanta certeza.

Eddie avançou, prestes a correr até a van e pular dentro dela. Tuck segurou a camisa dele pra deter o menino. Acho que são as mesmas pessoas, alertou a Eddie, mas essa moça aqui vai te falar exatamente o que você quer ouvir.

Em seguida, Tuck tentou levar Eddie na direção oposta. Eles chegaram longe o bastante para que Jackie não os escutasse, mas aí o menino enganchou os dedos no bolso do velho, fazendo esforço extra pra fazer com que parasse. Ele conseguiu desacelerar, levantando poeira de estrada, o suficiente pra cobrir os sapatos e a barra das calças.

A gente tem que ir!, insistiu Eddie. Você precisa vir comigo.

Nem a pau, resmungou Tuck. E tirou a mão de Eddie de suas calças. Vai você. É capaz da sua mãe tá lá mesmo.

Eu preciso ir!, Eddie vasculhou a mente por algum trunfo. Mas e se ela não tiver? E se eles fizerem coisas com meninos pequenos?

O comentário paralisou Tuck, como se Eddie tivesse lhe dado um tapa. Eddie puxou o bolso dele de novo, mas o mendigo não se mexeu. Após alguns minutos, Eddie olhou pra cima e viu filetes molhados correndo sob os olhos de Tuck. A tática tinha funcionado quase bem demais; Eddie ficou chocado.

Tuck enxugou o rosto com a ponta dos dedos. Ai, tá bom, pelo amor de Deus, disse. Não quero isso na minha consciência de novo. Ele contou uma história triste sobre o falecido irmão.

É claro que seu filho pode vir também, disse Jackie quando os dois se aproximaram da van. Vamos botar o menino na escola. Você é marido da Darlene? Que bom te conhecer. Qual o seu nome, senhor? Todos se apresentaram e Jackie continuou o discurso. Bom, a cooperativa agrícola pra qual você vai trabalhar é uma das melhores do país, disse ela. Chama-se Delicious Foods. Ela abriu um folheto na foto de um pátio com piscina em formato de feijão, depois parou e olhou para Eddie.

Mas você não pode levar a bicicleta. Por que não tranca ela ali?, disse apontando vagamente na direção da Party Fool.

Não é minha, disse Eddie.

Jackie sorriu. Logo, logo você tá de volta, disse ela. Eddie caminhou até a entrada da Party Fool, enrolou a corrente da bicicleta em volta de um dos postes do cercadinho dos carrinhos de compras e voltou pra entrar na van, cuja porta tinha ficado aberta o tempo todo. Àquela altura, Tuck já estava lá dentro, curvado contra a janela, começando a cair no sono.

11.

ECLIPSE

O outono tava começando. As noites já tavam chegando nos quinze graus e isso deixava a galera da Delicious mais confortável. Ajudava a descansar melhor e com certeza o cheiro no dormitório era menos forte. Às vezes Darlene tirava uma luva e botava os dedos nas cascas grudentas das melancias. Ela tava deixando uma impressão digital ali de propósito esperando que alguém fosse coletar provas naquela maldita melancia e avisasse o filho onde ela tava. Muito longe dali gente dos Estados Unidos e do Canadá e até de mais longe iam botar aquelas Sugar Baby e Golden Crown nas bancadas de mármore italiano deles; crianças loiras iam morder aquela polpa vermelha e suculenta deixando a doçura escorrer pela língua dela e rolar pelo canto da boca. Ninguém tava procurando porcaria de impressão digital em melancia nenhuma. Eles só tavam rindo e correndo um atrás do outro por cem acres dum jardim fresco e verdinho pra caralho cheio de rosas amarelas piscando aqueles olhos brilhantes castanhos, azuis e verdes tentando cuspir sementes nos cabelos uns dos outros. As melancias gigantes as Parker e Sangria as Sunny's Pride e as Crimson Sweet elas encontravam um lar também. Os superiores diziam que algumas melancias da Delicious chegavam até o Japão.

Quando a primeira colheita tava chegando no final o capataz começou a soltar umas dicas sobre abóbora moranga e poranga e sobre as plantações de trigo e milho no fim do outono. Eles falavam alto sobre demitir alguns daqueles débeis incompetentes como se ir embora fosse deixar eles muito pior. É doido mas How conseguia deixar um monte de trabalhadores loucos achando que ia ser demitido. É claro que o lance aumentava a produção porque todo mundo achava que ia ter que enfrentar as ruas no fim do ano sem um tostão furado e na fissura tendo que esmolar piedade pras famílias deles só que ninguém mais queria saber dos malucos tá ligado?

A estação tava prestes a acabar e Darlene começou a sentir saudade de Sirius B. Ela tinha se visto como a mulher de Nat por muito tempo uma Coretta Scott King[1] ou alguém que ia sempre ser casada com um grande cara morto. Ela vivia sob a maldição do assassinato dele sempre sem pensar naqueles olhos retangulares, vermelhos e ardentes da Mount Hope naquela noite e em Nat atrás deles gritando e queimando. Ela quase nunca parava de ouvir o marido assoviar. Todo aquele sofrimento e culpa tinham levado ela à loucura de um jeito que se alguém tentasse entrar no espaço carbonizado da cabeça dela que ela guardava pro Nat a mente da noia entrava em eclipse. E por eclipse a gente não tá falando de um acontecimento cósmico raro e lindo — era mais como um evento bizarro que transformava um dia normal em breu.

Depois que Sirius foi embora Darlene começou a ficar toda quieta ou a resmungar merdas na cabeça dela que nem eu ia conseguir convencer a mina a dizer. Os manos costumavam fazer piada e todo tipo de comentário rebelde o tipo de besteira que How ia descontar do salário deles. Eles tinham o hábito secreto de trocar frases safadas bem baixinho quando o outro tava por perto fazendo graça das regras ridículas e rígidas da Delicious. Por exemplo a Delicious não deixava ninguém usar talheres (o povo dizia que era por causa daquele lance

---

1 Ativista dos direitos civis nos Estados Unidos e escritora, foi casada com Martin Luther King. Coretta Scott King morreu em 2006, aos 79 anos de idade. (N. E.)

da garfolher de ataque) mas eles também serviam uma merda que chamavam de gumbo duas vezes por semana e daí tu tinha que virar a borda da tigela na boca ou enfiar a cara nela pra comer aquela merda aguada e sem gosto. E eles nunca esquentavam o suficiente. Jackie e os outros cronometravam o maldito banho de todo mundo em cinco minutos só que a água levava seis pra ficar quase morna. Uma chuveirada fria podia até ser bom naquele clima mas não *tão* fria.

Agora Darlene precisava enfrentar toda aquela merda sozinha e ainda sonhava com o jeito engraçado que Sirius levantava a sobrancelha pra ela toda vez que a porra toda ficava ridícula demais. Pela primeira vez ela lembrou que ele tinha sobrancelhas lindas. Alguém só podia ter arrancado elas de um casaco de vison e dado pro cara.

Cerca de um mês e meio tinha passado desde que Sirius fugiu e ela apostava que ele já tava bem longe àquela altura. Ela não achava difícil guardar o segredo dele por causa que ninguém podia dizer nada senão iam cair em cima deles. Ela apostava que naquele momento ele tinha encontrado a sra. Vernon e que Eddie já sabia pra onde tinham levado a mãe dele. Acreditar que Sirius tinha escapado deixava ela mais calma e dava um pouco de esperança pra minha garota além da próxima farra com o Pra Sempre Seu aqui. Sem querer diminuir minha importância nem nada mas a fuga de Sirius provou pra ela que todos aqueles medos que eles no geral não comentavam que tinham a ver com a cultura de trabalho da Delicious não eram bem verdade. Eles podiam sair quem sabe. A esperança aumentou dentro das costelas e ela se viu deixando a Delicious com algumas notas de cem dólares fresquinhas nas mãos. A colheita de melancia tinha acabado com o corpo dela agora virado em cãibra, torção e hematoma. Mesmo assim ela às vezes pensava no reencontro com Eddie da maneira como pensava no nascer do sol; mas o ciclo interminável de trabalhar e pagar as pessoas que te empregavam pelos produtos caros e acomodações zero estrelas deixava a maior parte dos pensamentos dela tão sombrios quanto a noite.

Nem How tinha dito nada sobre a fuga de Sirius depois que Sirius escapou. Era normal que How não perdesse nenhuma oportunidade de botar um filho da puta pra baixo se ele não conseguisse dar conta do trabalho pesado. Mas ele não fez nenhum comentário sarcástico a respeito do cara. Ninguém perguntou nada a Darlene embora ela soubesse que vários dos outros noias tinham visto os dois juntos lá perto do riacho e quase todo mundo sabia que eles tavam trepando. Ela achou que tinha visto Jackie fazendo uma pausa bem rápida durante a primeira chamada sem Sirius tão rápida que talvez nem fosse uma pausa de verdade mas fora isso Jackie não demonstrou nada. O silêncio em torno daquilo dava mais medo do que se eles tivessem falado qualquer merda. Depois que trancavam o pessoal toda noite eles pegavam as armas deles e saíam caçando o rabo de Sirius como se o cara fosse a porra dum elefante desgovernado indo na direção duma creche. Toda manhã os subalternos imaginavam se Sirius tava morto se eles tinham matado ele e se talvez fossem matar alguém de novo.

Um mês e meio depois do Sirius escapar, em outubro a galera foi lá praqueles limoeiros ruins onde tinha só uns limões Meyer mirrados. Darlene tava por ali arrancando os poucos frutos amarelo-amarronzados que tinha nos galhos grossos. Ela tava no alto duma escada revistando os galhos por qualquer coisa que ela pudesse jogar no cesto de plástico quando ouviu alguma merda acontecendo a umas duas fileiras de árvore de onde ela tava. Ela ouviu um zumbido nas árvores e logo depois um gemido tão alto e louco que não parecia ser humano. Mais alguns gritos daquele jeito e ela reconheceu a voz de TT então prendeu a respiração.

Com uma safra tão próxima de imaginária, qualquer acontecimento parecia motivo pra parar de trabalhar e descobrir o que tinha rolado. Darlene parou e se abaixou pra escutar depois seguiu o som sob o teto de folhas e troncos atarracados. Os pés das outras pessoas faziam *tchuf tchuf* pelos arbustos indo na direção do barulho o que indicou que ela podia se juntar aos curiosos. Ela desceu e caminhou pra lá fazendo zigue-zague entre as árvores e acelerando conforme ficava mais curiosa.

Ela encontrou um monte de gente da Delicious em volta de TT ajoelhada aqui e ali. Ele tava se debatendo no mato entre as fileiras uivando e segurando a própria cabeça como se fosse uma Sugar Baby que ele ia jogar no caminhão. Um monte de sangue saía da cabeça dele e escorria entre os dedos do maluco. A galera fez um círculo em volta assistindo de boca aberta mas sem fazer muita coisa. Sem pensar Darlene arrancou a blusa e correu até ele de sutiã. Ela forçou a camiseta suja em volta das mãos dele pra absorver o sangue. Ele pegou a camiseta e passou pela cabeça toda mas não parou de gritar. Ela chamou ele pelo nome verdadeiro Titus do jeito que a mãe dele devia fazer pra chamar a atenção e acalmar ele mas por um bom tempo nada mudou.

Daí a voz de How vindo baixa lá do fundo da geral falou que o trampo precisava recomeçar como se o trampo pudesse voltar a trampar sozinho mas ela conseguiu ignorar o idiota até deixar TT um pouco mais calmo. Já que pra ele tava ok ficar ali pelo chão por causa do choque e da tontura ela voltou a caçar limões invisíveis. Depois de um tempo o sol sumiu e um frio surgiu pelo ar como água enchendo um copo. TT levantou e tentou trabalhar de novo mas ele tava com muita dor. No fim do dia Darlene viu que o cesto dele só tinha quatro limões marrons o que deixava na cara que ele ia pedir pra todo mundo dividir comida e droga com ele.

Mais tarde logo antes das luzes se apagarem ela convenceu TT a explicar o que tinha rolado e mesmo nessa hora ele só sussurrava. Não foi conversa nenhuma, disse ele. Eu fiz uma pergunta pro How e, quando eu vi, o louco pegou uma tora grossa pra cacete e abriu minha cabeça como se fosse uma maldita melancia.

O que foi que você perguntou?

Eu perguntei se alguém sabia pra onde Sirius tinha ido e o que aconteceu com o cara, tipo, perguntei na boa, e essa foi a resposta. Você era chegada do Sirius, Darlene. Não sei por que não te perguntei primeiro. O que aconteceu com aquele preto? Ele fugiu?

Não faço a menor ideia, TT, disse balançando a cabeça. Queria saber. Queria mesmo.

Você sabe sim. Não vai me enganar.

Por que isso é importante pra você?

Não é! Foi por isso que eu achei que não dava nada perguntar! Eu só queria saber. Ele saiu?

Não posso te dizer.

Isso significa que você sabe. E vai fugir com ele depois, aposto.

Pode acreditar no que você quiser. Descansa um pouco.

Mas ela ficou ali com TT — e claro que eu me uni a eles tá ligado? Ela tava tentando afogar os problemas da cabeça dela ela sem olhar pra ele ele sem olhar pra ela. Eu tentei botar os noia num plano mais elevado mas não cheguei a lugar nenhum. Eu tava fraco ali a maior parte era um talco do caralho que eles vendiam bem mais caro lá no armazém. Jackie fez os anúncios de costume pra encerrar o dia e mandar todo mundo pra cama e em pouco tempo com toda aquela atividade Darlene e TT viraram sombra um do outro como se fossem árvores e arbustos espalhados numa colina no maldito crepúsculo.

Quando escureceu o bastante TT começou a matraquear e sussurrar pra Darlene sobre a quantia exata da dívida dele comparando o valor que ele mesmo tinha calculado com o que diziam que ele devia e como no geral ninguém conseguia sacar a política de contratação da Delicious. Jackie e How tinham pegado um mendigo alcoólatra com uma perna inchada e gangrenada disse ele e o filho do cara. O homem tinha pegado aquela gripe forte que tava rolando na cama e o menino não saía do lado do pai. Mas TT só ouviu pelos outros. Diz que os dois foram colocados num celeiro mais distante numa enfermaria toda ferrada pra não espalhar a doença. TT não fazia ideia do que eles queriam com gente nessas condições tão ruins.

Agora eles são tipo um aspirador do caralho, ele brincou. Sugando os velhos pretos e os bebezinhos da rua. O que uma criança e um inválido vão fazer numa fazenda e com o inverno quase chegando?

Eles são loucos, sussurrou Darlene.

O que aconteceu com Sirius? Mataram ele?

Eu não sei, TT.

Ela disse essa merda pra fazer o velho parar de encher o saco mas dizer aquelas palavras fez ela pensar pela primeira vez que *não* sabia mesmo. Darlene começou a pensar que talvez Sirius tivesse sido capturado e morto sem que ninguém do grupo soubesse porque ninguém falava nada. A ideia chegava bem perto do que tinha acontecido com Nat e abria um buraco em todos aqueles pensamentos otimistas que ela tinha acumulado. Agora um monte de dúvidas malignas tava jorrando por aquele buraco. Depois de todas as brincadeiras que ela e Sirius tinham feito sobre a Delicious nunca passou pela cabeça dela que eles podiam mesmo matar as pessoas pra se proteger. Ela achava que nada importava muito pra Delicious além da colheita dum determinado dia semana ou mês e se tu tinha afiado um graveto feito um espeto e escondido na meia pra eles poderem descontar do pagamento depois.

Às vezes quando tô curtindo com o pessoal e eles começam a pirar em conspirações e uns lances gosto de encorajar pra que sejam criativos fiquem pensando nisso e acreditem em si mesmos. Todo mundo fala que tu precisa acreditar em si mesmo. Seus pais falam isso a televisão fala isso e todos os malditos filmes também. É claro que o livrinho da Darlene também fala. Então antes de eu terminar meu rolê com ela naquela noite a paranoia dela deu cria a quinhentos pintinhos e todos eles começaram a piar na cabeça dela era mais galinha do que tinha no salão ao lado. A noia não conseguia dormir por causa daquilo a mente tentando examinar todos os pintinhos possíveis e descobrir a verdade sem deixar que os poderes superiores soubessem o que ela sabia ou até o que ela suspeitava. Quando você trabalha duro pensou ela, mas não tá realmente ganhando dinheiro e não pode ir a lugar nenhum, bom, todo mundo sabe o nome disso. Todo mundo na fazenda tava sempre comparando o que eles faziam com os velhos tempos mas eles tavam só exagerando porque tavam com raiva — ninguém era pago naquela época. Não é essa a definição de escravidão? Você não é pago? E se você tinha assinado a porra dum contrato e concordado com as dívidas que continuavam se acumulando — bom, todo mundo ficava discutindo baixinho a definição daquela merda o tempo todo.

Darlene se ligou em jogar verde pro How ou pra Jackie, ou em encontrar a mansão onde o dono da fazenda morava. Dizem que o nome dele era Sextus Fusilier, que ele era primo do Gaspard e morava lá do outro lado na parte sudeste do terreno. Às vezes o maluco fazia uma inspeção aleatória nos grupos mas ele ainda não tinha vindo em nenhum serviço que ela tivesse. Darlene concluiu que ia questionar o cara ou talvez tentasse encontrar algum parente ou amigo do Sirius. Ela tentou lembrar o nome das pessoas que ele tinha mencionado... era em Dallas? Ela pensou em fazer oração, ameaças, vodu, espionagem. Teve a ideia de fazer a galera toda ouvir qualquer conversa entre os todo-poderosos mas largou a ideia de mão quando se ligou que era provável que algum filho da puta daqueles fosse contar.

A maluca ficou rangendo os dentes e se revirando a noite toda. Mantinha os olhos fechados enquanto as galinhas imaginárias e também as de verdade ali do lado cacarejavam e se agitavam e cada pancada que ouvia fazia ela se levantar e tentar descobrir de onde tinha vindo aquilo. Quando ouviu Jackie fazendo barulho lá fora ficou paralisada e prestou atenção como se fosse ouvir alguma informação crucial. Depois de um tempo um rangido saiu de trás da parede divisória da Jackie e uma luz se acendeu num estalo lá atrás jogando um pouco de claridade no muquifo todo. Darlene se perguntou se Jackie também ficava na fissura quando a onda tava passando aí quem sabe tivesse decidido tomar um comprimido pra acalmar os nervos. Ela também queria um comprimido. Mas quando escutou com mais atenção ouviu Jackie se vestindo como se tivesse indo pra algum lugar.

Mesmo nervosa Darlene conseguiu levantar do colchão sem deixar as molas rangerem e com o lençol sarnento e rasgado em volta dos ombros ela foi até a parede do outro lado do prédio onde as sombras eram mais profundas. Num silêncio ferrado cruzou pelo lado da parede da Jackie e curvou o pescoço pra ver o que a supervisora tava fazendo. Ela abriu a boca pra perguntar uma coisa mas o que viu quase fez a noia dar um pulo. Jackie tinha botado uma série de tubos macios numa mesinha baixa de plástico logo abaixo da luminária de clipe. Primeiro Darlene pensou que Jackie tinha matado um monte de camundongo porque aqueles tubos macios também tinham rabo. E tinha uma mancha vermelho-escura na maioria dos corpos branco-acinzentados aqueles corpos que pareciam ter um padrão de pelos.

As mãos de Jackie entravam e saíam daquele cone de luz amarela mas Darlene não conseguia ver nada além da sombra fraca das costas da outra. Darlene não tinha falado nada e Jackie não percebeu que ela tava lá. Jackie tinha enfileirado um total de cinco ratos sobre a mesa. A louca ergueu um copo de plástico sobre um dos ratos e derramou um filete dum líquido em cima dele daí aquela merda ficou toda inchada.

Então o rosto de Darlene se contraiu porque ela deduziu que aquele ritual tinha alguma conexão com a higiene pessoal de Jackie. Os ratinhos eram absorventes internos. Em seguida passou pela cabeça dela que Jackie tava usando sangue menstrual pra fazer feitiço pra alguém. Daí as galinhas imaginárias se empoleiraram na cabeça dela todas depenadas e estranhas o suficiente pra ser de verdade: Jackie tinha pegado aqueles ratinhos absorventes do lixo pra poder fazer um gris-gris do caralho pra galera. Aquilo deixou Darlene tão enojada que ela começou a suar frio e voltou de ré por onde tinha vindo a respiração entrecortada o coração pulando feito um sapo vermelho e gordo. Ela deitou a cabeça na cama e fingiu dormir.

A lâmpada emitia quase nenhuma luz. Jackie saiu do quarto segurando um dos absorventes pela cauda. Darlene viu ela parando no pé de cada cama. Pra impedir os filho da puta de roubar os sapatos a maioria do povo enfiava os pés da cama dentro dos sapatos de noite e se tu olhasse pra fileira de camas parecia que elas iam sair correndo com os sonhadores a bordo. A algumas camas de distância da dela Darlene ouviu gotas de sangue diluído fazendo *plim-plim* nos sapatos. Talvez Kippy nem tivesse morrido tentando fugir e Jackie só tivesse feito aquelas manchas de sangue nas botas dele. Ela transformou o começo duma risada enojada numa tosse sonolenta e pensou em contar a Sirius que a Delicious mandava a Jackie fazer Obeah pingando menstruação nos sapatos deles pra impedir que fugissem. Cara, ele ia rolar de rir. Se bem que o feitiço talvez tivesse dando certo pra maioria daqueles desgraçados.

Na manhã seguinte Darlene sentiu necessidade de deixar a Delicious. O trampo duro e chato e as condições precárias tinham acabado com a determinação dela. E agora ela tinha que limpar o sangue de vodu daquela vadia dos sapatos e sem ela ver? A noia ficava murmurando De jeito nenhum, não tá certo. Às vezes o serviço não era difícil em termos físicos. Eles faziam ela jogar tonéis de lavagem rosada no antigo comedouro de madeira dos porcos ou borrifar pesticida nas plantas aí ela tinha tempo de inventar planos de fuga em que nada de ruim ia acontecer. Mas toda vez que ela pensava em fazer alguma merda corajosa os nervos viravam gelatina e ela vinha pra cima de mim chorando e implorando pra que eu fizesse ela se sentir melhor. Ela sempre dizia que sabia que devia ter vontade de ir embora o bastante pra fazer alguma parada corajosa mas eu convencia a mina do contrário.

O plano A era só dizer pro How que ia embora e sair andando — mas pra onde? Será que o cara ia deixar ela ir? Não. E o quanto ela ia ter que andar no fim das contas? E aquela dinheirama toda que ela devia? Tinha diminuído pra $908,55 àquela altura por causa que eles tavam colhendo batata-doce e ela tinha ficado boa nisso. Depois o plano B era que talvez ela pudesse encontrar um advogado — mas quem? E como? E pra dizer o quê? E como é que você vai pagar um advogado caro pra porra? Além do mais o Zé Advogado só vai dizer Você assinou um contrato. O plano C era fazer um talho em uma das melancias que ela tivesse carregando e enfiar um bilhete no corte mas ela sabia que eles iam encontrar aquela merda durante as inspeções e jogar a melancia fora ou pior ainda iam pegar o bilhete rastrear a fruta danificada de volta pra ela descontar do pagamento e fazer com ela o que fizeram com TT; o nariz quebrado dele precisava duma tala que ele nunca ia ganhar. Ele tinha dificuldade pra respirar a voz saía toda fanha mas tu não podia rir.

Mais tarde naquela manhã quando tava encaixotando melancia ela teve uma visão em que a fruta se partia no meio e dela saía uma fatia gigante que virava uma boca vermelha. Primeiro a boca sorria pra ela mas quando começava a falar dedurava ela. Tinha um suco rosado escorrendo naqueles lábios verdes e brancos sementes pulando da língua vermelha que nem pulgas. Então o campo de melancia inteiro caía na gargalhada com as galinhas da paranoia e as galinhas de verdade da Delicious até que a zombaria ficava grossa feito lama. Pra ser sincero eu tava andando com umas substâncias bem estranhas na época em questão. Eu nem sei direito quem eram. Darlene desconfiava que PCP ou LSD tinham ficado unha e carne comigo. Mas talvez a Delicious tivesse enfim feito ela perder a cabeça. O Plano D era continuar trampando pra pagar a dívida e depois pedir pra zarpar fora um dia. Talvez.

Uns dias depois que eles bateram em TT enquanto esperava o dinheiro do dia Darlene fazia um serviço se arrastando por uma fileira de pé de milho sozinha não muito longe do armazém e ao alcance do grupo. O único som vinha das folhas de milho balançando e ela achou que fosse aquele som de crescimento de novo uma espécie de rangido farfalhante ou aquela respiração. Mas aí ela viu um prédio que nunca tinha reparado antes meio ao longe e decidiu testar até onde ia a coleira dela só pra ver.

Ela pegou esse caminho que ficava ao lado duma cabana destruída. Três iraúnas pousaram atrás dela uma atrás da outra e uma quarta na frente como uma pequena milícia pronta pra prender a mina. Os passarinhos às vezes vinham atrás dela nos dias que ela tinha que carregar sacos de grão mais pesados que uma criança seguindo ela até os comedouros do gado. Eles apertavam os olhos pra ela com aquelas expressões julgadoras esperando que de repente a noia escorregasse e espalhasse uma comida fácil pra eles. Mas nesse dia ela não tava com nada que eles pudessem querer e por saber que eles não queriam nada aquilo fez ela ficar um pouco bolada.

Ela olhou pra fileira de pé de milho pro lugar onde parecia que o milho quase tocava e se derramava pelo céu. Aquele celeiro velho e bambo tava à esquerda dela. Ela ouvia Nat assoviando por trás de quase tudo o som envolto por estática de rádio. E reconheceu a música "Love Won't Let Me Wait". Nat queria que essa fosse a música do casamento deles. Ele adorava e achava que tinha um clima romântico mas não tinha muito interesse na letra. Darlene achou sexual demais foi contra e ele por fim concordou em usar "Best Thing That Ever Happened to Me". Mas Nat continuou brincando com ela sobre a primeira música; ele não conseguia ver a coisa sexual e olha que tinha até gemido no meio da música. Dizia que tinha um clima de lua de mel.

A mina parou e procurou pelo céu quase como se esperasse que o Senhor fosse atirar ele pra ela lá embaixo mas hoje o céu tava olhando de volta como um teto que tinha acabado de ser pintado. Quando ela passou os olhos pelo chão viu a iraúna principal se plantar na frente dela talvez tentando impedir que ela continuasse. Será que aquele passarinho tava mancomunado com o How? Ele estufou o peito arrepiando as penas e abrindo aquele bico pontudo tanto quanto uma moedeira. Parecia que a música e a estática tavam saindo da garganta trêmula dele. O assovio se transformou na voz do cantor original como se o passarinho tivesse um rádio enfiado na goela.

> *The time is right*
> *You hold me tight*
> *And love's got me high ...*
> *Please tell me yes*
> *And don't say no, honey*
> *Not tonight ...*
> *I need to have you next to me*
> *In more ways than one*
> *And I refuse to leave*
> *'Till I see the morning sun*
> *Creep through your windowpane*
> *'Cause love won't let me wait...*

Darlene não fazia a *menor* ideia do que diabo tava acontecendo; ela não conseguia ver sentido nenhum em nada daquele lance então deixou esse esforço pra lá e fez a dança do cérebro comigo fechando os olhos e balançando com os saxofones que acariciavam ela e se enrolavam naquela confissão sexy do cantor. A ideia que a Delicious tinha mexido comigo saiu da cabeça dela. Ela até esqueceu de esperar o pagamento. Todas as sensações da noite do casamento dela voltaram arregaçando a porra toda — a queda bonita da cauda do vestido, a renda que passava em volta da cabeça dela, o rosto sorridente dos poucos amigos e parentes leais, o modo como eles não podiam deixar Eddie sair nas fotos pra ela não parecer uma Jezebel, a pequena pilha de presentes brilhantes na entrada da igreja, a mão quente de Nat pressionando os dedos dela enquanto cortavam aquele bolo esponjoso de chocolate.

Quando a música acabou o passarinho começou a falar. Ele só disse duas palavras antes de Darlene ouvir a voz de Nat. Ela gritou de alegria e o passarinho fechou o bico. Ela parou pôs a palma da mão no rosto depois se abaixou na terra em frente à iraúna e rastejou na direção do bicho de braços abertos implorando pra segurar ele. O pássaro deu um pulo pra trás e voou sem medo nenhum. Os amigos dele tavam se movendo em torno de Darlene. Ela achou que eles tivessem rindo dela fazendo aqueles barulhos bizarros deles mas ela tava pouco se fodendo. Ela pôs os olhos no líder tentando ver o marido dela no lugar dele.

Nat, é você! Louvado seja o Senhor. O que você disse?

Todo brusco e tenso o passarinho virou a cabeça e fez um monte de poses pra poder espiar Darlene. Ele balançou o bico pra esquerda, depois pra direita.

Ele suspirou. Darlene, querida, não aguento ver você assim.

Mas se isso te trouxe de volta pra mim...

Você sabe que não é isso que eu quero pra você. Ou pro Eddie. Você vale muito mais.

Ao ouvir aquilo, Darlene começou a chorar. Ela tentou ignorar a emoção e falar entre os soluços mas aquela merda não tava dando certo. Nat, disse ela, eu preferia tá com você. Por que levaram você embora? Por quê? Como é que Deus deixou isso acontecer? Por favor me perdoa pela enxaqueca pelos sapatos e por tudo.

Darlene, falei. Darlene! Para de falar com esse passarinho. Esse passarinho não é o teu marido. É só a merda dum passarinho. Quando *eu* sou a voz da razão tu sabe que a porra tá toda errada.

Ela estendeu o braço de novo mais rápido e as pontas dos dedos dela encostaram numa parte das penas brilhantes da iraúna. Então o bicho saltou pra longe.

Não é a mesma coisa, disse o passarinho. Você vai me esmagar, Darlene.

Se eu morrer, talvez eu possa ser um passarinho também.

Linda, não fala assim. Você não vai morrer. Você precisa viver. Foi isso que eu vim dizer. Você precisa sair daqui e ir criar o meu filho.

Um longo silêncio se estendeu entre os dois. Ela não conseguia parar de olhar praquele olhinho amarelo do pássaro; ele mal piscava. Ela queria ver ternura naquele bicho mas não conseguia mesmo. Naquele corpo ela não conhecia mais Nat não com aquele olho sem expressão. Ela quis beijar ele mas quando o passarinho virou o bico na direção dela ela imaginou como seria beijar uma iraúna aquele bico cutucando a bochecha dela ou furando o lábio comparando isso à lembrança dos lábios do marido nos dela — línguas quentes macias respiração entrando e saindo corpo colado no corpo. Ela cobriu o rosto sem a menor noção de tá se sujando de cascalho e lodo. Uma música diferente e estranha flutuou pelo ar não a música do rádio mas uma espécie de jazz todo fodido num piano detonado então parou de repente.

Como você pode voltar e ser tão frio?, perguntou ela.

O passarinho falou: Isso é o melhor que eu consigo fazer. Sinto muito.

Nat! Darlene tentou agarrar o passarinho e ele recuou de novo. Ele levantou as asas todo errado e tal como se tivesse testando o ar.

Eu ia voltar se pudesse, disse a iraúna, dessa vez com um pouco de pesar. Acredita em mim.

Daí o passarinho bicou debaixo da asa preta-esverdeada se limpando e numa fração de segundo Darlene enfim saiu da loucura vendo agora que a iraúna era só um bicho normal que não podia falar e não tinha espírito nenhum de marido morto lá. Ela se sentiu estúpida e envergonhada de ter achado isso e precisou admitir que não tava boa da cabeça. A noia se viu no fundo dum poço as pessoas gritando pra ela lá embaixo. Ela tava olhando praquele circulozinho de luz lá no alto esticando a mão e tentando tocar eles.

12.

FEITIÇO OBEAH

Desde o momento em que Jackie os ajudou a subir na Van da Morte e distribuiu o primeiro de vários tragos aos outros passageiros, Eddie fantasiou que estava realmente cruzando o submundo pra resgatar a mãe. Depois que a van pegou uma estrada deserta e chacoalhou sobre os buracos na direção do nada, e que seus companheiros de viagem desapareceram em um estado entre o pensamento profundo e o sono — embora, antes de fumar, tivessem começado a jornada com um jogo de cartas animado e uma discussão sobre boxe —, a fantasia de Eddie cresceu em direção à possibilidade. Talvez esse clima preguiçoso fosse a morte. Mesmo depois que enfiaram o caixão na terra e disseram que o pai estava lá dentro, ninguém nunca tinha dito a ele que o corpo mudava após a morte, exceto pela impressão de que você usava uma túnica e ganhava asas se fosse pro céu, ou que cresciam chifres e uma cauda, caso fosse pro inferno. De alguma maneira ele sabia que não devia dividir tais pensamentos porque as pessoas ririam. Ele e Tuck ainda não tinham recebido túnicas nem tinham ganhado rabos. Provavelmente levava tempo, ele sabia; seguindo a mãe por aí ele aprendera que qualquer coisa que demandasse uma pessoa branca atrás de uma mesa sempre levava um tempo a mais e exigia que você assinasse um monte de papéis.

Eddie tentou interrogar Jackie pra descobrir onde encontraria Darlene quando chegassem, mas ela, como a maioria dos outros passageiros do veículo, tinha reações mínimas, especialmente depois de fumar. Se alguém na Van da Morte dissesse alguma coisa coerente, era o tipo de declaração esquisita que ele estava acostumado a ouvir da mãe. Estranhamente, a familiaridade do comportamento de drogado deu a certeza de que sua mãe tinha de fato se unido a eles. Ele só precisava aguentar firme.

Durante a viagem, Tuck quase botou os bofes pra fora de tanto tossir; ele ficava mais doente e fraco conforme a viagem prosseguia e, para Eddie, essa piora gradual parecia consistente com o processo de morrer, ou de já ter morrido. Quando perguntou isso a Tuck, o homem pareceu pensar que tudo de que ele precisava era de uma Olde English 800. Quando chegaram ao destino, o acompanhante de Eddie tinha perdido a habilidade de se levantar do assento sem ajuda. Depois de Jackie ter passado um tempo tentando botar o velho de pé, puxando seus braços flácidos, homens mais robustos e de cabeça melhor, convocados do galinheiro, carregaram ele pra fora da van e o puseram no chão, ao lado da roda dianteira. Então começou um debate sobre se ele e Eddie poderiam dormir com o restante dos trabalhadores ou se isso configuraria um perigo à saúde. Eddie girou a cabeça em busca de Darlene, mas não viu ninguém como ela por perto.

Os trabalhadores não ligavam pra onde Eddie e Tuck iam dormir; o debate aconteceu principalmente por causa da presença de dois homens mais pálidos, que depois Eddie descobriu serem Sextus Fusilier e How, que se aproveitaram do momento pra cogitar se deveriam pôr aqueles dois em quarentena ou se deixariam a doença seguir seu curso entre os trabalhadores. Na opinião de How, não se perderia muito trabalho nem lucro, porque ele sabia que era capaz de administrar o grupo, mas Sextus hesitava, invocando todos os clichês de economia doutrinados por sua família ao longo dos anos. Eddie não entendeu o grosso dessa conversa. Ele apenas imaginou que os dois homens na verdade eram Deus e o Diabo (embora não conseguisse se decidir quem era quem) e que eles estavam em um impasse sobre o destino eterno dele e de Tuck.

Durante a conversa, Sextus comentou do celeiro perto do armazém, que serviria bem como enfermaria temporária. Após terem decidido a questão e dado entrada nos outros novatos, ele foi embora. Então How e Jackie puseram Tuck e Eddie de volta na van. Eddie abriu a boca pra perguntar se Darlene estava na fazenda, mas How disse pra calar a boca antes que terminasse de perguntar se podia fazer uma pergunta.

Em silêncio, ambos foram levados até o celeiro, uma construção castigada pelo tempo, instável; uma estrutura podre e vergada, emoldurada em prata pelo luar. Com alguns golpes certeiros de machadinha, How quebrou o cadeado do trinco. Em seguida, quase como uma reflexão tardia, jogou aos recém-chegados um cobertor mofado. Acenando pra Eddie e Tuck como se quisessem abanar seus corpos para longe, Jackie e How deixaram claro que não queriam pegar aquilo que Tuck tinha.

O medo e a rapidez com que o grupo os havia ostracizado deixou Eddie ainda mais desconfortável. Ele não tinha apresentado nenhum sintoma, não tinha tossido nem uma vez, mas eles supuseram que Tuck e ele, a quem chamavam de seu pai, apesar de suas correções frequentes, tinham ambos pegado qualquer doença contagiosa que logo levaria Tuck a um piquenique com seus antepassados. A certeza deles passou pro garoto. Quando se recusaram a ao menos dar um lenço de papel, ele só pôde supor que sabiam qual doença os dois tinham e esperavam que ele e Tuck definhassem rapidamente.

A gente volta mais tarde, disse Jackie. Ela e How fecharam a porta atrás de si e Eddie ouviu o ruído dos passos, os sapatos esmagando folhas mortas, diminuir gradualmente. Em seguida, a ignição e a partida da van. Jackie disse *mais tarde*, mas Eddie não sabia se ela quis dizer meia hora ou seis meses.

As vigas de apoio, nos cantos, haviam se inclinado tanto que as paredes se tornaram losangos. O celeiro estava arruinado a ponto dos feixes de luar atravessarem as tábuas decompostas que antigamente formavam a parede dos fundos. Conforme os olhos se ajustaram, Eddie pisou com menos cuidado. Tuck tinha desabado perto da porta e a tosse interminável irritava Eddie, mas também o assegurava de que seu companheiro de viagem não tinha morrido nem sido atacado por alguma coisa invisível.

Pelo menos tenho abrigo esta noite, Tuck conseguiu dizer entre ataques de tosse. Um raio de lua atravessava seu rosto. Bom, mais ou menos, acrescentou.

Quando Eddie chegou ao canto esquerdo, do outro lado do celeiro, encontrou — entre forcados e espátulas enferrujados, estribos e jugos inúteis e um balde de água parada — os restos de um piano vertical. O esmalte da maioria das teclas brancas estava craquelado, e o de algumas teclas pretas também tinha saído, deixando o teclado só com o lustro cru da madeira. O painel frontal havia caído, mas alguém o tinha colocado em diagonal na parte de cima, embora em algum momento a tampa tivesse se quebrado e ficado pendurada pra trás, uma coisa precária, só por uma dobradiça.

Aquele ambiente o deixava inquieto — ele achou ter ouvido morcegos; as teias de aranha que tocavam seu rosto e braços o faziam pensar em filmes de zumbis, e quase o fizeram pensar se tinha entrado no mundo desses monstros como um monstro também. Em um floreio teatral, Eddie foi em direção ao piano, braços erguidos, dedos esticados em posição de Frankenstein e, como alguém que não conhece um idioma ao tentar falar, atacou as teclas de um lado ao outro. Os baques mudos nas teclas sem martelo, os acordes dissonantes e a vibração bizarra que o piano emitia soavam pra ele como uma música diabólica. Quando Eddie descobriu o pedal de sustentação e deixou seu castigo ao instrumento ecoar, Tuck gemeu pra que o garoto parasse, alegando que seus ouvidos iam sangrar e prometendo tocar e cantar cem músicas quando melhorasse, mas o barulho abafou a voz dele e o celeiro — e provavelmente algumas centenas de metros do mundo lá fora —, tornou-se o domínio sinistro de uma aparição musical fantasmagórica.

Quando Eddie decidiu que tinha chegado ao final, bateu quatro vezes com força nas teclas e permitiu que a nuvem sônica e suja que produzira se dissipasse, desaparecendo sob os sons dos grilos e dos sapos estranhos lá fora.

****

Durante quatro dias daquele outubro, o pessoal deixou Eddie e Tuck acampados sozinhos, fornecendo apenas a comida mais rudimentar, geralmente pacotes com uma laranja murcha, um sanduíche de mortadela todo troncho, um gole de leite morno ou de um suco de laranja aguado e um pacote de maionese genérica. Alguém do grupo deixava vários pacotes de uma vez, em caixas de isopor verde, na estrada do lado de fora do celeiro, uma estrada que na verdade não passava de duas marcas paralelas e enlameadas de pneu, com grama alta no meio. Sem entrar, a pessoa às vezes gritava pra saber de Tuck, que mal conseguia se arrastar pra descer o pequeno morro onde ele e Eddie faziam suas necessidades.

Como a comida só vinha uma vez por dia, Eddie dividia os almoços em porções iguais e guardava metade para o jantar. Ele fazia o mesmo para Tuck, cuja doença só piorava e tinha começado a deixar Eddie inseguro sobre a própria saúde. Ele implorava por álcool; Eddie choramingou até que eles trouxessem, botando na conta de Tuck.

Durante o dia, Eddie explorava as matas e os campos em volta do celeiro, achando que talvez visse a mãe em algum lugar. Periodicamente, ele se certificava de que ainda podia respirar, inalando o máximo da atmosfera úmida que podia e correndo o mais longe que ousava sem perder o celeiro de vista. Então voltava, confirmando sua vitalidade pela respiração ofegante e o suor.

Os entregadores de comida conversavam, mas a conversa não dizia nada, era só um falatório nervoso, como as pessoas da noite em Houston. Eddie percebeu que talvez eles não soubessem mais como conversar, então, quando tentou perguntar de Darlene, ele meio que esperou receber respostas atravessadas. Palavras sem sentido saltavam pelo canto da boca dos entregadores; os olhos sempre vermelhos e agitados.

Tô faltando à escola, disse Eddie a um deles. Preciso voltar. Darlene Hardison tá aqui em algum lugar? Ela é minha mãe. Preciso encontrar ela.

Você precisa? Eu preciso. Preciso dum carpetinho, disse um entregador. Ele engolia as palavras e mal abria a boca quando falava. Tô com a *maior* necessidade de lamber um carpete, é disso que eu tô falando! Gordo do caralho sendo grosso comigo. Gordaralho, é isso que é. Rá! Uma coisa você tem que admitir, sou engraçado. Quando sair daqui vou pra Los Angeles virar um astro dos filmes de comédia tipo Eddie Murphy. Vai vendo.

Você viu Darlene Hardison?

De vez em quando algum dos entregadores não parecia louco demais, mas nunca respondia direito, a não ser grunhindo de maneira duvidosa. E todos eles olhavam pra ele daquele jeito vazio e perturbador. Eddie suspeitava que alguém tivesse dado ordens pra que não dissessem nada além de perguntar sobre a saúde dele.

Você tá bem?, perguntou um entregador enquanto saía, já quase se esquecendo.

Acho que sim.

Febre? Calafrio? Dor?

Não.

O cara apontou pro Tuck deitado no canto. Ele não morreu ainda? Ele disse aquilo de um jeito que, pro Eddie, soava como impaciência.

Não. Melhor que tava ontem.

Hmm. Talvez não seja clínico. É isso que How e os outros tão dizendo. Por causa que você não pegou.

Não é clínico? Então é o quê?

Deve ser tipo um feitiço obeah de algum lugar.

O que é feitiço obeah?

A resposta do homem apavorou Eddie. O entregador olhou para Eddie e seus olhos adquiriram um brilho dramático que o menino não conseguiu decifrar. O cara não respondeu, talvez porque algo muito mais empolgante tivesse acabado de acontecer dentro da cabeça dele, mas ele também pareceu surpreso por Eddie não conhecer o termo. Ou talvez esbugalhar os olhos fosse a maneira dele de demonstrar um feitiço obeah. Aquilo não se parecia nem um pouco com uma interação normal entre humanos. Com a mesma careta estranha, o homem se virou e saiu gingando pelo mato.

Na tarde do quarto dia no celeiro, Tuck se recuperou, quase milagrosamente. Ele se sentou, ficou de pé, se espreguiçou e andou de forma trêmula pela terra batida, indo até o retângulo de luz no canto onde a porta havia caído das dobradiças. Era como se Jesus tivesse botado a palma da mão na testa suada do homem e declarado ele curado. Tuck justificou sua repentina explosão de energia de todas as maneiras que pôde, como se achasse melhor não se animar com uma coisa que podia acabar não dando em nada.

Eu posso tá prestes a piorar, alertou ele. E não é como se eu fosse correr a corrida dos cem metros. Mas a febre deve ter parado ou algo assim. Caramba, é um mistério absoluto como as coisas funcionam dentro de mim mesmo. Com o queixo apoiado no peito, ele olhou pra camiseta coberta de sujeira. Agora eu preciso de um pouquinho mais daquele goró, garoto, porque eu tô tendo aqueles tremeliques de novo.

Foi feitiço obeah?

Tuck congelou, depois virou a cabeça na direção de Eddie. Ele respondeu com a indignação condescendente que Eddie quase sempre esperava dos negros adultos mais velhos. Lógico que alguém jogou uma maldição em mim, cacete, disse. Desde o minuto que eu nasci. Ele estreitou os olhos e cuspiu as palavras. O médico me tirou da buceta da minha mãe, me segurou pelos pés, bateu na minha bunda preta com mais força do que precisava e disse: É preto! Essa é a maldição que jogaram em mim. Por aqui os pretos falam umas palavras estranhas, põem umas penas de galinha numa garrafa de vinho e os filha da puta só riem, mas quando os brancos enfiam uma maldição no seu rabo, você fica até o pescoço de multas, contas, taxas e advogados pelo resto da vida. Daí você vai pra cadeia, que é um labirinto de merda filha da puta num nível diferente pra caralho. E os brancos fazem isso com outros brancos também. Porra, eles iam fazer até com os passarinhos se pudessem.

Que que você acha que aconteceu comigo?, prosseguiu ele. Tuck descreveu as dificuldades de sobreviver como músico: os anos de turnês; dormir no mesmo edredom imundo todas as noites nos fundos de uma van toda troncha; tocar a noite toda e ter que dividir cinquenta dólares entre os seis membros da banda, e não igualmente, porque Mad Dog, o líder, exigia uma parte maior; os gerentes dos clubes que às vezes se negavam a pagar; a falta de mulher fixa; a presença fixa das mulheres erradas; a evidência ameaçadora e cada vez maior de que o público de Mad Dog Walker estava literalmente morrendo e a tendência do líder em culpar a banda pela popularidade minguante do blues e em passar sermões, às vezes até para o pouco público dos shows, durante as intermináveis maratonas de drogas; como o estresse com todas essas coisas fez Tuck beber até não ter mais forças pra fazer nada além de beber; e como até essa força desapareceu, assim como a habilidade de tocar, a atividade que já tinha dado a Tuck o maior prazer e que impulsionava seu espírito, embora nunca suas finanças, e pareceu aos poucos assumir o formato de uma forca, apertando em volta do pescoço.

Ele havia seguido sua ambição aos limites da possibilidade e não havia encontrado riquezas lá, o que não o incomodava, já que estava acostumado à pobreza, mas ele esperava certo senso de realização, um pouco de respeito da comunidade — Que piada essa, disse ele, pensar que negros lutando pelo mesmo pedaço de carne, feito um bando de vira-latas, é uma comunidade — algo inominável mas gratificante, e ele descobriu que tudo o que tinha no fim, depois que Mad Dog e os caras se separaram, era a própria vida idiota, desprovida de significado.

Assim que ele tinha começado a imaginar como redirecionar aquela vida pra alguma coisa nova, talvez fazer supletivo, uma espécie maldosa de destino — outros talvez chamassem de Deus — botou o corpo dele em Oklahoma City, no caminho de um Honda Accord específico, dirigido por uma mãe de trinta e quatro anos com um nível alarmante de álcool no sangue, ainda mais pra uma quinta à tarde. Tuck teve quatro costelas quebradas, múltiplos ferimentos, uma pancada na rótula e uma concussão grave. Ele ficou em tratamento intensivo por duas semanas, a mulher não se feriu. Ele culpou a concussão por problemas cognitivos que o impossibilitavam de voltar a qualquer tipo de trabalho e, sem plano de saúde, se viu diante de contas tão astronômicas que, quando se curou o suficiente e os avisos de inadimplência ultrapassavam as outras correspondências na porta da quitinete alugada, a pressão se tornou tão grande que o forçou a sair.

Eu saí um dia e só continuei indo, indo, e não voltei mais. Que que eu tinha? Eu não tinha namorada, meus filhos não... Eu não tenho filho de verdade, em todo caso, meu irmão tá morto, meus pais já eram e...

Os dois se assustaram e pararam, alertas, escutando, porque tinham ouvido um ruído lá fora, tão perto que parecia que tinha surgido na cabeça deles. A entrega de comida já tinha vindo naquela tarde; àquela altura, Eddie já tinha a usual sensação ácida e comichosa no esôfago por causa da mortadela. Nenhum dos dois pôde dar uma explicação rápida para os passos que ouviram passando em volta do celeiro e jogando sombra pelas frestas entre as tábuas. Em silêncio, eles se levantaram e foram até a parede. Um vulto envolto em círculos de sol e sombra verde, escurecido pelo ângulo da luz, deu a volta na lateral do celeiro. Ele se moveu numa elegância animal por um momento, depois seus movimentos se tornaram apreensivos. Eddie pôs o olho perto de uma fenda na parede.

Alguém tá perseguindo um passarinho, cochichou Tuck. Não dá pra culpar — esses sanduíches de mortadela não saciam ninguém. Ele riu sozinho.

A pessoa resmungou e parou em uma área ensolarada. Com cuidado pra não enfiar uma farpa na bochecha, Eddie aproximou o olho da parede e analisou o vulto, incrédulo e confuso. Uma sensação estranha de desespero tomou conta dele, porque a fantasia de ter cruzado pra terra dos mortos havia saído de controle e se tornado horrivelmente real. Ele viu uma aparição — uma mulher magra, uma bruxa, dentes faltando e cabelo desgrenhado, cheio de folhas e pedacinhos de palha, vestida com uma camiseta esfarrapada, jeans largos e enlameados e uma corda como cinto.

A mulher se arrastava pelos arbustos, de joelhos, os braços estendidos, tentando pegar uma iraúna de aparência oleosa, mas o animal recuava. O olhar dela permanecia grudado no pássaro, que enfim voou para uma árvore jovem fora de alcance. Os olhos da mulher se reviraram sob as pálpebras e ela caiu para a frente. Parecia um cadáver.

Eddie saiu correndo do celeiro e fez a curva, a adrenalina latejando atrás dos olhos, tirando seu fôlego. Então ele parou a uma distância segura, olhou pra mulher e a chamou. Ela se virou pra ele, mas sua reação não foi repentina nem cheia de surpresa. Ela inclinou a cabeça na direção dele como se tivesse ouvido um barulho fraco, muito ao longe. Sua boca se abriu vagamente, tomada pela lembrança.

Mãe, sussurrou ele; uma pergunta, quase uma esperança de que aquela aparição triste tivesse apenas temporariamente tomado uma forma semelhante à da mãe. Então os olhos da aparição se abriram e adquiriram uma intensidade diferente de antes, e o reconhecimento ardeu entre eles. Eddie não queria admitir que a mãe tinha virado aquela coisa, aquela sombra quase irreconhecível, porque ele teria que ir em frente e abraçar ela, mas o alívio de encontrar a mãe, viva, finalmente venceu a repulsa. Os olhos transbordaram, o coração se partiu em um borrão de êxtase; ele correu na direção dela.

Naquele momento, Darlene se virou para o pássaro atrás dela e impetuosamente tentou agarrá-lo. Quando ele voou pra um galho mais alto, ela entrou em pânico, se levantou e seu gemido se tornou violento, seus movimentos, ferozes; ela arrancava folhas e agitava os galhos e eles batiam de volta nos braços e no rosto dela, deixando marcas que logo começaram a sangrar.

Eddie segurava a cintura dela e berrava: Mãe, enquanto ela guinchava e uivava na direção da iraúna, que saltava pra galhos cada vez mais altos. Então o pássaro saiu voando acima das copas das árvores, na direção do céu sujo, as asas pretas batendo rápido, depois lento, então sumindo no nada.

Darlene desabou contra uma árvore, Eddie enterrou a cabeça no colo dela e ela o acariciou. Eles ficaram enroscados daquele jeito, Eddie esmagando Darlene como se pudesse comprimir ela de volta ao que fora um dia.

Tuck se arrastou pra fora do celeiro, contornou a construção e parou no meio do caminho, congelado, ao ver Eddie e Darlene. É sua mãe, né, afirmou Tuck. O mendigo bêbado tava certo! Ele tentou, mas não conseguiu se lembrar da música que tinha inventado, cantarolando baixinho pra si mesmo, confuso.

Eddie e Darlene não lhe deram atenção. O balanço e o choro se tornaram um zumbido baixo e intenso à medida que os sons naturais voltavam — o canto dos grilos, o ruído limpo das folhas nas árvores, o pio dos pássaros, inclusive a cacofonia de rádio quebrado das iraúnas. Darlene, a cabeça pra trás e os olhos revirados, observou o céu para além delas, mas não viu nada. Eddie se agarrou à sua calça jeans dura e fedida, tanto porque tinha encontrado a mãe quanto por encontrar ela desse jeito, em um estado que a impedia de ser realmente sua mãe.

Brisas intensas sopravam pela área em intervalos irregulares. Ninguém disse nada por um tempo. Tuck se virou e voltou para o celeiro. Eddie e Darlene prolongaram o momento, um segurando o outro em silêncio. O que tinha se passado antes era insuportável demais pra ser dito e o que viria depois eles não sabiam. Melhor deixar o mundo se dissolver em nada por um instante.

Finalmente Eddie se virou e arrastou a mão na terra. Em pouco tempo, Darlene disse Eddie, e Eddie disse Mãe, e eles repetiram esse diálogo rudimentar. Eles tinham permanecido tão longe da presença um do outro que foi preciso aquele diálogo pra trazer os dois de volta à existência. A pronúncia de seus nomes rebatia de um para o outro, primeiro como pergunta, depois afirmação, encantamento e, por fim, revelação.

13.

CONHEÇA SCOTTY

Aqueles sapatos iam ser a próxima vítima depois do incêndio na Mercearia Mount Hope. Sapatos de salto amarelos e estreitos demais na frente bem onde começa o dedo. Não é o tipo de sapato que se usa pra ficar de pé o dia todo. E se ela não tivesse escolhido a roupa que escolheu não ia precisar usar aqueles sapatos amarelos; ela podia ter botado a sapatilha preta. Ela não ia ter metido o pé nos amarelos e ficado com aquela dor de cabeça. Ele não ia ter precisado ir pegar Tylenol nenhum em loja nenhuma e os caras não iam ter topado com ele naquela hora. A loja ainda podia ter sido incendiada, mas pelo menos Nat sobreviveria. Dava pra montar outra loja mas não dava pra montar outro Nat.

Então no primeiro momento que Darlene ficou sozinha com o tal sapato no quarto dela, um dia depois que os policiais tomaram café e em seguida mostraram aquele tronco pra ela, ela agarrou um deles pelo salto e pela frente e tentou arrebentar aquela coisa mas o troço era grosso e não rasgava. Quanto mais ele não rasgava, mais força ela fazia — aquele maldito couro nem chegou a esticar. Aqueles sapatos resistentes deixaram Darlene tão fula que ela mordeu o lado dum pé e mastigou ele feito um cachorro atacando um brinquedo de apertar. Seus dentes escorregavam e seu maxilar ficou com cãibra e minha gata mal deixou uma marca no primeiro daqueles sapatos de couro.

Ela sabia que tinha feito uma coisa ridícula — não dava pra botar a responsabilidade de nada em sapato nenhum porque sapato não tem intenção tá ligado? Mas os sapatos também não podem responder, eles não têm ação e as coisas que não agem vão sempre levar a maior parte da raiva. Depois de morder o primeiro sapato, Darlene atirou os dois na parede pisou em cima deles chutou. Ela parou um segundo pra pensar em como destruir melhor aquelas porcarias, daí achou uma tesoura no quarto ao lado e empunhando a maldita cortou e furou cada uma das costuras daqueles sapatos, enfiando a ponta neles torcendo com força. Depois ela arrancou o couro da sola e picotou ele em pedaços de formato esquisito e eles se espalharam por tudo que é canto na janela debaixo das mesinhas e o caralho a quatro. Aí ela foi na garagem e pegou um martelo na caixa de ferramentas. Ela martelou aqueles saltos até que as camadas de madeira se soltassem e caíssem em volta dela, girando debaixo das prateleiras de trabalho e dos pneus sobressalentes onde ninguém nunca mais ia ver eles de novo. Se os sapatos pudessem falar os coitados iam tá gritando: *Darlene, tenha misericórdia! O que que a gente fez? Pelo amor de Deus, fala que diabos a gente fez!*

A blusa foi a próxima e essa foi pra churrasqueira lá no quintal, fluido de isqueiro em cima de tudo, acendendo numa chama laranja como uma miniatura da tragédia, como se fosse um troco, embora Darlene não entendesse nem ligasse de só estar botando os sapatos e a blusa naquela corrente de dor fodida. O fogo fez o maior barulho enquanto ardia e a beleza daquelas chamas azuis e amarelas puxou ela mais pra perto, quase contra a vontade.

O filho dela correu lá fora se perguntando o que tava rolando então ela gritou: Não chega mais perto, Eddie! Ele ficou ali, assistindo de boca aberta enquanto aquelas coisas sintéticas de cheiro ruim levantavam uma fumaça preta que parecia um penteado acima dos carvalhos lá atrás, espantando todas as iraúnas. Malditos sapatos!

Mãe?, perguntou Eddie, tentando fazer a voz soar como uma mão que ia acariciar a escápula dela fazendo tudo ficar bem como se ele tivesse a mínima chance de conseguir isso.

Ela nunca tirou os olhos daquela churrasqueira. Ela enroscava os dedos uns nos outros e girava a aliança de casamento pra lá e pra cá como se tivesse botando um feitiço em alguém. Darlene olhou fixamente praquele fogo tentando dar pra ele a mesma intensidade que ele dava pra ela então esguichou mais um monte de fluido nas chamas. Minha Nossa Senhora, aquela merda fez uma labareda gigante, iluminando o quintal todo e refletindo em todas as janelas da casa e da casa dos vizinhos.

Darlene gritava: Maldita blusa, maldito amarelo!

Ela fez a promessa de nunca mais combinar cores. Ela boicotou o Tylenol e todos os outros analgésicos. Lá bem lá embaixo dos pensamentos cotidianos ela prometeu a si mesma que não merecia mais aliviar dor nenhuma. *Aliviar* a dor? Alívio da dor? Ah não, ela merecia *mais* dor, o tipo de dor que ela infligiu no homem que amava, o homem que era sua vida, o tipo de punição daquele calor dos infernos que envolveu o corpo dele e queimou inteirinho, transformando o mano num toco de árvore que tinha se casado. Ela merecia mais dor do que dava pra enfiar num corpo humano. Merecia o tipo de dor que enchia o céu e se transformava no clima. Como aquela tempestade vermelha em Júpiter. Uma tempestade do tamanho de Júpiter. A mente da noia berrou como se ela precisasse chamar a atenção dum filho da puta em outro planeta ou de alguém que podia ou não tá no céu e esses gritos nunca pararam.

Depois de toda aquela espera, todo mundo menos ela se perguntando se ele tinha escapado e ainda tava vivo em algum lugar, falaram pra ela que tinham achado uma coisa e mostraram aquele pedaço de madeira usando o anel de casamento igual ao dela.

Aí as pessoas começaram a aparecer na casa dela, toda aquela esperança de antes, do marido vivo, drenada do rosto delas. E todas elas falavam a mesma maldita palavra — Sinto muito. Sinto muito mesmo. Eu sinto muito. Sinto muitíssimo. Sinto muito sinto muito sinto muito.

Você não sente muito, ela dizia pras pessoas dentro da cabeça dela. *Não foi culpa sua. Eu é que sinto muito. Eu tava com enxaqueca. Eu usei os sapatos. Se você sente tanto, faz alguma coisa,* pensava ela, sem conseguir parar de pensar. *Mas não dá pra fazer nada. O que é que sentir muito pode fazer? Sentir muito não tira o marido de ninguém vivo da cova.*

A maior parte do tempo ela se ressentia dos parentes e amigos, mas não podia contar isso pra ninguém. Ela não era uma pessoa ruim, só não conseguia parar de sentir tudo, inclusive as emoções erradas. Quando precisava lidar com alguém, fazia questão de não demonstrar emoção nenhuma. Eles não iam gostar de saber que parecia que a casa dela tava sendo invadida, que quando ela descascava todas aquelas cenouras e pepinos e sabe lá mais o quê pra servir pra LaVerne e Puma, Bethella e Fremont e o resto, ela tava pensando em tirar a pele deles e botar todo mundo pra fora e cortar os pulsos com o descascador.

Não, isso não era a coisa certa pra sentir nem pra pensar, muito menos pra dizer — pode esquecer essa parada. Então nada. Nenhuma reação genuína. Agir toda zumbificada deixava as coisas ao mesmo tempo mais fáceis e mais difíceis tá ligado? Obrigada por vir, Bethella. Ah, tô segurando as pontas. Sim, é terrível. Eddie não entende e eu não sei o que dizer pra ele. Quer dizer, quais partes eu explico, e quanto? Sim, justiça. *Justiça não vai trazer ele de volta mais rápido do que sentir muito,* pensou ela. Na Louisiana, um negro era capaz de encontrar um iglu mais rápido do que a justiça.

Na igreja, Eddie segurando a mão enluvada, todas aquelas cruzes em flor parecendo embaçadas por trás do véu, Darlene pensava no necrotério e naquele maldito pedaço de madeira dentro do caixão. Eddie levantou a cabeça e perguntou como as pessoas sabiam que o pai dele tava ali dentro, então a mina riu um pouquinho, porque também não sabia e não podia dizer nada. Se Eddie tivesse visto aquele troço de carvão de rosto repugnante naquele caixão, também não ia se ligar que aquilo tinha alguma coisa a ver com o pai dele. Sem palavra nenhuma pra dizer, ela voltou a olhar pra foto do programa. Por sorte, Leticia Bonds, do salão de beleza, começou a cantar "Take My Hand, Precious Lord" bem nessa hora. Ela tinha o tipo de voz que fazia tu pensar que ia ser uma estrela um dia.

Mais tarde, quando tavam enterrando Nat, Darlene apertou a mão de Eddie um pouco mais forte e ele abaixou os olhos pro caixão, daí ela teve a sensação de que Eddie não tava mais segurando a mão dela mas que ela mesma tinha caído numa cova e tava agarrando o braço do moleque, tentando não cair naquele caixão com aquele tronco preto. Ela queria segurar o maldito tronco e fazer carinho nele como se ainda fosse Nat ou como se alguma coisa dele tivesse ficado ali dentro, mesmo que desmoronasse em seus braços. Como se ela ainda pudesse botar o rosto bem pertinho do dele depois que o marido pegava no sono, como fazia toda noite, e beijar ele e sentir sua respiração.

Sem Nat, ela não era mais uma pessoa. Não tinha perdido uma parte de si, ela perdeu a porra toda. Rótulos ruins sobre ela mesma vieram à mente e a carapuça serviu pra todos porque ela tinha roubado Nat de outra pessoa porque ficava de pé na loja com aqueles sapatos amarelos por causa da enxaqueca e por causa de quem ela era.

Até quando os vizinhos pressionaram a polícia e eles encontraram um grupo de homens brancos que não tinha álibi, dona Darlene nem ficou viajando no que *eles* fizeram. Eles eram só uns moleques brancos fazendo a coisa mais natural no lugar de origem deles — no sul, garotos brancos caçam negros igual leões caçam gazelas lá no maldito Serengeti. Que inferno, até os próprios policiais ainda faziam isso. Darlene se concentrou no papel que ela teve no processo porque se ela não tivesse usado aqueles sapatos e ficado com enxaqueca etc., se Nat não tivesse insistido em se vestir e ir até lá, ele não taria lá praqueles meninos quebrarem as pernas e a cabeça dele nem jogar o maluco no chão igual carne pra cachorro enquanto espalhavam querosene em tudo que é canto como se fosse a água-de-colônia do Diabo e acendiam aqueles fósforos tão amados, indo sentar nos carros deles; sentados lá como se a televisão deles tivesse quebrada e aquilo ali fosse o substituto do *Reino Mágico do Caralho da Disney.*

Mas nem naquele tribunal quente pra cacete Darlene conseguiu ter ódio de ninguém a não ser dela mesma enquanto os moleques brancos soltavam um fluxo constante de *Sim senhores* e *Não senhores* escoando pelas paredes. A brutalidade aparecia por trás daqueles sorrisos frios e da conversinha educada uns com os outros, com as mulheres e até com os juízes. No calor os moleques passavam lenço na testa e ajustavam as gravatas mas dava pra perceber que eles eram uns filhos da puta cruéis e com sede de sangue por dentro. Eles nem se mexeram quando o advogado deles usou a expressão *de cor* e alguns pretos lá nas galerias grunhiram pra reclamar. Um deles, um mais velho, tava limpando as malditas unhas enquanto o advogado descrevia tudo o que aconteceu com Nat e tudo o que transformou o rabo dele em carvão. Aqueles belos meninos tratavam seu próprio julgamento como se eles fossem crianças que tinham sido acusadas de pisar numa formiga por acidente.

Se alguma coisa daquilo fosse fazer diferença, talvez Darlene tivesse prestado mais atenção. Ela não ficou nem um pouco surpresa nem tocada quando o juiz jogou o caso fora porque a maldita acusação não tinha provas suficientes pra condenar, pois pra que que eles iam ter trabalho de *encontrar* provas suficientes?

Ela não sentiu nada quando os pais e os moleques foram embora enfileirados, os cabelos em corte militar, as camisetas brancas engomadas, abraçando esposas e mães como se os malucos tivessem salvado alguma coisa preciosa que a maligna Darlene tinha tentado tirar deles. Darlene disse pra si mesma: *Deixa eles voltarem pra suas armas e clubes particulares. Nada vai trazer Nat de volta e matar ou prender o marido ou filho de outra pessoa só ia fazer as feridas de todo mundo arder ainda mais forte.*

Ela deixou outras pessoas falarem com os repórteres — pessoas que se sentiam mais indignadas que ela porque não tinham feito nada pra causar os acontecimentos. Elas não sabiam e nunca iam saber como era aquela sensação tá ligado?

Eddie não precisava duma mãe que tivesse feito isso com o pai, uma vadia que matava maridos por causa de dores de cabeça. Ela deixou Bethella levar o garoto pra Houston por um tempo por uns dias logo depois de matarem Nat. E depois também quando ela tava tentando arrumar trampo. Muitas vezes ela não conseguia se obrigar a ir buscar ele, aí não buscava, então ele ficava mais tempo com Bethella. Eddie precisava da rigidez e da disciplina de Bethella, dizia Darlene — ela achava que isso ia ser uma influência positiva pro moleque. Sempre que Darlene tomava conta de Eddie depois do que aconteceu, ela deixava ele pular na mobília, comprava sorvete e bolo, levava ele aonde ele quisesse ir, deixava faltar aula pra ficar em casa — uma vez ela até roubou um barquinho de brinquedo pra banheira porque na época não tinha dinheiro mas se sentiu mal e estereotipada por causa daquele ato imoral também, embora tenha feito aquele lance por um bom motivo. Ela não ia negar que Eddie merecia cada coisa que queria; ele ficava magoado quando não ganhava as tralhas e ela não aguentava ver o filho sofrer nem por um minuto. Ia doer mais explicar os nãos. *Ele* era inocente.

****

Nat tinha falecido fazia um ano e meio quando Darlene finalmente conseguiu um trampo, um trampo além do trabalho não remunerado que ela tentava evitar, que era lidar — ou não lidar — com o resto carbonizado da Mercearia Mount Hope. Ela ficou sabendo do emprego por um garoto branco chamado Spar. Ele disse que tinha conhecido Nat. A grana do seguro de Nat e da loja tava acabando, e ainda que tivesse ajudando pra caceta, usar esse dinheiro fazia Darlene lembrar de tudo pelo que se culpava. O trampo novo era numa loja diferente, uma rede nacional com luz fluorescente e linóleo em vez de vigas de madeira e cheiro de musgo, então não tinha lembrança desagradável nela. Mas a gente sabe evitar as lembranças desagradáveis; são as malditas lembranças agradáveis que causam toda a dor porque as paradas surgem do nada.

Num daqueles turnos da noite, quando Harriet, uma vizinha do fim da rua, cuidava do Eddie, Darlene pensava em voltar a todos os lugares que ela e Nat tinham ido juntos. Depois que chegou em casa tarde da noite ela foi revirar um monte de casacos de Nat, a jaqueta ainda tinha o cheiro do Old Spice e as fotos dos Gents da Centenary e as músicas que ele assoviava começaram a entupir a cabeça dela. A mina sabia que precisava abafar aquelas memórias e ir embora da porra da Louisiana. Foi aí que ela pensou em mudar pra Houston. Bethella podia cuidar do Eddie. Era bem provável que ele gostasse mais de ficar com Bethella do que com ela, disse Darlene a si mesma. Eddie não precisava absorver todas as mensagens esquisitas e negativas que ela emitia o tempo todo. Além do mais ela esperava descolar um trampo melhor em Houston.

Lógico que mudar pra Houston nunca resolveu os problemas de ninguém e dona D. com certeza não ia conseguir resolver a grande parada que era óbvia pra qualquer tonto que tivesse visto a família junta nos dias felizes que Eddie parecia pra cacete com o pai — não só em aparência por causa dos olhos castanhos cor de uísque, dos cílios e da boca enorme mas de alguma maneira ele também tinha uma cacetada dos trejeitos do pai. Ficou difícil pra Darlene ficar no mesmo ambiente que ele e drenar toda a infelicidade que inchava as inseguranças dela porque o filho era uma lembrança viva do marido morto. Isso ia continuar igual se os dois tivessem em Ovis em Houston ou no leste de Hades.

Por volta daquela mesma época alguns meses depois que ela começou o trampo na Hartman's Pharmacy eu e Darlene ficamos e tivemos nosso primeiro tête-à-tête. Então pode ser que eu tenha um pouco de culpa por ter demorado mais um ano e meio pra que ela e Eddie se mudassem pra Houston. Enquanto isso naquelas noites de maio depois do serviço ela sentia aquela inquietação vindo pouco antes de ir pra casa como se tivesse surgido um posto de inspeção entre o trabalho e a casa onde a polícia da felicidade ia puxar ela pra fazer teste pra ver se ela tava com o humor positivo. A mina ficava parada lá do lado de fora da loja depois do expediente vendo os clientes entrarem e saírem, contando quantos caminhões passavam, deixando o sol bronzear o rosto enquanto caía atrás das árvores na vizinhança do outro lado da rua. Às vezes ela sentava num caixote pra fumar sozinha porque o desconto da loja fez ela começar a fumar de novo ou com os outros funcionários chamados colaboradores no intervalo deles todo mundo sentado numa mesa bamba de piquenique e todo tipo de grafite na madeira.

Numa tarde ela tava ali sentada vendo um daqueles pôr do sol bizarro em que todos os tipos de nuvem se misturavam com fumaça de avião e poeira espacial ou qualquer merda e aí o céu ficava todo azul e laranja do jeito que uma charanga soa quando tá afinando os instrumentos. Tinha tanto drama rolando lá em cima nesse céu que alguns clientes se reuniram na calçada na frente da loja pra olhar como se tivessem esperando o ônibus espacial decolar. Dum lado uma nuvem gigante de tempestade se misturava com a escuridão que vinha com a noite mas do outro lado o sol tinha aberto um buraco num monte de ponto macio feito merengue e os raios tavam atravessando eles. Em cima disso alguns merengues tinham ficado dum roxo bem vivo.

Spar, o gerente, saiu na calçada e ficou olhando depois virou a cara pra Darlene.

É deslumbrante, né?

O quê?, disse Darlene. A noia tinha visto todo o espetáculo além dos espectadores sem perceber nada; tudo que ela via parecia monótono como uma foto desbotada num View-Master do caralho.

Você, querida. Ele sorriu.

Spar flertava com toda mulher que entrava naquela maldita loja mas com Darlene ele nunca parava e isso deixava ela nervosa porque ele tava falando sério. Aquilo perturbava a mina porque ele falou que tinha conhecido Nat — não se pode dar em cima da viúva recente de nenhum conhecido quando ainda nem tiraram a maldita etiqueta do dedão dele. Spar era um cara branco e magrelo, mais baixo e mais novo que Darlene, lambia o cabelo pra trás e não tinha nem pelo suficiente no rosto pra um cavanhaque mas tentava assim mesmo. Não era ninguém que ela pudesse levar a sério quase nem como chefe. Como é que tu pode levar a sério um cara com nome de Spartacus aquele gladiador idiota dos filmes antigos? Ela quis trabalhar lá porque aquela filial era bem longe de Ovis — do outro lado de Monroe, quase em Ruston — e ela não tava sempre sentindo os olhares dos filhos da puta que sabiam do assassinato, do julgamento e da Mount Hope. Só Spar sabia da ligação dela com esses eventos trágicos e ela achava que ele não tinha falado nada pros outros; além disso a maioria deles não lia o jornal com atenção até porque eles nem vendiam muito jornal lá na loja. Darlene gostava de não ter identidade nem história no trampo; ser anônima significava que podia relaxar um pouco e se esconder no fluxo de clientes que tavam a fim de comprar coisas.

Spar ergueu o queixo pro céu. O pôr do sol, Darlene querida. É quase tão bonito quanto você.

Darlene balançou a mão pra ele e deu um trago no cigarro com a outra. É, tô vendo, bacana, disse ela, soprando colunas de fumaça cinzenta.

Spar pareceu instigado pelo fato de ela ter respondido mas não percebeu ou escolheu ignorar a rejeição na voz dela. Ele deu alguns passos desajeitados na direção dela. Posso pegar um cigarro, por favor?

Darlene abriu a carteira de cigarros e o último careta rolou pro lado. Tem certeza que quer me dar o último?

Ela esticou mais o braço na direção dele e empurrou o cigarro pra fora da carteira com dois dedos. Pega, disse ela, como se fosse um robô. Se eu quiser mais, tem mais lá dentro. Com desconto também.

Ele pegou, usou o próprio isqueiro pra acender e sentou numa coisa de concreto que parecia uma parede quebrada saindo da calçada. Eles olharam praquela doideira no céu de novo e a animação no rosto pequeno de Spar aumentou devagar.

Parece o fim do mundo, ele disse pra si mesmo, então virou pra Darlene pensando algo novo ou só algo que tivesse acabado de criar coragem pra dizer. Você saiu do trabalho uma hora e dez atrás, não foi? Por que não foi pra casa? Gosta tanto assim daqui? Tá esperando alguém? O namorado?

Será que o maluco não se lembrava? Será que ela precisava lembrar ele? Darlene gritou dentro da cabeça mas decidiu que não ia responder. Spar queria demonstrar que tava ouvindo tinha tirado a camisa escura do uniforme e dobrado em cima da coxa exibindo uma camiseta sem manga. No ombro esquerdo descendo até o punho tinha a tatuagem mais feia que Darlene já tinha visto um desenho laranja e verde duma trepadeira estrangulando um polvo do mal que tinha dente e cara de gente.

Ela não conseguia parar de olhar praquela imagem terrível e de torcer o nariz mas quando ele pegou ela olhando falou: É nova. Daí ele disse: Tenho outra, então sorriu e levantou a camiseta pra mostrar o demônio da Tasmânia no peito solitário como se o Taz tivesse corrido pra lá porque tava com medo do polvo. Spar botou a imagem feia do ombro perto do rosto dela então ela achou que precisava dizer que tinha gostado só pra ele tirar aquilo de perto dela. Daí ele contou uma longa história de onde veio a ideia o que não fazia o menor sentido.

Ei, disse Spar, quando escurecia. Como você deve saber, moro pertinho daqui. E eu finalmente tô indo pra casa, vou tomar umas cervejas e, hã, continuar fumando umas coisas, e você tá convidada se quiser vir. Não me faz beber sozinho, linda.

Darlene olhou pra ele como se não confiasse no cara.

Prometo ser um completo cavalheiro. Ele se levantou.

Darlene ficou se mexendo no assento.

Você pode me acusar de assédio sexual se eu não for um cavalheiro. Ele levantou a mão direita. Deus é minha testemunha, disse, e aí distraído apontou pra aliança dela. Então teve uma pausa Darlene balançou a cabeça e olhou fixo nos olhos dele e Spar de repente abaixou os olhos pros sapatos. Certo!, ele levantou a voz. Esqueci. Mas que inferno, sou muito idiota! Ele bateu na própria cabeça talvez numa pegada um pouco violenta. Como é que eu pude esquecer um lance desses? Eu sinto muito, Darlene. Ele botou as palmas das mãos pra cima como se quisesse tocar nela mas ela sabia que ele não podia.

Darlene terminou o cigarro, atirou a guimba no chão e ela rolou pra baixo dum carro. A temperatura caiu rápido demais e ela não tinha pensado em levar um suéter. A mina se levantou cruzando os braços esfregando os bíceps pra se aquecer olhando pra longe de Spar. Ela ficou impressionada por Spar ter esquecido mesmo por um instante da coisa que tinha se enraizado na mente *dela* excluindo praticamente quase todo o resto. Ela achou que talvez ele pudesse ensinar pra ela como esquecer de tudo também.

Por isso que você tá sempre parecendo triste, disse Spar. Eles saíram andando pelo asfalto brilhante. Os caras chegaram a...? perguntou ele, depois balançou a cabeça, pensando melhor. Ah, não vou me meter, dona Darlene. Você pode dizer o que se sentir confortável pra dizer. Daí ele fez outro monólogo de como a curiosidade matou o avô dele durante a Grande Depressão; o mano não parou até que eles chegassem em casa uma daquelas espeluncas com tinta descascando em tudo que é lugar e colunas grossas emoldurando a porta da varanda que ficava atrás de duas magnólias.

Darlene sabia quem eu era — ela tinha visto gente fumando, eles até já tinham se oferecido pra me apresentar pra ela várias vezes mas a mina se achava boa demais pra mim naquela época. No fundo da mente ela me achava perigoso mas também reconhecia que vez ou outra tu pode fazer uma merda perigosa sem consequência nenhuma. Eu era parça do Spar por exemplo e ele era o gerente duma loja de conveniências. Quando Spar levou ela pro jardim no quintal e acendeu aquele cachimbo de boaça quase elegante como um inglês de antigamente fazia com uma pitada de tabaco eles já tinham tomado uma cerveja ou três e ele tinha emprestado um moletom pra ela um ainda morninho da secadora e com aquele cheiro floral de limpeza. A resistência dela já tinha baixado pra caralho; ela queria se libertar da merda da realidade que tava vivendo além do mais considerando que o gerente dela tava sendo tão legal parecia grosseria recusar aquela típica fumaça grossa e aveludada criada pelo papai aqui o Pra Sempre Seu. Oi Darlene, falei, e minha fumaça entrou nos pulmões dela pela primeira vez a princípio suave como um aperto de mão depois meus lindos dedos de fumaça entraram na respiração dela e se agarraram bem onde a respiração de Nat tinha passado aquele tempo todo. Tô tão feliz que a gente se conheceu.

Depois de alguns tragos eu dei pra ela a primeira dose de autoconfiança que ela sentiu em anos sem falar em satisfação. Ela falou mais, jogou damas e bebeu uísque com Spar — em algumas horas ela tinha certeza de que aquela saída social ia levar direto pruma promoção no trabalho. Ela se deu conta de que parecia que nos últimos tempos tudo na vida dela tinha ficado fora de foco retorcido mas aí ela viu que esse contorno distorcido era a peça dum quebra-cabeça a última peça pairando sobre o que tinha sido um quadro muito difícil. Eu fiz o rabo dela flutuar por cima do quadro numa nuvem de fumaça. A fumaça abaixou ela botou ela no lugar e alguma coisa dentro dela fez *clec* então a gente terminou o quebra-cabeças junto. A sensação foi tão boa que a gente desmontou a porra das peças e montou aquela merda de novo. E desmontar e montar pela segunda vez foi tão bom quanto na primeira. E pela quinquagésima segunda. E...

14.

ANOS PERDIDOS

Por causa de todas as expectativas que Eddie tinha acumulado sobre reencontrar a mãe, a realidade jamais faria jus a elas, mesmo que tudo tivesse sido perfeito. Mas ele enumerou de que maneira as coisas haviam melhorado. A mãe não ia mais pras ruas de Houston — ela ficava em um lugar só e tinha trabalho fixo, refeições regulares e amigos. Ela e Eddie podiam passar um tempo juntos de manhã e um pouco à noite. Às vezes as drogas não atrapalhavam a personalidade dela e ele conseguia ver, por trás dos olhares vítreos e reações voláteis, a mãe da qual se lembrava. A mãe lembrava aquele proverbial relógio parado que diz a hora certa duas vezes por dia. Todo dia ele esperava por essas duas vezes.

Naquele fim de tarde de seu reencontro, três homens tinham seguido Darlene e perguntado aonde fora. Ela respondeu apresentando Eddie como seu filho e a atitude deles mudou pra algo mais jovial e relaxado; sem demora, eles guardaram as armas e apertaram a mão dele. Mas o clima não durou muito e os homens os apressaram de volta ao dormitório, onde pela primeira vez o garoto viu como a vida dela tinha mudado. Apesar de ele ter implorado pra que também levassem Tuck, o velho foi mantido em quarentena.

Nem mesmo o cheiro de galinha, o concreto do prédio ou o trancafiamento noturno aborreceu Eddie o bastante pra que ele fizesse alvoroço depois de ter reencontrado Darlene. Ela apresentou Eddie a todo mundo no lugar antes que ele percebesse qualquer coisa desagradável naquela atmosfera. A novidade de ter uma criança entre os trabalhadores deixou todo mundo curioso e animado. As pessoas agora queriam jogar aquele jogo incompleto e quebrado de Lig 4 que juntava mofo num canto — não dava pra usar a fileira de baixo porque as fichas caíam; eles geralmente jogavam como Lig 3. TT deu um tour com ele, fingindo mostrar uma suíte de luxo; Hannibal ensinou a Eddie um aperto de mão elaborado. Uma criança tinha chegado e era preciso mostrar um momento feliz a uma criança, independente das circunstâncias.

Na hora do jantar, o ambiente se acalmou, pois todos se dispersaram e tiraram o plástico fosco das bandejas de papelão verde antes de comerem em particular. Darlene se sentou na beira da cama, a barra de metal deixando uma marca na parte de trás das coxas. Quando ela falava com Eddie sobre o lugar, sua voz ficava mais grave, mais baixa, mais urgente. Habitualmente, ela coçava as picadas de insetos na nuca, na lombar e nas pernas.

Sirius entrou em contato com a sra. Vernon?, perguntou ela. Foi assim que você me encontrou?

Serious? Quem? Não...

Por alguns momentos, o rosto de Darlene não demonstrou qualquer expressão. Você não pode ficar aqui, Eddie. Não deixa eles fazerem você ficar.

Mas você não tá feliz de me ver?

Sim! Você sabe que sim. Mas é só que... Eu queria sair disso tudo primeiro.

Parece tranquilo pra mim.

Darlene riu de um jeito descontrolado, depois mais devagar, então começou a tossir. Eddie deu um tapinha nas costas dela e ela se contorceu pra se afastar. Ela acendeu um cigarro.

Você precisa ir pra escola.

Preciso nada. Sou inteligente o bastante.

Não vamos discutir isso, disse ela. Você vai.

Em outras circunstâncias, Eddie teria brigado com ela, mas ele se tocou que Darlene tinha feito um gesto maternal e aquilo causou uma onda de felicidade e alívio que atravessou seu corpo como o vento por um lençol no varal. Em sua mente, ele avançou pra um futuro em que ela agia como uma mãe de verdade o tempo todo; ele ansiava por aquilo.

Tem escola?, perguntou ele. É longe, a escola?

Não. É em algum lugar aqui por perto, disse Darlene, como se tivesse se esquecido. Ela apontou o dedo indicador em uma direção vaga atrás dela, para a direita. Fumaça de cigarro rodopiou em volta de sua mão. Pra lá, disse ela.

Quando ele perguntou sobre a cor do prédio da escola e o temperamento dos professores e das outras crianças, Darlene franziu o rosto, parou de dar repostas completas, então pediu licença pra ir ao banheiro, apagando o cigarro na parte de baixo da estrutura da cama. Eddie se ocupou tocando as molas enferrujadas como se fossem um instrumento musical.

Depois de uns vinte minutos, Darlene voltou, agitada e distraída. Por um tempo, Eddie tentou continuar a conversa. Ele tentou várias vezes descobrir se ela estava bem, mas o diálogo foi ficando desigual, as respostas dela se parecendo cada vez menos com respostas até finalmente se assemelharem a rosnados de cães ou cantos de pássaros. Ele já a tinha visto em um estado desses antes, embora não tão grave, e ele sabia que devia encontrar outra coisa pra fazer enquanto alimentava seu otimismo em declínio. Ele ajudou a mãe a se deitar, a mão trêmula apoiando a axila dela.

✳✳✳✳

Eddie começou a trabalhar no dia seguinte. Na noite anterior, quando Darlene contou a Jackie que ele era seu filho, Jackie pareceu interessada nas mãos dele. Ela as botou contra as dela, admirada com o quanto eram grandes se comparadas às mãos de adulta dela. Naquela manhã, How mandou Eddie acompanhar Darlene e, com outras mulheres, foram arrancar erva daninha de um vasto campo de girassóis. A topografia do campo e a altura baixa das plantas possibilitava que Eddie trabalhasse a certa distância da mãe sem a perder de vista. A princípio ele gostou daquilo, correndo pra cima e pra baixo pelas fileiras e depositando rebentos e minúsculas plantas em forma de trevo em uma caixa de papelão, mas não demorou muito pra How encontrar defeito no trabalho dele e estragar qualquer prazer que o menino tivesse encontrado no trabalho.

Primeiro, para How, não tinha mato suficiente na caixa, então ele alegou que Eddie não tinha feito trabalho nenhum. Mais tarde, quando How foi até as fileiras pra verificar o progresso do garoto e ainda o considerou insatisfatório, ele segurou Eddie pelo rosto e o empurrou com força suficiente pra derrubar o menino num monte de pedras, onde ele ficou gemendo. Michelle, a bocuda das marias-chiquinhas, protestou tão alto quanto e jurou, com o acordo tácito das outras mulheres, fazer uma denúncia. A alguém. Em algum lugar. Em algum momento. Depois ela tentou correr, então How xingou e partiu pra cima dela, mas, em vez de golpear com a pistola quando agarrou os punhos dela, ele a jogou, ainda se debatendo de volta ao grupo.

Se alguém fez alguma denúncia, nada aconteceu. Apesar de Eddie ter acabado de fazer doze anos, havia alguns trabalhadores mexicanos adultos da mesma altura que ele, e How mandava Eddie trabalhar com eles em tarefas que exigiam que todos ficassem rentes ao chão — retirar ervas, espalhar fertilizante ou transferir brotos das estufas cobertas de plástico para o ar livre. A princípio os outros trabalhadores se perguntavam sobre a idade de Eddie e resmungavam frases confusas de como a empresa permitia que alguém tão jovem fizesse o mesmo trabalho que pessoas mais velhas. Eles estalavam os dentes e diziam: Que vergonha, declarando que alguém devia fazer alguma coisa sem, no entanto, se voluntariarem. Alguém devia contar pro Sextus, diziam eles. Isso pode acabar com o negócio dele, devaneavam eles, talvez sem ter certeza se isso seria ruim a longo prazo. Mas, aos poucos, Eddie se tornava semelhante a seus colegas sujos, de mãos ásperas e pele resistente, então os comentários surgiam com menos frequência. Conforme Eddie foi se integrando, os comentários acabaram desaparecendo por completo. Em pouco tempo ele ia crescer e a diferença de idade não importaria mais. Na Delicious, o que não era visto não contava.

Em seus momentos mais sóbrios, Darlene nunca parava de pedir que Eddie fosse embora, que voltasse pra escola. Mas ela misturava instruções urgentes a ações que o mantinham por perto, prendendo o filho com abraços apertados e lágrimas, dormindo de conchinha com ele.

Você puxou o seu pai, ela disse. De tantas maneiras. Cabeça dura. Prático. Você fala igual a ele. Bonito. Muito bonito. Ela segurou o queixo dele e examinou seu rosto. É como se eu estivesse olhando pra ele quando olho pra você.

Você não quer ir embora?, perguntou Eddie.

Devo muito dinheiro a eles. Mas agora que você tá trabalhando também, a gente pode pagar a dívida mais rápido e até começar a ter lucro. Você pode trabalhar aqui, mas não lá fora.

Por que não? As crianças não têm direitos?

O rosto de Darlene se abriu. Ela tocou as pontas dos dedos de Eddie com as suas. Não se preocupa, disse. O Senhor vai tomar conta da gente. Você precisa pensar positivo pra atrair coisas positivas pra sua vida. Ela contou a ele sobre o livro.

Eddie aceitou o fardo dela como se fosse seu, em parte por causa da ligação com ela, que ficava mais forte quando ele via o quanto ela precisava dele e sentia que ele também precisava dela; em parte porque nenhum dos dois tinha qualquer ideia de outro lugar pra ir nem de como chegar lá. Eles poderiam muito bem estar na beira do oceano sonhando com uma jangada. De tempos em tempos ele se lembrava da missão de resgatar a mãe do inferno, mas não se lembrava como a história continuava. Alguma coisa a ver com uma maçã?

Eles finalmente liberaram Tuck da quarentena. Depois que se uniu aos outros trabalhadores no galinheiro, ele verificava, quando podia, se o menino tinha a quantidade adequada de repouso, reivindicava o pagamento dele e checava se tinha um método pra guardar dinheiro, embora Eddie emprestasse tanto pra mãe que não conseguia juntar, algo que nunca admitiu a Tuck. Como os outros, Tuck resmungava que a Delicious tinha botado Eddie pra trabalhar muito novo, mas os protestos brandos de Tuck resultavam em respostas que não eram respostas ou em violência.

Ele tem capacidade de fazer o trabalho, explicava How, então pode trabalhar.

A proteção de Tuck fez com que Eddie conseguisse que Tuck prestasse um pouco de atenção em Darlene, mas, após certo tempo, ficou claro que alguma coisa que ele não entendia os afastava. Ainda assim, em sua cabeça, ele os considerava seus pais e inventou uma elaborada vida doméstica que os três teriam depois que saíssem da fazenda, uma fantasia que ele tentava guardar para si, mas que às vezes deixava escapar por acidente.

No Halloween, enquanto uma tempestade caía sobre o campo de batata-doce, as gotas mornas se acumulando e encharcando as folhas e ensopando todo mundo, porque eles tinham que continuar trabalhando, o homem que a administração identificou como Sextus Fusilier em pessoa finalmente passou em um trator vermelho para a inspeção. Supostamente, elas aconteciam todo mês, mas ninguém se lembrava de nenhuma nos últimos seis. Elas aconteciam da maneira mais aleatória possível porque, de acordo com o grupo, Sexy gostava do elemento-surpresa.

O motivo de ele optar por dirigir o velho trator era assunto de debates frequentes. Alguns diziam que, apesar de lento, Sextus podia ir de casa a qualquer lugar do amplo terreno por um sistema de atalhos que ninguém mais conhecia. Ele podia se locomover mais rápido do que nas estradas, todas sem pavimentação e cheias de buracos do tamanho de saladeiras. Outros diziam que era um mero apego sentimental, alegando que Sextus ainda sentia uma conexão com a terra que ele tinha crescido arando e que o enriquecera a ponto de não precisar mais dela. O veículo tinha se tornado pitoresco e desnecessário, mas o valor simbólico que tinha pra Sextus crescia no decorrer dos anos. Circulava uma lenda que dizia que seu pai tinha usado o pouco que ganhava na plantação de beterraba pra pegar um empréstimo e comprar o trator e que morrera um dia depois de pagar a última parcela.

Dava pra ouvir o trator se aproximando bem antes que ele chegasse. Primeiro, um leve zumbido, depois um barulho quase tão alto quanto um helicóptero descendo em um campo árido; você via uma nuvem se formando no horizonte e logo depois uma figura enchapelada de macacão, balançando no banco do trator. Então ele já estava perto de você. Ele sempre parecia sorrir. A princípio era como a graça tardia de uma piada que ele tinha escutado mais cedo, mas na presença dele a sensação era de que a piada era *você*, a sua vida e que tudo nela dependia do humor dele.

Por que um cara com esse tipo de poder não ia tá feliz o tempo todo?, questionou TT certa vez. Eu sei que eu ia tá feliz o tempo todo.

Feliz?, perguntou Hannibal. Cara, não entendo. Ele tá sorrindo o tempo todo, mas o filho da puta *nunca* tá feliz.

Dessa vez, Sextus veio de roupa de chuva, um triângulo amarelo vivo no alto do trator vermelho, aquele rosto pontudo saindo por cima, as cordinhas do capuz apertadas bem firmes. Se Sextus não tivesse criado um clima de medo mesclado à admiração entre os trabalhadores e supervisores, Eddie teria rido, porque o homem parecia um bocado cômico. Mas, assim que How ouviu o motor ao longe, ele imediatamente reuniu todo mundo pra chamada das 17h às 16h50, provavelmente pra se mostrar eficiente, talvez ganhar a cooperação dos trabalhadores, sua gratidão.

Sextus balançou a perna pra fora do trator e tomou seu lugar ao lado de How e do grupo molhado de homens e mulheres, negros e latinos. Eles usavam calças curtas, rasgadas, e camisetas sujas, escurecidas por causa do suor e da chuva. A maioria deles estava inquieta, tensa, contrariando a exigência de ficarem parados. A chuva piorou, jogando riscas cinzentas pelo ar e enlameando a terra.

Sextus, após consultar How, voltou sua atenção à chamada e examinou o grupo de trabalhadores. Eles podiam ou não ter a aprovação dele; era difícil saber por causa daquele sorriso constante. Geralmente a única indicação que recebiam vinha mais tarde, via How, que descrevia a insatisfação e as ameaças de Sextus sem conseguir provar que as ordens vinham diretamente dele.

Enquanto o grupo, inclusive Eddie, dizia seus nomes, a expressão de Sextus se modificou pra um sorriso mais neutro, passando de irradiante pra inexpressivo. Ele deu vários passos na direção do grupo e sua atenção recaiu em Eddie, na segunda fileira, ao lado de Darlene. Ele enxugou a água da testa e jogou de lado, depois deu um passo pra trás pra encarar How e Jackie.

How, quantos anos tem aquele jovem da segunda fileira?

Rindo, How olhou pra baixo. Ah, Eddie. Ele não parece que tem dezesseis, né?

Não parece, não.

Não se preocupa. Tá tudo bem.

Tudo bem?

Tudo bem, insistiu How. Ele é um bom trabalhador.

Eddie nunca tinha ouvido How dizer nada tão elogioso; ele plantou os pés no chão e ficou parado com um pouco mais de orgulho.

Aquele sorriso largo voltou ao rosto de Sextus e ele cruzou a lama, fazendo um retângulo em volta do grupo, como se uma olhada superficial pudesse dizer coisas importantes sobre eles. Quando fechou o retângulo, ele voltou ao mesmo ponto na frente do grupo e analisou Eddie com mais atenção. Eddie desviou o olhar, depois espiou, desviou de novo e então levantou a cabeça, mas não encarou Sextus, como um soldado de infantaria na frente de um general. Sextus desamarrou e tirou o capuz amarelo, revelando os cabelos ralos e grisalhos.

Dezesseis?, ponderou Sextus mais uma vez, quase pra si mesmo, mas com a insinuação de que Eddie podia repetir a palavra pra confirmar. Eddie virou a cabeça pra ver o que a mãe achava. Ela se abraçava pra se proteger da chuva, que tinha começado a passar, mas tinha trazido consigo o vento e o frio pós-tempestade. Ela olhou pra Eddie de maneira vaga e as íris desapareceram sob as pálpebras. Com um suspiro distante e leve, entregando-se, ela desviou o olhar.

Dezesseis, disse How novamente, dessa vez de maneira mais definitiva.

Após uma inspeção rudimentar do terreno, o triângulo amarelo voltou ao trator e saiu pela lama. Depois ele atolou e todo mundo teve que fazer hora extra sem receber pra ajudar a desatolar.

Tuck disse: Caramba, garoto, você acabou de perder quatro anos de vida num minuto.

15.

INÉRCIA

Naturalmente alguns filho da puta tão sempre procurando um jeito de cair fora. Tipo o Sirius B, mas vai saber como diabos desenrolou a parada? Eddie já tinha aguentado coisa pra cacete desde o primeiro dia quando agarraram ele pela cara e jogaram no chão. Mas o moleque tava tentando resgatar a mamãe dele então ainda não podia ir embora. Darlene até via sentido nas outras pessoas irem mas o que ela ia encontrar lá fora? Uma vida pior com certeza. Uma vida cheia de Desconhecidos, de Não-Sei-Se-Posso e de Nem-Por-Um-Cacete. Será que ela ia me largar que ia conseguir se reerguer arrumar emprego? Que emprego ela vai arrumar aliás? Encarar esse tipo de mudança podia fazer qualquer um que *não* tivesse esses problemas se borrar todo de medo. E agora Eddie tinha aparecido na Delicious — a salvo graças a Deus — então ela não tinha nem motivo pra fugir. Não dava pra chamar o trampo na Delicious de luxuoso não dava nem pra chamar de legal mas era um trampo fixo e honesto por um pouquinho de grana. E ninguém ficava te julgando por droga nenhuma e isso fazia diferença na vida da Darlene permitia que ela tivesse um tiquinho de orgulho de vez em quando. How sempre falava: O Trabalho é a salvação do homem e o Trabalho vai te libertar. Ele só falava essas merdas pra tirar com a tua cara mas o maluco ficava dizendo isso e tu ouvia aquelas palavras dentro da cabeça. E em certos momentos de certos dias tu acreditava naquelas palavras tá ligado?

Darlene tentava pesar o perigo louco de fugir contra o sofrimento seguro de ficar. O problema era que eles pesavam a mesma coisa. Então sem decidir se decidia ou não ela acabava não decidindo porra nenhuma. A inércia vinha e deixava a noia fazendo o que fazia. Já Michelle queria sair daquela porra toda noite. Toda vez que Darlene falava com ela ela ficava apontando falhas no sistema que ela ou qualquer um podia aproveitar e escapar. Michelle tinha uma testa enorme e falava muito *muito*. Quando minha menina começava a falar ela se corrigia dez vezes antes de terminar uma caralhada de frases — ela tinha um cérebro tamanho jumbo ali em cima pensando e tramando 27/9.

Se Michelle ficasse do lado de Darlene durante a chamada, sempre falava alguma coisa tipo: Olha só, só tem três deles. E aí ela passava os olhos em How, Jackie e Hammer. E Jackie tá tão doida o tempo todo, disse Michelle, que ela é tipo metade de uma. São *vinte* da gente. Quando eles fizerem a chamada lá dentro qualquer dia desses, dizia ela entredentes, olha praquela janela lá do canto. Eles nunca botam cadeado nela de noite. Quando eles saírem pra beber e fumar no fim de semana de noite alguém podia levantar uma pessoa e empurrar ela pra fora e ela podia fugir. Você podia me levantar, Darlene. Você é forte.

Darlene dizia: Não sou tão forte.

Você tá dizendo que sou grande demais? Que eu sou gorda? É isso que você tá dizendo?

Não, você não é gorda! Precisa parar com isso. Tô dizendo que eu não sou tão forte. Mas depois que você for levantada, quem é que vai *me* levantar?

Na semana depois do ano-novo Darlene e Michelle tiveram a oportunidade de conversar lá no armazém dos planos praquele ano. Hammer e How tinham acabado de entrar pra comprar a cerveja deles e deixaram a galera naquele buzão escolar recauchutado.

Michelle não perdeu tempo saltou do banco zunindo pelo piso emborrachado e foi pros fundos onde Darlene tava encurvada noutro banco segurando aquele tubo de vidro entre os dedos e sugando minha fumaça grossa.

Michelle disse: Sabe qual é a minha decisão? A minha decisão é cair fora desse buraco dos infernos — morta ou viva. Verdade seja dita, a gente precisa fazer isso. Esta noite. Só fugir. Eles não podem nos prender aqui.

Mas qual é o plano depois do Vamos Fugir, Michelle!, perguntou Darlene. Por acaso tem algum plano pro Eles Têm Armas? Você sabe onde a gente tá pra poder descobrir pra onde a gente vai? Não. A gente não tem bússola nem nada. A gente pode correr o dia e a noite toda, e talvez a gente corra em círculos, ou corra na direção errada e acabe mais pra dentro da fazenda do que antes. E aí?

Michelle jogou a cabeça pra trás virando o pescoço o máximo possível então urrou erguendo os punhos na frente dela. Você tem um plano pra Nós Vamos Morrer Neste Lugar? Quer que o seu filho cresça trabalhando pra essa gente?

Eles têm armas. A gente não. A gente tá a quilômetros da civilização. Você não deve a eles mil e quinhentos dólares?

São $1.749,35. Mas isso é uma piada comparado ao que *eles* me devem. Michelle cruzou os braços, inclinou a cabeça e estreitou os olhos pra Darlene. Depois de certo ponto, disse ela, eu nem ligo mais. Considerando ficar neste buraco de merda, trabalhando sete dias por semana, das sete da manhã às vezes até as nove da noite ou mais, sendo roubada por esses malucos por causa de merdas que eu nem sei se fiz, sem falar nas merdas que eu não fiz? Eu arrisco levar um tiro por isso — provavelmente na coxa, porque você sabe que eles são ruins de mira, né?

Eles miram melhor que isso. Os caras podem acertar no seu crânio. Você pode morrer, Michelle.

Todo mundo vai morrer um dia, Darlene. Mas *eu* não quero meu maldito corpo jogado na pilha de lixo do How quando eu morrer. Eles falaram que o seu filho tem dezesseis anos, mas todo mundo sabe que ele tem doze. Você lembra de quando How empurrou a cara dele naquele dia que a gente foi tirar mato? Se eles derem uma coronhada no Eddie ou derem uma surra nele como fizeram com TT, ele não vai sobreviver. Teve gente que desapareceu, Darlene. Sabe como eles sempre brincam que jogam gente no pântano? E se não for brincadeira? Michelle pegou um careta e riscou um fósforo um monte de vezes até finalmente acender. Ela tragou com força e soprou uma longa nuvem de fumaça acima da cabeça da Darlene. Darlene esticou a mão pra filar um daí a Michelle deu pra ela e falou: Sinceramente, nem sei por que perco meu tempo te falando essas coisas. É bem provável que você conte pra eles. Pra ter um desconto na dívida.

Ok, vamos pensar em alguma coisa! Darlene gritou mais pra não se sentir ofendida por Michelle mas também porque ficou surpresa com a facilidade com que Michelle tinha conseguido irritar ela acusando de ser uma mãe ruim e uma traidora. Mas ela ainda não conseguia encontrar aquela faísca em seu coração que a fizesse pensar em um plano. Ela tava preocupada com como que ia fazer isso e ainda ficar comigo.

Hammer e How subiram metade dos degraus do buzão bem a tempo de ouvir o que Darlene tinha gritado.

Pensar em alguma coisa? Que que você tem pra pensar, Darlene? How perguntou pra ela, como um policial. Você sabe de onde sua próxima onda vai sair, não sabe?

Michelle se levantou e voltou rebolando pelo corredor ainda fumando depois virou o pescoço na direção de How. Tamos falando de coisas de mulher, disse ela num tom antipático tentando cortar ele da conversa. Sabe o que é mulher? Já teve com uma?

Taí um demérito de dez dólares bem aí. Melhor prestar atenção nessa boca, vadia.

Melhor do que prestar atenção na tua cara.

Mais dez.

Agora ela devia $1.769,35, disse Darlene pra si mesma, admirada.

How subiu o resto dos degraus ficou em posição de sentido e sacou a arma. Ele apontou o cano pra Michelle ofegando como um pastor alemão rebelde então disse: Cala a porra dessa boca. Vou te descontar por insubordinação. E apaga esse cigarro.

Michelle riu e cobriu o rosto. Depois atirou o cigarro pela janela.

Algumas noites depois Jackie, How e Hammer trancaram o galinheiro depois que as luzes se apagaram e foram beber ou talvez pegar gente nova. Tinha poucas mãos mesmo pro inverno. Ainda tinha muito trampo pela frente — eles foram janeiro adentro colhendo repolho, curando batata-doce, plantando cebola e cebolinha e arando aquele solo até dizer chega. Mas Sirius tinha sumido além duma mulher chamada Yolanda e um cara um tal Billy Bongo tinha fugido. Um cara nicaraguense que chamavam de Flaco ficou doente por causa dos pesticidas e depois desapareceu. Tinha um irmão apelidado de Altão que era quase certo que tinha morrido talvez de insolação. Quando acharam ele de manhã Hammer disse que o maluco ainda tava respirando e que ia levar o homem pro hospital — embora não devesse ter hospital nenhum a menos de cento e cinquenta quilômetros — então ele, TT e Hannibal botaram Altão no banco do passageiro duma caminhonete apesar dele não ficar de pé e Hammer saiu dirigindo. TT falou que quando tavam levando ele a cabeça e o braço do Altão tinham caído pela janela aberta e ficado contra o retrovisor mas que o espelho não mostrou respiração nenhuma. O pessoal falou que isso não provava nada mesmo assim ninguém nunca mais viu Altão. E ninguém tocou no nome do Altão também. Nunca mais.

Os trabalhadores não sabiam a que distância que Jackie, How e Hammer tinham ido quando saíram pra buscar gente daquela vez mas pode apostar que todo mundo naquele galinheiro ouviu o barulho da van e esperou ela sumir botando a cabeça de lado e levantando as sobrancelhas. O povo ficou aliviado de não ter que ver mais nenhum supervisor e alguns deles se juntaram pra papear e fumar. De vez em quando Darlene ouvia uma risada ou um grito quando um rato passava pelo banheiro — talvez alguém tivesse visto Charlie o rato nojento que não tinha pelo do lado do corpo porque se coçava até sangrar. Todo mundo falava que ver o Charlie significava pelo menos uma semana de azar.

Acobertados pelo clima relaxado Michelle e TT foram até o colchão onde Darlene e Eddie já tinham ido dormir. Michelle sacudiu eles pra que acordassem. Eles decidiram que depois que a galera fosse dormir TT ia levantar todo mundo na janela pra geral sair. Eles fingiram que tavam de papo o que acabou virando uma conversa de verdade apesar de Darlene não conseguir pensar em nada só se eles iam continuar com o plano se eles iam fracassar e morrer ou fracassar e levar uma surra daquelas. Dar certo nem passou pela cabeça dela tá ligado?

Quando a galera finalmente ficou quieta e tudo que dava pra ouvir eram os cacarejos e as penas agitadas das centenas de galinhas ao redor Michelle e TT se levantaram e fizeram o lance. A adrenalina de Darlene fez *vuuussh*. A escuridão tava escura demais; eles pareciam a sombra da sombra perto daquela parede. Nenhum deles tinha uma porra de fósforo naquela hora e muito menos uma vela — eles nem vendiam vela no armazém.

Michelle perguntou: Como é que vocês fumam tanto e ninguém tem fósforo?

Darlene segurou a mão de Eddie e ainda precisou tatear pelo caminho — ninguém quer encostar naquelas paredes naquele mofo preto nas baratas e sabe-se lá mais no quê.

As baratas também pareciam saber das paradas. Quando alguém deixava de dormir num colchão por um dia um monte delas ia lá praquele colchão e ficava lá de boas. Elas eram daquele tipo gigante e voadoras também. Daí elas ficavam abusadas — às vezes corriam pra cima dos teus pés ou da tua cara de noite ou subiam pela perna da calça e tu saía pulando gritando e fazendo uma dança louca pra jogar as malditas pra longe. Depois a galera tentava achar elas no escuro e matar mas não rolava. Tuck falava: Aposto que isso é entretenimento pra essas bichanas, até *elas* sabem que você não pode fazer nada. Eu disse pra Darlene que eu sabia de certeza que aqueles insetos duvidosos deduravam os trabalhadores contando pra administração quem tinha falado mal da empresa na hora da folga. Algumas delas eram baratas-robô feitas pra escutar. Darlene alertou todo mundo disso mas não levaram ela a sério. Pior pra eles.

Eddie acabou ajudando Darlene a chegar na parede onde ficava a janela alta. Mas aí quando chegaram lá tiveram que empurrar um dos beliches sem fazer barulho por causa que os outros trabalhadores que não iam fugir podiam dedurar eles por inveja ou então iam querer ir com eles e aí ia ficar perigoso demais.

Depois que eles arrastaram a cama TT subiu na de cima e entrelaçou os dedos pra dar um pezinho pra primeira pessoa subir e sair pela janela. Mas aí ele ficou todo nervoso e disse: Preciso me chapar antes da gente continuar o plano. Ele desceu e voltou tateando até a cama dele achou um isqueiro então voltou pra dar um trago debaixo da janela. A essa altura todo mundo já tava na parte de cima da cama de escape.

Sob a luz do isqueiro dava pra ver todas aquelas caras pretas ansiosas e suadas em volta de TT pedindo pra ele andar logo e se chapar duma vez pra que eles não fossem pegos antes de conseguir sair do quarto e da Delicious. Michelle e Darlene pararam de repente porque elas também se ligaram que dar unzinho ia aumentar o nível de coragem da galera.

TT falou: Scotty sempre me deixa sem medo.

Eddie esticou a mão pra pegar o cachimbo também porque eles tavam passando pela roda mas Darlene bateu com força no braço dele e falou: Não! Tá maluco? Não é pra criança.

Naquele momento relaxante de sons sugadores e aquele barulho de leite no cereal que ficava efervescendo das minhas maravilhosas pedras em brasa pareceu por um segundo que a coisa toda nem ia acontecer que ia virar três pretos fumando no escuro em cima dum beliche enquanto um moleque ficava sentado assistindo. E a parada ia ter sido tranquila pra Darlene que tava ficando... não era nem cansada de corpo na real mas exausta.

Eu dei uma coisa pro TT que ele chamava de coragem fumarenta e em alguns minutos ele pegou o cachimbo de volta tentou esfriar soprando e botou de volta nas calças. Ele se equilibrou na beira da cama e fez a posição de pezinho. Michelle usou o isqueiro pra ver se todo mundo sabia onde o outro tava e como chegar na parede acendendo o isqueiro de dois em dois minutos feito um projetor estragado pra que eles tivessem uma noção mas sem distrair ninguém que já não fizesse parte da fuga.

Já que Eddie era o menor TT fez sinal pra ele subir na cama e pôr o pé no estribo de mão primeiro. Mas quando tinha duas pessoas lá em cima a estrutura começou a tremer e se afastar da parede aí

Eddie caiu e gritou de boca fechada. A mãe foi até lá viu se ele não tava machucado e falou: Seja corajoso, senão essas pequenas dúvidas sobre a missão podem voltar. *Se Eddie se machucar feio*, pensou ela, *esse negócio de fugir não vai valer a pena*. A cama também tinha feito um som alto e estridente e os quatro tiveram que parar todas as atividades por um minuto enquanto o pessoal de sono leve no resto do salão acordava se mexia tentava descobrir de onde o barulho tinha vindo e se isso significava que o teto ia acabar desabando.

TT gritou um pedido de desculpa falou que tava movendo a cama dele e do Hannibal e que ela tinha caído. Essa merda deu certo.

Todo mundo voltou a dormir o que demorou um tempão porque eles tavam esperando um cara grandão chamado Kamal começar a roncar de novo. Eles sabiam que o maluco não tava dormindo a não ser que ouvissem alguma merda que parecia um caminhão de lixo. Dessa vez Eddie se recusou a ir na frente então Darlene subiu nas mãos de TT com mais coragem dessa vez por causa que Michelle e Eddie agarraram a estrutura da cama e seguraram ela contra a parede. Darlene não conseguia alcançar com as mãos aquele ponto bem abaixo da janela a não ser que subisse nos ombros de TT tá ligado?

A janela era uma dessas de vidro de segurança jateado. Tinha um fio que passava por ela formando losangos e um trinco de metal na parte de baixo. Pra abrir tu tinha que puxar uma argola. Tinha o mesmo tipo de janela lá em cima perto do teto mas a Delicious tinha botado concreto ou pregado uma tábua em cima. Talvez a tábua tivesse caído daquela ali ou alguém já tivesse arrancado. Ela tava toda embaçada como se fosse um olho com catarata suja. Ninguém limpava ali em cima fazia um tempão e quando Darlene tava lá tentando alcançar o peitoril enfiou os dedos num monte de nojeira que ela deduziu ser poeira engordurada, insetos mortos, teia de aranha, pena de galinha e todo tipo de merda de bicho grudado no peitoril e no vidro.

Com tanta sujeira aquilo parecia menos uma janela pro lado de fora e mais a porta dum forno imundo. Era como se depois de abrir a janela e passar por ali eles fossem só entrar em outra jaula pra torrar até ficar crocante. Se Darlene não tivesse passado metade do último ano lavando o rosto na privada depois que a pia quebrou nem ficado sem banho por dias a fio até conseguir ficar na frente da fila antes do trabalho começar e se ela não tivesse acabado de dar umas belas tragadas demoradas num cachimbo ela podia ter virado a cabeça pra longe daquela janela e vomitado o jantar na nuca do TT.

Ainda assim a mina não tava se sentindo muito bem tateando lá em cima na escuridão. Ela só conseguia imaginar a nojeira que tava encostando.

O aro pra abrir a janela não tava se mexendo e Darlene começou a passar mal pensando no que podia tá metendo a mão então eles decidiram que TT precisava tentar. Pra isso Darlene e Michelle prensaram a cama contra a parede e ficaram segurando ali enquanto ele subia porque ele não era tão alto. A essa altura vendo quanto tempo já tavam demorando todo mundo começou a ficar paranoico então puseram Eddie de vigia apesar de ele falar que não conseguia enxergar porra nenhuma.

TT puxou com muita força e quase se desequilibrou. Então eles descobriram que a janela tava parafusada. Daí eles fizeram uma chave de fenda com um pedaço de metal e ele conseguiu abrir a janela. Darlene olhou pra largura da janela e pro tamanho do TT e não conseguiu ver como TT ia atravessar aquilo sem a bunda gorda dele entalar e aí ninguém mais saía mesmo. Mas assim que ele botou a cabeça pela janela e começou a se içar pra fora uma luz branca e forte se acendeu lá fora e ele disse que ouviu um cachorro latindo ali. Tava mais pra *tentando* latir porque esse cachorro tinha uma laringite tão forte que os latidos dele pareciam aqueles brinquedos de apertar quebrados um monte de ar com um gritinho por cima. TT desceu Darlene subiu e deu uma olhada.

Ela balançou a cabeça pensando *Essa gente não botou nem um cão de guarda decente pra vigiar este lugar.*

Ela desceu da cama e então ela e TT contaram o lance do cachorro pra Michelle e pro Eddie. Eles mal conseguiam ouvir o bicho então cada um deles subiu na cama e deu uma espiada. O cachorro continuava chiando e aquele som era tão engraçado e triste que eles ficaram pensando em seguir em frente e pular lá embaixo mesmo assim. Esse cachorro é velho demais!, disse TT. Ele vai fazer o quê, morder a gente com a gengiva?

Michelle largou: Foda-se. Vida ou morte, galera. Ela subiu na cama sozinha e se enfiou pela janela escorregando pra fora. Logo depois que a perna dela desapareceu pela janela eles ouviram ela cair e gemer que tinha torcido o tornozelo e lá veio o cachorro. Darlene subiu na janela pra olhar e viu Michelle tentando se desviar do bicho porque ele continuou indo pra cima dela ao mesmo tempo que ela escalava a cerca só que a cerca tinha uns três metros de altura e uma fileira dupla de arame farpado no alto então ela não podia ir pra lugar nenhum. Em algum momento ela chegou na metade da cerca mas o cachorro mordeu o tornozelo dela e ela teve que chutar o maldito pra longe ainda tentando subir.

Darlene disse: Volta pela janela, Michelle! Mas a mina não ouviu. Ela era tão teimosa que ainda tava pendurada na cerca um pouco além do alcance do cachorro quando a van voltou e eu nunca vi rirem e humilharem alguém do jeito que aqueles três fizeram quando encontraram Michelle lá fora pendurada na cerca chutando o bicho. Eles meteram uma cacetada de demérito nela e no dia seguinte lacraram a janela com blocos novos de cimento.

No fim das contas os outros decidiram esperar. Pra conhecer o cachorro. Darlene se perguntou como eles conseguiram botar um cachorro lá fora por tanto tempo sem ninguém saber — talvez o latido chiado tenha mantido o maldito em segredo —, mas um mês depois quando TT começou a bolar um novo plano de fuga Michelle falou: O cachorro devia ter acabado de chegar ali. Provavelmente naquela noite, pra nossa sorte. Então TT continuou: Eles encontraram o cachorro mais silencioso de todos. E bem cruel. Acho que treinaram o bicho pra ir atrás de sangue humano.

Talvez porque a coisa toda tinha acontecido na escuridão quase completa ou talvez porque ninguém do grupo quisesse se identificar Darlene, TT e Eddie se safaram de não terem escapado naquela noite. Michelle não dedurou eles nem nada. Ninguém conhecia a política da Delicious sobre cair fora sem terminar o contrato porque eles nunca falavam nada depois que as pessoas tentavam fugir. Parece que nunca iam admitir que algum filho da puta com meio cérebro quisesse zarpar daquele lugar. Quando tu ouvia os filho da puta falando da Delicious, era *o* lugar, eles contavam quando te buscavam, o hotel de três estrelas com piscina olímpica quadra de tênis e refeições gourmet por mais louca que essa merda parecesse. How agia como se trampar na Delicious fosse que nem se ele tivesse no comando das refeições na porra da Casa Branca.

Então se algum mano desaparecesse e nunca mais tentasse voltar, o que pra eles ninguém em sã consciência ia fazer — o que significava que Sirius B tava louco o que não era difícil de imaginar —, tu nunca ia descobrir se tinha conseguido ou não. Eles mostravam as botas do Kippy. E se tu tentasse cair fora e falhasse o pessoal da Delicious não queria que ninguém soubesse nem que tu tinha tentado. Então os caras não puniram ninguém além da Michelle por isso porque a galera toda tinha visto a mina fracassar. Eles pegaram pesado com Michelle por isso mas não dava pra saber se significava alguma coisa porque eles pegavam pesado a porra do tempo todo então que merda significava pegar pesado *pesado*?

Até se um funcionário tentasse fugir de um jeito mais óbvio tipo sair correndo pela estrada durante a ida até a cidade How e os outros nunca acusavam ninguém de tentar escapar. Hannibal tentou fazer isso e eles só agarraram o rabo dele e jogaram na van. Ficou uma mancha de sangue no vidro de trás durante um tempão por causa do que fizeram com ele depois além duma cicatriz no pescoço dele e uma mancha grande de sangue no chapéu que ele nunca mais conseguiu tirar direito. Mas os caras não falavam nada de regra nenhuma. Eles sabiam que ficar imaginando que regra tu tinha quebrado ia fazer tu se preocupar mais e transformar a coisa toda numa interrogação total e assustadora. Eles queriam que o coitado do teu rabo continuasse funcionando direito arrancando mato, colhendo fruta que não existia e acima de tudo farreando comigo.

16.

SUMMERTON

Em dias de chuva o trabalho nem sempre diminuía, mas às vezes mudava de foco; a rotina podia incluir menos atividades externas da colheita, e mais atividades internas e de manutenção. Na maior parte do tempo, o equipamento na Delicious ou não funcionava direito ou apenas não funcionava. A maioria dos escarificadores tinha vários dentes faltando e algumas das barras que prendiam eles tinham se rompido por causa dos danos causados pela ferrugem, ou tinham se soltado dos parafusos e ninguém nunca os consertara, ou então as máquinas haviam recebido alguma gambiarra quase cômica. Quanto aos outros equipamentos agrícolas, alguém tinha amarrado o eixo de um carrinho de mão com quantidade generosa de barbante e outra pessoa tinha recolocado as pontas de vários ancinhos com fita adesiva.

Para arar a terra, a fazenda ainda usava uma vasta quantidade de arados de aiveca, possivelmente dos anos 1960, cujas relhas estavam lascadas, frouxas nas colunas, desaparecidas ou, em alguns casos, tão corroídas que seus reguladores de altura tinham se fundido com as colunas. Aparentemente a administração havia nomeado Hammer chefe de manutenção, mas só suas permanentes exclamações de tristeza e de culpa pelo clima de destruição já revelavam esse papel, embora ninguém nunca o visse fazer nada para cuidar de fato das máquinas.

Um dia, durante a primavera chuvosa, seis meses após ter chegado, Eddie por acaso fazia um serviço com Hammer e alguns outros trabalhadores na garagem com o teto quase intacto — ao contrário das coberturas improvisadas que acabavam se tornando permanentes.

Ai, meu Deus, queixou-se Hammer, quase como alguém sofrendo em um banco de igreja, a gente tem um bocado de coisa pra fazer aqui. Olha só pra tudo isso. Ele desviou de uma goteira no teto para inspecionar o espaço desorganizado e bolorento, então, assoberbado, fez um gesto, primeiro na direção do grupo, depois para o caos, insinuando que de alguma forma os dois deviam interagir. Ao trabalho, cambada, disse ele. Ele foi até as portas da garagem e após certo tempo Eddie sentiu cheiro de cigarro vindo daquela direção.

O grupo ficou andando confuso, então Eddie sugeriu a Tuck e Hannibal que talvez eles devessem começar a organizar o lugar colocando as coisas iguais juntas, exatamente a frase que tinha ouvido uma professora usar no ensino primário. Em questão de minutos, os três estavam delegando responsabilidades aos outros membros do grupo; alguns deles empilhavam enxadas e pás perto umas das outras, separando as úteis das quebradas, outros faziam inventário de sacos de cal e concreto, outros empilhavam latas de tinta, varrendo e liberando espaço no chão. Eddie encontrou um estoque de lâmpadas e decidiu arrumar os faróis quebrados dos três tratores guardados naquela garagem (e depois de vários outros) e rematar parte da pintura em um deles.

O espírito de cooperação e foco produziu no grupo um estado de espírito quase alegre, melhorando o humor coletivo apesar do tempo ruim. Pela primeira vez em semanas, Tuck começou a cantar. Sua versão de "I Believe I'll Dust My Broom", de Robert Johnson, realçou a característica melancólica da música. Alguns dos outros caras tomaram parte, respondendo em grunhidos ou encorajamentos ou tentando aprender a melodia pra cantar junto enquanto Tuck ganhava convicção e troava cada nova estrofe um pouco mais alta e mais rasgada. Em seguida, ele e todos os outros, até onde conseguiam acompanhar, cantaram "Struggling Blues", "Disgusted Blues" e "Troubled 'Bout My Mother". Às vezes Tuck cantava diretamente para Eddie, a letra tomando o lugar do que ele jamais conseguiria expressar diretamente. Mas Hammer voltou para a garagem e acenou as mãos em reprovação sem dizer nada coerente. Ele adotou uma expressão de dor que deu a todo mundo a impressão de que eles precisavam parar de cantar não por causa de alguma punição iminente, mas porque tinham encontrado uma maneira de deixar o trabalho suportável. Ainda assim, o grupo tinha descoberto um portal secreto para escapar da tirania dos superiores e Tuck continuou liderando a cantoria de blues sempre que possível; outra pessoa conduzia de maneira menos eficaz quando Tuck não estava.

Certa tarde, eles saíram pra colher cenouras, uma tarefa árdua e ingrata, principalmente porque algumas haviam crescido demais ou adquirido uma aparência especialmente saudável depois que você tirava a terra das plantas. Eddie às vezes ouvia outros trabalhadores reclamando que parte dos produtos tinha que ser usada para alimentar o pessoal. Alguns deles davam uma mordida em alguma coisa sempre que podiam, apesar das regras rígidas contra isso, e além da afirmação de How de que uma vez tinha multado uma pessoa em quatrocentos dólares por ter mordido uma batata-doce — que nem estava limpa. Parecia fanfarronice, mas Eddie não duvidava que isso tivesse acontecido.

No meio da tarde, a temperatura se estabilizou. Um desfile de nuvens cúmulos se lançou pelo céu, projetando sombras ocasionais no meio do campo vasto e plano. Se apertasse os olhos para a distância nebulosa, Eddie conseguia discernir a linha mais próxima de árvores altas.

Hammer tinha estacionado o ônibus escolar no campo, a cabine apontada na direção de Eddie, que marchava para lá carregando seu cesto meio cheio. Ele se aproximou e percorreu o lado do ônibus, ouvindo o reverberar de vozes lá dentro. Somente quando ele fez a curva para entregar sua colheita para alguém foi que percebeu o trator antigo e bem-cuidado de Sextus estacionado atrás do caminhão, o próprio Sextus na condução, a espinha ereta como uma coluna de varanda, segurando o volante como as rédeas de um cavalo.

Eddie não conseguiu se fazer invisível.

Ô, Dezesseis, gritou Sextus.

Eddie congelou. Ele olhou de Sextus para Hammer, que estava ao lado do ônibus contando cestos e jogando o conteúdo na carga útil, para confirmar se podia responder sem repercussões; parecia ser o caso, já que Hammer não demonstrou preocupação. Mas àquela altura ele já tinha demorado demais para responder.

Por que o cesto não tá cheio, Dezesseis?

Cenoura pesa, senhor, explicou sem ânimo e em voz baixa.

Sextus pediu para ele repetir duas vezes. Foi uma surpresa para Eddie, mas não aliviou seu orgulho ferido, o fato de o chefe ter respondido com uma sonora gargalhada em vez de punição. Mais tarde ele se perguntou se Sextus tinha escutado desde o início e pedido para repetir a frase só por farra.

Trabalho rápido até, disse o garoto.

Sextus riu mais ainda.

No entanto, nem Hammer podia negar a habilidade de Eddie. Pior que trabalha, disse ele, como se tentasse dar fim à risada de Sextus.

Me falaram que consertou um monte de faróis e tal. Você manja disso?

Acho que manjo.

Tenho umas coisas em casa pra arrumar.

Pode ser que eu arrume.

Qual é a maior coisa que você consertou, garoto?

Uma TV.

O som da risada de Sextus ricocheteou pelo campo. Uma TV! Ora, esse não dá ponto sem nó! No duro?

Sim, senhor.

Vamos fazer assim: amanhã eu te pego pra você dar uma olhada em algumas coisas que precisa arrumar lá, pode ser? Peguei um desses computadores novos e eu e a Elmunda e ninguém lá em casa consegue imprimir nada daquele treco. Você segura essa, Dezesseis?

A gente só sabe se tentar, disse Eddie.

O que Sextus chamou de amanhã virou dez dias depois, mas por fim o chefe veio procurar ele no galinheiro — em seu próprio veículo, não no trator. Nesse ínterim, Eddie tinha discutido com a mãe a possibilidade de ir até a casa principal e, pra angústia do jovem, ela insistiu em ir junto, não ia deixar ele ir sozinho.

É perigoso, disse ela. Você não conhece essa gente, não sabe o que podem fazer.

Ele se sentiu frustrado e agradecido por esse raro rompante maternal. Antes da visita, Eddie percebeu que ela começara a fazer esforços concentrados para parecer mais apresentável, até porque eles não sabiam quando a visita ia ser; ela pegava um pente emprestado com Michelle e, de vez em quando, negociava com Jackie um pouquinho de alisador de cabelo e de condicionador, apesar do aumento na dívida. Ela fez as unhas, hidratou as pernas e, no armazém, comprou uma camisa de segunda mão um pouco justa, que estava guardando especialmente para a visita e que não usava nos campos; na frente dizia Ohio State em letras de estilo universitário.

Depois que Jackie acompanhou Eddie e Darlene para fora do galpão até a picape Ford de Sextus, a primeira coisa que Eddie fez foi confessar que a mãe tinha insistido em ir junto.

Ao se aproximarem do lado do motorista, Sextus exclamou: Você é tipo filhinho da mamãe, né?

O tom de escárnio de Sextus fez Eddie parar na terra pedregosa. Não, respondeu.

Darlene sorriu para o chefe sem abrir a boca. Ela deu um tapa no ombro de Eddie. Sim, disse ela.

Achava que você já era grande pra isso.

Sim, senhor, mas —

Sextus riu de novo daquele jeito que fazia Eddie achar que todo mundo ria da mesma piada. Ou da mesma mentira. O olhar do chefão desceu às botas de Darlene e tornou a subir; ele abriu a porta do lado do passageiro com um chute, então disse: Ohio State!, bem alto, numa entonação exagerada.

Eddie nunca tinha visto nada tão espetacular quanto Summerton. O lugar tinha um esplendor que se desdobrava além da superfície — não era um tipo de classe pretensiosa, e sim de uma elegância tão natural que não precisava provar nada; a beleza decaída de um monumento histórico importante, como a casa de um antigo presidente, onde não trocavam a prataria desde que o grande homem estivera vivo, e ainda poliam tudo todas as tardes.

Igualzinho a casa na moeda de cinco centavos, disse Eddie enquanto a picape descia a estrada de terra em direção à mansão.

De onde saiu essa moeda?, perguntou Sextus. Ele pareceu intuir imediatamente o fascínio de Eddie pelo lugar. Depois que desceu da caminhonete e se certificou com o jardineiro que eles não cruzariam com Elmunda, sua esposa doente, eles rodearam a casa e entraram pela cozinha. Sextus apertou o ponto entre o pescoço e o ombro de Eddie com um pouco de força demais e abaixou-se até sua orelha direita, prometendo pelo menos uma visita parcial. A única regra é: não mexe em nada nadinha, só se eu deixar, sussurrou ele. Em seguida ergueu a voz. Isso também vale pra tua mãe!

Lá dentro, a temperatura caiu e o ar ficou levemente úmido, o que ajudava a dar ao lugar um clima histórico. Só a quantidade e a desorganização das relíquias de família, espalhadas por vários espaços, indicavam o quanto a riqueza e a influência dos Fusilier remetiam a um tempo além da memória de qualquer pessoa viva. Na sala, várias fotografias gastas, retratos de homens brancos de bigode e empunhando espingardas dividiam pesadas mesas de mogno com retratos e camafeus de senhoras sulistas brancas vestidas de forma impecável. No meio delas, havia grupos de fotos mais modernas — dessas reveladas por filme, mostrando crianças brancas em uma piscina natural; molduras de metal em volta de fotos instantâneas de Elmunda e uma extravagante foto de casamento, tirada durante algum baile fora do comum, de Sextus e Elmunda dando delicadas colheres de um bolo amarelo na boca um do outro. Todos esses artefatos se espalhavam de maneira displicente sobre tapeçarias desbotadas e rendados extravagantes.

A biblioteca abrigava uma quantidade incontável de volumes idênticos e empoeirados com capas de couro. Parecia que ninguém tocava neles desde que tinham chegado naquela casa, em 1837 ou sabe-se lá quando. Também havia um antigo globo caindo aos pedaços e, pela impressão de Eddie, alguém tinha desenhado a metade direita dos Estados Unidos, desistido depois da Louisiana e então começado a rabiscar. As banheiras tinham garras nos pés; Eddie imaginou aquelas garras correndo, pesadas e confusas, se alguém tivesse a audácia de escaldar elas com água quente. No banheiro, Darlene hesitou, passando lentamente as mãos sobre a porcelana, uma expressão de êxtase.

Certos objetos não pareciam tão antigos quanto outros, e um cômodo estava vazio, exceto por largos pedaços de lona pelo chão e algumas latas e bandejas incrustadas de tinta seca. O quarto tinha uma camada inacabada de tinta rosa nas paredes. Sextus explicou que estavam no processo de reformar Summerton *muito* gradualmente, porque estavam esperando um filho (dois dos motivos que faria Elmunda ter um ataque se soubesse da visita). Ela não tá boa, explicou ele. Ela tinha uma doença intestinal progressiva, mas lera em algum lugar que ainda podia ter filhos e insistiu pra isso antes de perder a capacidade de engravidar. Vai ser menino, disse Sextus, e quando Eddie perguntou como eles sabiam, ele explicou que o médico tinha contado que existia um método novo para descobrir.

Chama *sonofa*-alguma coisa, disse ele. Eles lambuzam a mulher, apontam uma varinha mágica pra barriga dela e aí eles falam até onde seu filho vai fazer faculdade. Mas eu já tinha começado a pintar o quarto de rosa porque, antes desse negócio do médico, Elmunda me fez pegar a aliança dela e largar em cima da barriga grávida e ela deu uma volta, e isso quer dizer que é menina. Ela também falou que tava com desejo de doce. Pra você ver! Mas não vou repintar nada. Cacete, não tô nem aí se a parede rosa fizer ele virar bicha.

Àquela altura eles tinham chegado ao escritório, o ambiente de aparência menos histórica que Eddie tinha visto ali, embora ainda não tivesse visto o quarto principal nem alguns outros cômodos onde os Fusilier passavam a maior parte do tempo. O escritório tinha, talvez, tantos livros quanto a biblioteca, mas eles eram todos sobre agricultura, flores e gado. A maioria estava empilhada contra as paredes verde-água, pelo chão, em prateleiras na horizontal, misturados com jornais, revistas e folhas amassadas de papel ofício, e também em cima dos sapatos sujos enfileirados no peitoril da janela, numa das paredes.

No canto oposto, em uma escrivaninha antiga, ao lado da lareira, ficava um monitor de TV bege com uma unidade de disquete, conectado a um teclado bege com outra unidade de disquete, ligado numa impressora matricial, um joystick e uma terceira unidade, tudo debaixo de uma camada de jornais, guimbas de cigarro e uma lata de cerveja. Um ventilador oscilante soprava do outro canto da sala, mas o vento não deslocava nenhuma das folhas soltas, apenas fazia as bordas dos papéis tremerem. Sextus pediu desculpas pela bagunça, quase para si mesmo. Podia ter um arrastão aqui, ele sussurrou admirado pelo canto da boca, e eu nem ia saber.

Uma coisa que Sextus tinha em comum com o pai de Eddie era que ele não tinha muita habilidade mecânica. As plantas me adoram, disse, e troco pneu bem demais. Até monto o distribuidor de esterco mais ou menos, mas essas maquininhas modernosas quebram só de eu chegar perto. Deve ser algum biriri magnético no meu corpo, tipo aquele pessoal da Inglaterra que me falaram que pegou fogo do nada? Fizeram FUUM! e pronto, já era. Não ficou nada, só uma mancha de gordura queimada no meio duma poltrona. Então é melhor vocês se cuidarem, alertou Sextus, levantando o dedo indicador a Eddie e Darlene, que eu posso ser um desses — não tem teste nem nada. Duma hora pra outra eu posso virar numa bola de fogo do inferno. Ele ficou em silêncio por um momento. Rá. Aposto que vocês iam curtir isso, né?

No escritório, a mãe de Eddie correu para o ventilador e levantou os braços, acompanhando o jato de ar com o tronco. Ela e Eddie tinham se limpado da melhor maneira possível, considerando as poucas peças de roupa que tinham e a frequência com que as usavam no sol, na terra e na vegetação, mas Darlene tinha começado a suar no instante em que saíram da caminhonete e agora sua testa estava pontilhada por suor. Ela fez uma dança estranha na frente do ventilador, como se fosse uma artista de antigamente, cantando alto e gemendo de prazer enquanto o ventilador refrescava suas axilas. Constrangido, Eddie deu a volta em uma mesa e tirou algumas coisas de uma cadeira, com a permissão de Sextus, para poder dar uma olhada melhor no que Sextus chamava de Paciente. O Paciente é temperamental, disse ele, e tinha parado de imprimir de vez. Eddie se pôs a tirar todos os papéis do caminho e tateou as laterais e a traseira do monitor e da impressora para encontrar o botão de ligar.

Consertar uma televisão tinha parecido fácil para Eddie, mas o computador deixou o garoto totalmente sem saber o que fazer. Ele nunca tivera um e mal sabia pra que servia. Para ele, o Tandy 1000 parecia o filho mutante de uma TV e uma caixa registradora, com aquela pele bege sem graça e a tela verde, tão inexpressiva quanto o olho de uma cobra. A única coisa que ele sabia que as máquinas tinham em comum era que, para consertar, tinha de abrir, e ele se dedicou a descobrir a melhor maneira de desmontar e se enfiar nas entranhas dela.

Da bagunça atrás da cadeira, Sextus tirou uma caixa metálica de ferramentas — salpicada de tinta e com uma confusão louca de tubos de massa corrida e chaves de fenda — e uma caixa de plástico quase intacta com chaves de boca.

Eu peguei essa tralharada aqui e daí me lembrei que sou burro, disse ele.

Eddie franziu o cenho para o quadrado verde que piscava na tela. Não sei, murmurou.

Vai lá, Dezesseis! Capricha.

Eddie se assustou um pouco ao ouvir aquele apelido e em seguida começou a futucar o teclado. As mensagens em miniatura que, acusando erro e mau funcionamento, relampejavam na tela o fascinaram quase que imediatamente. Ele digitou qualquer bobagem para testar a impressora; ele não queria abrir o computador nem a impressora se o problema não fosse grave e não fosse necessário. Enquanto se concentrava em apertar teclas, a tela inteira se distorceu e se comprimiu em uma única linha verde por um segundo e depois voltou ao normal. Apesar de os problemas serem exatamente como Sextus tinha dito, aquelas piscadas repentinas o frustraram. Ele se sentiu inepto praquele tipo de conserto e pensou se talvez devesse desistir do serviço e dizer pro Sextus chamar um técnico profissional de computadores. Mas achou difícil admitir o fracasso a alguém que parecia acreditar nele, ainda mais daquela maneira exagerada. Continuou a brincar com a máquina e a testar acanhadamente, esperando que o problema se resolvesse sozinho por milagre sob seus cuidados e mantivesse sua reputação intacta.

Ele testou todas as teclas em ordem alfabética e numérica, depois experimentou com a *shift* e examinou todos aqueles caracteres por alguma pista do problema. Quando tinha esgotado todas as possibilidades do lado de fora, se conformou com a ideia de ter de abrir o computador, a impressora ou ambos. A constatação de que teria muito mais trabalho pela frente do que se tivesse encontrado uma maneira externa de lidar com o computador o fez grunhir para si e suspirar. Ele se sentou.

Respirou fundo e inflou as bochechas como Louis Armstrong, depois soprou o ar de maneira desanimada e forçada através dos lábios apertados, então se recostou na cadeira de laca preta. Ele pensou em se virar para encarar Sextus e encolher os ombros, então a fé em si desabou quando imaginou os vincos de decepção que se formariam entre as sobrancelhas daquele homem. Ele não sabia o suficiente como a Delicious operava para ressentir um homem tão encantador e engraçado, que fazia tantas piadas de si mesmo e, para um garoto órfão de doze anos, até o pior pai servia.

Então ele percebeu que estava sozinho no recinto.

Ele não se lembrava do momento exato em que tinha ficado tão absorto em descobrir o problema do computador que Sextus e Darlene pudessem ter saído da sala despercebidos. Será que tinham desaparecido ao mesmo tempo? Ele se afastou da mesa e tentou escutar alguma coisa, mas só ouviu o zumbido do ventilador, os papéis farfalhando e, pela janela aberta, a brisa balançando as árvores. Pássaros e grilos cantavam. De vez em quando um coro de cigarras chiava alto e depois se aquietava. Um galo cantou e, ao longe, um carro acelerou pelo campo. Ele gostaria de saber a localização exata do carro e da estrada. Talvez eles tivessem saído juntos? O carro parecia longe demais.

Eddie se levantou, flexionou os joelhos e caminhou até a porta. Quase com medo de botar os pés para fora da sala, lembrando-se do aviso de Sextus, se inclinou contra a moldura e pôs a cabeça no corredor. Desde que chegara à Delicious e encontrara Darlene, ele tinha desenvolvido um medo de perder a mãe, até de perder ela de vista, e sua mente imediatamente se voltou ao medo de que o pior tivesse acontecido — Papa Legba enfeitiçara os dois pra que saíssem da sala sem que Eddie visse e levara eles pro outro lado. Ele usou a camisa para enxugar o suor do pescoço.

Mãe?, chamou o mais alto que ousou, som que poderia ter saído de uma cabra.

O corredor escuro e frio, abarrotado de artefatos, não ofereceu resposta nem qualquer pista de aonde eles tinham ido. Eddie olhou para os dois lados, depois entrou na sala bem em frente, onde, através de uma das vidraças, espiou uma parte do gramado da frente. Ele correu de volta ao escritório e espiou pela janela oposta, na esperança de avistar pelo menos um deles lá fora. Ele foi até a janela como se fosse uma ideia brilhante, empurrou ela para abrir e se inclinou para fora o máximo que pôde.

Mãe!, gritou ele, dessa vez com mais autoridade, menos caprino.

Ele esperou pela resposta dela, por qualquer coisa, até um grito abafado por trás de alguma porta secreta. Não adiantou. Eles estavam mortos. Eddie voltou ao corredor e disparou aos gritos para cima e para baixo naquele piso de madeira rangente, suspeitando que, se as pessoas o ouvissem se comportando mal, ele conseguiria a atenção delas. Ele chamou a mãe, a palavra *Mãe* esticada, longa, vibrando no fundo da garganta enquanto ele avançava pelo corredor. Quando perdeu o fôlego, desabou no corrimão da escadaria e caiu no segundo degrau. Ele se perguntou quanto tempo teria que esperar até que voltassem, ou se tinham ido embora especificamente para evitar a presença dele.

Exausto e com medo, Eddie pôs um ouvido contra a escada. No ouvido que estava apontado para cima, para o andar superior, ele ouviu a risada da mãe.

Por ser a sua primeira vez em Summerton, o garoto não teve coragem de subir as escadas para escutar com mais atenção, mas em várias ocasiões subsequentes Eddie tiraria os sapatos e, aproveitando os degraus acarpetados, subiria lentamente para seguir o som da voz da mãe — ele ficava um pouco irritado que ela parecesse usar um tom mais agudo e falso perto de Sextus —, descendo o corredor até uma porta fechada. Ele sabia que não devia falar com a mãe desse aspecto das visitas, a respeito de Summerton, mas tirou as próprias conclusões depois de ouvir a respiração ofegante dela, os grunhidos selvagens de Sextus por trás da porta, as vozes baixas e os sussurros, as invocações frequentes a Deus. A princípio ele tentou se convencer de que estavam apenas orando juntos. Mas ele logo teve que admitir que aquelas orações soavam bem sexuais.

Com o tempo, os problemas técnicos de Sextus ficaram cada vez mais simples — ele nunca parecia ligar nada na tomada —, e Eddie ficava inquieto esperando por Sextus e Darlene. Às vezes ele ia na ponta do pé até a porta e escutava por um tempo, tentando discernir o significado e a emoção daqueles murmúrios. Então Eddie decidia que tinha que saber a verdade, mesmo que aquilo constrangesse a todos e ele se metesse em apuros. Ele se plantava bem na frente da maçaneta e levantava a mão de maneira dramática acima da cabeça, resolvido de uma vez por todas a abrir a porta e satisfazer todas as suas dúvidas. Ali ele ficava, rígido feito um pinheiro, e permanecia naquela posição até que ficasse com tanto medo que um deles abrisse a porta pelo outro lado que voltava para o corredor, descendo as escadas de meia, sem fazer barulho.

17.

SUA PUNIÇÃO

Por mais que ele odiasse a labuta e o confinamento dos vários anos seguintes, Eddie aceitava a maioria das coisas que aconteciam na Delicious como uma condição para estar com a mãe. Reclamava dos colchões bolorentos, dos sanduíches molhados, de ter que evitar certas pessoas por causa dos piolhos, mas ele quase nunca olhava para além desses detalhes, para o que podia haver de errado com aquele lugar numa escala maior. Na primeira vez que ele sugeriu que deixassem a fazenda e voltassem para Ovis, a mãe se retraiu como se ele tivesse dado um soco no estômago dela, e, nas outras ocasiões, se ele mencionasse Houston em vez de Ovis, ela podia cair de joelhos em um ancinho ou cobrir o rosto com as mãos enlameadas.

Ainda assim, agradava a Eddie ser pago pelo trabalho que fazia na fazenda, além do conserto do computador e outros reparos. Às vezes Sextus até dava parte do pão caseiro amanhecido que Elmunda fazia, que ele devorava rápido com Darlene antes que voltassem ao galinheiro, para ninguém saber e eles não terem de dividir. Quando completou catorze anos, ele assinou o contrato, e mesmo entregando a maior parte do mísero salário à mãe — estava entre os poucos que não acumulavam dívidas enormes, de forma um tanto deliberada —, Eddie se orgulhava de seu desempenho e considerava sua persistência outro tipo de salário. Ele achava que, se você comparasse o próprio sofrimento com o sofrimento de Jesus, você conseguia passar pelas piores coisas como se nada tivesse acontecido.

Por algum motivo, How geralmente mandava Eddie e Tuck pro serviço juntos todos os dias. O trabalho mudava de tempos em tempos, mas ter um parceiro recorrente fazia o trabalho pesado passar mais rápido, mesmo quando eles tinham que arrancar ervas daninhas dentre fileiras aparentemente infinitas de batata-doce, debaixo de uma miscelânea de nuvens prateadas, durante alertas de tornado, assolados por tempestades, com lama acima dos tornozelos. Ou então, meses depois, quando iam colher a mesma plantação à mão, arrancando os talos e escavando a terra para pegar os tubérculos grossos num calor de 35 graus, só parando para beber água ao meio-dia e ao fim do dia. Toda tarde, Tuck enchia o campo todo com sua voz de barítono e, às vezes, depois que pegou o jeito, Eddie e alguns outros faziam coro em "Kentucky Woman", "No-Good Lowdown Blues" ou "Lonesome Train". Às vezes se Tuck estivesse de bom humor — ou de um mau humor excepcional — Eddie conseguia convencer ele a cantar "Only Got Myself to Blame". Em dias especiais, fazia o velho mostrar a um novo recruta como cantar uma das composições finais de Mad Dog Walker, um álbum que nunca emplacou, "Nobody's Fault but Mine".

Eddie ganhou queimaduras de sol nos braços e na nuca por ter ficado lá o dia todo. Quando reclamou para How que eles deviam dar protetor solar aos trabalhadores, How gargalhou e disse: Queimado? Vocês são tão pretos que não iam queimar nem com uma erupção solar no rabo. Se quiser, compra protetor lá na loja.

Cento e setenta mililitros de filtro solar genérico custava $12,99. Eddie tentava economizar para comprar, mas Darlene precisava do dinheiro dele com certa frequência e ele dava prioridade a ela e não à queimadura que na verdade nem doía tanto — só ardia quando você encostava nela ou se ela por acaso encostasse em alguma coisa. Ele prometeu usar camisa independentemente do calor, depois que usar camisa parasse de irritar sua pele.

De tempos em tempos, alguma coisa inominável o dominava. Numa noite de junho, já eram oito horas e eles estavam colhendo as Charleston Cross, um tipo de melancia tão grande que How falou que, no México, as mães secavam pra fazer berços. Eddie disse que estava com fome e How prometeu que o trabalho acabaria às oito, mas Eddie sabia que já tinha passado da hora e eles não tinham parado, e ninguém mais tinha reclamado. Oficialmente, ninguém além de How podia ter relógio lá fora. Ainda assim, algumas pessoas levavam relógios escondidos e eles também se baseavam na altura do sol.

Quando era mais ou menos 20h45, o corpo de Eddie parou de funcionar e ele fez uma espécie de pausa natural, sentado nos tornozelos, ofegante, enxugando o suor e a sujeira da testa e dos ombros com as mãos ásperas. Às vezes, como naquela noite, How colocava holofotes no ônibus escolar e iluminava o campo para que o trabalho pudesse continuar indefinidamente. Quando How viu que Eddie tinha feito uma pausa, gritou para que o menino levantasse aquela bunda dali. Apesar da voz dele retumbar pelo megafone, pela posição das fortes luzes brancas, o clarão ocultava tudo. Eddie apertou os olhos, mas não conseguiu enxergar dentro do ônibus. Quando Tuck e TT pediram que How pegasse leve com ele, destacando que eles já haviam trabalhado o dia todo e que Eddie era apenas um garoto, How mandou se foder. Ele lembrou ao grupo que eles não tinham nem de longe batido a meta do dia porque eram filhos da puta preguiçosos, como os veados e as mulheres.

Vamos ficar aqui até quatro da manhã se for preciso, berrou.

Minúsculas gotas d'água pontuaram o nariz e os ombros de Eddie. Ele sempre gostava de tempestade após um dia quente. Ela refrescava a terra e todos os trabalhadores, e dava uma desculpa para que o trabalho ficasse mais lento. Sua chegada lembrou a todos que, quando se tratava do local de trabalho deles, só Deus tinha piedade. E mesmo a chuva misericordiosa, que descia em cascatas por seus rostos e sobrancelhas, cegava a todos. Ela formava a lama que entrava nos sapatos e se acumulava entre os dedos, dificultando ainda mais o término de qualquer trabalho, especialmente à noite. As melancias ficavam escorregadias e, se eles não tivessem luvas de trabalho, que a maioria não tinha, eles as deixavam cair e as machucavam, ou então as partiam por acidente. As quebradas e machucadas exibiam o interior doce e tentador. Eddie e os outros salivavam, mas sabiam que esses pedaços quebrados seriam reservados para a alimentação do gado. A Delicious não queria incentivar os trabalhadores a danificar as frutas.

Por mais duas horas e meia, a chuva caiu feito o esguicho de uma mangueira de incêndio e o grupo teve dificuldade de separar as frutas naquela luz artificial e de atirar aqueles globos enormes para o lado aberto do ônibus escolar. A atmosfera parecia algo saído de um filme-catástrofe: todo mundo cambaleava, tentando ter cuidado para não esbarrar uns nos outros, desesperados para chegar a uma meta que nunca tinha sido especificada, na esperança de que em algum momento eles atingissem um número mágico que então daria fim à provação. Eddie tinha visto e vivido esse fenômeno quase todos os dias; ele tinha deliberadamente expulsado o conceito de tempo da sua cabeça para poder aliviar o sofrimento de esperar pelo fim do expediente.

Vocês deviam ser melhores, How disse ao grupo depois que o trabalho finalmente terminou, pouco antes da meia-noite. Já tão acabados. E olha que vocês só precisam mexer braços e pernas. Não é difícil, na boa. Ele ergueu as mãos perpendiculares ao corpo e deixou os punhos caírem, depois esbugalhou os olhos e deu alguns passos atrapalhados para a frente. Tá tipo *A Noite dos Mortos-Vivos*, disse ele. Com melancia.

Quando Eddie voltou ao galinheiro, sentia como se a chuva tivesse formado um rio dentro da cabeça dele. Pensar no que tinha acontecido naquele dia o deixava com uma raiva que fazia tudo transbordar. Ele olhou para o colchão amarronzado que dividia com a mãe. Ela tinha chegado mais cedo do serviço e se espalhado como se, na ausência dele, quisesse abraçar a cama. Ele reclamou com ela que eles tinham que ir embora já, mas ela não respondeu.

Enquanto esperava na fila do chuveiro, espantando mosquitos e olhando em todas as direções atrás de baratas, ele decidiu matar o máximo de coisas que podia. Ao primeiro inseto gigante que viu, saltou da fila e caiu com os dois pés nele, uma ação que produziu um som desagradável e que fez algumas pessoas se encolherem. Ele ficou de guarda conforme outros insetos apareciam em intervalos irregulares, vez ou outra abandonando o lugar na fila para ir à caça. No lixo encontrou um pedaço de papelão, enrolou numa vara rígida e correu pelo espaço, marretando asas e patas e entranhas nas paredes, nas camas vazias e no chão de concreto.

Hoje você tá todo exterminadorzinho, comentou Tuck de forma seca. Mata tudo, não erra um. Ali. Pega. Maior utilidade pública isso daí. Quando terminar, a gente vai achar que tá no Waldorf.

Apesar da provocação, Tuck encontrou a própria arma de papelão e ajudou Eddie de maneira despreocupada. Eddie, em contrapartida, levara aquela rixa a sério. Quando ele esmagava um inseto, não parava de bater naquele corpo morto até que ele virasse uma mancha com pernas desmanteladas e antenas.

Morre, bicho idiota! Morre!, gritava ele. Então examinava cada carcaça morta e pisoteava como se já não parecesse bem morta, então corria pelo salão para pulverizar o próximo.

Com o tempo, a irritação daquele dia piorou, tornou-se perpétua e se espalhou. Os chefes deram a ele trabalhos cada vez mais exigentes e mais braçais, além dos problemas mecânicos e dos defeitos forjados de computador de Sextus. Então ele se viu trabalhando praticamente todo dia, a semana toda. Tudo virava motivo para ele perder a cabeça. Eddie pisoteava os sanduíches bolorentos de queijo e picles e atirava as frutas podres nas paredes; rasgou um colchão com as mãos; lançou uma galinha campo afora; quebrou o dedo do pé em uma parede de concreto, teve que fazer a tala sozinho com fita adesiva e um graveto e ficou mancando e reclamando até o dedo sarar. Ele fazia quedas de braço tão intensas que quebrou o braço de uma moça, que depois teve que andar por meses com dois galhos quase retos grudados com fita em volta do membro fraturado. Eddie arrancou uma privada quebrada da parede. E jogou um colega de cima de uma colheitadeira em movimento numa discussão. As brigas trouxeram diversos problemas, mas o garoto conseguia se livrar de quase todas as punições na conversa, pois tinha a consideração de Sextus.

Fora a idade, a única coisa que separava Eddie de todos os outros era que ele não tinha se viciado. A mãe viu um dos trabalhadores entregar a ele um cachimbo e um isqueiro certa noite. Ela os tirou da mão dele, jogou o isqueiro para o outro lado do salão e gritou com ele: Não tá vendo o que essa merda te faz?, e Eu não te ensinei coisa melhor que isso?

Eddie respondeu: *Não*.

Então a mãe atravessou a sala, procurando pelas drogas. Ela pegou o isqueiro e deu um trago. Ele a viu se curvar de costas para ele, acendendo e sugando aquele cachimbo e tentando esconder sua atividade de todo mundo que tinha acabado de testemunhar o sermão que ela tinha dado nele.

Quando ele se aproximou, observando como um escoteiro olha para uma fogueira de acampamento, ela resmungou: Faz o que eu digo, não o que eu faço.

Eddie deixou ela lá e foi sentar nos caixotes bambos de leite, entre o restante do grupo. O comportamento de Darlene provou o ponto dela, ele notou. Ela era como a afogada gritando a um suicida em potencial para que não pulasse no rio. Na próxima vez que alguém ofereceu um cachimbo de vidro para Eddie, ele aceitou só para jogar no chão e pisotear como se fosse um daqueles insetos. Mas isso resultou numa briga brutal e ele ficou com ferimentos abertos nos antebraços. E as ataduras de papel higiênico e fita adesiva atraíram mutucas por dias.

Geralmente era How quem punia Eddie por uma infração como a briga — acertava a bunda dele com o cabo do ancinho, nas costas com a cinta de couro ou na têmpora com o cabo da arma. Mas por algum motivo Jackie assumiu a responsabilidade de decidir como fazer ele pagar pela ofensa. Naquele mesmo dia, alguém tinha dedurado Tuck por roubar um pacote de jujubas da loja e Hammer encontrou as balas coloridas no bolso da calça de Tuck antes de o ônibus sair do armazém para voltar ao galinheiro. Já que ele não tinha aberto o pacote, Hammer o devolveu à loja (cinco dólares!) e avisou a Tuck que a punição viria mais tarde, sem dar a ele a menor ideia de quando nem de que forma.

No dia seguinte, Jackie levou Tuck e Eddie, enfaixado, a um campo de milho novo, com Hammer de executor. Jackie levava uma lata de sal Morton na dobra do braço, segurada contra o peito como se fosse um natimorto; Hammer carregava uma pá enferrujada. Eles amarraram os pulsos de Tuck, e Hammer empurrou o velho, além de estocá-lo com a ponta da pá, até que chegassem a uma clareira.

Com seu típico jeito seco, Jackie disse a Eddie: Sua punição é punir ele. Ela lançou um olhar distante e inclemente a cada um deles.

Hammer botou a pá ao alcance de Eddie, esperando que ele a pegasse, mas o jovem ficou apenas olhando para ela como se a pá mordesse. Um pequeno avião zumbiu lá no alto; Tuck e Eddie olharam para cima, esperando por um sinal do mundo lá fora.

Você tem ouvido?, perguntou Hammer.

Eu tenho sim, retrucou Eddie.

Cuidado, disse Hammer, sacudindo a pá para cima e para baixo na frente dele. E aí?

Eddie e Tuck se entreolharam, então Eddie se lembrou do quanto tinha sido fácil amarrar ele no dia que se conheceram, mas o que esperavam dele agora era uma traição imperdoável. Tuck acabara ali por causa dele e ajudou a encontrar a mãe. Eddie devia ajudar Tuck a sair da Delicious. Agora eles não davam escolha a não ser ferir seu benfeitor, e ele não ficaria surpreso se ouvisse que queriam que ele matasse Tuck. Eddie não tinha a menor intenção de fazer nada.

Como não se mexeu para pegar a pá, Hammer agarrou o jovem pelo braço e puxou uma das ataduras, arrancando pelos e pele. Eddie se contorceu, mas Hammer o segurou firme. Jackie posicionou a lata aberta de sal na vertical, acima dos cortes recentes que serpenteavam pelo antebraço de Eddie. Tuck tentou se afastar, mas Hammer alternava cuidadosamente entre segurar Eddie e vigiar Tuck para ter certeza de que o velho não tentaria escapar. Antes que Eddie conseguisse se libertar de Hammer, Jackie sacudiu alguns grãos nos vales vermelhos de carne exposta. Eddie sentiu uma dor mordaz e cambaleou para a frente. Hammer jogou a pá diante de suas passadas instáveis; ela bateu no tornozelo e ele caiu na terra seca e poeirenta, sujando as feridas e borrifando uma nuvem de terra nas ataduras.

Vamos, resolve isso, exigiu Hammer. E segurou a corda entre os punhos de Tuck.

Eddie se ajoelhou lentamente, limpando e soprando a terra dos braços, das roupas e das ataduras. Então ergueu um dos joelhos e pegou a pá, depois se levantou, trêmulo, e a segurou com as duas mãos, adotando a posição de jogador de baseball prestes a rebater, deixando a lâmina balançar para lá e para cá entre as canelas.

Jackie e Hammer lançaram a mesma expressão de impaciência para ele, as pálpebras meio caídas e os maxilares firmemente travados.

A princípio, Eddie golpeou Tuck de leve na coxa e murmurou um pedido de desculpa que esperava que Jackie e Hammer não tivessem ouvido.

Jackie só disse: Mais forte, e Hammer empurrou Tuck para a frente na direção de Eddie.

Tuck cambaleou, mas se manteve firme. Os golpes de Eddie tornaram-se mais fortes e impessoais. Mas Tuck entendeu o recado de Eddie. E cada vez que a pá atingiu-lhe as escápulas ou a parte de trás das coxas ou, por fim, a cabeça e o pescoço; e mesmo quando ele caiu de joelhos ou quando se foi ao chão, ele perdoou Eddie em alto e bom tom. Tá tudo bem, dizia ele, tá tudo bem. Mas logo o perdão de Tuck se esgotou e ele implorou por misericórdia. Por fim, o velho não conseguia mais falar e as pernas cederam. Seu rosto beijou a terra umedecida pelo próprio sangue e ele se debateu como se pudesse rastejar para baixo dela para se proteger, ao passo que Eddie liberava uma raiva despropositada, direcionada tanto para si e sua situação quanto para o corpo indefeso de Tuck.

Eddie viu o amigo alguns dias depois, no campo — talvez estivessem colhendo ruibarbo — se apoiando em um ancinho, um cabo quebrado de pá (talvez aquela mesma que tivesse desferido os golpes, pensou Eddie com um arrepio) amarrada à perna para manter ela no lugar e uma tipoia no braço. Ele imaginou hematomas no formato de cada estado cobrindo o corpo de Tuck.

Eddie se aproximou dele, os olhos quase fechados, enrolando a barra da camiseta nos dedos. Você tá bem?, perguntou ele.

Não, soltou Tuck. Não não não não e não, caralho. Eu *pareço* bem, seu preto?

Ele continuou pedindo desculpas.

Quase me matou. Eu quase quis que tivesse matado.

Como assim? Por quê?

Eu sei por que fizeram, e isso eu não quero nem ver.

18.

Quando Eddie se tornou o faz-tudo oficial, Michelle recrutou o garoto como agente duplo. Ela queria que ele se aproveitasse da confiança dos superiores, então o convenceu a usar parte do tempo para vasculhar os arquivos do computador dos Fusilier e do escritório de Sextus, tentando achar informações sobre o lugar, qualquer coisa que pudesse ajudar as pessoas a encerrar seus contratos e deixar o local. O primeiro plano, disse Michelle, era entender a disposição da fazenda. Eddie passou parte do tempo revirando tudo que pôde, mas nem mesmo um recibo desbotado enfiado num livro velho revelava nada; nem os papéis de carta ajudavam. Ele não encontrou nada que dissesse Delicious Foods. O que ele achou foi uma caixa de papel timbrado de uma empresa chamada Fantasy Groves LLC, que listava caixas postais em várias cidades medianas — Shreveport, Birmingham, Tampa —, nenhum lugar tão interiorano quanto a fazenda. Uma pessoa a quem se referiam como colhedor-sem-limão, que ficava logo abaixo do colhedor-sem-limão-siciliano, disse que tinha visto placas da Louisiana em uma estrada próxima, onde as pessoas de fora pareciam viajar; como diversos tópicos do grupo, aquilo virou assunto de debate interminável. Eddie viu pilhas amareladas de um jornal local da Louisiana na casa, o *Picayune*. Ele reportou essas novidades a Michelle, mas os trabalhadores entraram numa discussão se a presença do jornal comprovava a região. Os brancos na Califórnia leem o *New York Times*, insistiu alguém. Eu já vi eles fazerem isso.

Eddie achou que não adiantava tentar convencer o grupo de uma coisa tão básica, então se concentrou em procurar detalhes dos negócios, registros de pagamentos ou documentos relacionados à folha de pagamentos. A maior parte do que encontrou dizia respeito a consideráveis recebimentos de grandes corporações que compravam alimentos das várias fazendas operadas pela Fantasy Groves LLC. Só de ler os nomes de todas as empresas alimentícias e supermercados que compravam da fazenda em centenas de notas fez sua boca encher de água. Ele nunca descobriu nenhum registro que tivesse algo a ver com os trabalhadores — nenhum talão de folha de pagamento, nenhum documento, nem mesmo uma lista de nomes. Isso fez Michelle suspeitar que a Delicious era subcontratada da Fantasy Groves, nome que ela nunca tinha ouvido. A Delicious era uma empresa anônima de fachada. Sem muita esperança de encontrar pistas em papel, Michelle deu a Eddie o objetivo de descobrir o máximo possível com Sextus.

Por que não pede isso pra minha mãe?, pensou ele em voz alta.

Tua mãe não entende as coisas direito. E, na real, não tô certa da lealdade dela.

Em uma ocasião, depois que Sextus e Darlene voltaram de todas as orações sexuais que eles faziam lá em cima nas visitas de Eddie, o menino pegou alguns papéis da mesa do computador e tentou, sem muito afinco, fazer com que Sextus entrasse numa conversa sobre negócios. Faz ele falar, dissera Michele. Eddie não tinha acabado de trocar o cartucho de tinta e conectar novamente a impressora. Eddie girou na imitação de cadeira ergonômica da sala, Sextus e Darlene esperavam por ele — quietos demais, aparentemente. Sextus acendeu um charuto e se sentou numa poltrona antiga perto da janela, ao lado do ventilador.

Eddie tentou deixar o tom de voz casual. A fazenda tá crescendo?, perguntou. Ele tinha visto uma carta que sugeria que os Fusilier tinham comprado um grande pedaço de terra.

Ah, esses papéis são coisa velha. E você não devia nem ler isso, aliás. Se quiser saber alguma coisa, filho, me pergunta.

A resposta branda e desinteressada encorajou Eddie. Tá bem. Ele esperou um pouco e depois perguntou: Onde estão todos os registros das pessoas da fazenda, o que você pagou pra elas e quanto elas devem? Quanto minha mãe deve? E eu?

Darlene tinha escolhido uma cadeira dobrável perto de Eddie. Ela o tocou no ombro e disse o nome dele de maneira severa.

Sextus, observando alguma coisa lá fora, talvez logo ali embaixo, sorriu e disse de forma gradual: Isso você não pergunta. Ele deu aquele sorriso infeliz. Fumar charuto tinha se tornado uma espécie de ritual pós-visita para Sextus, mas Eddie percebeu que ver ele fumando fazia sua mãe querer usar; ela se inclinava e fixava os olhos no charuto. Ela sempre ia direto para o cachimbo assim que voltavam para o galinheiro. Sextus tentou soprar a fumaça pela janela, mas ela foi pega na corrente do ventilador e voou na direção dos dois. Eddie tentou não tossir, fazendo a tosse soar como um pigarro.

Um longo intervalo se passou, o calor soporífero do dia penetrava os membros e o crânio de Eddie, decidido a transformar ele numa boneca de pano, quase tanto quanto nos dias em que saía com o grupo para cavar, arrancar mato ou colher.

Por que não pode perguntar isso?, questionou Eddie.

Embora não tenha levantado a voz, uma raiva repentina soou no tom de Sextus. Você não pergunta porque não pergunta, porra. Darlene, fala pra essa sua cria fechar a matraca.

A mudança no humor de Sextus assustou e humilhou Eddie.

Eddie — disse Darlene outra vez, sem ousar repetir a frase. O silêncio voltou, Sextus se concentrou na janela novamente, dessa vez em algo distante, talvez um avião.

Tão rápido quanto a raiva havia aparecido, Sextus relaxou as costas na poltrona e adotou a voz carinhosa de um mentor. Ele se virou para Eddie: Talvez seja melhor você saber logo, filho. Uma hora acho que você pode ir pra administração da Delicious. Eu logo vi. Você é jovem e esperto, *quase nunca* faz pergunta idiota, é fera nos equipamentos e tudo mais etc. Você tem um tipo de autoridade em você, coisa que precisa pra manter o povo que trabalha aqui na linha. Já vi como você lida com aquele que canta direto, o blueseiro. Você é bom. Além do mais, não tem problema com o cachimbo, e isso eu não posso dizer da Jackie, por exemplo.

Ela tá pior a cada dia que passa, disse Darlene distraída. Isso é verdade.

How é um bom funcionário, mas é doidinho de pedra, psicótico. Acho que vai acabar indo pralgum outro lugar. Bem da verdade, até queria que ele fosse mesmo.

Sextus se virou para encarar os dois e apagou o charuto no cinzeiro próximo. Só que não vai ser da noite pro dia. Mas se continuar fazendo tudo direito, daqui a pouco vai ter coisa pra você na parte de cima. Só não ser burro, entendeu? Ele apertou os olhos ao falar e Eddie deduziu que ele estivesse se referindo àquelas perguntas de antes.

Não vou ser, senhor, disse Eddie. A ideia de a Delicious se tornar o resto de sua vida fez o estômago do garoto queimar. Mas ele sorriu.

Logo que voltou pro galinheiro, Eddie se sentou na cama de baixo do beliche onde a mãe dormia e desamarrou um dos sapatos esfarrapados. Em questão de minutos, Michelle foi até ele e se sentou do lado oposto da cama, um pouco mais para baixo, provavelmente para poder examinar o rosto dele atentamente e ter certeza de que não estava mentindo, pensou ele.

E aí. Conseguiu alguma coisa?

Não, não muito, murmurou Eddie. Fiz uma ou outra das suas perguntas e ele me mandou fechar a matraca. Eddie achou que não deveria mencionar a oferta de promoção de Sextus, mas pensou nela durante toda a conversa. Michelle o interrogou das perguntas que tinha feito, as palavras exatas que Sextus usou nas respostas, a inflexão das respostas e seu estado de espírito em geral. Eddie não tinha muito que dizer. O fato de que Sextus tomava as decisões sobre quem fazia o que na Delicious parecia importante, porque a empresa não existia no papel. Mas ele não saberia explicar como sabia disso.

Ela pediu mapas outra vez, qualquer coisa que pudesse revelar a estrutura do negócio. Se ele de fato acabasse encontrando novas informações, agora ele se perguntava se tinha um incentivo para guardar tudo para si. Talvez a maneira de sair da Delicious fosse subir de posição sob pretextos falsos, salvar a si mesmo e à mãe, depois voltar para buscar os outros. Ele duvidava que Michelle visse algum benefício nessa tática.

Que charuto ele fumou?, perguntou ela. Você sabe dizer de onde era?

Eddie pediu desculpa por não ter notado e prometeu a Michelle que tentaria se lembrar com mais afinco de todos os detalhes da próxima vez.

O menor detalhe, insistiu ela, pode ser a coisa mais importante.

Enquanto ele lidava com a estranha sensação de decepcionar Michelle e os outros como espião (tinha certeza de que desconfiavam que ele escondia informações deles, embora não tivesse descoberto nada), os Fusilier aumentaram suas responsabilidades. Aos poucos, How parou de mandar Eddie arrancar mato, colher e espalhar fertilizante e pesticida nas plantações, e fez o jovem passar mais tempo mexendo em computadores, aparelhos e motores. Sextus que mandou, disse How.

Vez que outra, Sextus chamava Eddie para tomar conta ou brincar com o filho pequeno, Jed, que recentemente tinha feito quatro anos, o que mantinha Eddie longe da imundície do galinheiro. Os médicos tinham aconselhado Elmunda a não ter a criança nas condições dela, ao que ela respondeu: O Senhor não me deixa ter ele em outra condição. E aí sua saúde piorou. Ela teve uma série de convulsões no parto, depois um derrame. Ela e Sextus recrutaram Eddie de babá vez ou outra, além de o mandar construir coisas. Ele fez uma caixa de madeira com dobradiças para guardar os muitos brinquedos de Jed.

Os administradores, como Eddie percebeu, começaram a tratar o garoto como mascote, como se um menino inteligente e convincente daquela cor os interessasse da mesma maneira que um cachorro cantor, talvez, ou como um cavalo capaz de resolver equações simples. A princípio a troco de brincadeira, Sextus deixou que Eddie se sentasse no trator, mas quando viu a maneira séria com que Eddie pegou o volante e fingiu mudar as marchas, prontificou-se a ensinar o garoto a dirigir de verdade. Eddie ficava satisfeito em receber aquele tipo de atenção paternal vinda de qualquer lugar, embora ao mesmo tempo aquilo o entristecesse e o deixasse raivosamente consciente da ausência do próprio pai. Mas ele aceitava essas coisas assim mesmo, já que a oportunidade de aprender uma nova habilidade raramente aparecia.

De vez em quando Sextus permitia que ele tomasse banho em um dos banheiros do andar de baixo — Darlene já vinha fazendo isso no segundo andar havia algum tempo. Os banheiros de Summerton tinham água quente e sabonete de cheiro fresco; depois da primeira vez ele teve que parar de usar o sabonete, pois quando voltou todos sentiram o cheiro e fizeram perguntas irônicas e ciumentas, exageraram as chances de ele fazer o que quisesse com seu futuro e duvidaram abertamente da lealdade dele para com os trabalhadores. Eles tinham sido menos diretos com Darlene, dadas as implicações de seu tratamento especial. Os Fusilier, por sua vez, pareciam se recusar a deixar Eddie jantar com eles, talvez porque soubessem que ele exigiria que Darlene também fosse, e Elmunda não aceitaria aquilo.

Aos poucos todo mundo concluiu — ou Darlene disse a eles — que os Fusilier tinham decidido preparar Eddie para se tornar supervisor. Apesar de ele achar lisonjeiro que os chefes o tratassem de maneira especial e dessem trabalho que se adequava a seus talentos, se isso significava que eles um dia concordariam em deixar ele sair e permitir que a mãe fosse junto — o único motivo por que cogitava aceitar uma posição tão hedionda — era questão que permanecia sem resposta. Quando Sextus decidiu limpar o velho celeiro e transformar o lugar em uma oficina para Eddie, equipada principalmente com ferramentas de carpintaria que Sextus comprara para si e que nunca aprendera a usar, as intenções da administração viraram conhecimento público — para não dizer uma fonte de constrangimento para Eddie. Mas o desconforto vinha misturado a um alívio silencioso e por certa gratidão pelo tratamento especial. À noite, porém, trancado no galinheiro sob a vigilância do cachorro rouco, e depois de um cachorro mais novo e pior, ele temia que os colegas o retaliassem, apunhalassem ou sufocassem, o que foi um dos motivos para ter concordado em espionar para Michelle.

Era mais difícil negociar o mesmo tipo de acordo com How, Hammer ou Jackie, em especial How. Ele nunca baixava a guarda. Certa vez, na colheita de tomate, por uma série de percalços, Eddie se aproximou mais do ônibus escolar do que de costume, o que significava mais perto de How. O capataz costumava usar camisetas pretas de bandas de heavy metal, por vezes estampadas com pentagrama vermelho e a palavra *Slayer*. Ele cortava as mangas, tornando mais fácil que alguém visse seus flancos carnudos através dos largos buracos. Além da cabeleira preta, braços grossos e uma barba complicada que ele recentemente havia deixado crescer, How tinha uma aparência demoníaca naquela época e uma atitude correspondente. TT disse que, por rancor, How tinha pisado de propósito em um de seus baldes de tomate, e culpado ele pelos frutos danificados. Michelle disse que tinha chutado a coxa dele para evitar seus avanços e que outras mulheres não tinham tido a mesma sorte. Todo mundo via How percorrer uma rota toda especial só para gritar com Hannibal quando achava que ele não estava trabalhando rápido o suficiente. Ele é só um cara mais velho, diziam as pessoas, deixa ele em paz.

Parado acima de Eddie na traseira do ônibus, How olhou na direção dele e, como o serviço tinha apenas começado, ele tinha tempo de sobra para fazer algum comentário. Eddie se preparou para as usuais assertivas raciais e acusações de preguiça. A única coisa que se podia dizer de How era que ele odiava todos os grupos com o mesmo afinco, até mesmo seu próprio povo mexicano. Três minutos após começar a colheita, ele gritou para Eddie.

Completou a tina, Eddie?

Eddie sabia que não devia responder; então ele se concentrou em selecionar tomates no nível adequado de amadurecimento para o transporte — apenas os verdes ou amarelos dessa vez, os que estavam rosados ou amadurecendo ficavam no pé — arrancando sem danificar. Ninguém conseguiria ter enchido a tina àquela altura.

Não? Não consegue encher a tina em três minutos? Ele desceu do ônibus escolar, percorreu o canteiro e se pôs logo atrás de Eddie, que ainda tentava ignorar o capataz. Vou te mostrar. Sai. Com um encontrão, ele lançou Eddie para o lado e botou a tina verde a seus pés. Então ergueu o pulso para olhar o relógio. Seis e quarenta e três agora. Aposto que às seis e quarenta e seis eu vou ter enchido essa porra, senão — senão eu tiro vinte dólares da dívida da tua mãe. Ele estalou os dedos, se curvou, então posicionou a tina de modo que pudesse empurrar com o pé conforme se movia pela fileira. Sai, ele gritou de novo, então Eddie deu um passo para trás.

Ok, vai, gritou How para si mesmo. Tem tempo pra caralho que não faço essa porra, disse ele, já tendo arrancado e guardado três tomates, mas minha infância inteira foi essa merda. Que nem tu! Seus dedos se moviam numa velocidade e numa elegância surpreendentes, como alguém que poderia ter tocado vibrafone de forma excepcional, e ele assentava um tomate contra o outro delicadamente na tina, como se fossem ovos. Cresci no sul da Flórida, disse ele, minha mãe levou eu e minhas irmãs pra lá, e lá eles tavam cagando pra trabalho infantil, daí a gente apostava pra ver quem ia encher os baldes de tomate — a gente era tão burro, achava aquela merda um jogo. Eu fiquei muito bom. Que nem tem criança boa em videogame, saca? Essa merda era meu videogame.

Daí quando eu fiz doze, deportaram a gente e eu entrei pruma gangue em Juárez. Quando eu tinha catorze anos, o líder me botou debaixo da asa dele. Mas aquela merda era muito fudida, cara. Aí voltei pros Estados Unidos sozinho dessa vez, mas tive que dar um jeito no cara que me trouxe pra eu não ficar devendo pra sempre. Depois fui coiote um tempo, mas gosto mais da fazenda. Não precisa ficar se mudando tanto. Não tem tanta gente tentando te matar.

Ele continuou aquela autobiografia distraída até encher o balde de tomates verdes e os dois terem percorrido uma pequena distância pela fileira de plantas. Ele olhou no relógio. Merda, seis e quarenta e sete. Acho que não tenho mais a manhã de antes. E tua mãe não ganha o desconto de vintão! How se levantou, entregou o balde para Eddie, esperou um instante e depois puxou o balde dele.

Tá bobo, é, acha que eu vou te dar crédito por isso? Vai sonhando, filho da puta. Vamos chamar esse lance de treinamento.

Naquela noite, How contou para menos o que Eddie apresentou. Ele fazia isso com todo mundo, mas com Eddie ele mentia descaradamente na contagem.

Peguei cinco tinas a mais que isso aí, disse Eddie.

Tá me chamando de mentiroso?

Não, tô te chamando de ruim de conta.

Ah, vai se foder, soltou How. Não sei matemática, então? Tudo que tu ganha vai praquela cracúda da tua mãe, então por que não vai lá e pega o que acha que eu te devo no armazém, hein? Teus tomates tavam tudo arranhado, tuas unhas tão muito comprida de ficar trabalhando na casa dia sim, dia não. E eu ainda não sei onde foi parar o macaco do caminhão. Mas aposto que tu sabe. Você não caga o computador do Sextus direto pra poder ficar consertando ele em vez de vir pra cá? Olha, nem te culpo. Se eu soubesse consertar aquela merda, também não ia sair de lá.

Para Eddie, interagir com How tinha se tornado tão desagradável quanto as vezes que os colegas o recrutavam na madrugada para matar uma cobra, perseguir um rato ou, então, como da vez que um furão entrou no dormitório, também na madrugada. Durante o tempo de Eddie na Delicious, uma vistoria de How passou a significar só notícia ruim, trabalho extenuante ou uma combinação das duas coisas.

19.

OS LIMÕES ERRADOS

Darlene sabia que o único momento que a administração não parecia querer saber onde tu tava e como te levar de volta assim ó era quando te levavam pro armazém nas sextas e terças te deixando vagar por ali. Michelle dizia que deixavam a galera passear nessa hora porque o armazém ficava bem no meio da fazenda então a chance de que tu sozinhão saísse da propriedade vivo era tão pequena que eles tinham essa confiança toda. Ninguém tinha visto mapa nenhum então ninguém sabia mas ela disse que tinha deduzido isso de ouvir How e Hammer falando. Se tu sumisse do armazém era quase certeza que voltava pra onde tinha saído ou que ia morrer num dos cinco zilhões de perigos no caminho pra liberdade. Michelle tentou montar de cabeça um mapa baseado em pra onde tinham levado ela pra serviços diferentes e nas coisas que geral falava de onde as coisas ficavam mas ela nunca tinha certeza. Michelle tava sempre pedindo pro Eddie descolar um mapa no computador do Sextus mas só rolou um mapa dos Estados Unidos — Pelado, disse ele, sem estados sem nomes tudo verde e marrom das montanhas das planícies e dos rios.

Darlene nunca contou pra ninguém nem pra Michelle que era quase certo que Sirius B tivesse escapado da área e que sabe-se lá como tivesse conseguido sair. Ela nunca sabia o quanto confiar nas pessoas e acho que convenci a mina de que os outros iam dedurar se ela falasse demais. Eu curtia estar ali e queria ficar. Pra mim aquele lugar era igual àqueles churrascos que tu nunca pode sair porque leva três horas pra se despedir de cada filho da puta que tá lá. Olha teu primo Tyrone acabou de chegar! Darlene tava sempre falando um monte de merda pro Eddie do quanto queria cair fora de lá *pra caralho* mas ela nunca botava nenhuma ação pra valer naquelas palavras. Aquela enrolação de merda começou a dar nos nervos do Eddie.

Mas toda vez que Darlene ia no armazém ela fazia uma visita especial praquele riacho lá onde tinha a galeria de esgoto que Sirius usou pra desaparecer. Ela pensava no que tinha acontecido com ele e como ia sobreviver ao que quer que tivesse acontecido mas agora ela meio que tinha certeza que o maluco não tinha sobrevivido. Às vezes ela descia até a abertura da galeria e olhava lá pra dentro batia papo com aquela coisa. Aquele círculo de concreto era tão baixo que não dava pra entrar a não ser que tu se curvasse e também não era só uma passagem subterrânea. A parada virava um túnel escuro bem rápido e não dava pra ver pra onde a porra ia. Ela sabia que Sirius tinha desaparecido ali dentro e supôs que se ele fosse voltar pra resgatar a galera ia voltar por aquele mesmo tubo. Ele tinha contado pra ela sobre os buracos de minhoca no espaço sobre como tu passava por aquela merda e saía longe pra caralho de onde tinha entrado e às vezes quase sempre quando eu e ela tava na farra ela imaginava se Sirius tinha feito alguma mágica louca de física e se teletransportado pra Nova York por aquele troço.

A galeria se transformou num altar pra Darlene e eu e a gente tinha encontros daora e ela contemplava o sentido da vida e tudo mais só que a vida não tinha muito sentido pra Darlene além de euzinho. Ela queria que Sirius voltasse mais porque precisava dum aliado não porque achava que ele fosse um salvador ou tipo isso. Às vezes Eddie vinha junto mas ele tava ficando velho e com raiva e não queria mais passar tanto tempo com a gente. Os adolescentes ficam assim. Acho que a gente podia afastar as pessoas também por causa das piadas internas e da dança do cérebro e tal. Eu falei pra mina que ela devia parar de empatar meu rolo com o Eddie mas ela teimava nesse ponto. Fiquei puto. Num certo nível achei essa merda ofensiva. Queria saber por que ela achava o melhor amigo dela tão mau pra não querer que o filho me conhecesse tá ligado? Se alguém gosta de mim eu gosto dele em dobro. Eu adoro atenção. Darlene deu um piti quando Eddie começou com cigarro aos quinze — quer dizer ela até *começou* a falar alguma merda mas Eddie calou a boca da mãe numa olhada como se ela fosse uma barata que ela não tinha direito de dizer pra ninguém o que fumar e o que não fumar.

Por causa da parada do bueiro eu falei pra ela que quando os desgraçados passam a vida toda procurando uma coisa só dum lado só alguma merda vem pelo outro lado. Então um dia Darlene e eles foram pro serviço no pomar dos cítricos. Parecia que era sempre no serviço dos cítricos que eles botavam os filhos da puta quando não tinham mais nada pra fazer ou se eles tivessem muito loucos de droga. Nesse dia eles tavam lá nos limões. Hannibal que já tinha trabalhado em fazendas grandes antes da Delicious achou que talvez eles tivessem plantado o tipo errado de limão. Ele disse: Tá vendo os espinhos? Isso aqui é limão galego, e limão galego não dá muito longe da Flórida. Então quem sabe a gente não teja na Flórida? Fora que é abril. Não dá pra entender esse pessoal.

Naquela manhã Darlene pensava que o estoque dela de mim tava no final daí pegou um pouco emprestado com TT mas depois ela botou as mãos no bolso e achou uma pedra de tamanho legal e fumou ela também. Tu pode dizer que eu e ela começamos a dançar um tango do cérebro bem ali.

Ela subiu na escada de cinco degraus só que não encontrou nada naqueles limoeiros nem sombra de limão mas todo mundo sabe que quando tu tem supervisor que espera ver trabalho é melhor fingir que trabalha. A gente decidiu dançar pra balançar os galhos e quem sabe pra derrubar um limão mas mais porque a gente queria provar que tinha alguém ali naquela árvore tentando catar fruta. E Darlene podia ver o bosque todo por cima das árvores até a parte longe daquela estrada onde How tinha estacionado a van. Ele tinha parado num pomar diferente a uma distanciazinha dali. Darlene continuou sacudindo os galhos mas não descolou limão nenhum e ainda se arranhou toda nos espinhos. Na cabeça dela a gente começou a dançar aquela sonzeira "In the Bush" dos tempos de discoteca. *Cacete* como a gente tava louco — tu sabe que tá doido quando tu tá curtindo com Scotty e Scotty tá tão doido quanto tu. Ela começou a cantar *Are you ready? Are you ready for this? Do you like it? Do you like it like this?*[1]

Daí Darlene viajou que tinha visto um carro branco que não reconheceu descendo uma estrada de terra que ela nem sabia que existia. Ela se ligou que podia correr até lá sem ninguém ver e chegar lá bem a tempo de parar o carro. Ela meio que tava pensando que tava entediada e que queria contato com gente de fora não que queria ir a lugar nenhum. E depois podia contar pro Eddie que tentou dar no pé não funcionou e talvez isso calasse a matraca dele. Ou se o motorista fosse uma pessoa boa e não um serial killer nem um Fusilier ela podia botar Eddie no carro e podia zarpar com eles sair da Delicious como ele tanto queria agora que achava que era adulto. Ela acenou tentando fazer sinal pro sedã então desceu da escada. Darlene não queria ir embora da Delicious de verdade só queria *poder* cair fora e isso além da ideia de poder contar pro Eddie botou ela pra correr.

Quando Darlene chegou do lado da estrada ainda via o carro vindo. Não era nenhuma miragem. Ela tentou não fazer barulho porque sabia que How ia ouvir e vir atrás dela então o mais quietinha que pôde ela levantou e agitou os braços pra frente e pra trás e meio que perdeu o equilíbrio. Por um segundo ela pensou em saltar na estrada pra ter certeza que o carro não ia passar direto mas aí ela viu ele diminuindo. Ela saltitou até lá pela grama seca na lateral da estrada pensando em como ia explicar praqueles branquelos lá dentro o que queria deles.

---

1 Você tá pronto? Tá pronto pra isso? Você curte? Você curte desse jeito? (NT)

O carro parou na mesma grama onde ela tava e a janela do motorista abaixou. Aquilo fez ela lembrar de quando fazia programa. Ela procurou a marca do carro e sorriu quando viu um monte de estrelinhas e a palavra *Subaru*. Ela lembrou da estrela que Sirius tinha falado a que era diamante. Ela pensou: Talvez seja verdade.

Quando chegou à janela do carro ela viu um branco de barba por fazer e óculos de aro grosso sentado no banco do motorista e um cara pesadão no banco do passageiro ele tinha uma caixa eletrônica e um microfone no colo.

O primeiro cara pôs a mão pra fora da janela pra Darlene apertar e disse: Meu nome é Jarvis Arrow e somos do *Chronicle* — como se o *Chronicle* fosse alguma coisa famosa que a gente tivesse que ter ouvido falar antes como se alguém falasse Sou do *Sanduíches*, ou Sou do *Dinheiro*. Ele perguntou: Você é uma das trabalhadoras da Delicious Foods? Nós gostaríamos de saber se você nos daria uma entrevista, é pra uma reportagem em que eu tô trabalhando. Ele apontou pro outro cara. Esse é o Frankie, ele tá gravando o som. Frankie acenou com os dedos. Jarvis tava com uma câmera de vídeo portátil no colo; Darlene deu uma espiada cautelosa nela e Jarvis disse: Isso é pro caso de eu decidir fazer um documentário.

Darlene apertou a mão de Jarvis e aí seus olhos passaram pro banco de trás porque ela tava pensando em entrar e só *ir*. Mas de todos os malditos carros da estrada esse aqui tinha que ser duas portas e não quatro então ela não podia decidir sozinha bem rápido e convencer os malucos à força. E aí o que Eddie ia fazer?

A letra da música que a gente tinha cantado ainda tava na cabeça dela e a gente ainda tava dançando no cérebro. Meio que deixando sair sem querer ela disse: *I want to do the things you want to do, so baby, let's get to it, do it*[2]. Aí ela riu.

Tudo bem, então?, perguntou Jarvis. Ele franziu o cenho parecendo confuso então desligou o carro. Frankie saiu carregando o equipamento de som e depois de ver se não tinha trânsito foi até a

---

2   Quero fazer o que você quiser, então baby, vamos começar, vamos fazer. (NT)

traseira do carro e pôs o equipamento em cima do porta-malas. Darlene olhou por cima do ombro pras fileiras sem limão e não viu nada mas ela sabia que isso não queria dizer que tava de boa. Ela ainda tava atucanada que ia ter que comparecer sexualmente se quisesse convencer os caras a tirar a galera de lá.

Jarvis saiu do carro e perguntou o nome e as informações básicas dela depois Frankie entregou o microfone pra ele e ficou mexendo naqueles botões. Darlene não tinha lá muita informação sobre o que seria básico então falou qualquer merda. Ela insinuou o quadril pra cima de Jarvis mas ele se afastou pra uma distância confortável sem fazer nenhum comentário tá ligado?

Ele disse: Você pode me dar uma ideia geral das condições de trabalho na Delicious Foods?

É bom, disse ela forçando um sorriso. Foi aí que a gente se ligou que aqueles filhos da puta deviam trampar pros Fusilier na vida real tipo eles tinham armado aquela merda toda daí ela disse: Quer dizer, é ótimo! Acho que é ótimo. E se não for é por culpa minha sabe. Igual fala na música só tenho a mim mesma pra culpar. Assinei o contrato então — deu de ombros. Meu filho e eu trabalhamos aqui... é um negócio de família... gente religiosa... então isso é bom. Preciso pagar minha dívida toda de volta que eles me disseram que tá lá em cima, além do mais o livro diz que você precisa pensar positivo pra ter coisas positivas. Eu admito que nem sempre pensei coisas de natureza positiva então talvez isso demore um pouco. Ela tava com dificuldade de se concentrar no que tava dizendo.

Então, como é que são as condições de vida aqui? Ouvimos alguns boatos. Um sujeito chamado Melvin Jenkins nos contou coisas chocantes. Por acaso conhece ele?

Não, não conheço ninguém chamado Melvin... Os dois se entreolharam; parecia que o mano tava esperando ela falar mais. *So baby, let's get to it*[3], disse ela.

---

3   Então, baby, vamos começar. (NT)

Jarvis virou a cabeça por um segundo e depois perguntou: As condições de trabalho e de vida aqui são justas? Você é bem alimentada? Ganha bem?

Darlene não quis responder nenhuma daquelas perguntas pela vergonha que sentia um tipo de vergonha que ela nem teria percebido se ele não tivesse pedido pra ela falar as realidades pro mundo. O jeito mais rápido de sair daquela parada era seduzir ele e aí eles podiam entrar no carro. Eu nem ligava tanto por mim ficava mas sabia que dona Darlene não ia mais pra lugar nenhum sem mim. Eu achei que talvez se a noia fizesse uma dancinha e ele ouvisse ela cantar aquilo podia fazer o mano tirar a máscara de repórter puritano daí ela começou a cantar *How 'bout if we could go push push in the bush?*[4]

Jarvis compartilhou um olhar assustado com Frankie. Ele saiu do caminho de Darlene. Senhora, estou tentando conduzir uma entrevista aqui. A senhora está bem?

Darlene coçou a barba rala de Jarvis e continuou dançando. *You know you want to go push push in the bush. Get down get down do it do it.*[5] Eu e Darlene rachamos o bico.

Naquela hora passos soaram pelas fileiras de árvores cítricas bem na direção deles através da grama e das folhas secas. Darlene pegou a maçaneta do carro mas tava trancada então ela cambaleou pra trás. Quando parou de cambalear os ombros dela caíram num negócio duro que podia ser um toco de árvore mas eram as botas brilhantes de caubói de How. Aqueles dedos gelados de salsichão levantaram ela pelos sovacos e puseram ela pra trás dele. Ele marchou até lá pra ficar bem na frente de Jarvis e Frankie.

Olá, senhor, disse Jarvis, levantando o microfone e estendendo a mão pro How apertar. Estou entrevistando os trabalhadores da Delicious Foods.

Não tá não.

Hã, sim, estou. Sou do *Chronicle*. O, é, *Houston Chronicle*.

---

4 Que tal se a gente fizer um rala-rala na moitinha? (NT)
5 Você sabe que quer fazer rala-rala na moitinha. Desce, desce, vai, vai. (NT)

Que que é isso, um jornal?

Jarvis disse: Sim. Tem uma circulação de...

Não leio. E sinto muito, não estamos falando com a imprensa no momento.

No momento? Quer dizer, agora? Bem, quando...

Não, quero dizer nunca. Ele pegou o microfone da mão do Jarvis, arrancou o fio e jogou aquele troço na estrada levantando uma nuvem de poeira. Daí de algum lugar lá dentro saiu um berro estridente de demônio. Agora some da nossa *propriedade privada!* Ele pôs as mãos nas costas e Jarvis e Frankie sacaram a mensagem. Talvez eles tivessem visto que ele tava armado e prestes a transformar os dois em peneira.

Frankie correu pra estrada tentando resgatar o microfone. Então jogou no banco de trás com o gravador e entrou no lado do passageiro. Jarvis se abaixou e pulou pra atrás do volante. E aí aqueles dois filhos da puta já tavam a um quilômetro dali os pneus tinham deixado um rastro fundo na grama ali do lado da estrada.

Num golpe tipo de kung fu How trocou a mão da cintura de Darlene pro pulso dobrou o braço dela pra trás igual a uma asinha de galinha e empurrou ela pruma parte dos pomares onde ninguém pudesse ver.

Qual o seu problema, caralho, disse. Ele deu uns pedala nela pra ela andar. Quer que o mundo saiba que você é uma piranha cracuda? Quer foto no jornal como puta?

Eu não sou... disse Darlene antes de How empurrar a mina no tronco duma árvore.

Um galho arranhou o braço e o rosto dela abrindo linhas pontilhadas de sangue e ela bateu a cabeça na árvore. How puxou ela pra cima pelos cotovelos. Quando a mina ficou de pé de novo ele botou a mão pra trás e tirou a Magnum das calças. Ele mexeu os dedos como se fosse pegar o cano e enterrar a coronha no lado da cabeça de Darlene mas quando ele girou o tronco tentando pegar impulso a noia cobriu a boca pra conter a risada. A troca de olhares que tinha acontecido fez a gente eu e Darlene explodir numa gargalhada histérica e aposto que foi por isso que o How continuou dizendo que ia dar motivo pra ela rir.

Darlene ficou tentando dizer que não tinha falado nada pro cara que tinha dito como era ótimo lá na Delicious mas não adiantou e ela parou de falar. Era óbvio que o que ela disse não importava tanto pro How quanto Darlene ter ido até lá e falado com gente de fora. Ele gritava que ela sabia que era contra as regras se afastar dos limões em primeiro lugar e que também não podia falar com nenhuma pessoa aleatória que aparecesse de carro. E se eles oferecessem trabalho em outro lugar? Ou se te levassem pruma daquelas outras fazendas onde te tratam mal? Ele perguntou quanto tempo ela trabalhava na Delicious como se os dois não soubessem quanto tempo.

Igual ao TT o povo começou a sair do meio das árvores pra ver o que tava rolando porque tinham ouvido alguém gritar e apanhar. Darlene também ouviu e por um segundo se perguntou de onde os gritos vinham. Ela disse pra si mesma: Alguém precisa calar a boca dessa gritona mas aí ela percebeu que os gritos eram da boca dela mesma.

Enquanto How socava e chutava e os hematomas se formavam nas costas peitos e pernas da noia os olhos inchando e a boca sangrando Darlene fez questão de pensar positivo. Ela ficou pensando na bênção que era ter alguns dentes a menos e não ter botado outros no lugar. *Eu me sinto abençoada,* disse pra si mesma. Sua sorte fez ela rir mais apesar disso ter jogado um punhado de terra em volta da língua fazendo a maluca tossir e cuspir tudo pra fora com sangue. *Muito abençoada.*

O motivo dela ter começado a rir foi que ela lembrou que conhecia sim um Melvin. Melvin Jenkins. Era o nome verdadeiro do Sirius — e isso significava que o filho da puta tinha conseguido. Aquilo além de mim impediu que a sensação da surra que ela tava levando do How fosse tão ruim quanto ele queria. Apesar dos ferimentos ela agora tinha confirmado que Sirius havia escapado da Delicious e voltado pro mundo real. Ele podia mandar gente que descobrisse um jeito de salvar qualquer um que não quisesse ficar ali e ela ia ter uma chance de fazer alguma parada diferente na vida como Eddie. Mas por que ele ainda não tinha vindo?

Eu me liguei que Jarvis gravou a voz da Darlene na fita aquele dia e que mesmo que ele não tivesse conseguido nada pra reportagem ele foi pra casa e tocou a fita pro Sirius naquela noite. Não tanto pra ele ouvir Darlene mas pra ouvir How. Mas Sirius ia ficar putaço quando ouvisse Darlene porque ele tinha certeza que depois de seis malditos anos Darlene e os outros iam ter dado um jeito de cair fora da Delicious.

Mas ele não ia ouvir só que ela ainda tava colhendo nada no pomar dos cítricos por dinheiro nenhum e dívidas altas parecia que o filho dela tinha se unido a ela lá também e que ele tava fazendo aquele mesmo ciclo interminável de trampar gastar tudo e acumular dívidas. E Sirius sabia que se tu ficasse doente igual àquele cara que eles diziam que tinha sido mordido por jacaré tu não ia pro hospital tu só tinha que dar teu jeito rápido de voltar a trampar sem um pedação da perna. Porque senão eles te levavam pralgum lugar e contavam pra todo mundo que tu tinha ido pro hospital mas ninguém ia saber na real. Talvez só te jogassem em algum lugar e tu morresse desidratado ou quem sabe o jacaré voltasse pra comer o resto. A Delicious ia atirar no jacaré e vender pruma empresa de bolsa. Eles vendiam o teu couro também se o jacaré deixasse sobrar alguma coisa no osso.

20.

FAZENDO NADA

Eddie estava em Summerton, sentado, contemplando o estranho funcionamento do lugar enquanto se concentrava em reparar o sistema operacional do PC de Sextus. Ou talvez só ligar de novo na tomada. Depois disso ele devia consertar a porta do micro-ondas e instalar as prateleiras que tinha construído e pintado e que logo fariam parte de seu espaço de trabalho.

Ele tinha acabado de desparafusar a parte de trás do PC de Sextus, então pôs os parafusos em uma tampa de garrafa na mesa, depois puxou os componentes internos para fora até a metade, soprando a poeira dos circuitos com uma lata de ar comprimido. Então ele recebeu a notícia de que How tinha uma missão importante para ele. Eddie nem precisava mais se perguntar por que How não podia pedir a outra pessoa; todo mundo sabia que ele selecionava os piores trabalhos e os reservava para jogar aleatoriamente em cima de Eddie assim que surgisse uma oportunidade.

Ao que parecia, How precisava ver o garoto no celeiro que ele insistia em chamar de *a* oficina, e não de *sua* oficina. Ele esperava do lado de fora quando Eddie chegou, os braços cruzados sobre a camiseta manchada, como se Eddie tivesse levado duas horas em vez de quinze minutos para ir até lá. Mesmo não tendo relógio, ele cutucou o punho quando Eddie se aproximou, sinalizando sua irritação pelo garoto não ter chegado rápido o bastante para o gosto dele. Ele tinha um cigarro aceso entre os dedos.

Eddie disse: Desculpa, de maneira pouco convincente.

Desculpa o quê?, How sugou o cigarro e soprou a fumaça na direção de Eddie com desdém.

Desculpa, *senhor*.

Ainda não tá ótimo, mas melhorou. Ele riu, apontando para a porta ligeiramente aberta. Entra aí. Tenho um pequeno assunto de disciplina pra você dar conta.

Eddie se aproximou da porta de modo hesitante. Punição nunca foi responsabilidade sua, exceto aquela vez que How o castigara fazendo com que espancasse Tuck. Ele não gostaria de uma nova experiência como aquela, nem queria dar a How a impressão de querer isso regularmente. A porta deu um guincho agudo quando puxou ela para a frente.

Levou um tempo para seus olhos se ajustarem à luz, mas quando aconteceu ele viu um corpo caído no chão cheio de feno, não muito longe de onde tinha fixado as prateleiras na noite anterior, organizadas em fileiras sobre recortes de lona plástica. A pessoa estava viva e claramente tomada por uma dor considerável, se contorcendo e gemendo de maneira débil, fazendo força para tirar a mordaça da boca. Eddie voltou e escancarou a porta para entrar mais luz. Quando olhou para fora, How fez contato visual com ele; uma risada abafada troou em seu rosto. Confuso, Eddie voltou para dentro e avaliou melhor a pessoa no chão.

Debaixo de todos aqueles hematomas e lacerações, e por trás dos olhos inchados, reconheceu a mãe.

Meu Deus... Mãe, o que aconteceu?

A cabeça do menino se encheu de sangue e seus pulmões congelaram quando ele se aproximou dela. Sentiu as pernas cedendo, então aproveitou para se ajoelhar ao lado dela. Ele procurou por um pano que pudesse umedecer para limpar os ferimentos ou remediar os hematomas arroxeados que se espalhavam por toda a pele de Darlene. Acabou encontrando um ali perto que não estava completamente imundo, então ficou de quatro e estendeu o braço por cima dela para pegar. Com o canto mais limpo, removeu o máximo que pôde de sangue seco dos lábios rachados e inchados dela sem reabrir nenhuma ferida. Delicadamente, retirou a mordaça.

O que eles fizeram?

Ah, querido, não se preocupa comigo, isso não é nada. Os lábios e os costumeiros dentes faltantes atrapalharam a fala dela, mas ainda assim ela tentou soar casual. Olha pra você, todo preocupado comigo, brincou. Que gracinha. Ela gemeu e contorceu o tronco.

Tenho boas notícias, disse ela.

Mas o que eles fizeram?

Deixa o que eles fizeram pra lá. A única parte de mim que eles conseguem machucar é meu corpo.

Mãe, você tá na pedra, não tá?

Eles devem achar que eu vou bater as botas ou algo assim. É por isso que How deixou eu te ver? Ela conseguiu soltar um bufo no lugar da risada. Talvez eu já teja morta até.

Ele quer que eu te dê algum tipo de castigo.

Os olhos de Darlene quase fechados se arregalaram o máximo que puderam e ela tossiu. Esse pessoal da Delicious tá maluco. Tudo que eu queria era um emprego bom.

O que você disse de boas notícias?

Disfarça! Ele tá atrás de você, murmurou ela.

Desconfortável com a ideia de ficar de costas para o sujeito, Eddie se virou e levantou para encarar How. O jovem permaneceu em silêncio, fitando, tentando empurrar How para o chão com o olhar, ainda que esperasse pela explicação oficial.

Devia tá colhendo limão, mas saiu correndo pela estrada e falou com um cara dum jornal aí. Daí eu comecei com ela, mas vou pegar um saco de torresmo, então preciso que você continue. Olhando aleatoriamente pelo espaço ao redor, How entregou a Eddie uma plaina de madeira e uma goiva. Vai, disse. Precisamos dar o exemplo. Ele riu — Será que ele esperava que Eddie levasse a sério? Parecia mais uma tentativa de piada infeliz.

Tudo bem, disse ele.

Eddie pegou uma ferramenta em cada mão e virou ambas para que os cabos ficassem voltados para fora. Ele desconfiava que How, ou até mesmo Sextus, tivesse algum tipo de teste em mente — a respeito de sua crueldade, de sua lealdade à empresa, de sua disposição para seguir ordens. Eddie se perguntava se eles achavam que ele se aproximava do tipo de monstro que executaria tal tarefa sem hesitar, depois cogitou o que uma mãe teria que fazer para merecer um tratamento desses do filho e aí, de maneira mais perigosa, que talvez sua mãe tivesse feito uma ou duas coisas daquela lista, mas que isso não tinha a menor influência no fato de ele poder ou dever levar as ordens adiante. No geral, ele sentia que ela precisava muito mais da ajuda dele do que ele precisava de ajuda para equilibrar a relação. Jamais houve uma única dúvida sobre se ele faria o que mandaram; nem um único nervo de seu corpo se contorceu na direção do cumprimento daquela tarefa. Além do mais, que torturas bizarras How esperava que ele inventasse com uma plaina e uma goiva?

Ocorreu a Eddie que o cara não tinha tantos compartimentos na caixinha emocional. Ele havia estimado os humores de How no passado, esperando se surpreender, mas só via How expressar um leve prazer diante do azar das outras pessoas, como havia acabado de demonstrar, ou uma raiva ardente, em fusão, que podia muito bem ter subido por seus pés vinda diretamente do Diabo em pessoa.

Eddie pensou que How estivesse prestes a sair de novo, então se virou e se ajoelhou ao lado da mãe.

Você conhece as regras, mãe, disse. Ou não conhece?

Ele pôs a plaina de lado, levantou a goiva, então abaixou de um jeito que errou o corpo dela e fez o objeto se alojar no chão de terra; e ele fez isso várias vezes, exagerando o movimento dos ombros e cotovelos. Darlene entendeu o plano dele na hora e ofereceu uma variedade de gritos e gemidos dolorosos para ajudar a fazer os ferimentos parecerem reais. O corpo de Eddie bloqueava a trajetória real da ferramenta da vista de How, então essa apresentação teatral aparentemente funcionou, satisfazendo o supervisor o bastante para que deixasse escapar um grunhido que parecia expressar sua emoção mais fria. E provavelmente convencido de que tinha minado a força de vontade de Eddie e exposto o tamanho da ambição do garoto. Encorajando Eddie a continuar, How saiu do celeiro.

Depois que os passos de How diminuíram, Eddie, ainda ajoelhado ao lado da mãe, tentou encontrar maneiras de deixar Darlene confortável. Dobrou retalhos de lona e colocou atrás da cabeça dela no chão, fez uma tala para o braço quebrado, com um misturador de tinta amarrado com barbante. Ele encontrou um pequeno frasco de vaselina e usou como pomada nos muitos lugares em que ela precisava, alguns ela até insistiu em se besuntar sozinha. Enquanto ele cuidava dos ferimentos, ela soltou uma história desconexa de Jarvis Arrow, tentando contar a Eddie que Sirius tinha conseguido sair e voltaria para buscar e levar os dois dali.

Os ferimentos, seu estado de espírito inquieto e Scotty, lógico, tinham prejudicado a habilidade de Darlene de articular o que tinha acontecido, então o filho prestou apenas um pouco de atenção. Scotty nunca saía do lado dela, nem quando — não, especialmente quando — tantos problemas caíam na cabeça dela ao mesmo tempo. Ela parecia maravilhada, como alguém em conversão religiosa, e aquilo deixava a história ainda mais difícil de ser esclarecida. Ela dizia: Ele tá vindo, Ele tá vindo, e Sirius tira a gente daqui, mas aquilo soou para Eddie como *Sério, tira a gente daqui*. Eddie não se lembrava de Sirius, ele só tinha ouvido falar dele por Darlene e pelo resto do grupo. Para Eddie, Sirius B parecia o tipo de lenda nebulosa que os fumantes inveterados tinham inventado para terem esperança, uma figura quase tão irreal quanto Papa Ghede.

Mesmo que Sirius parecesse real para ele, Eddie continuava cético a respeito de toda aquela bobajada cósmica que diziam que Sirius falava — nuvens espaciais em formato de caranguejo e cabeça de cavalo, um diamante maior que o sol —; para ele, aquilo parecia o tipo de merda de faz de conta que os craqueiros diziam noventa por cento do tempo. Quando ele ouviu as alegações semiconscientes de Darlene, através de lábios inchados, feridos e ensanguentados, de que Sirius estava vivo e vindo para buscar eles todos, aquilo pareceu a mistura de uma oração confusa e um hino negro sobre Jesus, em que uma carruagem descia do céu para resgatar as pessoas. E ele não considerou o que ela balbuciava nem de longe tão urgente quanto os ferimentos. Ela divagava como uma psicótica e, apesar de Eddie ter um excesso de paciência com a insanidade dela, ele já tinha ouvido delírios demais no passado e aprendido a não dar ouvidos. Então se concentrou em manter ela calma para que o corpo pudesse se curar.

Alguns minutos depois da respiração arrefecer, Darlene recostou a cabeça — sinal de relativa estabilidade — e ele se levantou para averiguar se poderiam sair. Ele empurrou as duas portas do celeiro e descobriu, sem surpresa, que How tinha trancado os dois juntos e passado uma corrente pesada através de um buraco de cada lado. Ele devia ter feito aquilo com cuidado e em silêncio, porque Eddie não se lembrava de ter ouvido nenhuma corrente balançando e nenhuma porta se fechando, mas ele também não tinha se concentrado em nada a não ser na mãe durante um tempo.

Mais ou menos uma hora se passou. Depois que Darlene parou de tentar falar tanto e pareceu moderadamente confortável, acabou caindo num sono leve. Eddie sabia que ela não ia dormir por muito tempo e que, quando acordasse, ia sentir uma vontade louca de fumar. Ele achava que podia conseguir droga para ela na próxima ida ao armazém, mas ele não sabia quando isso ia acontecer.

Depois que a respiração da mãe normalizou e os bíceps pararam de se contrair, ele devolveu a plaina e a goiva ao seu lugar de direito, junto das demais ferramentas de carpintaria, e examinou as prateleiras que pretendia instalar. Era melhor trabalhar nelas, para que ao menos terminasse algumas das tarefas atribuídas a ele naquele dia. Era como se o resto do dia fosse uma espécie de janela suja; e o trabalho, o trapo com que ele limparia tudo para que pudesse ver com clareza. De tempos em tempos ele olhava para Darlene, para ter certeza de que nada tinha piorado, mas permaneceu concentrado em montar as tábuas.

Quando ouviu vozes na trilha, Eddie deduziu que How tinha voltado com alguém e que logo iria desacorrentar a porta. Ele parou de trabalhar nas prateleiras, guardou as ferramentas e foi até o centro do recinto, posicionado entre a mãe e as portas do celeiro, que se abriam lentamente.

As correntes balançaram e se soltaram, afrouxadas nos buracos que alguém tinha feito na porta para fazer a tranca. Uma das correntes ganhou impulso, sendo lançada ao chão como uma cobra fugidia. Quando Eddie ergueu o rosto, seus olhos encontraram os de How. Sextus estava parado logo atrás, mais à esquerda, as mãos nos quadris e um sopro de vento levantava uma mecha dos cabelos grisalhos e sedosos dele. Sextus fez uma careta, como um mecânico observando uma batida de carro e se perguntando quanto ganharia com a sucata.

Alguma coisa não parecia certa — How parecia bem. Suas íris castanhas brilhavam, a cor fluía em suas covinhas bronzeadas. Será que essa era a emoção número três? Parecia que ele tinha mandado um irmão mais novo e mais bonito em seu lugar, não aquele cara suado que conduzia as colheitas de melancia até tarde e forçava os trabalhadores a colher frutas cítricas inexistentes. As laterais ásperas do cabelo cintilavam como o pelo de lontra; seu sorriso maldoso estava tão largo que ele parecia uma pessoa descobrindo que sua missão na vida era ajudar ao próximo.

Os três ficaram parados ali como as últimas peças em um jogo de xadrez. Com uma carranca, How respirou pela boca de um jeito que parecia que ele roncava alto, a traqueia se agitando dentro dele. Seu botão mudou para a segunda emoção.

Você não fez nada, não é? Eu pedi pra você fazer coisas e você não fez nada. Ela ainda tá deitada ali na mesma posição em que você deixou. Eu não falei o que era pra fazer?

Falou. Eddie achou que não chegaria a lugar algum assinalando para How que Darlene era sua mãe e que as pessoas não torturavam as próprias mães. No mundo da Delicious Foods, no entanto, a obediência vinha primeiro; todo mundo tinha que se submeter a um sistema absurdo de leis que não tinham a ver com justiça, lógica e nem mesmo com maximizar os lucros da empresa — parecia que os administradores inventavam as regras só para poder aplicar essas leis, para que os funcionários fossem obrigados a seguir as regras por puro sadismo, sem qualquer incentivo além de seguir obedecendo.

A defesa de Eddie escapou da boca mesmo assim. Ela é minha mãe.

Ah, sério? Não sabia!, debochou How, de volta à emoção número um. Espera, deixa eu me perguntar: Eu me importo? Não, acho que eu tô pouco me fodendo pra isso. Ele virou o rosto e se dirigiu a Sextus. Dá pra acreditar? Sem esperar por resposta, ele se virou de novo. Sextus olhou para How com um leve desconforto, o rosto ligeiramente retorcido, como se sentisse dor na barriga. Não importa se você é o presidente dos Estados Unidos, você faz o que eu mandar. Fala aí.

Eddie não tinha *nada* a dizer, mas ele não disse nada porque não queria dar a How o prazer de soltar mais um furacão de abusos.

Os olhos de How percorreram o espaço mais uma vez, passando vagarosos por Eddie, fazendo um rápido exame em Darlene para provar que tinha razão. Ele rangeu os dentes e pegou um pedaço de cabo elétrico e uma longa corrente, parecida com aquela para trancar as portas do celeiro. Segurou tudo com uma das mãos e, com a outra, empurrou Eddie, investindo com força, errando os passos, para um canto do lugar. Ele gritava: Tá vendo? Tá vendo?, como se tivesse provado um argumento para Eddie, algo que ele e Sextus tinham decidido antes de chegar.

How pegou tudo aquilo e amarrou Eddie no buraco de uma das portas. Enrolou o cabo em volta dos punhos do garoto com tanta força que, após alguns minutos, cortou a circulação das mãos do menino. Eddie sentiu as mãos incharem e formigarem — primeiro era como se usasse luvas, depois como se fossem as mãos de outra pessoa. How enrolou a corrente com força, mas de forma aleatória em volta do cabo. Então tirou um par de algemas enferrujadas de algum lugar e encaixou nos pulsos de Eddie, apertando ao ponto de não poder mais ouvir os estalos característicos que uma algema faz quando fechada. Em seguida passou tudo aquilo, inclusive a corrente, através de um buraco na porta, deixando Eddie suspenso pelos punhos, a bunda do garoto mal encostada no chão. Então pegou uma das tábuas talhadas para as prateleiras e, apesar de ser um pouco leve e desajeitada, usou para acertar Eddie no queixo, na pele macia atrás da orelha e, por fim, para golpear atrás da cabeça dele forte o bastante para fazer um galo.

Sextus observou Eddie se contorcendo de vez em quando, então ele e How deixaram o garoto pendurado ali.

21.

O PLANO

Fiquei sabendo em segunda mão que Jarvis Arrow voltou pra encontrar Sirius B que morava só a uma duas cidades longe dele e tocou aquela fita da Darlene falando como era bom na fazenda e que tudo ia às mil maravilhas e tal e quando Sirius ouviu aquilo seus olhos só faltaram saltar da cabeça e o escalpo cair do cocuruto. Porque já fazia um monte de anos cinco seis ou coisa assim desde que tinha ouvido a voz de Darlene e aquilo foi a maior surpresa pra ele por causa que achava que todo mundo que ele conhecia daquela época já ia ter dado seus pulos e picado a mula dali. E lá tava aquela mulher que ele tinha gostado que tinha trabalhado naquele lugar esse tempo todo que tinha ajudado ele a fugir e ele sabia que ela não conseguia dizer a verdade pra microfone nenhum tipo um zumbi com lavagem cerebral.

Ao mesmo tempo lembrou que ela tinha pedido pra ele decorar um número de telefone e pra achar o garoto dela mas depois de todo o tempo que ele levou pra sair da fazenda ele esqueceu o número e a promessa também. Acho que ele ficou com a maior culpa por isso como se ele não gostasse dela o suficiente pra arriscar nada. Era provável no entanto que aquele povo da Delicious cheio de armas e tudo mais metesse medo até nos ossos do menino. Aposto que o medo impediu ele de voltar pra salvar a galera tanto quanto alguma sensação idiota de culpa.

Na maior parte desses anos Sirius tentou botar a Delicious pra trás e seguir em frente daquele jeito que os negros muitas vezes precisam fazer. Ele parou de curtir comigo começou a ir praquelas reuniões idiotas em que eles tão sempre falando de poder superior e um dia de cada vez uma coisa tão ridícula quanto aquele livro que a Darlene lia. Sirius me cortou pra sempre e eu ressentia aquela merda mas a gente tinha um montão de mano em comum daí eu ficava sabendo de todo o rolê da vida dele. No fundo eu gostava do cara até ia ficar de boa com ele de novo sempre que ele precisasse dar uma levantada. Eu sei falo isso de *todo mundo*. Sou dado pra cacete. Tô sempre tentando amar algum filho da puta mais do que eles me amam ou mais do que eles amam eles mesmos. Eu não tenho jeito.

Enfim ouvi dizer que Sirius tinha mudado pra Houston de novo e começado a fazer música de novo uns rap caidaços de mensagem antidroga e antiviolência o que pra mim era difícil não levar pro lado pessoal ou a sério mas sei lá eu ainda amava aquele filho da puta igual amo todos meus manos tá ligado?

Apesar daquelas músicas ruins de bonzinho Sirius começou a ficar famosinho e aí esse tal de Jarvis apareceu pra entrevistar ele prum fanzine chamado *Fresh*. Eles conversaram uma caralhada de tempo sobre justiça social ou alguma outra bobagem que faz o povo achar que tem que *vestir* cânhamo em vez de fumar e pela primeira vez desde a Delicious Sirius ficou bem à vontade e falou um pouco do que rolava lá e o Jarvis pirou. Isso estimulou Sirius e ele contou pro Jarvis como tinha escapado por aquele tubo de drenagem e vivido nele três semanas enquanto passava pelo sofrimento de ficar sem mim comendo lagartixa e roubando batata-doce pra sobreviver e que ele só podia se locomover de noite na luz da lua e que ele passou mais de um mês num pântano até descobrir onde era aquela porra e como sair de lá. Até que um dia quando tava amanhecendo ele criou coragem de pedir carona mas só olhava os carros que sabia que o povo da Delicious nunca ia dirigir, tipo Subaru ou Volvo detonado. Ele esperou uma cara também porque o pessoal naquela quebrada não dirige esses carros de liberal tá ligado? Mas daí uns negros de fora da cidade pegaram ele num Volkswagen e levaram até Shreveport. Ele passou seis meses num empreguinho mixuruca antes de voltar pra Houston — mudanças e construção fritando panqueca numa lanchonete 24 horas nojenta limpando privada pros dementes lá do Hospital West Oaks. Bons tempos!

Jarvis não acreditava no quanto a história de Sirius era boa. Querendo dizer *boa* como os jornalistas dizem — um pesadelo do cacete pro filho da puta que passou por isso mas boa pra escrever e botar num jornal de merda pruns idiotas ficarem de boca aberta. Na época porém Jarvis tava só fazendo crítica de rap ruim pra *Fresh* mas queria virar repórter de notícia séria. Daí ele decidiu fazer uma reportagem sobre a Delicious pro *Houston Chronicle* porque seria uma chance de fazer algum bem pro Sirius derrubar uma galera que ele achava que era do mal e botar a carreira no esquema tudo ao mesmo tempo. Mas depois que ele foi mesmo lá na Delicious e trouxe aquela gravação de Darlene Sirius não quis mais fazer a matéria a não ser que rolasse um resgate. Porque uma coisa é botar a história no mundo tá ligado mas tirar o povo de lá é outro lance bem diferente. Jarvis disse pro Sirius que assim que How contasse pra administração que um cara de jornal tinha falado com Darlene aquilo lá ia virar uma fortaleza então era melhor eles se mexerem. Sirius concordou que precisavam voltar pro resgate naquela noite mesmo.

Chegaram perto do galinheiro por volta das 17h e estacionaram o carro atrás duns arbustos. Sirius lembrava que era sempre nessa hora mais ou menos meia hora depois da chamada mas antes de trancarem tudo que dava pra passar de carro bem rápido e aí as pessoas podiam entrar e ir embora. Foi Michelle quem reparou nisso primeiro só que ela nunca conseguiu desenrolar um contato com o mundo exterior e fazer valer a descoberta. Ela e Tuck sabiam que alguma merda ia acontecer porque Tuck tinha falado com o cara do carro e porque quando How tava batendo em Darlene ela ficou falando que Sirius ia voltar então eles tavam de olho. Bem na hora que How batia na Darlene, Tuck deu umas olhadas prumas fileiras abaixo e viu Jarvis e Frankie fugindo pela estrada. Ele pensou que enquanto todo mundo tivesse olhando pra porradaria ele ia acenar praquele Subaru parar e sair fora. O carro não parou mas Jarvis diminuiu um pouco botou a cabeça pra fora e aí Tuck implorou pra que voltassem na hora da chamada. Tuck falou pra Michelle que eles disseram que sim mesmo sem ouvir ninguém confirmando nada.

Naquela noite eles viram o carro saíram de fininho pro milharal e entraram rápido no carango antes que alguém visse. Os malucos ofegavam e suavam como se tivessem corrido uma maratona. Sirius falou pra Tuck que eles tinham espaço pra umas cinco pessoas com alguns pertences mas tinha uma regra — ele disse que não ia levar ninguém a lugar nenhum a não ser que pegassem Darlene e Eddie. Sirius falou pra procurar outras pessoas que quisessem ir embora agora e Tuck disse Pirou? Mas Sirius não quis nem saber e aí o Tuck teve que voltar na ponta do pé antes que eles fechassem a porra toda e perguntar pra geral se eles queriam ser libertados mas sem fuzuê.

Tuck achou que ia ser dureza controlar o número de gente que queria ir mas quando ele falou pralgumas pessoas que Sirius B tava num carro bem ali fora os três primeiros falaram: Ah claro tudo desconfiado como se achassem que tavam armando pra eles. Aí ele ficou todo agitado e nervoso dizendo era verdade e era pra eles irem lá ver só que o carro tava bem escondido atrás dos arbustos e ficou mais feio ainda pra ele. Porque às vezes quanto mais tu fala que tá falando sério menos os filhos da puta acreditam. Muitos tinham esquecido que Tuck era alcoólatra da pesada mas nunca se meteu com o Pra Sempre Seu aqui. Ou então eles diziam pra si mesmos que o goró fez ele ver elefante cor-de-rosa e sei lá mais o quê como se ele tivesse prestes a ter um xilique ou algo assim. O mano não conseguia ganhar uma. Aqueles viciados do caralho julgando ele por ser bebum. Não é uma merda? Ele esperava que ninguém falasse pro How ou pra Jackie. Quem também acabou concordando foi o TT que àquela altura topava um plano de fuga que dependesse até da combinação de Jesus Michael Jackson e Pé-grande. O problema era que TT tinha um trampo especial idiota lá perto do armazém e precisava sair naquele exato minuto.

Tuck correu de volta pro carro e disse pro Sirius que iam ter que resgatar TT perto do armazém. Eles tiveram que esperar até ele ser levado pra lá aí viram que Gaspard ainda tava na loja fazendo inventário ou uma merda dessas. Sirius falou pra Jarvis sair do carro e fingir que ia entrevistar Gaspard atrás do balcão então enquanto ele fazia isso Sirius ia saltar do carro e procurar TT. A princípio Gaspard tentou enxotar Jarvis se perguntando como tinha achado aquele fim de mundo mas Sirius falou pro Jarvis puxar o saco do Gaspard e deu certo. Gaspard não falava nada do que acontecia na Delicious e ele não queria falar nada com gravador ligado mas curtia falar pra cacete de todas as outras coisas do universo. Jarvis deixou ele continuar só pra dar um tempo extra pro Sirius porque era certo que o mano não tinha conseguido tirar nenhuma informação do Gaspard pra reportagem só umas bobagens sobre a história do futebol universitário, umas coisas avulsas dum tornado mortal de quarenta anos atrás e um monte de conselhos de como pescar um peixe com um fio enrolado na porra dum graveto.

Enquanto essa merda rolava Sirius rodou por ali pra ver se TT tava num daqueles campos perto do armazém. Era uma área grande de uva rodeada de milho e às vezes eles mandavam um ou dois pra lá e ficavam vigiando de longe (mas perto o suficiente pra atirar). Mas se tu se agachasse e passasse bem rápido entre as plantas talvez desse pra achar alguém colhendo ou pulverizando pesticida ou fertilizante ou qualquer coisa naqueles pés de uva. E talvez desse pra escapar do mesmo jeito.

E foi bem isso que Sirius fez. Ele conhecia bem a área e não demorou pra achar TT ali abastecendo canhões de propano e fixando gaviões de mentira em varas. As duas técnicas serviam pra espantar os pássaros mas nunca funcionaram na Delicious. Sirius deu um susto do cacete em TT porque se aproximou pela fileira de tomates ao lado da dele e apareceu entre as plantas como se fosse matar o maluco estrangulado ou algo assim.

Ele falou pro TT que quando ficasse escuro o bastante ele Jarvis e Michelle iam dar a volta de carro até a oficina pra pegar Eddie e Darlene. TT e Sirius trocaram uma ideia pra ter certeza que a Delicious não tinha mudado a programação.

Eles já tinham passado por toda aquela merda e tavam exaustos quando todo mundo chegou na oficina. Tuck foi o primeiro a entrar aí viu Eddie ali no celeiro e abriu o lado da porta que ele não tava pendurado. Ele deu uma boa olhada em Eddie e Darlene e fez cara de quem teve um drinque jogado no rosto. Tipo com copo e tudo. O que ia ter sido a pior merda que podia acontecer porque ele preferia beber a parada. É claro que ele já tava bêbado dumas sete Popov das pequenas desde que tinha voltado do armazém. Ele sabia que a parada não tava promissora ali mas a oportunidade de dar o fora podia levar uma cara pra aparecer de novo. Ele pensou: *Aja como se tivesse tudo numa boa*. Ele disse tipo: Então galera. O lance é o seguinte.

Eddie explodiu: Seu preto, me solta antes de me contar qual é o lance, porra! Não consigo sentir os dedos.

Tuck enfiou a última Popov no bolso da calça e agachou pra dar uma olhada no estrago que How tinha feito nos pulsos do Eddie e sim ele tava bêbado feito um gambá mas o que ele viu era tipo um prato de macarrão chinês com um monte de dedinho preto saindo pra fora. Ele olhou praquilo como se um alien tivesse saído duma nave espacial e falado francês com ele. Ele puxou e girou aquela bagunça toda nas mãos como se quisesse achar a ponta dum nó em algum lugar que ele pudesse afrouxar uma parte do cabo e puxar alguma coisa através de outra pra poder libertar as mãos de Eddie mas tava tudo tão apertado que ele não conseguia nem começar tá ligado? Ele puxava dum lado e apertava do outro; então seguiu uma trama de vinil e sei lá como aquilo deu numa parte que atravessava um buraco na corrente. Ele tentou abrir aquelas algemas enferrujadas e elas nem se mexeram. Enquanto isso Eddie pensava que Tuck tava com dificuldade só por conta do álcool mas tava demorando demais então ele começou a gritar pro velho que ele era um idiota bêbado e aquilo não estimulou nada o que Tuck tava tentando fazer. Daí Tuck lembrou ele da noite que eles tinham se conhecido que Eddie tinha amarrado as mãos dele falou que não tinha obrigação nenhuma de fazer o que tava fazendo e aquilo calou a porra da boca do Eddie rapidinho.

Mas depois de um ou dois minutos o garoto disse: Pega o tesourão e corta logo! Tuck saiu e revirou todas as caixas de ferramentas onde Eddie tava colocando as prateleiras mas não achou porra nenhuma; Eddie gritava pra ele como era um tesourão. Tuck só conseguiu achar um alicate e uma chave de fenda e se ligou em usar aquilo pra tirar um pouco das amarras. Eddie tava se contorcendo feito um porco no laço e falou pra ele voltar lá e procurar no lugar exato onde ele tinha deixado o tesourão mas quando Tuck chegou no lugar exato viu que não tava lá. Foi aí que Eddie sacou que How tinha levado o tesourão embora pra ele não poder sair daquela teia de correntes e cabos. Tuck falou que achava que podia encontrar uma tesoura de jardim em outro lugar perto do galinheiro mas aí eles ouviram alguma coisa lá fora que parecia alguém se aproximando. Tuck saiu do celeiro dizendo pra Eddie que eles iam ver ele de novo naquela noite com Sirius B e pensar em alguma coisa.

Por um tempo nada rolou. E era um tipo ruim de nada porque queria dizer que ninguém tinha aparecido com remédio pra cuidar dos machucados da Darlene que tavam encaminhando pra infeccionar e ninguém tinha aparecido com comida nem que fosse aquele caldo pelando e salgadíssimo que todo mundo chamava de sopa de água aquela sopa que mesmo com todas aquelas galinhas correndo por ali não tinha gosto de galinha nem passando perto dela. Michelle costumava dizer: Uma galinha nem olhou pra essa merda, mas a manhã inteira eu passo cuspindo pena. Aquilo fazia todo mundo rachar o bico e a piada ajudava a engolir a porcaria da sopa. Mas Eddie e Darlene não tinham comida pra contar história nem água e além do mais a mãe tava acordando e tava na fissura braba. Tinha um barulho de batida vindo de algum lugar ali da oficina mas Eddie não conseguia descobrir o que era.

Mas aí ele percebeu que o barulho que ele ouvia vinha dum canto específico e quando Darlene acordou eles olharam pra lá e viram Charlie o rato sentado no canto se coçando naquela pose de pata traseira atrás da orelha. Charlie viu os malucos olhando e levantou a cabeça como se mandasse um Que foi? Ele também não foi pra lugar nenhum como se até ele soubesse que eles mal podiam se mexer quanto mais perseguir um rato. As baratas deviam ter contado pra ele. Ele ficou sentado nas patas de trás e apontou o focinho pro céu como se fosse gostar de ver a merda que ia dar. Como se tivesse apostado algum dinheiro de rato no resultado.

22.

A GENTE VAI TE LIBERTAR

Tuck, Sirius, Jarvis, Michelle e TT conseguiram chegar à oficina, e enquanto Tuck, Michelle e TT se agitavam e faziam barulho, discutindo como tirar Eddie dos cabos e correntes que prendiam ele na porta, tentando encontrar as ferramentas certas para isso, Sirius permaneceu em silêncio total. Eddie percebeu tudo isso em sua visão periférica. Por um longo tempo Sirius permaneceu imóvel perto da porta, olhando fixamente na direção de Darlene. Então, lentamente, num contraste gritante com a movimentação ao redor, ele foi na direção de onde Darlene jazia, como se fosse um caçador de cervos e ela, sua presa. Eddie notou o avanço de Sirius sobre Darlene, e somente sua reação aturdida revelou a Eddie quem Sirius era. Sirius aparentemente tinha perdido a capacidade de fechar a boca, mas Darlene, apesar do sofrimento, não conseguiu segurar o riso ao ver o amigo.

Olha só quem é. Darlene riu. Ela pareceu retirar forças da presença dele.

Acho que finalmente consegui, disse Sirius, a voz cheia de desconforto, o que soou como desespero.

Não precisava esperar tanto, disse Darlene, como alguém prestes a beijar outra pessoa. Nesse momento, Sirius se ajoelhou para sussurrar para ela e Eddie não conseguiu mais ouvir a conversa dos dois.

Ainda assim, do ponto onde estava amarrado, Eddie podia quase sentir a ternura que irradiava de Sirius. Ele tinha olhos quase do tamanho de morangos e quase tão vermelhos quanto, e quando ele olhava para você parecia que ele tinha pena de você e que talvez amasse você como um parente. Qualquer um poderia ter desejado salvar Eddie, considerando onde ele tinha se metido, mas Sirius era obviamente pouco equipado para o serviço; um homem de pensamentos profundos, dizeres espirituais e compaixão — Eddie ficou sabendo pelo grupo que, em suas músicas, Sirius pregava a não violência, a misericórdia, a tolerância e a libertação cósmica, como se fosse a reencarnação do Dr. King ou alguém assim. Eddie pensou que gostaria de conhecer aquele tipo de irmão em sua vida cotidiana, para pedir conselhos e tal. Darlene frequentemente dizia que seu pai tinha algumas dessas qualidades — ela gostava desse tipo. Mas quando você precisa fazer um trabalho urgente, do tipo que estavam prestes a fazer, Eddie pensou que preferia um sujeito mais direto do lado dele, alguém que não fosse pensar demais.

No entanto, de alguma maneira, naquela confusão que dominava a cena, TT botou um corta-vergalhão nas palmas de Sirius e fez sinal para que ele tentasse soltar as mãos de Eddie. Sirius interrompeu a conversa com Darlene e foi em direção a Eddie, então testou a ferramenta com certa delicadeza. Após alguns minutos paralisado, ele meteu o cortador em um monte de lugares diferentes, mas não conseguiu fazer mais do que pequenos talhos nas laterais da corrente e expor parte do revestimento do cabo. Depois tentou usar o corta-vergalhão para soltar Eddie do buraco na porta, mas havia uma longa guarda metálica enferrujada perpassando toda a lateral da porta, o que o impediu de fazer um simples corte.

Tira a maldita porta das dobradiças, chiou Darlene.

Mas Michelle achou que isso só ia sobrecarregar com um peso gigantesco e imobilizar ainda mais do que se não tivessem feito nada.

De forma lenta e silenciosa, ficou óbvio para Eddie, embora ninguém dissesse aquelas palavras, que o jeito mais fácil de o libertarem — algo que os outros provavelmente já estavam pensando antes mesmo que ele se desse conta — era que ele deixasse as mãos para trás.

Tuck dizia: A gente *consegue* libertar você, a gente *consegue* libertar você. Mas das primeiras vezes que ele disse isso, Eddie achou que Tuck queria encorajar a *si mesmo*; ele não se tocou que talvez Tuck quisesse fazer parecer que Eddie tinha tido a ideia primeiro. E quando ele percebeu o que Tuck queria dizer e o motivo de ele não ser mais específico, a cabeça de Eddie se encheu de uma fúria mais quente que a chama azul na ponta de um maçarico.

Ele não disse nada por um bom tempo. Os outros circulavam, discutindo opções. Então tentou explicar a complexidade da situação para si mesmo, depois trocou olhares de um jeito específico com Tuck e Sirius B. Nunca com Darlene. Tuck e Sirius zanzavam de forma ansiosa em torno de seu corpo suspenso, não tanto porque quisessem manter distância, mas porque pareciam temer o próximo passo; era como se nenhum deles conseguisse reunir a força necessária para ir em frente. Um formigamento compreensivo passou pelos nervos e veias de Eddie e ele sentiu fortemente que não devia descontar sua raiva neles, pois eles eram vítimas também, quase no mesmo nível.

Com o tempo que temos, não vejo alternativa, disse Sirius, preocupado.

Os médicos conseguem botar elas de volta hoje em dia, disse Tuck. Ele tinha encontrado a serra circular. Ele a segurava, desplugada, na mão direita, quase casualmente, como se planejasse usar a lâmina para coçar o braço. Vamos guardar elas, disse ele, depois repetiu a frase.

A raiva de Eddie aumentou ainda mais. Mais do que tudo, ele queria, ridiculamente, mostrar a Tuck que não estava segurando a serra direito. *Idiota*, pensou ele. Sirius se ocupou aglutinando alguns dos pedaços maiores do cabo revestido; Eddie tentou capturar o olhar da mãe, mas ela parecia envolvida numa discussão intensa com Scotty — ela não olhava para Eddie nem chegava perto dele, como se alguém pudesse sugerir, mais tarde, que ela soubesse o que estava prestes a acontecer.

Vamos botar elas no gelo, meu chapa, disse Tuck. Eddie procurou um tom de desforra na voz dele. As músicas de Willie "Mad Dog" Walker tocaram alto na cabeça dele.

Tuck plugou a serra a um T de plástico na tomada. Testou o comprimento do fio em relação à posição de Eddie, na porta, então puxou uma lâmpada pendurada de um fio e reorganizou a coisa toda, porque ele tinha percebido que não estava perto o suficiente para fazer o serviço adequadamente.

Não consigo, disse ele.

Você quer dizer que não alcança ou que não consegue?, perguntou Eddie.

Não consigo. Não dá. Não consigo nem olhar pra isso. É muito... Ele fez uma longa pausa, o cenho franzido.

Depois de tudo isso, vai amolecer, cara?

Amolecer? Eu *sou* mole mesmo, mano, disse. Quando é uma coisa desse tipo.

Sirius decidiu que o grupo devia firmar algumas regras rápidas a respeito do procedimento. Ele sugeriu que Eddie fechasse os olhos para não saber quem tinha feito o serviço. Mas isso não vingou, porque Michelle disse que seria óbvio assim que o garoto abrisse os olhos e que todos os outros saberiam e iam acabar contando, então ele ia descobrir na hora, de um jeito ou de outro.

Vocês todos deviam se aproximar, disse Eddie. Daí não vai ser tão óbvio.

Ninguém gostou dessa ideia.

Então Tuck encontrou um jeito de passar o fio da serra circular por cima de um prego saliente na porta, logo acima de Eddie. A serra ficou pendurada ali como um pêndulo, como a fronteira entre a vida de Eddie antes e depois de sabe-se lá o quê. Se alguém ligasse a serra na tomada, Eddie só ia precisar levantar os punhos na direção das lâminas.

Darlene se manifestou, expressando esperança. Talvez a serra corte a corrente e a corrente caia?, sugeriu. Mas isso ia de encontro ao que todo mundo via que ia acontecer, e ao que Michelle e Tuck tinham se preparado para lidar. Eles franziram as sobrancelhas.

Espero que sim, mãe, disse Eddie desesperançado. A raiva diminuía, feito febre cedendo, e o medo tomava o seu lugar. Ele olhou na direção da mãe. Darlene deu uma olhada rápida para ele e seus olhos se encontraram por um instante.

Pensando sobre aquilo depois, à distância de St. Cloud, Eddie diria que achava que tinha feito o melhor possível. A melhor coisa que já me aconteceu!, diria ele. Como eu poderia me tornar o Mão de Obra Sem Mãos se tivesse mãos? Eu não abriria mão dessa experiência por nada neste mundo. Ela é única e me destacou de todos os outros negros forasteiros, especialmente em St. Cloud. Eu acredito mesmo que Deus me convocou pra ser o Mão de Obra Sem Mãos. As pessoas que têm tudo e pra quem tudo funciona nem reparam no que têm. Mas ponha um obstáculo no caminho dum homem e ele vai ver a vida toda de outra maneira — não que todo mundo no meu lugar fosse conseguir fazer o que eu fiz. Mas se você é teimoso como eu e precisa lutar pra fazer o que as outras pessoas parecem fazer sem tentar — caralho, sem nem *pensar* em tentar — isso muda seus pensamentos e seu comportamento. As pessoas que ganham um tratamento especial da vida acham que é fácil, que todo mundo pode fazer o que elas fizeram. Já vi alguns ricos se concentrarem tanto em todo mundo que eles pensam que tá acima deles, ou que ganha mais do que eles, que acabam achando que tão por baixo. Vou te dizer, por baixo tão os craqueiros que nem TT, Michelle, Hannibal e minha mãe, ali no calor de rachar, procurando um limão marrom numa árvore seca. Não, tem pior do que isso. Mas é tão pior que, se você visse, ia desistir da humanidade.

Sirius pediu desculpa e em seguida começou a cantar — muito mal — uma balada lenta que Eddie não reconheceu, então Tuck pediu para ele calar a boca.

Eddie fechou os olhos, firmou os punhos e imaginou o que estava por vir. Então se forçou a pensar em outra coisa — o quintal em Ovis, uma rara lembrança do pai vendo-o brincar no sol em um sábado fresco.

A solução com que todos concordaram, para proteger a identidade do cortador e reduzir o pavor de Eddie, era que ele usasse uma venda. Darlene se ajoelhou atrás dele e enrolou uma blusa de moletom sobre o rosto. Não posso ficar, Eddie ouviu a mãe cochichar pra ele. Vou andar o mais longe que puder deste celeiro pra não ter que ouvir nada. Vou tampar os ouvidos com esses panos e esperar lá fora até eu ouvir que tá tudo certo. É demais pra mim.

Mas eu vou ficar bem. Tuck disse que é temporário e que elas vão ser recolocadas. E a essa altura a gente já vai tá fora daqui.

Certo, disse ela. Lógico.

A tranquilidade da mãe não soou convincente, mas ele precisava admitir que também não estava convencido do que *ele mesmo* tinha dito.

Acho que eu sou fraca. Darlene suspirou. Às vezes fico de saco cheio de mim mesma. Eu só deixo a vida me levar porque não consigo sair das coisas em que eu me meto. Não consigo seguir em frente. Não posso fazer isso com Nat. Eu tenho uma dívida com ele.

Como pode se achar fraca depois de trabalhar na Delicious?

Darlene bateu carinhosamente nas costas de Eddie.

Sério, disse ele. Fraca? Carregando aquelas Carolina Cross o dia todo?

É outro tipo de fraqueza, Eddie. É como se Deus tivesse me pedido pra atravessar um furacão e cruzar um oceano, mas não me deu galochas nem capa de chuva nem bote. Nem roupa, aliás. Ela terminou de amarrar a venda de Eddie e ele ouviu o barulho das mãos dela batendo nas coxas.

E daí? Você molha os pés e nada.

Tudo bem se você for forte por dentro. Você tem isso em comum com seu pai. Mas eu levo tudo no coração.

Não entendi.

Você vai achar que eu sou louca, Eddie, mas não importa se é uma surra ou um pôr do sol, não consigo não me sentir sufocada. Não quero perder mais ninguém, não quero perder nada. Por que é que viver precisa sempre significar perder, sempre perder tudo o tempo todo?

Você pode tirar fotos! Filmar?

Não. Tô falando de coisas que ninguém pode substituir. A maioria das pessoas nem mesmo tenta. Não importa pra elas. Ou, se importa, elas sabem como ignorar. Eu não sei. Preciso falar com Scotty. Ela riu. Scotty me ajuda a lidar com tudo isso.

Ela tamborilou com os dedos até as pontas dos braços de Eddie e ele sentiu uma pressão estranha ali. Ela prometeu fazer com que eles o levassem direto a um hospital — aquele toque velado não seria a última sensação que ele sentiria com seus dedos — e ele torceu os lábios, cético, duvidando da capacidade dela de supervisionar essa viagem. Mas antes que ele pudesse dizer qualquer coisa, ela usou o ombro dele para se levantar e logo uma onda de ar frio irrompeu pelo lugar. E os passos dela se tornaram distantes conforme ela avançada sobre as folhas lá fora. Eddie pensou ouvir a mãe chorar, mas também parecia tosse.

Ele gritou por ela e os passos dela se aproximaram brevemente da porta, mas nenhum dos dois disse nada. O coração de Eddie saltou para o pescoço e o sufocou.

Para Eddie, parecia que alguém tinha removido a bainha de proteção e apertado o gatilho, porque os dentes ondulados da lâmina circular emitiram um zumbido baixo, que logo se transformou num gemido agudo. A serra estava suspensa acima dele e a pessoa pareceu se aproximar das portas do celeiro em uma lentidão quase cerimonial, pontuada por um leve tropeço, então recuperando o ritmo. À beira do batente da porta, a pessoa segurando a serra estancou; Eddie imaginou ela fazendo algum ajuste técnico. Uma voz que ele não conseguiu identificar direito — ele achou que fosse Tuck — gritou por cima do barulho e perguntou se ele estava pronto. Por baixo da venda, as mangas da roupa apertadas atrás das orelhas, ele fechou os olhos e assentiu, gritando estoicamente as palavras: *Vai em frente, acaba logo com isso*, esperando ter gritado alto o bastante para que todo mundo o ouvisse por sobre o estrídulo da serra e através do pano grosso que cobria até sua boca. Ele inclinou o tronco para o lado e segurou os pulsos longe do peito, no intuito de dar melhor acesso ao cortador. Hesitantes, os dentes ruidosos desceram na direção dos cabos, correntes e algemas que mantinham Eddie prisioneiro das portas.

Me tira dessa, Deus, rezou ele. *Deixa eu me libertar.*

O primeiro beijo da lâmina zumbiu nos pelos da mão esquerda quando ela atravessou o cabo revestido, soltando os fios de cobre e níquel num barulho insistente de esmerilhamento. Os cabos estalaram e se partiram, arremessados na direção de Eddie, caindo perto do joelho que ele havia flexionado sob o corpo, esperando conseguir algum apoio. O desenrolar dos cabos esfriou as mãos dele e a circulação voltou às palmas.

A lâmina ainda não tinha perfurado a pele dele, e o operário se afastou por um momento. Pairava ali certa esperança — já que a lâmina tinha destruído o cabo, talvez ela pudesse atravessar a corrente e as algemas também, poupando Eddie da perda das mãos. Mas quando a serra tocou a corrente de metal, o barulho esmerilhado subiu de imediato a um guincho insuportável, então a um grito nauseante que parecia querer atravessar como uma imensa agulha. Após um minuto ou dois, a rotação feroz da serra cessou por completo. Em seguida a máquina deu indícios de que seria ligada, mas parou outra vez, num estalo derrotado. Eddie imaginou alguns de seus dentes curvados em novas direções, cegos ou irregulares. A corrente, enquanto isso, não tinha se afrouxado em torno dos punhos dele, nem as algemas.

Murmúrios urgentes surgiram ao redor dele, vozes de membros do grupo confirmando a mutilação da serra, tentando decidir uma ação apropriada e eficiente. Eddie se permitiu alguns instantes de conforto, mexendo os dedos novamente; um pouco de sangue e de sensibilidade tinham voltado aos capilares. Ele parou de imaginar que as mãos logo ficariam pretas e que cortar os membros não ia fazer qualquer diferença. Na escuridão por trás da venda de moletom, ele abriu e fechou os olhos sem conseguir ver nenhuma luz. Uma sombra escura apareceu, pontilhada por uma luminescência esverdeada e fantasmagórica, de formas vagas, que ele supôs que correspondessem a objetos vistos recentemente; ou talvez elas formassem um mapa das estrelas de algum canto desconhecido da galáxia.

As vozes ao seu redor não proferiam frases completas; elas se comunicavam apenas por sussurros quase inaudíveis e grunhidos baixos de anuência, alguns pareciam concordar, outros discordar. Eles falavam entre si e alguém mexia na serra, possivelmente batendo nela com ferramentas de metal. Eddie tinha pedido uma lâmina de reposição, lembrou-se, mas a UPS levaria mais algumas semanas para entregar.

Depois de um tempo, Eddie permitiu que a mente vagasse. Temeroso, visualizou os dias que viriam, listando atividades que supunha não ser mais capaz de fazer. O jovem se lembrou de girar uma minúscula chave de fenda entre o polegar e o indicador para apertar as dobradiças dos óculos de Elmunda, recolocar a placa de circuito no computador dos Fusilier, pegar grãos de arroz que tinha acidentalmente derrubado no chão da cozinha, tirar um grampo emperrado na ponta de um grampeador. As diversas vezes que abriu latas de refrigerante, segurou canetas e talheres e virou páginas de jornal passaram por sua cabeça como as imagens de um livro ilustrado; ele se viu abatido ao pensar na miríade de coisas cujas superfícies jamais poderia acariciar, começando com o corpo feminino, depois seu próprio corpo, gatos angorás, cabelos de milho, os pelos eriçados de um dos tapetes persa dos Fusilier, um saco de sementes, água corrente fria. Não lhe confortava imaginar que ainda sentiria essas coisas com outras partes do corpo; tocar à toa as cerdas de um pincel de barba como aquele que pertencera ao pai não parecia possível nem desejável sem dedos. Então ele pensou nos prazeres dos dedos em si, nos instrumentos que ele jamais aprenderia a tocar, em estalar, bater palmas e levantar o dedo do meio, em fazer silhuetas de bichos em paredes iluminadas, em carregar, tamborilar e cozinhar, na linguagem de sinais que ele nunca aprenderia — e conforme essas perdas se acumularam, ele mudou de ideia. Tinha de haver um jeito de deixar a Delicious sem ter que seguir em frente com aquilo. O próprio Sirius tinha feito isso.

Mas quando Eddie se virou, ainda vendado, para dizer ao povo do debate atrás dele que recuasse, a serra circular foi ligada de novo. Ele gritou, mas percebeu que seu protesto tinha soado a eles como ansiedade; então todos deram tapinhas nas costas dele e o tranquilizaram. Talvez o moletom o abafasse mais do que ele tinha pensado anteriormente — será que não escutavam o que ele dizia?

Em um primeiro momento, a lâmina quebrada rasgou a pele de Eddie logo acima da junta do punho esquerdo, e uma sensação de queimação se espalhou dali. Mas em um segundo a serra giratória entrou em contato com o osso e fez outro som agudo de esmerilhamento, ao menos antes que a rigidez de onde o rádio e a ulna se uniam cedesse e os ossos se partissem. O corte pareceu grosseiro a Eddie, que acreditava que um corte preciso aumentaria as chances de as mãos poderem ser recolocadas, e ele cerrou os dentes por causa da terrível e constante queimação. Os sons mecânicos abafaram os gritos; a essa altura ele sabia que qualquer coisa que saísse de sua boca soaria a eles como uma reação à dor e ao choque, não uma declaração de que havia mudado de ideia e que eles deveriam parar de cortar.

Os golpes desajeitados da serra deram a sensação decepcionante de que o trabalho sujo tinha ficado com TT, a quem Eddie assistia desempenhar todas as tarefas que How e Jackie passavam com total falta de sensibilidade ou de sutileza, frequentemente machucando as frutas ou partindo as melancias. Após alguns períodos curtos de corte e queimação, ele sentiu a mão esquerda pendurada pela pele e pelos tendões que ainda restavam; e se viu débil devido à perda de sangue e mais ainda por *pensar* na perda de sangue. Alguém entrou para tratar do ferimento com um torniquete feito de toalha, que logo ficou morna e úmida.

No meio da confusão, uma voz desconhecida ecoou no recinto, tentando gritar por cima do barulho e, de alguma maneira, orientar as pessoas. Por um segundo a voz se aproximou do tom da serra e exigiu uma explicação para a atividade, mas após alguns instantes ela pareceu voltar ao volume original e o foco em torno de Eddie pareceu mudar. A voz, ele agora compreendia, devia pertencer a Jarvis Arrow, o homem que tinha vindo com Sirius. Com um tremor de alívio, Eddie se tranquilizou, porque mesmo que nada mais tivesse dado muito certo, a fuga ainda ia acontecer conforme o planejado. Ele ouviu a voz da mãe também, e o que acreditou serem os pés dela perambulando pela oficina.

Os estranhos golpes da serra persistiram e finalmente soltaram seu braço esquerdo; Eddie o deixou cair rente ao corpo, mas antes que pudesse chegar lá, duas mãos delicadas o apararam com uma toalha dobrada. A mãe sussurrou estímulos, descrevendo a maneira como estancava o sangue, rasgando uma toalha e prendendo na ponta de seu punho com pedaços de cabo revestido e borracha, coisas que eles haviam guardado antes.

Você tá quase livre, ele ouviu a mãe dizer. Quase livre. Darlene saiu correndo da oficina de novo, prometendo voltar quando o serviço estivesse feito.

Mas ele não estaria livre até que o portador da serra passasse para o outro lado — e repetisse a façanha excruciante. A dor de perder a mão direita se somou à que ele já sentia na esquerda; o trauma drenou o sangue da cabeça e ele começou a hiperventilar. O estrago e a dor continuaram na mão direita, assim como antes. A pessoa que empunhava a serra desligou a ferramenta e Eddie sentiu alguém puxando seu antebraço como se quisesse soltar um pedaço teimoso, mas a serra foi ligada novamente, perfurando e se embrenhando nos ossos quebrados. Eddie desmaiou e então recuperou a consciência, depois desmaiou de novo quando ouviu a mãe, que voltou à oficina repetindo, sem alegria nem tristeza, A gente precisa ir. Neste exato minuto. Nós te soltamos, então levanta.

23.

JACARÉS

A dor nos braços de Eddie tinha ficado tão forte que ele só conseguia cambalear para a frente, os joelhos bambos. Pessoas fortes o seguravam pelas axilas e o guiavam pela escuridão; arbustos baixos roçavam seus cotovelos. Após um ou dois minutos ele contou todos os presentes pelas vozes — a mãe, TT, Tuck, Sirius, Michelle e Jarvis. O carro, disseram, estava estacionado a cerca de um quilômetro e meio de distância, para que o pessoal da Delicious não visse, deduzindo o que estava prestes a acontecer. Eles tiveram que cobrir o trajeto da maneira mais silenciosa possível. TT e Darlene fizeram uma pausa por alguns minutos, porque ele tinha algumas pedras e os dois precisavam de um pouco de coragem fumarenta. Ninguém tinha se dado ao trabalho de desamarrar o moletom da cabeça de Eddie, mas aquele descuido tinha potencializado sua percepção dos sons. Ele notou todo tipo de ruídos noturnos — aviões troavam pelo céu, sapos-boi coaxavam, iraúnas piavam e respondiam umas às outras e alguma coisa que talvez fosse um cervo passava pelas plantações. Essas sensações o ajudaram a se distrair da tensão que corria para cima e para baixo em seus braços, culminando no espaço que suas mãos costumavam ocupar. Ele não conseguiu encontrar o momento certo para pedir a alguém que tirasse a venda, então deixou que ficasse.

De tempos em tempos, Sirius se inclinava na orelha do jovem e pedia um relatório de progresso. Ele dizia que se sentia bem a não ser nas mãos, o que era uma brincadeira, mas ninguém ria. Sirius pedia desculpa, prometendo levar ele a um médico, então perguntou se Eddie preferiria trabalhar na fazenda a vida toda a perder as mãos.

Prefiro perder todos os quatro membros e minha cabeça do que ficar na Delicious, disse ele, mas não falava a verdade. Ele queria compensar pela brincadeira e sentia que a fé de todos naquela missão se amparava na crença de que cortar as mãos dele tinha sido a melhor e a mais lógica solução para o problema, em vez de algo que só teria ocorrido a pessoas que tinham perdido a porra da cabeça. A maioria deles, afinal, tinha literalmente fumado crack.

Guiados por Sirius, com Tuck conduzindo Eddie vendado, eles caminharam por uma débil trilha da qual Sirius alegava se lembrar dos dias seguintes à sua fuga. A princípio TT e Michelle ajudaram Darlene a caminhar, mas ela insistiu em se apoiar sozinha, apesar da notável dificuldade. Depois que haviam percorrido certa distância — Eddie não conseguia adivinhar quanto — ocorreu que não sabia o que eles tinham feito com as suas mãos. Naturalmente, ele não conseguiu ver onde as tinham colocado e, durante o processo, sua atenção se voltou à dor. Ele passou mais algumas centenas de metros pensando nas mãos. Algumas vezes, inclinava a cabeça para trás, como se procurasse por elas, embora o gesto não fizesse sentido devido à venda.

Tuck pareceu adivinhar o que os movimentos dele queriam dizer. Putz, sussurrou. Não sei. Acho que sua mãe tá com elas. Alguém botou elas num saco plástico e assim que a gente sair e se afastar bem, a gente para e pega um pouco de gelo, e você vai ficar bem.

Eddie assentiu, mas naquele momento ele podia imaginar que Tuck e os outros se pareciam com carrascos de antigamente, conduzindo-o para a forca em meio ao musgo espanhol. Ele se preocupava que eles se esquecessem das mãos, que elas ficassem para trás e criassem raízes entre os repolhos.

O grupo chegou ao Subaru depois do que pareceram horas. Sirius desamarrou as mangas do moletom detrás das orelhas de Eddie e o tecido caiu, aterrissando parcialmente em seus ombros. Diante dele, uma lua quase cheia pendia acima do horizonte como uma lanterna interrogando o mundo. Uma estrada que Eddie se lembrava de jamais ter visto durante seu tempo na fazenda se estendia à frente deles. O luar deixava a estrada em um azul cinzento, uma visão tão incomum que Eddie quase pensou que a tinha inventado.

Meio sem graça, Sirius disse: Achei que não fosse querer ver, pelo menos por um tempo, então tirou o moletom dos ombros de Eddie e o dobrou ao meio. Ele dobrou as mangas também e as enrolou na parte de baixo da blusa.

Mas isso é lindo, disse Eddie, sem pensar tanto na cena, mas no fato de que todo mundo ia deixar a fazenda. Ele teria sorrido se não estivesse com tanta dor.

Estava falando das suas... disse Sirius.

Eddie ergueu os braços para ver pela primeira vez o que tinha perdido. Ele se lembrou de uma vez em que vestira uma das camisas do falecido pai. Seus braços não chegavam até o fim das mangas. Ele saltitou pela casa, encantado consigo mesmo, então a mãe o descobriu e o sacudiu quase forte o bastante para arrancar a camisa dele.

No carro, Eddie se deitou de lado no bagageiro, sobre um acolchoado imundo, mantendo os braços para cima. TT, Michelle, Darlene e Tuck se espremeram no banco de trás — Darlene no colo de Tuck — enquanto Jarvis dirigia e Sirius ia no banco da frente. Jarvis deu a ignição, expressando repetidas vezes o choque de ter se envolvido nesse resgate, embora a confusão em sua voz não conseguisse disfarçar a diversão com aquela aventura louca nem a crença implícita de que, depois que terminassem aquilo tudo, a missão aprimoraria uma reportagem que já estava ótima.

Jarvis teve de dirigir devagar para percorrer a estrada acidentada. Eddie se contorcia no bagageiro e desistiu de tentar descansar, quanto mais dormir. Os outros quatro se acotovelavam no banco de trás num humor desconfortável: o rosto de TT esmagado contra um apoio de cabeça, Michelle acusando e alertando Tuck sobre onde ele punha as mãos.

Surgiu uma discussão no banco de trás se eles tinham ido mais para dentro da fazenda. Durante a conversa, Michelle deixou escapar que suspeitava que Jarvis trabalhasse para os Fusilier e que estivesse dando voltas na fazenda em vez de ajudar o grupo a fugir. Em uma profusão de frases incompletas, ela tentou explicar que sabia que os Fusilier queriam testar a lealdade de todos os funcionários a qualquer preço. Ela não descartaria nenhuma hipótese. Se eu fosse sem noção, disse ela, podia pensar que vocês dois — apontou para Sirius e Jarvis, sacrificando seu equilíbrio precário — conspiraram com os produtores e que a qualquer minuto eles vão atirar em todo mundo nesse carro e jogar o carro no rio.

A princípio Jarvis não deu bola para a acusação, então se calou, sério, discorrendo de maneira quase carinhosa do seu espanto diante do nível de paranoia que todos ali consideravam normal. Ele supôs que, tendo em vista o que chamou de Situação Plena de Coiote — cortar as mãos de alguém para a pessoa sair de uma armadilha —, a qual não aprovava, ele não devia se admirar que todo mundo tivesse traumas. Ele comparou o grupo a soldados voltando de uma guerra injusta e contou uma história sobre o serviço do pai no Vietnã. Então pediu a todos que confiassem que Sirius conhecia um ou dois atalhos e que não tinha interesse nenhum em fazer qualquer coisa além de *ajudar*, e Sirius confirmou o que Jarvis disse, explicando a rota exata que deveriam seguir para não chamar atenção ou fazer barulho demais. Jarvis ficou chocado, disse ele, porque os trabalhadores não tinham noção clara do tamanho nem da disposição da fazenda, e ele se perguntou em voz alta como a Delicious os mantivera às escuras por tantos anos. Mas, para Eddie, o grau de dependência de álcool e crack dos trabalhadores falava por si só, e ver uma inocência daquelas em um adulto o intrigou. Por que não reconheceu imediatamente que as drogas tinham pulverizado metade do cérebro daquelas pessoas?

Michelle jurou que acreditava em Sirius e Jarvis, mas um segundo depois Eddie a ouviu tirar o cinto de segurança. No silêncio que se seguiu, o ruído do Subaru se sobrepôs aos outros sons e acalmou um pouco do nervosismo. Michelle disse que talvez ajudasse se Jarvis desligasse os faróis e usasse a luz da lua; Jarvis, aparentemente querendo agradá-la, tentou fazer isso, mas logo admitiu que tinha medo e ligou a luz de novo. Michelle se recostou no banco e invocou sua relação próxima com Jesus, como se fosse uma espécie de aviso para Jarvis e Sirius, como se Jesus fosse um irmão mais velho prestes a aparecer em seu Ford Mustang e socar a cara de qualquer um que maltratasse a irmã. Após alguns instantes, ela levou a mão ao apoio de braço e o segurou com força.

O atalho chegou ao fim e Jarvis guiou o carro para um trecho de estrada mais navegável, repleto de pedras menores e mais soltas. Quando se aproximavam do que Sirius garantiu ser o fim da propriedade, um mundo que não viam há muitos anos, um farol despontou ao longe, o primeiro que tinham encontrado naquela noite, vindo na direção deles. A princípio Eddie pensou que fosse uma motocicleta, mas, conforme o carro se aproximou, ele viu que uma luz estava apagada. Apenas uma série de curvas e morros separava o veículo deles do que se aproximava.

Michelle empertigou-se ao avistar o farol e gritou: Para o carro e apaga a luz! Apaga a luz! Para o carro!

Ah, espera aí, Michelle, disse Sirius.

O que... por quê?, soltou Jarvis.

É a van! A van perdeu um farol e eles são pão-duros demais pra consertar. Seus filhos da puta.

Van?, perguntou Jarvis.

Ah, meu Deus, disse ela. Àquela altura a distância já tinha encurtado pela metade, e pouco tempo depois a van parou no meio da estrada, na perpendicular, a lateral azul bloqueando o caminho como um cipreste morto no pântano. Enquanto Jarvis pisava no acelerador, preparado para realizar uma manobra espetacular ao redor da van, Michelle empurrava o banco de Sirius para a frente, esmagando ele no painel. Ela conseguiu abrir a porta do passageiro e botou metade do corpo para fora. TT tentou alcançar Michelle e puxá-la de volta pela perna, mas ela chutou. A porta voltou e bateu no ombro dela, então voou para fora outra vez. Jarvis pisou no freio com tudo e o carro parou na diagonal, a vinte metros da van. Sextus e How já tinham saído e se preparado para o confronto.

Assim que o carro parou, Michelle saltou para fora e, depois de correr por alguns metros como alguém disposto a lutar, fez uma curva para a direita, na direção dos juncos, seguindo em frente com grande dificuldade, como se tentasse correr através de um charco, com a água na altura das coxas. Sextus e How gritaram o nome dela, implorando para que voltasse, dizendo que não queriam machucar ela. Mas ela não respondeu, então Sextus ergueu a espingarda a tiracolo e deu um tiro de alerta para o alto. Atrás do volante, Jarvis deu um grito agudo, um espasmo visível percorrendo o corpo; Sirius apaziguou o jornalista colocando delicadamente a mão no esterno dele. Jarvis se sobressaltou. Pequenas gotas de suor decoravam a testa e a ponta do nariz dele. Darlene se curvou atrás de Jarvis para evitar balas perdidas e disse a Eddie para fazer o mesmo, então, deitado de lado no bagageiro, ele se encolheu contra a traseira do banco de trás, como uma barreira, um lugar onde ninguém conseguia ver ou atirar nele, mas de onde podia espiar. Enquanto isso, TT comprimia-se junto a Darlene.

Parecia que How e Sextus — e Jackie, cuja sombra escura Eddie reconheceu no reflexo da janela da van iluminada pelos faróis — de início pensaram em seguir e capturar Michelle, que avançava pela vegetação, mas quem sabe a possibilidade de perder o restante do grupo por causa dela tenha feito eles mudarem de ideia e deixarem que fugisse. Ele não conseguiu ver se Hammer estava à espreita dentro da van.

Sextus acariciou a espingarda de um jeito doce, então riu. Só tem jacaré aí no pântano, linda! Lembra disso! Ele repetiu, gritando alto o bastante para que ela ouvisse, talvez querendo também desencorajar os outros no Subaru.

Todos pularam no assento quando Michelle gritou alguma coisa lá de longe, alguma coisa que, através das janelas abertas do carro, soou a Eddie como: Gente, a porra dos jacarés! Merda!

Eddie redescobriu a colcha no bagageiro e, com os antebraços, lentamente jogou sobre a cabeça, e manteve uma pequena área aberta para que enxergasse, através do banco de trás, pelas tiras dos cintos de segurança, onde Sextus e How aguardavam. Os dois homens se empertigaram, transparecendo desafio, então puxaram as calças pelos passadores de cinto e abriram as pernas feito caubóis. Sextus continuava acariciando a espingarda, o dedo indicador roçando o gatilho. How tocou a aba do chapéu. Expressando uma polidez falsa que irritou Eddie, ele pediu às pessoas que saíssem do carro. Jarvis se manteve atento a Sextus e How ao sair do carro, as mãos para cima, tratando os dois como os policiais que fingiam ser. Eddie se mexeu debaixo da colcha, mas, sem se virar, Darlene sussurrou: Fica aí, quase como se estivesse falando consigo mesma. O carro tá ligado. Se a gente não conseguir, quem sabe você ainda consegue.

Eddie pensou que ainda conseguia ouvir de longe as mãos e pés de Michelle atravessando o mato. Darlene, Tuck e TT saíram do banco de trás pelo mesmo lado e, por fim, Sirius saiu pela porta do passageiro. Eddie ouviu os pés de todo mundo se aproximando da van. Jackie ligou a luz dentro da van. As duas portas do Subaru ficaram abertas, como as asas de uma barata voadora.

Pra onde vocês vão nessa noite linda?, perguntou Sextus, quase cordialmente.

Mas quando ele e How viram aqueles quatro pela primeira vez, sob a luminosidade peculiar gerada pelos faróis do Subaru refletidos na van e pelo luar prateado, ambos deram um passo para trás e arquearam as sobrancelhas. TT, Tuck e Darlene tinham manchas de sangue por toda a roupa; eles deviam parecer um bando aterrorizante.

Que diacho? Vocês mataram minhas galinhas?

Aonde esses simpáticos senhores tão levando vocês?, perguntou How, antes que alguém pudesse responder.

Alguns minutos desconfortáveis se passaram enquanto How e Sextus pareciam aguardar por algum tipo de resposta do grupo, mas todos, exceto Jarvis, sabiam que não deviam dar qualquer resposta a nenhum deles, verdadeira ou sarcástica. O silêncio se intensificou, e Eddie imaginou todos revirando os olhos de um lado para outro, e a maneira como eles captavam e devolviam os olhares uns dos outros, e também criando coragem para sair correndo, como Michelle, ou deixando a determinação se esvair para que pudessem desistir sem perder a dignidade ou apanhar.

Como ninguém falou nada, Jarvis tentou responder, mas ele mudava de ideia antes que um pensamento completo saísse de sua boca, então suspirava ou dizia: Bem, ou Hum.

Então Darlene, quase como numa reação nervosa, saltou para cima de Sextus e agarrou a espingarda, chutando as canelas dele e mandando ele soltar a arma. How puxou uma Glock e levantou o cano, mas Sextus, mesmo enquanto disputava a arma, tentando tirar a espingarda dos braços de Darlene, ordenou que não atirasse nela. Em vez disso, How apontou a arma para os outros, embora ainda tentasse proteger Sextus de Darlene. Porém, em questão de segundos, os outros três tinham dividido a atenção dele o bastante para que pudessem confrontar How. TT pareceu particularmente gostar da surra que eles deram nele. Um tiro ecoou pelo ar. Depois outro.

Darlene berrava uma série de acusações estapafúrdias, não raras vezes sem sentido, para Sextus — Você matou meu filho! Tentou me destruir com seu vodu! Você fez Jackie me controlar com o sangue da buceta dela, seu puto! Você tentou me foder com seu cabelo! Tentou calar minha boca me fodendo! Uma palavra sua me botou na prisão! Você tentou entrar no meu cérebro e mijar o seu nome dentro do meu crânio, seu mestre zumbi filho da puta do caralho! Eu te amo! Mas eu odeio tudo que você já fez, inclusive me amar, seu filho da puta. Você roubou minha bolsa e quebrou minha melancia de cristal! Me dá as minhas pedras. Me beija. Por que não me beija com a sua mente? Me fode com essa arma!, ela implorou a ele. Eu vou te foder com essa sua arma!

Ela gritou coisas que soavam como os xingamentos aleatórios e as merdas incompreensíveis que um viciado em crack era capaz de soltar durante um surto. Mas elas eram tão bizarras, tão mais bizarras do que qualquer coisa que Eddie já tivesse ouvido sair da boca da mãe, mesmo durante as piores experiências com drogas, que ele logo entendeu o que ela queria que ele fizesse. Darlene dizia as primeiras coisas que vinham à cabeça para ganhar tempo, para que ele pudesse fugir.

No auge da briga, Eddie jogou uma perna por cima do banco de trás e caiu deitado, depois saiu de quatro e, usando a porta aberta para mascarar seus movimentos, atirou-se no banco do motorista.

Eles esperavam que eu fizesse isso, pensou. *Querem que eu faça*. Ele não estava abandonando ninguém. Ele se acomodou no banco do motorista de um carro pela primeira vez, não era a mesma coisa que o trator em que Sextus tinha ensinado ele a dirigir. Abaixado atrás do volante, pisou no freio e usou os antebraços para pôr o carro em movimento. Então percebeu que Jackie o vira; ela se empertigou e, num átimo, começou a bater com as palmas das mãos pelo lado de dentro da janela da van, querendo chamar a atenção. Eddie abraçou o volante, virou com o queixo e pisou no acelerador com toda a força. O Subaru saltou para a frente e a porta do passageiro se fechou com o impulso. A porta do motorista se fechou num baque ao bater na traseira da van.

Hey!, gritou Jarvis.

Dezesseis quilômetros e trinta minutos depois, convencido de que ninguém o seguira, Eddie conseguiu empurrar o botão dos faróis para a frente com a boca e ligou o farol alto. Na dianteira do carro, uma luminosidade forte, da cor do milho jovem, revelou a paisagem noturna, apontando para o futuro, como os olhos de uma criança se abrindo na primeira manhã de vida.

24.

SCOTTY TÁ SURPRESO

Depois que Darlene viu How e Sextus em pessoa na frente dela parados ali naquela estrada maldita impedindo ela de vazar da Delicious depois de ter deixado aqueles filhos da puta cortarem fora a mão do filho dela ela admitiu pra si mesma que tinha perdido a parada. A mina se sentiu caindo num buraco e indo prum aterro sanitário entrando em anos de lixo líquido o lixo pútrido de todas aquelas horas de trampo não informadas, de torcer os tornozelos e respirar inseticida sem plano de saúde, de engolir comida crua ou queimada sem valor nutricional quanto dirá gosto, os preços tudo inflacionados lá no armazém. Por uma fração de segundo Darlene me deixou e flutuou acima do esquema todo como se do nada ela conseguisse ver o que tava rolando com ela e com todo mundo e como toda pessoa que tem um segundo de clareza no meio dum ciclone de merda ela perdeu a porra da cabeça.

Por esse tempo todo ela tinha direcionado a raiva e o desespero pra si mesma, levando a culpa por aquela série de acontecimentos pelos quais se atormentava — os sapatos apertados, a dor de cabeça, pedir o Tylenol que levou ao assassinato e ao incêndio e ao vício e ao abandono e por fim à Delicious. Ela lembrou tudo que o livro falou pra ela e percebeu que tinha sido enganada da mesma maneira tá ligado?

Maldita pedra, pensou.

É isso aí. Nas costas do Scotty de novo.

Um monte de emoção reprimida e explicações pelas merdas que tinham acontecido borbulharam na garganta de Darlene nesse momento quentes e malignas feito um gargarejo com Tabasco. Então ela partiu pra cima do Sextus tentando tirar a espingarda dele. A mina tinha toda a intenção de atirar no maluco e quem sabe matar How e Jackie e depois talvez se matar. É verdade que a gente tava curtindo um pouco antes disso tudo rolar mas algumas das merdas que saíram da boca da Darlene quando ela teve aquele ataque pegaram até *eu* de surpresa. Não falei pra ela dizer nada daquilo. Metade do que ela disse só *parecia* loucura mas ela tava mais ou menos falando a verdade. Daí Eddie fez a coisa inteligente e meteu o pé daquele inferno com mãe ou sem mãe. No fundo a gente tá sempre sozinho mesmo — triste tá ligado?

É estranho quando tu tá acostumado a encorajar os parças a fazer tudo que é loucura e aí do nada tu precisa mudar de tom. Dessa vez eu lembro de gritar pra Darlene falei Gata te situa mulher! Devolve a espingarda do cara bora pra van e deixar tudo passar pra gente voltar pra como as coisas eram fumando todas! Mas D. nem deu bola.

Mesmo enquanto tava tentando arrancar a arma da mão do Sextus mordendo lambendo até beijando ele talvez ela tivesse pensando que ia enganar ele fazer ele achar que se largasse a arma ela ia liberar a xoxota. Vai saber o que ela tava pensando. Tu pode ter certeza que a pessoa pirou quando *até eu* acho que ela tá desequilibrada.

O que rolou foi que a espingarda disparou e estourou um dedo e meio do Sextus. Na hora How desviou a atenção do Jarvis, Sirius e TT e disparou mirando a cabeça da Darlene mas ele era péssimo de mira e a bala entrou num pulmão do Sextus e depois descobriram que tinha estraçalhado a coluna do chefe. TT, Sirius e Jarvis pularam em How bem nessa hora e Jackie foi embora na van deixando geral no escuro só vultos se engalfinhando contornados pelos raios da lua.

Jackie tava achando que dava pra voltar pro galinheiro de boas e fingir que não tinha visto nada. Ela não dava a mínima se tinha deixado o chefe lá pra morrer com uma doida tentando fazer da cabeça dele uma abóbora de Halloween. Eu e Jackie a gente é chegado tô ligado nela. Autopreservação era muito natural pra ela e nesse rolo filho da puta ninguém podia inventar política melhor do que autopreservação. Eu ouvi ela dizer pra si mesma que se Sextus e How morressem ela podia só ir pruma outra fazenda e se sobrevivessem ela podia falar que entrou em pânico e saiu buscar ajuda. A noia sabia moldar a verdade em qualquer formato que fosse bom pra ela.

Já que Sextus não tinha mais o que fazer com a coluna dele largou a espingarda como se fosse um boneco de pano e caiu na terra. De repente Darlene tava segurando uma arma de fogo bem na cabeça dum dos homens que ela podia considerar responsável direto por muito da merda que tinha fodido os últimos seis anos da vida dela coisa que ela tinha acabado de perceber. Nat ensinou ela como usar uma espingarda lá nos tempos de Ovis e ela tava meio sem prática mas certeza que lembrava de apoiar no ombro por causa do coice. Sirius, TT e Tuck já tinham derrubado How àquela altura; Jarvis tinha tirado a camisa e rasgado ela em tiras pra amarrar as mãos do filho da puta pra trás pra então eles todos poderem levar o cara pras autoridades. O plano pareceu esquisito pra Darlene no ato. Como é que você leva um filho da puta pras autoridade sem carro?

Não tô sentindo nada. Sextus gemeu pra Darlene. Ele tinha dificuldade pra caralho pra respirar e tava espumando pela boca.

Nem eu, respondeu ela. O dedo indicador dela se curvou no gatilho era uma sensação gostosa aquela merda encostando na parte de dentro da junta do dedo. A mina encostou o cano da espingarda na bochecha, na testa e depois na ponta do nariz de Sextus como se tivesse decidindo o melhor lugar pro tiro que iria explodir a cabeça do maluco. Ia parecer que alguém jogou um vidro de geleia de morango na estrada. Morangos que ela e a galera podiam ter colhido ano passado.

Nesse meio-tempo Sirius, TT, Jarvis e Tuck tentavam controlar How um sujeito parrudo e decidido a escapar. Eles tinham amarrado os braços dele pra trás mas o cara continuou tentando correr estrada afora e fez isso umas duas ou três vezes. Por fim os três derrubaram o mano de bruços e sentaram em cima dele.

Darlene levantou a espingarda pro Sextus ver quase metendo aquele troço no olho dele. Ela achou que ele tava caído ali por ter se rendido e que ia simplesmente deixar ela atirar.

Ela falou: Olha. A espingarda tá te beijando. Beijinho, beijinho. Nessa hora ela já tava loucaça.

Sua posição tá toda errada, Darlene, resmungou ele. E ainda tá com a trava apertada, linda. Você não quer me matar.

Ela despertou da pira por um segundo, franziu o cenho pro Sextus e disse: Sempre tem que tá no controle, mesmo quase morrendo. Ela soltou a trava e chutou as costelas dele.

Só tô falando. Te fazendo um favor.

Bem sei como é que você faz favor pra alguém. Ela chutou a perna dele que ficou numa posição esquisita joelho dobrado pra cima e a perna torcida pra trás e assim ficou.

Anda com isso, disse. Não sinto nada do pescoço pra baixo, Darlene. Eu preciso que faça isso, não quero ficar igual à Elmunda, não quero precisar de alguém cuidando de mim direto, me vestindo e limpando minha bunda como um neném. Vamos!

Darlene abaixou a espingarda. Se ele tava tentando tipo uma psicologia reversa nela rolou. Ela não quis mais fazer o que Sextus disse de jeito nenhum. Não, disse ela. Eu sei o que quero. Alguma coisa no rosto de Sextus deixava ele duas vezes mais bonito quando implorava por alguma merda. As sobrancelhas se curvavam igual a um doritos e aquele espaço entre elas enrugava. O cara sabia *muito bem* como fazer as pessoas tocarem como ele queria era caso de puro magnetismo animal ou uma merda dessas.

De longe alguém — devia ser o Jarvis — gritou pra Darlene não matar Sextus como se tivesse percebido agora que ela tinha enfiado a arma na cara do sujeito.

Me fala o que quer, querida, disse Sextus. Garanto que vai conseguir o que quiser.

A gente revirou os olhos com essa merda. Darlene fez uma longa pausa e estreitou os olhos fitando a cabeça branca-azulada do Sextus se contorcendo na estrada só uns trinta centímetros dum buraco largo onde os miolos dele iam se espalhar se ela puxasse o gatilho. Bem nessa hora TT começou a chutar How na cabeça meio ensandecido talvez tentando apagar ele e empurrava Jarvis, Sirius e Tuck pra longe toda vez que algum mano tentava segurar e puxar ele dali. O rosto dele tinha a expressão de quem queria que todo mundo soubesse que botava fé no que tava fazendo tá ligado?

Uma brisa fria soprou por trás da blusa de Darlene e por um instante ela pôde ver como aquela paisagem devia ser dez milhões de anos atrás debaixo d'água quando os continentes se tocavam e os morros se erguiam no fundo do mar e todos os peixes eram tipo uns monstros bizarros que não enxergavam porra nenhuma. Quase nenhum raio de sol conseguia penetrar lá embaixo. Tudo ali ao redor fez Darlene sentir como se tivesse se afogando debaixo dum quilômetro de água.

Ela voltou pro presente um pouco mais longe de mim olhando pra expressão doce e sofrida do Sextus e pensando naquelas sobrancelhas. Ela ficou pensando: *São grossas igual às do Sirius e com o formato igual ao buraco dum violino*. Alguma merda poderosa dentro dela desejava mais tempo pra curtir a sensação de amar ele, odiar ele e controlar o cara inválido. Ela contornou as sobrancelhas dele com a ponta da espingarda e disse: Sabe o que eu quero? Quero um emprego de verdade.

25.

SUMMERTON REVISITADA

Eddie finalmente teve notícias da mãe algumas semanas depois de ter escapado. A casa da tia passou a receber ligações misteriosas numa frequência incômoda. Bethella atendia ao telefone e ouvia silêncio ou respiração, então desligavam. Quando parou de atender, às vezes o telefone tocava por até meia hora. A princípio Eddie ficou preocupado que o pessoal da Delicious houvesse descoberto para onde ele tinha ido, talvez torturando sua mãe. Mas aí, certa noite, ele viu a tia perder a compostura e gritar ao telefone.

Por favor, se identifique!, disse ela para o bocal. Quem tá ligando, pelo amor de Deus? O que você quer? Vou chamar a polícia se não parar com esse assédio!

O tom agitado fez Eddie se recordar da relação entre as duas irmãs. Na vez seguinte que o telefone tocou por tanto tempo e que Bethella não estava em casa, ele derrubou o telefone do gancho, ajeitou-o no chão com a boca e colocou o ouvido do lado para falar.

Após uma saudação sentimental e chorosa, Darlene explicou, em um longo e tortuoso monólogo, que supôs que ele tivesse procurado por Bethella, então ligou para o antigo pastor da irmã, que de maneira um tanto relutante fornecera a ela o novo contato. Ela pediu desculpas pelas ligações estranhas, mas disse que ao mesmo tempo havia gostado de ouvir a voz da irmã outra vez. Ela mencionou alguma coisa sobre tomar conta de Sextus no hospital e, àquela altura, ele deduziu que ela não tinha largado nenhum dos antigos hábitos. Ele mudou de assunto para contar à mãe sobre Fremont e eles o louvaram por um momento.

Quase imediatamente após esse silêncio na conversa, Eddie descreveu um plano em que voltaria à Delicious, embora agora ele se incomodasse com o fato de que, na pressa de fugir, só conseguisse se lembrar parcialmente de onde estava quando havia reconhecido que estava na Louisiana — algum lugar perto de Ruston, relembrou, o primeiro lugar onde parara.

Quase sem pausa para respirar, Eddie começou seu próprio monólogo, detalhando quando exatamente planejava voltar para buscar a mãe, onde encontrar com ele e que horas. Ele voltaria dirigindo o carro de Jarvis e Bethella iria atrás. Os carros parariam por cinco minutos a alguns quilômetros do armazém, onde uma árvore específica se curvava ao lado da estrada. Botariam quantos trabalhadores coubessem nos carros e os levariam à cidade mais próxima — Shreveport, acreditava — em que os Fusilier não tivessem influência. Ele devolveria o Subaru para Jarvis em Houston e deixaria todos os outros em uma delegacia no caminho para que testemunhassem contra a Delicious, se é que isso ia adiantar, porque ele duvidava que a polícia fosse fazer qualquer coisa para valer. Ele não conseguiria viver em paz se não tentasse pelo menos revelar o que era aquele lugar e fazer com que fosse fechado, disse à mãe.

Não precisa, disse Darlene quando o filho terminou. Não precisa, repetiu num tom artificial, quase tranquilizador, que fez Eddie se perguntar se ela tinha mudado seu vício para antidepressivos. Vou morar em Summerton agora, disse ela. Tô cuidando do Sextus e da Elmunda — aliás, vou cuidar quando ele sair do hospital. Sextus ficou paralítico na fuga e você sabe que Elmunda sempre teve um monte de problema. É por isso que eu tô dizendo que você pode vir pra casa se quiser. Ela deu o número do telefone do hospital e de Summerton.

As mudanças que ela descreveu pareceram surreais para Eddie; seu queixo caiu quando usou a palavra *casa* para descrever a Delicious. Casa?, repetiu ele. Esse lugar não é a casa de ninguém. Tão fazendo lavagem cerebral em você, mãe.

A mãe explicou que tinha ligado não só para ter certeza de que ele tava bem, mas também para pedir que voltasse. Ela tinha assumido a responsabilidade dos negócios da fazenda e as coisas tinham melhorado muito. Vários avanços tinham sido feitos já nas primeiras semanas, desde que Eddie tinha encontrado Bethella. As coisas estavam mudando, repetia ela. Já tinham religado os orelhões, que na verdade não estavam quebrados, e a maioria dos trabalhadores ia poder ir embora em breve se quisesse, no máximo em alguns meses. Sextus e Elmunda não podem mais tocar o negócio, disse ela. Eles tão doentes.

Isso não quer dizer que você pode ir embora?, Eddie quis saber. E vir pra cá?

Não, não, preciso ficar, disse ela, num tom que soou como se quisesse tranquilizar o filho de algo que ela recusava a dar vida em palavras. Ela riu. E acho que Bethella também não vai me receber, disse. Hammer e alguns outros tão indo embora hoje à noite, encontraram dinheiro pra passagem de ônibus sei lá onde. A gente não sabe o que aconteceu com a Michelle, mas ela fez o que quis e espero que tenha se dado bem. Você devia mesmo voltar, querido.

Mãe, o que aconteceu com as minhas mãos?

A linha ficou muda. Eddie, sei que você sabe o que aconteceu, Darlene finalmente conseguiu dizer.

Quis dizer onde elas estão. Porque eu nunca mais vi.

Acho que você não quer saber de verdade. Só tá tentando magoar sua mãe, disse Darlene. E talvez ela mereça. O silêncio retornou por um instante longuíssimo e depois ela disse: TT. A gente parou pra fumar e acho que TT pôs a sacola no chão, e quando a gente se deu conta... precisava andar rápido, querido. Tá? Mamãe estragou tudo de novo. Mas agora ela tá tentando dar um jeito. Tá muito diferente aqui, tá tudo diferente agora.

Eddie quase se afastou do telefone, revoltado com o destino dos membros, mas a imagem de Sextus e a falsa risada tímida dele veio à mente, além da imoralidade que as expressões dele escondiam tão mal. Eddie não acreditava que as coisas tivessem mudado tanto em tão pouco tempo, e jurou nunca mais voltar à Delicious. Será que os Fusilier tinham forçado a mãe dele a ligar pra que ele voltasse? Para aprisionar e impedir que ele expusesse o negócio? Fazia sentido tentarem, considerando o vício da mãe em crack, em Sextus ou em alguma combinação perversa das duas coisas.

Eddie prometeu a si mesmo que devolveria o Subaru a Jarvis, que então escreveria alguma coisa no jornal que contasse ao mundo o que a Delicious tinha feito a ele, a Sirius e aos outros. Então eles tirariam a mãe de lá, mesmo que contra a vontade dela, e descobririam o que a tinha feito parar de falar da Delicious como um pesadelo e passar a considerar o lugar um palácio dos sonhos em tão pouco tempo. Será que ela queria mesmo ir embora, afinal? Talvez, percebeu, ela estivesse fingindo querer ir embora só para acalmar ele.

Sem dizer mais nada, Eddie soltou o telefone no gancho com a boca. Mas depois, em meio à sensação crescente de medo, surgiu a desconfiança de que as coisas tinham dado mais errado do que a mãe tinha a liberdade de descrever. E pairou sobre ele a preocupação de que alguém, Sextus ou Elmunda, ou mais provavelmente How ou Jackie, estivesse ao lado de Darlene com uma arma afiada no pescoço dela. Talvez Sextus tivesse uma necessidade tão terrível, tão forte, que Eddie voltasse à Delicious e mantivesse sigilo, que eles matariam sua mãe se não voltasse. Uma náusea surgiu na barriga e no peito e ele sentiu desorientação violenta, como se fosse uma ampulheta bem na hora que alguém virasse.

Depois daquilo, Eddie ligou para Darlene quase todos os dias para tentar convencer a mãe a sair da fazenda. A recusa dela em permitir o resgate se tornou muito frustrante. Se ele tivesse ficado mais perto da Louisiana, poderia fazer um resgate forçado, apesar do desastre do primeiro. Por fim, Darlene se recusou a falar de largar a Delicious a não ser que ele considerasse voltar. Quando ele recusou e a alfinetou,

Darlene desligou na cara dele e depois parou de atender ao telefone. Seus atos magoaram Eddie, e quando Bethella garantiu que a irmã estava irremediável, ele acabou desistindo.

Por volta dessa época, alguns meses depois de Eddie ter deixado a fazenda, Jarvis finalmente o localizou.

Como que me achou?, perguntou Eddie.

Jarvis explicou que o departamento de trânsito de St. Cloud o contatara a respeito de uma multa de estacionamento, o que deu a ele a primeira pista. Pela multa eu deduzi que você tinha fugido pra St. Cloud. Procurei por um faz-tudo, perguntei por aí. É isso que repórteres fazem.

Aposto que quer o carro.

Sim, quero, disse Jarvis, depois se ofereceu para buscar o carro, contanto que Eddie falasse com ele o que tinha acontecido na Delicious. Jarvis podia fazer o jornal pagar parte da viagem e o restante ele poderia deduzir dos impostos.

Não posso, falou Eddie. Não quero que nada aconteça com a minha mãe. Ela ainda tá lá.

Ainda tá lá? Que ótimo! Quer dizer, não é ótimo, mas que história.

Eles conversaram mais um pouco e, no fim, Jarvis disse a Eddie que ele deveria ficar com o carro por enquanto. A maioria das pessoas com quem preciso falar tá por aqui na Louisiana, disse o jornalista. Posso usar o carro da minha namorada. Eu pago a passagem.

****

No fim da primavera seguinte, quando Eddie estava no Minnesota fazia pouco mais de um ano, dez meses depois do telefonema, Jarvis finalmente chegou para reaver seu veículo. Ao longo de uma ou duas horas, Jarvis atualizou Eddie da reportagem investigativa. Ele leu para Eddie um trecho do tratamento inicial da série em cinco partes que sairia no *Chronicle*.

Poucas pessoas apareciam na Delicious hoje em dia, disse. Às vezes, um dos antigos sócios dos Fusilier podia dar as caras no portão principal, que a família mantinha trancado para impedir surpresas. Qualquer visitante que conseguisse entrar provavelmente ouviria histórias patéticas do rápido declínio das finanças da Delicious após o acidente, da magnitude das perdas da família, da estranha atmosfera que parecia ter crescido junto do *kudzu* que agora corria solto por mais de um terço do vasto terreno da empresa. Então o visitante já estaria condicionado a sentir pena da ruína financeira dessa família. Para os mais perceptivos, no entanto, era provável que tal sensação desse lugar à suspeita de que, além do triste destino do casal e da fazenda outrora próspera, um tom peculiar e talvez sinistro de negligência e corrupção tivesse tomado não só as plantações de melancia e campos de tomate, onde agora crescia mais mato do que frutos, mas também se esgueirasse por trás de cada visitante, armado com o dom de desaparecer antes de ser observado. Você virava o rosto num átimo e seus olhos não viam nada, mas a sensação de uma presença malévola permaneceria por um instante, como um rastro de limpador de vidro evaporando em um espelho.

Eddie aguentou o jornalista e suas metáforas elaboradas e manteve uma conduta educada, mas é claro que o que ele mais queria ouvir era que a mãe tinha recuperado o juízo e logo se livraria daquele lugar terrível.

Ela diz que tá cuidando da fazenda agora, disse ele a Jarvis.

Sério?, indagou Jarvis. Se é isso, não é oficial. Nem legal. Mas ela se comporta mesmo de um jeito estranho nas reuniões de negócios.

Será que ela vai embora de lá?, perguntou Eddie diretamente.

Ela vai acabar tendo que ir, disse Jarvis. Mas escuta, vou chegar lá — acho que ela tá fazendo uma coisa mais estranha, pelo menos de acordo com as entrevistas que eu fiz com algumas pessoas que tentaram fazer negócios com a empresa. Jarvis seguiu contando que alguns homens poderosos, homens com gosto por charuto, homens que visitavam as acomodações de Sextus e bebericavam Bourbon puro, sugeriam que ele vendesse uma parte da fazenda para atrair interesse imobiliário — um cara queria construir um condomínio inspirado na arquitetura do French Quarter, outro tinha a proposta para um parque de diversões. Por causa de sua condição, Sextus sempre os recebia no andar de baixo e todos notavam, após mais tempo do que pensavam ser possível, uma figura mal iluminada, que Sextus dizia ser Darlene, na sala anexa, trabalhando em alguma coisa que eles não conseguiam distinguir direito devido à pouca luz. No entanto, todos relatavam ruídos de metal, talvez peças chocando-se umas às outras, ou o baque de bengala grossa, de uma longa vara de metal raspando o interior de um tubo de metal ou de pés martelando sobre o tapete, mais ao fundo.

Ah, essa é Darlene — limpando as armas, explicava Sextus. Tá limpando as armas.

De trás dos visitantes, Darlene às vezes tossia, ria ou pigarreava e, em alguns momentos, os visitantes achavam que fazia comentários sugestivos sobre os negócios em andamento na sala, apesar de julgarem impossível que alguém ouvisse claramente a conversa daquele ponto. Um sujeito disse que achou que tinha visto ela fingindo apontar a arma para a cabeça de Sextus e que, ao mesmo tempo, ele ouviu uma minúscula risada reverberando pelo teto.

Todos os acordos propostos na sala, como os visitantes saberiam se tivessem conversado uns com os outros, chegavam ao mesmo destino ambíguo. Sextus às vezes concordava com algum aspecto das ofertas dos investidores potenciais, então o velho rascunhava um contrato preliminar com a equipe jurídica do ávido incorporador, mas independente do fato de os sujeitos pagarem a entrada ou alguma porcentagem para garantir o vínculo aos Fusilier, um período imutável de inércia e inatividade se seguia.

Após a notícia ter se espalhado e alguns investidores os terem processado com êxito parcial em reaver o dinheiro, o número de interessados diminuiu para alguns caipiras de Ohio e, certa vez, de Billings, Montana. Todos pareciam ter limpado mentalmente o macegal que estrangulava o terreno e se imaginado no centro da fazenda de gado onde o rebanho de vacas se estendia, mugindo, até onde a vista alcançava, em todas as direções, e cada vaca desejava do fundo do coração se tornar um Big Mac e alimentar famílias inteiras de viajantes rotundos ao longo das rodovias interestaduais.

Consegui algumas informações com gente que também saiu de lá faz pouco, disse Jarvis.

Um dia, perto do fim do verão anterior, pouco depois que Sextus voltou para casa ao deixar o hospital, Darlene recrutou alguns trabalhadores para levá-lo na cadeira até o campo mais próximo. Primeiro ele se admirou com o calor, depois reclamou dele até chegarem ao celeiro, onde Darlene instruiu os caras para que limpassem e saíssem com o trator vermelho: o amigo dele, o cavalo de guerra que tinha uma camada de ferrugem em volta dos aros, algo que sempre parecia ter se espalhado um pouco mais toda vez que eles se reencontravam. As pupilas de Sextus se dilataram e seu rosto assumiu a expressão de uma criança comportada na hora da sobremesa. Darlene fez questão que ele estivesse com um boné oficial da Delicious para proteger os olhos do sol do fim de tarde. Depois que o boné o fez parar de franzir os olhos e que o calor parou de incomodá-lo, ele pediu aos ajudantes que o botassem mais perto, embora ele soubesse que eles não tinham escolha. Eles o posicionaram no assento do trator como se ele ainda pudesse atravessar os incontáveis acres da fazenda daquela mesma maneira que, no passado, deixara os trabalhadores constantemente de guarda.

Três pessoas foram necessárias para mantê-lo ali, uma do lado esquerdo e outra do direito, segurando suas mãos moles no volante e imitando, para ele, o ato de dirigir, ao estilo de certos tipos de fantoche; e um terceiro, atrás dele, usando a barriga para que Sextus apoiasse as costas inúteis, como o tronco da árvore dando suporte à videira.

Para economizar gasolina, nem ligaram o motor. Mesmo assim, Sextus disse que queria ficar ali o dia todo. Não é um vidão?, comentou ele. Isso é que é viver.

Então ajudaram o homem a tomar uma lata de cerveja. Horas se passaram. Perto do pôr do sol, ele fitou ao longe, o horizonte se tornava carmim e sopros frios de vento levantavam e abaixavam a gola da camisa. Então disse *Tô com frio* em um tom que queria dizer tanto *Preciso entrar agora* quanto *Estou morto há muito tempo*. Na brisa amena do sul, a frase parecia querer dizer tudo, exceto o que disse. Os homens tiraram Sextus do trator, puseram ele na cadeira, puseram a cadeira na van, então a van vacilou pela curta distância de volta para casa, avançando pela estrada esburacada.

26.

CHRONICLE

Naquele outono o tempo tava quase sempre nublado como se tivesse travado no modo neblina. Por isso parecia que a maldita fazenda não tinha conexão com porra nenhuma mas é desse jeito que o povo gostava lá em Summerton. Já tinha dado quase dois anos da fuga e tava com cara que não ia mudar mais nada como se a bruma tivesse só confirmado aquela merda.

Daí numa manhã a voz dos âncoras Jim Pommeroy e Gigi Risi ecoou pelo corredor como sempre só que Elmunda começou a gritar mais alto que a TV e a vadia não parava. A gente tava tipo: Que porra é essa? São só 6h30 da manhã tá ligado? Darlene tava com Sextus na varanda de baixo e tinha conseguido enfim que ele ficasse sentado direito naquela cadeira do caralho. Ela meteu um bloquinho de madeira debaixo do encosto da cadeira de rodas mas agora parecia que Elmunda tinha caído e quebrado o osso do rabo.

Darlene subiu as escadas e foi pro quarto dela pra ver que caralho tava rolando. Elmunda apontava pra TV gritando feito uma descaralhada: Ouvi meu nome! Falaram Sextus e falaram o meu! Como pode! Que que tavam falando da gente?

Darlene parou na porta pra recuperar o fôlego. Vez ou outra Elmunda dava uns ataques — geral dizia que o problema dela era mental e não físico — então Darlene nunca dava muita bola pelo menos não de primeira. Tentando não parecer que tava cagando ou tipo assim ela disse: Provavelmente falaram alguma coisa que parecia o teu nome e o dele, dona Elmunda. Ela sabia bem que tom usar com a dona da casa. Pelo que deu pra ver Elmunda não gostou daquela explicação aquietou e franziu o cenho pra Darlene daí virou pro lado pensando em sabe lá Deus o quê. Ela se virou outra vez numa atitude menos louca agora mas deu dois palitos e ela já tava toda cheia de razão de novo.

Darlene ainda tava parada ali pronta pra moer qualquer fantasia paranoica e idiota de Elmunda pra não dizer moer a dona da casa mesmo mas depois dum monte de propaganda de remédio e de casa de repouso pra velho e de uma história de cortar o coração de um hipopótamo e um wallaby do zoológico de Monroe que tavam apaixonados a repetição das notícias provou que Elmunda tava certa. E ela ficou mais braba que temporal e começou a resmungar toda surpresa como se nunca tivesse percebido que as pessoas de quem falavam na TV também pudessem viver fora dela. Darlene pensou: *Ela parece que nem ouviu o que disseram no noticiário. Ela só tá reagindo ao som do nome dela e do marido.*

Darlene sabia que mais cedo ou mais tarde ia rolar uma dessas mas a vida tinha feito ela acreditar que as coisas que ela sabia que iam acontecer *não iam* acontecer. Então ficou chocada que aquilo tivesse acontecido naquela hora mas na real não tava surpresa. Parecia que o jornal da TV tinha pegado uma reportagem que saiu no *Houston Chronicle* uma investigação em cinco partes baseada no depoimento dum mano chamado Titus Wayne Tyler que tinha trabalhado na Delicious Foods empresa contra a qual Tyler fazia acusações espantosas como Jim Pommeroy falou.

Daí a câmera passou pra Jarvis Arrow e Darlene pensou: *Eu lembro da cara desse cidadão.* Às vezes ela tinha uns problemas de memória. O cara empurrou a armação grossa dos óculos pra cima do nariz balançando a porra da cabeça e falando da Delicious ou pelo menos a versão *dele*. Então mostraram o rosto do TT e esse rosto falou do galinheiro daí ele levantou a camiseta pra mostrar pro povo o tamanho das cicatrizes na lateral do corpo e nas costas marcas tipo umas minhocas gigantes coladas na pele dele. Assistência médica? Ele riu. A gente não tinha assistência médica não. Eu ficava deitado de costas com papel-toalha nas tripas mordendo um pedaço de isopor pra aliviar a dor. Ainda não consigo andar direito não consigo respirar direito pelo nariz.

Darlene lembrava daquilo. Ela pensava em como TT parecia de bom humor o tempo todo que tava doente como ria do pessoal preocupado e que falava pra galera que não queria tratamento especial que era pra tratar ele normal. Mas agora ele tava falando como se aquilo fosse a pior merda que já tivesse acontecido com ele e Darlene achou forçado porque ele tava falando pra geral. Parecia que ele tava contando um segredo de família prum povo que tava pouco se fodendo. Darlene gritou pra Jim Pommeroy calar a boca porra.

Lá de baixo da varanda Sextus gritou pras duas calarem a boca. Os homens de jaleco branco vão levar vocês duas embora, suas cabritas, berrou. Ele ficou em silêncio por um segundo só um pouquinho e depois falou: Pensando bem, continua, continua. Vai ser o dia mais feliz da minha vida.

Daí TT falou duma mulher que tinha levado o filho pra fazenda e que tinha começado a trabalhar lá antes de ter idade pra isso. Aquilo fez a vergonha que martelava no peito de Darlene pegar fogo feito faísca num tanque de gasolina e ela apertou o botão de mudo da TV vendo os lábios feios do TT se curvarem em torno daquelas mentiras do caralho porque ela não precisa escutar pra saber que era mentira. Mas no fundo ela já sabia fazia tempo que um daqueles desgraçados ia matar o esquema. Ela só queria continuar aquilo do jeito dela do jeito que já tava fazendo desmontando a parada por dentro. Mas ela foi pega de surpresa porque TT e Jarvis tavam contando o lado deles sem ter falado com ela antes. Agora a mina tava pensando que um monte de policial filha da puta ia chegar na casa e exigir que deixassem eles entrar e servissem eles; iam pedir pra sentar e iam querer café, chá, água e iam fumar na casa toda e nem era bagulho bom e iam escrever as respostas das perguntas difíceis aquelas que ninguém ali queria ouvir quanto mais falar com uma câmera enfiada na cara.

O dedo de Darlene chegou perto do botão vermelho de desligar no canto esquerdo do controle remoto mas bem na hora que ia apertar ela viu o rosto e os ombros do Eddie na tela. Era só uma foto mas ver ele ali tonteou ela. Ela se encolheu e sentou devagar na poltrona reclinável do lado da cama da Elmunda. A essa altura a raiva da senhora tava mais pra brasa do que pra labareda. Elmunda tinha cruzado os braços e retorcido a maldita boca prum lado mas ela tava tão putaça que não conseguia falar mais nada.

Darlene mexeu o rabo pra frente da poltrona depois fechou os olhos e ligou o som pra poder ouvir TT falar de novo. Ela teve que admitir que o que ele tava falando do alojamento, do armazém e daquela merda toda não tava errado mesmo nem era mentira nem nada mas ela não aguentava ouvir ele falar da experiência dele mesmo assim coisas tão próximas da vida dela e fazendo tudo aquilo parecer tão duro e revoltante; ela tinha certeza que aquele Jarvis idiota tinha mandado ele falar aquilo pra foder com o lugar pra poder ganhar compaixão e pra todo mundo concordar com ele sobre a Delicious. Se ele não parasse aquela punhalada no passado dela ia continuar cortando indo cada vez mais fundo então ia abrir a porra das lembranças sobre tudo o que ela tinha passado na fazenda. Tavam voltando tudo e picando ela como se tivesse batido num vespeiro: o trabalho bom que ela achava que ia apagar a merda toda que ela queria que eu ajudasse a esquecer como ela perdeu os dentes, andar pelas ruas comigo, as facadas, os garotos com as latas de cerveja, os sapatos amarelos, aquele pedaço de tronco maldito. Fora a maneira como ela tinha botado a última gota de fé na Delicious — toda delicada como se tivesse botando de volta um passarinho bebê caído do ninho — e mais uma vez o mundo tinha jogado nela uma avalanche de merda e crueldade que derrubou a porra da árvore inteira. Se tivesse acontecido com algum idiota lá longe ou que não fosse real ela ia pensar que era quase engraçado.

Ela não conseguiu ouvir mais a notícia por causa dos pensamentos. Quando o jornal acabou ela se levantou da poltrona e deixou Elmunda ali quase soltando fogo pelas ventas tentando decidir que programa assistir trocando de canal e rejeitando um por um com um grunhido ou um grito de ódio. Darlene desceu pelo corredor com os braços moles olhando pra alguma merda bem na frente dela que ninguém mais enxergava e aí quando chegou no quarto dela e fechou a porta desabou na cama e pegou o cachimbo de vidro na mesinha de cabeceira. Ela me colocou lá dentro e acendeu. Eu sorri pra ela sem rosto, chiei e estalei que nem sempre enchendo o interior do cachimbo com uma fumaça bem grossa. Eu abri uma porta dentro da fumaça ela entrou e saiu correndo por um corredor imaginário passando por um monte de quarto na mansão que construí pra ela até que achou um quarto com lareira acesa em frente a um sofá quentinho de tecido macio de tremer a buceta quando passa a mão. Eu botei um cobertor na ponta. Ela ficou vendo a fumaça flutuar pelo quarto um tempo depois pôs o cobertor nos ombros e apertou bem firme por cima da cabeça e tudo.

Tu nem vai acreditar que logo depois que a gente ficou confortável junto e Darlene deitou nos meus braços de fumaça um telefone maldito que ela nem tinha visto num pedestal perto do sofá começou a tocar. De repente a gente tava de volta na mansão de verdade. Ela tirou a cabeça de baixo do cobertor e eu falei pra ela não atender o telefone porque não era um telefone que eu tinha botado ali mas ela atendeu e ouviu vozes no telefone, com perguntas difíceis e exigindo falar com algum morador da casa. Ela falou praquelas vozes irem se foder mas elas insistiram, então ela bateu o telefone. O filho do Sextus e da Elmunda Jed entrou no quarto seis anos de idade e falou a mesma coisa que a voz perguntando o que tinha acontecido com os pais com aquela vozinha de criança. Darlene podia desligar o telefone mas não podia desligar a criança então ela jogou uma garrafa de plástico vazia no moleque.

Ele desviou da garrafa e foi até ela. O que aconteceu, dona Darlene? Por que a mamãe tá gritando?

Não seja ridículo.

Isso não é resposta. O que aconteceu? Eles tavam na televisão.

Aquela criança era um detetivezinho do cacete.

Darlene pensou em falar a verdade mas eu falei: Nem a pau, não conta a verdade pressa criança! E ela falou pra ele: Não vai acontecer nada com você ou com teu pai e tua mãe, Jedidiah. Ela falou essa merda em vez de *Teus pais foderam um monte de pretos e eles podem ir pra cadeia por um tempão, então te prepara.* É preciso proteger uma criança, falei, e o melhor jeito de proteger uma criança é mentir até o cu fazer bico. Ela tentou me falar alguma merda do Eddie quando ele tinha mais ou menos a mesma idade e como ela se sentiu mal por mentir pra ele sobre o pai mas falei: Se liga. Ela puxou o cobertor pra cima da cabeça de novo.

Debaixo do cobertor ela disse: Não te preocupa, Jed. Jed continuou preocupado e perguntando mas acabou aceitando o conselho quando ela falou: Tá bom, se preocupa então, mas se preocupa lá longe.

Ela respirou aliviada quando o menino desapareceu. Mas Jed já tinha feito ela pensar mais em Eddie então decidiu que não ia deixar mesmo Eddie falar com Jarvis ou com TT do que tinha rolado. O que eles fizeram tinha exposto ela e feito aquelas vozes esquisitas saírem do telefone e do menino aí ela ligou pro Eddie pronta pra comer o rabo dele. Das primeiras sete ou oito vezes o número não tava certo e aí algum idiota nervoso ficou puto com ela tipo: Para com isso, piranha, sai fora, mas ela continuou ligando até achar o número certo.

Ela conseguiu falar com Eddie e gritou com ele tipo freio de trem mesmo não querendo. Eu achei que ele fosse entender e parar de investigar com aquele cara porque Darlene tinha tudo dominado e podia cuidar da fazenda e das pessoas que administravam a fazenda se ninguém se metesse nem contasse pro mundo tudo o que tinha acontecido lá ou acontecido com o pessoal que tocava a empresa.

Eddie tentou falar pra ela ficar calma e que ela não tava parecendo equilibrada como se tivesse curtido demais comigo. Ele falou umas merdas pra ela merdas que magoaram pra cacete tipo que ela tava muito colada comigo aí ele perguntou na cara dura se ela tinha parado de ficar comigo e mesmo comigo ali do lado ela falou que sim porque eu sempre falava pra ela que quando tu não quer que os filhos da puta que te acusam tejam certos tu não pode admitir que a acusação deles é verdade tu precisa te defender.

Eu não sou viciada nem craqueira, disse Darlene. Não posso mais fumar tanto porque preciso administrar tudo, então agora eu fumo mais à noite, quando fumo. Às vezes fico sem fumar dois dias inteiros. E por que isso é da sua conta?

Eddie riu daquilo. Não posso culpar aquele idiota.

Aí Darlene falou pro moleque que ele se achava bom demais pra voltar pra Delicious e pra ela então o que que o Scotty tinha a ver com isso? Ela falou pra ele que ia descobrir uma maneira de dar o troco se ele cooperasse com a investigação. Ele insultou a mãe de novo pediu desculpa depois pediu pra ela me largar e insistiu nisso tanto que Darlene ouviu aquele fracote desatar a chorar no telefone. Sério. Darlene tirou o cobertor da cabeça se endireitou e inclinou pra frente. A gente achou que agora tava com a vantagem.

Os dois começaram a gritar no telefone aí Eddie desligou na cara dela então Darlene ligou de volta algumas vezes e o cara nervoso que ela tinha ligado antes por acidente falou alguma merda idiota de medida cautelar. Quando Darlene acertou o número Eddie reclamou de mim e falou pra mãe que ela tinha ficado na Delicious por causa da droga e do Sextus e disse outras merdas do que ele pensava que ela pensava do corpo do Sextus especificamente da pele dele e da brancura da pele. Tem muita treta aí que Darlene não lembra inclusive um monte de queixa que ela berrou e que Eddie berrou de volta aí outras vozes no telefone sei lá.

Alguns dias depois Elmunda viu a foto da Darlene na TV. Ela chamou Darlene no quarto e elas ouviram Jim Pommeroy falar do que Darlene tinha dito as próprias palavras dela aparecendo na tela e uma gravação barulhenta da voz dela no telefone dizendo: Ninguém fez nada de errado e Como você se atreve e A verdade vai acabar aparecendo, como sempre aparece.

Eu falei pra Darlene: Teu próprio filho te gravou sem tu saber, aquele filho da puta. Isso não tá certo. Ela ficou paralisada; o maxilar tensionado. Ela não conseguia nem sacar aquela merda.

Daí a gente precisou fazer todas aquelas vozes de gente estranha as perguntas do Jed, do Eddie e do cara nervosinho pararem de sair dos telefones das televisões, dos rostos e das bocas em volta. Então eu e Darlene a gente se mandou pelo corredor de fumaça que eu fiz pra ela o mais rápido que a gente pôde e bateu a porta. Darlene sentou no sofá e botou as pernas em cima deitou de comprido e se enrolou toda igual a uma bola. Ela embrulhou as pontas do cobertor em volta dos pés dela como se fosse uma muda de planta. Quando a mina viu que o telefone ainda tava no quarto ela sentou de novo e chutou a mesinha que caiu com um barulhão. O telefone fez barulho e tocou ao mesmo tempo que bateu no chão. Darlene puxou o cobertor por cima da cabeça de novo e eu botei meus braços de fumaça em volta dela e a gente ficou ali deitado até não ouvir mais nada.

27.

JULGA-MENTOS

Enquanto juntava a galera pra ir pro tribunal naquela manhã em Oak Grove Darlene tava toda orgulhosa que mesmo depois das reportagens levou três anos praqueles abutres (nome que Sextus deu pros investigadores) descobrirem algum crime ligando ele à Delicious. Acabou que Sextus nunca tinha gerenciado nada com o nome Delicious Foods ele administrava uma parada chamada Fantasy Groves LLC que só terceirizava pra Delicious e ele falou pras autoridades que não sabia porra nenhuma do que a Delicious fazia com o povo. Darlene tava menos orgulhosa de não ter falado tanto com o filho esse tempo todo mas Eddie era um cabeça-dura do caralho e ninguém conseguia meter juízo nenhum ali.

Não tinha tanta gente querendo ir lá e falar o que tinha acontecido na Delicious. Ao contrário de certas pessoas elas não gostavam de passar vergonha. Além do mais os detetives não conseguiram encontrar quase ninguém pra perguntar nada. A galera falou que depois que TT, Sirius e Tuck quase tinham matado How na porrada ele voltou de carona pra Juárez. Ninguém teve mais notícia de Jackie depois que a mina entrou num ônibus Greyhound pra Monroe.

Eles pegaram os depoimentos de Sirius, TT, Tuck e Michelle que no fim das contas tinha conseguido vazar da fazenda, daquele jornalista e do Eddie lógico mas Darlene não participou de nada nem teve que ir pro julgamento porque nem botaram o nome dela no processo. A maioria dos outros queria esquecer o lance todo. Além disso os Fusilier ainda tinham um nome bom pra cacete na paróquia de Appalousa e um monte de filho da puta daquela região devia horrores pra eles tipo porque o tataravô Phineas Graham Sextus emprestou um saco de grão e uma ferradura pra algum branquelo pobre lá na porra de 1843. Daí as merdas atrasavam eram adiadas um mistério e pessoas do lado da promotoria receberam ligações ameaçadoras em casa as latas de lixo delas pegavam fogo do nada e um coquetel molotov foi atirado na janela panorâmica de alguém e queimou metade da casa. As pessoas tão sempre tentando agir como se as coisas tivessem mudado mas ninguém nunca *quer* que as coisas mudem.

Darlene deixou todo mundo bonito praquele tribunal. Ela passou cera cheirosa no cabelo do Sextus, enfiou o lenço amarelo no bolso do terno escuro que ela tinha comprado pra ele deixou o mano nos trinques. Depois que levantou as pernas dele pra entrar no táxi e desmontou a cadeira pra botar no porta-malas ela pensou: *Que pena que mais nada funciona.* Depois deu um beijo debaixo da orelha dele que fez o mané sorrir igual a um bocó.

Eu falei pra ela: A língua dele ainda funciona mas ela fingiu que não ouviu. Ela até lustrou as muletas da Elmunda e passou um dos vestidos enrugados dela um tão velho que tava na moda de novo porque agora era *vintage*. Então ela engraxou os sapatos marrons do Jed. Na porta quando o táxi chegou Jed virou pra trás e viu Darlene com a melhor roupa de domingo na varanda agarrada no pórtico de madeira como se ela não fosse a lugar nenhum nem se tentassem puxar ela dali pra enfiar no táxi. Gaspard vai encontrar vocês no tribunal e descarregar todo mundo, disse ela.

Jed falou: Vamos, dona Darlene, o que tá esperando?

Eu vou depois, disse ela. Vão indo na frente!

O táxi fez o retorno na entrada e Darlene viu Elmunda olhando pra casa talvez pra ela o maxilar tenso e os olhos apertados tipo buraco de moeda. O ruído dos pneus no cascalho se transformou num ronco alto de motor desaparecendo colina abaixo. Então Darlene soltou o ar. A intensidade daquele momento era tanta que eu e ela voltamos lá pra cima pra um tapinha rápido só pra dar uma relaxada e quando nosso táxi chegasse a gente podia até mandar ele embora e voar pra lá de tão alto que a gente tava.

A gente chegou no tribunal tarde pra caralho depois que o julgamento já tava rolando mas a gente nem ligou já que pra começo de conversa a gente nem tá lá. Eles deixaram a gente entrar no prédio parecia o aeroporto às quatro da manhã de tanto silêncio e os sapatos da Darlene faziam *ploc-ploc* bem alto no corredor. A gente acendeu um no banheiro feminino e se perdeu pra chegar na sala do tribunal apesar de nem ter tanta sala. Darlene esperava pegar Eddie do lado de fora não no banco das testemunhas ou coisa dessas depondo contra a Delicious — quem sabe pudessem conversar e ela convencesse o filho a retirar as acusações. Ela via os manos de longe gente que achava que era ele aí chegava perto e falava: Ah, não pode ser ele, esse tem mão. Pouco antes da gente entrar na sala certa ela viu o segurança entrar e o coração dela explodiu mas falei Darlene te acalma caralho não vão te fazer teste de droga aqui.

Os nervos da Darlene tavam esticados de tensão antes de entrar na sala — um pouco porque ainda tava preocupada de ser acusada de gerente das operações da Delicious mas falei pra ela não viajar que o nome dela não aparecia em nenhum documento oficial. Pelo menos a gente achava que não. Ela tinha feito uma coisa bem esperta e passado a receber como cuidadora sem registro e não sócia daquela empresa ridícula. Ninguém podia provar que ela tinha tocado os negócios nos últimos anos e se tentassem ia virar aquilo da palavra deles contra a dela. Eu falei: Tu não mandava nada tu só sei lá fiscalizou. Tu só pagava conta e o pessoal que cuidava do terreno, não deixou comprarem o lugar e ainda reduziu a fazenda prum tamanho que dava pra manter tu e a chefia comendo. Eles não vão tentar te derrubar junto. Pelo menos Sextus não.

Além do mais ela começou a mudar as coisas lá já no primeiro dia. Na manhã depois de voltar do hospital com Sextus ela destrancou o galinheiro e na chamada anunciou pra geral que tava todo mundo livre pra ir embora.

Vou fazer umas mudanças já, disse pra eles. Certos elementos criminosos faziam as pessoas acharem que não podiam ir embora. Já informei ao sr. Fusilier desses elementos criminosos e resolvemos o caso. Todo mundo preencheu a lacuna dos responsáveis pela criminalidade com How e Jackie mesmo sem Darlene explicar.

Pra surpresa dela os filhos da puta não correram daquele hospício na hora.

Uma tal Jequita disse: Mas e a dívida? Eu devo $942,22.

A dívida era falsa, pessoal, anunciou Darlene. Esquece. Hoje a gente começa do zero. De agora em diante, a gente vai pagar só o que a gente *deve*. E guardar registros detalhados. De verdade. Vocês podem continuar no alojamento se quiserem — a gente vai limpar ele também, botar as galinhas em outro lugar —, mas podem morar onde quiserem.

Darlene mandou tirar aquele cachorro agonizante e o amigo mal encarado dele do pátio na mesma hora como prova. A maioria bateu palmas. Outros choraram. Mas ainda assim ninguém saiu correndo. A maioria ficou parada de boca aberta sem acreditar naquela merda. E por que caralhos iam acreditar?

Na moral?, perguntou um que chamavam de Taurus.

Outro cara que tinha o nome de Ripley disse: Isso é truque?

Na moral, Darlene falou pra eles. Não é truque.

No entanto quando o sol se pôs meio que metade dos trabalhadores tinha arrumado as coisas e pegado a estrada sozinho enfrentando a longa caminhada pra próxima parada da vida ou de volta pra antiga toca sem um tostão. A outra metade disse que não sabia pra onde ir mas ia pensar nos próximos dias e aí tu tá ligado que virou semanas. Já eu não ia pra lugar nenhum e a galera que ficou ali por causa do Scotty percebeu isso rapidinho.

Darlene lembrou da experiência na fazenda perto de Lafayette na infância. Ela juntou isso com o conhecimento sobre negócios adquiridos na Mercearia Mount Hope e começou a registrar direito o que o pessoal colhia e recebia que ainda assim não era muito mas significava tudo pra boa parte daqueles filhos da puta. Eles chegavam e elogiavam ela como se a mina fosse Nelson Mandela ou uma porra dessas. Mas Darlene não tinha resolvido dar uma guinada na Delicious. Ela não queria tornar aquele maldito lugar *lucrativo* só queria um trabalho honesto pagar os filhas da puta pelo que eles tinham feito deixar aquele lugar um pouquinho mais parecido com o que Jackie tinha descrito pra ela no começo. Se a fazenda falir, pensou ela, aí paciência.

Quando a gente entrou na sala do tribunal parecia que a gente tinha chegado atrasado num casório — um casório ruim daqueles que as famílias se odiavam tá ligado? A gente teve o azar de entrar durante uma pausa daí um monte de cabeça virou 180 graus pra olhar pra Darlene. Os Fusilier tavam lá na frente à esquerda com o advogado. Sextus virou e deu aquele olhar indefeso pra Darlene mas ela desviou o olhar daquela merda ligeiro. Atrás deles perto da frente Hammer chamou ela com um aceno. Tinha saído da empresa logo depois que Eddie fugiu e sido contratado por outra fazenda a uns oitenta quilômetros de distância. Darlene não queria sentar do lado da Delicious. Quando ela levantou a mão pra cumprimentar Hammer e ao mesmo tempo se recusar a sentar com ele viu o que pensou que podia ser um fantasma. Uma mulher sentada perto dos fundos à direita inclinada pra frente encarando a tribuna de certo tentando absorver cada palavra daquele julgamento maldito. Ela tava de terno tinha o cabelo partido no meio e uma maria-chiquinha de cada lado estilo que Darlene reconheceu de cara. Darlene se enfiou no banco vazio logo atrás da mulher mas precisou se orientar porque não tinha certeza se era eu que tava zoando com ela.

Michelle, ela sussurrou alto demais.

Minha menina deve ter assustado Michelle porque ela saltou e se virou e pôs a mão esquerda na parte de trás do banco. Darlene percebeu na mesma hora que aquela mulher bem-vestida era Michelle com certeza e que a manga direita não tinha braço dentro; ela tinha pregado a manga no meio e deixado balançando como se fosse uma maldita bandeira anunciando a falta do membro.

A surpresa tomou conta da voz dela. Você conseguiu, disse Darlene.

Por pouco. Dá pra acreditar nesse julgamento? Dá pra acreditar que demorou três anos pra pegar esses filhos da puta?

Não, não dá. Quer dizer, dá, mas não é fácil. Tô tão feliz de ver que você conseguiu.

Darlene teve vontade de se aproximar e abraçar Michelle mas não se mexeu porque vai que abraçar ofendesse uma mulher que só tinha um braço? Ela tinha uma porrada de perguntas de como a mina tinha conseguido escapar e perdido o braço mas o braço perdido distraiu porque ela lembrou de Eddie aí começou a procurar pela sala com o olhar em vez de perguntar. Ela enfim avistou o filho lá na frente à direita sentado do lado duma mulher de aparência respeitável que ela não reconheceu e duma criança que ela não conseguia ver direito. Mas ela ficou putaça pelo jeito que ele tocou no ombro da mulher e botou o garoto sentado do lado dele porque deduziu que fossem uma nora e um neto que ela nunca tinha visto nem ouvido falar na vida. Ficou tonta de pensar que tava tão afastada de Eddie que ele nunca tivesse contado pra ela de mulher nenhuma casamento nenhum e filho nenhum. Até eu fiquei com raiva. Que merda do cacete!

Darlene cobriu os olhos com as mãos e ficou viajando em tudo que ela nunca quis pensar. Ela apertou o rosto como se fosse arrancar fora e mostrar o rosto de outra ali embaixo talvez o rosto verdadeiro que achava que tava escondendo. Daí abaixou as mãos e olhou pra mim — acho que podemos dizer que ela olhou *dentro dela* pra mim — e eu reconheci a expressão que me dava mais cagaço que qualquer outra. Aqueles olhos grandes e úmidos diziam *Desculpa* aquelas pálpebras caídas diziam *Tô cansada* e aquela boca reta dizia *Tô decidida*. Ela tava me culpando por tudo e terminando comigo. Eu já ouvi isso mil vezes antes claro mas isso significava que eu sabia quando um filho da puta tava mandando a real.

Eu pirei. Minha linda, eu disse — blefando —, dá um tempo. Tipo quinze minutos. Você vai voltar rastejando querendo dar uma bola implorando pelo meu perdão. Vamos assistir esse maldito julgamento tá ligada? Eu não queria assistir na real mas qualquer coisa era melhor do que terminar no tribunal.

Agora o que me pareceu estranho foi que as acusações contra a Delicious não tinham nada a ver com as merdas que o juiz chamou de Certas Irregularidades Quanto ao Recrutamento, Tratamento e Compensação dos Trabalhadores o que só mostrava como era difícil derrubar os filhos da puta. Daí a acusação foi por outro caminho.

Então o advogado — um desgraçado de bochecha caída e óculos de nerd das antigas que parecia um vice-presidente falido — não falou nada sobre enganar gente pra trabalhar pra empresa nenhuma nem o preço inflacionado em loja nenhuma nem a surra homérica no TT. Ele disse alguma merda do saneamento na Delicious ser tão ruim que poluía o abastecimento de água com dejetos humanos dizendo que Sextus, Jackie e How mentiram pra receita federal a renda da empresa e lógico culpando os caras por terem uma relação bacana com o papai aqui o Pra Sempre Seu — tipo que me usavam pra compensar os trabalhadores deles. Que eles ainda faziam vez ou outra. Nessa hora eu quis levantar e vazar — por trás de toda a merda corrupta naquele lugar *eu* é que ia levar a culpa *de novo*? E minha melhor menina ia me dar um pé na bunda? Sem essa mané! Os filhos da puta tavam prestes a ver uma droga ilícita dar um chilique e desatar a chorar.

Fora isso não lembro de muita coisa do julgamento eu me desliguei daquilo. Depois que toda aquela ladainha em juridiquês dita pelos advogados, pelo juiz e por sabe lá mais quem tipo um leão rezando pra agradecer antes de comer teu rabo e o lado da acusação ter feito os comentários idiotas deles Darlene viajou pensando em Eddie e mudar de vida e eu não queria encarar aquele novo lance dela nem o assassinato da minha reputação rolando lá. Julgar as pessoas não é a minha — acho que consigo entender por que vocês fazem isso já que vocês têm corpos que as pessoas podem estuprar e matar posses que os filhos da puta podem roubar aí vocês precisam sacar qualé e jogar a culpa nos outros mas me canso dessa merda bem rápido. Quem se importa com o que aconteceu no passado — na real! Vocês humanos viraram escravos do tempo e é por isso que precisam de mim porque que nem a Darlene vocês precisam que o tempo pare de apressar o futuro ou de acorrentar vocês no passado. É por isso que esse lance de sistema jurídico que as pessoas têm sempre vai me odiar me chamar de substância controlada e me impedir de virar amigo da geral porque sei sumir o tempo.

Finalmente depois de todo aquele blablablá naquela mesa de madeira deram um intervalo de almoço pra gente. Daí falei: Darlene querida esse lance todo é de pirar o cabeção bora lá pro banheiro feminino curtir um pouquinho. Talvez a gente nem volte. Todo mundo tava esperando Sirius depor agora ele era uma celebridade do Texas por causa das rimas de crítica social mas ele tinha chegado com uma pequena comitiva e ido embora cedo. Em algum momento ele tinha acenado pra Darlene do outro lado da sala e ela respondeu aí ele articulou os lábios pra falar alguma merda que parecia *Sinto muito*, mas ela não entendeu direito. Ela falou sem som *Adoro seu som* mas ela só tinha escutado uma música. Tuck saiu da sala do tribunal logo depois do Sirius era provável que pra implorar algum bico de *backing vocal* ou outra merda dessas.

O lance mais importante na cabeça da Darlene era cavar um jeito de falar com Eddie. Ela tinha acenado pro Sirius mas não quis falar com ele porque aquele julgamento todo era coisa dele inclusive. Era tudo sobre Eddie. Então ela foi indo pra perto das primeiras fileiras mas um monte de gente saiu dos dois lados pro corredor central e minha gata não conseguiu passar antes que saíssem. Ela virou pra dar a volta mas tinha duas brancas gordas que ela não reconheceu vestidas de roxo e rosa sentadas na outra ponta do banco se abanando e fofocando e parecia que não iam sair dali sem um guindaste. Quando Eddie passou pela multidão veio pelo lado mais distante dela a mulher e a criança andando mais perto dele e bem do lado de Darlene tinha uns advogados brancos e barrigudos com relógio de bolso que impediam que Eddie visse ela ou que estendesse a mão pra segurar o braço dele ou até mesmo chamar a atenção dele. Ela chamou o filho e o pescoço dele virou mas os advogados ainda tavam bloqueando a visão. Ele continuou andando como se não tivesse ouvido nada além dum eco distante mas depois parou de olhar e ela não quis gritar então não disse o nome dele outra vez.

Quando a multidão se dissipou e Darlene conseguiu chegar no corredor Eddie tava quase saindo pela porta do tribunal. Só que então alguém chegou gritando alto pra cacete na cara dela: Ai meu Deus do céu, é Darlene Hardison? E TT deu um abraço de urso nela como se fossem grandes amigos nos tempos da Delicious e ele não tivesse dedurado ela na TV. O filho da puta tava usando um terno de risca que não caía nada mal quer dizer considerando o jeito que ela tinha visto ele antes mas todo mundo daquela época parecia outra pessoa porque tinha tomado banho cortado o cabelo e tava de roupa decente. Alguns tinham até dentes novos e aquilo deixou Darlene com um pouco de inveja.

Darlene disse pro TT que ele tava bonito e ele falou: É como se fosse o Baile da Delicious aqui — e ele não soltou o braço dela até que ela virasse e pedisse licença dizendo que não tinha falado com Eddie ainda e eles não se viam fazia um tempão. TT fez uma cara tipo *Como assim você não vê teu filho?* mas ela não queria explicar nada então falou pra ele que ia ter mais tempo pra conversar mais tarde e passou por algumas pessoas pra sair do tribunal.

Eu já tinha cansado da dona D. ali mesmo no corredor e quis mexer com ela fazer o cérebro dela dançar um pouquinho um foxtrote mental e tal. Era mais escuro naquele corredor do que dentro da sala os olhos dela ficaram estranhos e ela não conseguia ver quem era quem. Ela olhou ao redor algumas vezes pra se situar mas não achou o filho em lugar nenhum. Daí ela viu uma mina que parecia a mulher que tava com Eddie mas ela não viu Eddie nem a criança que tava junto e a mulher tava de costas pra Darlene. Darlene segurou a mulher pelo braço e ela se virou; deu pra perceber que ela julgou Darlene e os dentes que faltavam por causa que o rosto dela ficou tenso e os ombros se retesaram.

A princípio Darlene não percebeu que a mina ficou puta porque ainda tava querendo achar Eddie e apertou o braço dela mais ainda acho que forte demais e falou: Você é a mulher?

A mulher deu um puxão afastando o corpo inteiro de Darlene então disse: Que mulher? Eu sou *uma* mulher, mas não sei se sou *a* mulher. Você está procurando uma mulher específica?

Darlene não teve tempo de responder porque nessa hora ela viu Eddie vindo na direção delas conduzindo aquele menino todo trôpego pela mão com a garra e a atenção dela se voltou toda pra lá. Eddie levantou o olhar do rosto do menino pra Darlene e entregou ele pra mulher que chamou de Ruth. A criança foi no colo dela e ela o equilibrou no quadril.

Mãe, disse Eddie.

Darlene esticou os braços pro abraço — tava pronta pra perdoar a traição dele e toda aquela teimosia porque reconhecia que ele era meio parecido com ela. Mas ele não estendeu os braços. Daí ela viu as garras dele e pensou: *Talvez seja por isso que ele não queira me abraçar.* Ela pensou em não abraçar mas aí mudou de ideia e abraçou ele que tava ali parado pra pelo menos uma filha da puta abraçar alguém.

Achei que você vinha, disse ele. Não precisava.

Ai, minha nossa senhora, sobressaltou-se Ruth. Sra. Hardison! A atitude de Ruth mudou e ela ficou toda amigável. Me desculpa! disse ela.

Você tá muito diferente, mãe, disse Eddie.

Eu falei pra Darlene que achei que ele quis dizer *pior*.

Tá falando melhor ou pior?, perguntou ela, esperando dissipar o comentário dele com uma risada.

Ruth interrompeu aquele momento estranho dizendo: sra. Hardison, me desculpa, não te reconheci.

E como ia reconhecer, já que a gente não se conhecia?, Darlene rebateu, ainda olhando pro Eddie, pra não ter dúvida de que tava culpando o filho por guardar segredo da vida dele. Acabei de ouvir seu nome pela primeira vez. Ele chegou a te contar que tinha mãe?

Daí Ruth se apresentou como a esposa do Eddie e Darlene fez um monte de careta indignada pro filho por todas as merdas que ela nunca tinha ficado sabendo sobre Ruth e a vida deles juntos. Cada informação nova caía como um tijolo no dedão da Darlene. Eles ainda nem tinham falado do garoto e pareceu que Eddie tava começando a perceber que Darlene não ia reagir bem quando apresentassem ele. Daí ele meio que se colocou entre Darlene e Ruth tentando esconder a criança nos braços dela. Mas o garoto era tão extrovertido e tal que uma hora se inclinou em volta do braço do Eddie e falou: Eu sou o Nathaniel!, com a maior inocência claro do que aquele nome significava praquela mulher que ele nem sabia que era a vó dele.

Assim que Darlene ouviu aquele nome ela agarrou Eddie pelo braço do terno com tanta força que fez um barulho de rasgar e até fez sair uns fiapos do ombro. O rosto dela tremia de tanto que ela se esforçava pra conter o sofrimento que sentiu quando Nat disse Nathaniel. Darlene gritou: Eddie, você... como pôde dar o nome... E não me contar! Ela agarrou o paletó dele de tudo quanto era jeito e sacudiu ele pra frente e pra trás.

Eddie falou: Mãe, eu não queria que você soubesse. A sinceridade nua e crua daquela merda fez Darlene fechar a boca e deixar as mãos caídas do lado do corpo.

Ruth pôs Nat no chão e mudou de postura como se fosse ter que fazer Darlene se retirar do prédio no minuto seguinte.

Mas aí Darlene olhou pra mim outra vez caiu em si e se afastou dos três. Enxugou o rosto choroso e ranhento com a manga e cobriu a boca com os dedos das mãos quase como se tivesse rezando. De repente viraram uma trindade pra ela pessoas sagradas que tinham conseguido transformar aquela vida horrível numa coisa de valor. E ela se culpou por não ter conseguido fazer a mesma merda com a própria vida. Quando ela compreendeu que eles tavam preparados pra nunca deixar ela entrar na vida deles ela ofegou como se tivesse prestes a se afogar.

Não é um lance frequente uma mãe olhar pro filho e levar uma lição e aquilo tacou outro furacão de vergonha pra cima de Darlene. Ela viu o quanto a ligação entre duas pessoas era delicada como uma teia de aranha mesmo quando eram do mesmo sangue e o quanto ela tinha ferrado aquele vínculo. Pelo menos era o que parecia pro

Eddie como se aquilo não significasse nada pra ela. Por um segundo ela pôde ver de verdade o lado dele das coisas foi como se tudo dentro dela tivesse virado lodo e descido da cabeça aos pés transformando ela num monstro pra si mesma. Ela viu o medo, a repulsa e o julgamento nos olhos de sua família desconhecida aquela mulher, a criança e o filho que ela não conhecia mais e aquela sensação encheu o buraco pra onde o amor, o respeito e a confiança deviam ter ido. O pequeno Nat ainda não tinha sacado o que diabos tinha feito de errado e começou a berrar.

Scotty, Darlene falou pra mim, acabou.

E eu sabia que ela não tava de brincadeira. Mas eu sou uma droga da pesada tenho a fama de manter a lealdade dos amigos e amantes com um abraço bem apertado. Então eu ri dela — uma risada longa, nojenta, rancorosa e fumarenta — rezando pra que todo o meu escárnio não deixasse a noia ver que sem ela eu ia perder toda a minha força. Ela também tava na minha cabeça mas dessa vez ninguém mais ia conseguia enganar ela nem eu.

28.

QUASE EM CASA

Eu tinha sintomas de abstinência pesados — depois de tanto tempo, não conseguia funcionar sem Scotty e usei mais algumas vezes antes de poder dizer sinceramente que tinha parado. Eu não tinha plano de saúde e sabia que precisava encontrar uma clínica gratuita para poder me desintoxicar de verdade e enfim me libertar da droga. Acabou que o lugar mais próximo era em Shreveport. Quando avisei Elmunda que tinha decidido parar com as drogas e me mudar para lá, ela falou: Shreveport!, como se tivesse aberto a bolsa e uma barata tivesse pulado de dentro. Nem me deu parabéns por largar o vício. Escolhi não discutir os méritos de Shreveport com ela, já que ainda significava muito para mim.

No final do julgamento, Sextus recebeu uma pena de quinze anos por vender drogas e poluir o abastecimento de água e uma multa de cinco mil dólares por gestão fraudulenta. O tribunal o baniu, assim como a família dele, dos negócios agrícolas para sempre e os altos honorários dos advogados exigiram que os Fusilier vendessem uma grande parte do terreno da fazenda. Eu fiquei fora da confusão até onde pude, porque afinal tinha admitido a mim mesma que meu desejo por Sextus dependia principalmente da minha percepção do poder dele, além da minha necessidade de Scotty. Os Fusilier passaram por uma série de disputas internas e sofrimento enquanto Sextus se preparava para ir para a cadeia e Elmunda e Jed se preparavam para se mudar para uma casa menor, a casa da tia-avó dela em Baton Rouge, mais perto de onde Sextus ficaria preso. Eles puseram a maior parte das coisas deles num depósito e limparam Summerton, esperando alugar a casa para casamentos e reuniões de família. Elmunda se desgastou tentando contatar alguém que pudesse fazer o que ela chamava de *página de computador* para a casa e o terreno.

Apesar de eu não sentir obrigação nenhuma de ajudá-la e de ela apresentar uma resistência bastante confusa aos meus esforços, encontrei uma nova cuidadora para ela antes da mudança para Baton Rouge. Quando ela disse que sentiria saudade de mim, duvidei tanto da sinceridade dela que precisei segurar o riso. Por outro lado, acreditei em Jed quando ele disse a mesma coisa. E quando ele chorou por causa da partida iminente do pai, eu chorei também, talvez não pelos mesmos motivos. A abstinência afligia meu corpo com convulsões e sudoreses, eu estava constantemente ansiosa e paranoica — a certa altura, convenci a mim mesma de que eu ia de fato morrer em uma hora se não fumasse. Praticamente qualquer coisa podia me fazer chorar.

Combinei a minha própria mudança com um cara da região que tinha uma van. Quando saí de Summerton, tentei olhar em volta e tirar um tempo para apreciar tudo o que eu tinha passado ali, mas o *kudzu* espesso tinha crescido por toda a fazenda, dificultando a vista. Não consegui ver nada do lugar.

****

Em Shreveport, poucas pessoas têm disposição para correr no meio da tarde, mesmo durante a primavera e o outono, e pouquíssimas — só aqueles tipos extremos — suportam correr no calor absurdo do alto do verão, que pode deixar até o atleta mais experiente desidratado como uma minhoca ao lado da estrada. Mas é possível percorrer alguns quilômetros suados no começo da manhã e no fim da tarde. Depois que finalmente fiquei sóbria, instituí uma rotina de exercícios regulares para mim, um dos variados hábitos bons que adquiri nos primeiros seis meses depois que deixei Scotty para trás. Também parei de fumar, o que achei quase mais difícil do que me desintoxicar do crack.

Mas esta cidade sempre me deu força e, apesar de todas as outras coisas terem mudado drasticamente na minha vida, eu ainda pude encontrar, emaranhada em algum lugar de seus gramados e carvalhos vergados, a pessoa que eu sabia que um dia seria e os rastros do marido que perdi. Sentia isso de forma mais intensa quando passava por uma lanchonete que servia papa de milho não tão cozida, do jeito que Nat gostava, ou quando sentava na calçada em frente à casa em que havíamos morado na avenida Joe Louis, onde Eddie foi concebido, ou se tocasse no lampião a gás do lado de fora da Pousada Renaissance (que não tinha mudado nada) e olhasse para cima, imaginando nossas sombras ainda passando pelas janelas. Um sábado à tarde, não muito tempo depois de chegar à cidade, passeei até a Centenary num dia que por acaso era de formatura. Do outro lado da Estrada Dixie observei, em lágrimas, todas as crianças de túnica preta e chapéu quadrado de formatura descendo as escadas e saindo da Cúpula Dourada, depois entrei no prédio que rapidamente se esvaziava. No saguão, enquanto olhava todos os troféus de basquete que a Centenary tinha ganhado na época de Nat — principalmente com seu amigo Robert Parish —, pude jurar que senti Nat tocar no meu ombro. Depois que entrei na quadra, ouvi a voz orgulhosa e macia de Nat ecoar pelo chão brilhante e subir até o teto espetacular que abrigava as arquibancadas como uma colcha de retalhos espacial.

Em comparação ao conforto quase sobrenatural que Shreveport me dava, às vezes eu acho que meu programa era sem graça, mas Tony, meu padrinho do grupo, tinha recentemente lembrado a mim e a todos os outros que o pessoal da farra acha que só as atividades autodestrutivas são prazerosas e animadas; todo o resto é chato. As partes mundanas do meu dia se tornaram vitais, bem como a aceitação do meu passado, embora essa última parte às vezes me deixasse atordoada, em silêncio ou aos prantos, e as duas coisas — o presente mundano e o passado doloroso — agora precisavam me manter direita, cada uma como uma corda que tinha sido atirada para mim de um barco enquanto eu me debatia em um rio frio e agitado.

Quando me mudei para Shreveport, só dois meses depois do julgamento, decidi passar por um renascimento completo. Nada mais de viver sem saúde. Decidi dar preferência a alimentos frescos, exercícios e moderação, como estava escrito nas seções de comida natural daqueles supermercados gigantescos e às quais eu só tinha começado a prestar atenção recentemente, porque minha vida dependia disso. Aquele pensamento me fez imaginar placas de supermercado acima da minha cabeça, pintadas com figuras de aipo e tomatões de rostos sorridentes, e aquela ideia me fazia rir — outro hábito benéfico, como Tony e os outros sempre reafirmavam nas reuniões diárias, sempre às seis da tarde, no centro da cidade. Comecei a fazer um diário. Também não precisava mais do livro, não com tantos novos amigos vivendo seus preceitos bem na minha frente. Aonde aquele livro tinha me levado, aliás? À Delicious, isso sim.

Eu acordava todo dia às cinco, mesmo se não tivesse energia — *principalmente* se não tivesse — e cortava maçãs ou melões dentro de uma grande tigela de porcelana branca que tinha encontrado numa loja de segunda mão. A tigela tinha uma textura lisa e agradável, como um belo conjunto de dentes. Eu jogava iogurte nas frutas e salpicava com granola, mas não muita, porque não gosto de como a granola gruda nos meus molares e prefiro não passar metade do meu tempo de corrida com o dedo enfiado no fundo da boca tentando desgrudar um floco de aveia. Às vezes, quando queria me recompensar, eu jogava um pouquinho de mel por cima antes de misturar tudo. E sempre pensava nas pessoas cujas mãos haviam tocado naquelas maçãs e melões antes que eu os comesse. De vez em quando, no supermercado, eu fazia perguntas sobre os produtores, coisas que ninguém sabia responder, e por fim os repositores começaram a se esconder quando me viam chegar.

Aprendi a sorrir de boca fechada durante entrevistas de emprego e, desse jeito, consegui arrumar um trabalho de garçonete do outro lado de Queensborough, num restaurante familiar chamado Quincy's, que tinha um buffet livre de churrasco, algo fenomenal, bastante popular com... digamos que com os maiores homens e mulheres da região. O programa exigia que eu arrumasse um emprego como um modo de reentrar no mundo — não precisava ser um emprego que você gostasse, apenas um meio de vida, mas eu gostava do clima. O Gerente Morton, como o chamavam, era um gay de rosto pálido e enfático que brincava com todo mundo, em particular com as garçonetes, criando uma sensação gostosa de comunidade entre as funcionárias — um grupo de mulheres trabalhadoras e de língua afiada que eu admirava e com quem me identificava, embora muitas vezes eu imaginasse o que falavam de mim pelas costas. Minha aceitação do trabalho às vezes me permitia ver além do presente e enxergar uma ambição latente que, anteriormente, eu tinha manifestado ao namorar apenas homens que eu considerava líderes. Sentia que também tinha alguma coisa a oferecer aos outros, nem que fosse só minha difícil história como alerta, ou a sugestão de que se eu consegui sobreviver àquelas experiências, qualquer um conseguiria.

Ainda assim, eu tinha questões de vida para me concentrar antes de poder pensar muito à frente. Primeiro, economizei para botar meus implantes dentários. Depois, após várias semanas jantando arroz e ketchup, eu tinha guardado o suficiente, com esforço, para sair do alojamento do programa e alugar um apartamento no andar de cima da Villa del Lago, em frente ao Lago Cross. A propaganda do lugar — *Rodeado por uma bela paisagem e todo o luxo e conforto que você deseja* — parecia muito melhor do que o lugar em si, mas dessa vez eu não esperava nada de mais. O complexo marrom e bege de dois andares parecia um motel abandonado de estilo espanhol, da época que eu e Nat chegamos a Shreveport. Mas isso não me incomodou, considerando o tipo de lugar onde eu tinha vivido no passado recente. No pátio, porém, muitos apartamentos davam para a pequena piscina, com uma boa porção do longo lago brilhando ali do lado. O meu apartamento tinha vista para um dos pátios internos arborizados, mas eu podia tranquilamente visitar a piscina e aproveitar a vista para o lago. Para mim, aquele parecia o tipo de lugar que Jackie tinha prometido me levar na noite em que entrei naquela van idiota.

A Villa del Lago de alguma forma fazia a humildade parecer elegante. Eu sentia uma afinidade com o lugar — nós dois já tínhamos visto dias melhores, eu sabia, estávamos precisando de uma reforma, mas algo essencial e belo de nossa construção interior jamais desapareceria. Eu não gostava da barulheira e das buzinas altas dos trens de carga que passavam a apenas alguns metros de distância, tarde da noite, mas eles eram parte do motivo do apartamento ser barato e então me acostumei com eles. Achei que podia até achá-los românticos depois de um tempo, aqueles apitos retumbantes flutuando sobre a terra nas primeiras horas da manhã, como o uivo de animais solitários.

Lembro muito bem que, naquela manhã específica, depois que terminei o café, vesti um short e me enfiei num top esportivo, o primeiro que comprei na vida. Gostei de como o tecido de Lycra abraçava meu tronco de um jeito firme. Ajustei a costura de baixo no meu esterno, puxando-a para a frente e fazendo um barulho de estalo na minha pele, então puxei meu short por cima da calcinha. Abri a porta da frente e uma rajada úmida de vento matinal embocou no apartamento, então desci as escadas e atravessei o estacionamento.

Por mais convidativa que todo mundo achasse a água, Shreveport era uma cidade para pescar no lago, não para correr em volta do lago, e não havia uma trilha para correr pela orla — você podia tentar dançar pelas faixas de madeira, estilo jogador de futebol, no trecho da ferrovia que rodeava o lado leste do Lago Cross, a caminho de Mount Pleasant ou Dallas, mas isso não parecia realista. Em vez disso, cruzei a rua Milam e fiz um circuito à direita do lago, em um antigo caminho parcialmente encoberto por terra e dentes-de-leão.

Aquele dia decidi ser ambiciosa e fazer uma rota mais desafiadora e afastada do lago, seis quilômetros no total, em vez dos cinco de costume. Ao passar pela escola da área, uma leve tontura acertou minha cabeça. A princípio não me incomodou. O começo de toda corrida sempre me deixava ofegante e eu tomei ciência do meu coração se sacudindo contra a caixa torácica, como um balão de água. Enxuguei o suor da testa, cuspi, respirei pelo nariz e disse a mim mesma: *Vá em frente.* Mas minha língua pareceu inchar dentro da boca e meu braço esquerdo formigou de maneira desconfortável.

Dei a volta na escola, virei na direção do lago e corri para um aterro em forma de cuia, onde havia árvores e um poste telefônico. Um bando de iraúnas estava reunido ali, como de costume àquela hora do dia, piando e grasnando daquele jeito peculiar. O formigamento do meu braço passou para um latejar. Considerando tudo o que eu passei, brinquei comigo mesma, uma corrida matinal não é tanto para aguentar. Juntei forças, pensando em Eddie, Ruth e no pequeno Nathaniel, em como um dia eles me veriam na minha melhor forma e me aceitariam de volta na família. Eu estava curiosa até mesmo para saber que aparência minha melhor forma teria! Meu coração balançou e minha cabeça ficou leve quando pensei nas alegrias futuras. Ações de Graças e Natais juntos. Presentes atenciosos, salada de batata caseira, abraços carinhosos.

Ao mesmo tempo em que cheguei ao ponto onde a rua Ford se separava da rodovia 173 e a calçada terminava de repente em um gramado, uma carreta veio com tudo pela esquerda e quase me pegou. O caminhão tocou a buzina impossivelmente escandalosa, assustando não só a mim como centenas daqueles pássaros, que bateram asas coletivamente para o céu laranja, como partículas de carvão saindo da fogueira de um acampamento, como se o barulho ensurdecedor tivesse rompido alguma força invisível que as prendiam às árvores. Dei um salto quase involuntário para trás da rua e corri sem sair do lugar por um segundo, recuperando a compostura. Olhei para os dois lados da rua duas vezes antes de atravessar. Abalada e sem fôlego, respirei fundo e percebi minha respiração mais curta do que eu esperava. *Vá em frente*, disse a mim mesma, *não importa o que aconteça*. Tensionei o maxilar e reprimi o tremor que subia do meu peito para a cabeça, inflando as veias das minhas têmporas e roubando meu ar. Minha traqueia se contraiu e uma dor aguda subiu pelo meu braço esquerdo, mas nem cogitei parar. *Não posso desistir agora*, disse a mim mesma. Meus olhos se estreitaram quando olhei para a rua lá embaixo, onde o asfalto parecia convergir. *Tô quase lá*, pensei. *Quase em casa.*

Quando dei por mim, eu recuperava a consciência numa sala verde e iluminada, um tubo no braço e outro no nariz. Ouvi máquinas atrás das minhas têmporas, zumbindo e apitando. Uma enfermeira encheu um copo plástico com água e perguntou se eu queria. Fiz que sim com a cabeça, ou tentei fazer. Quando ela levou o copo aos meus lábios, ocorreu-me que minha vida tinha acabado de entrar na prorrogação.

29.

SONHANDO ACORDADA

Eddie ficou sabendo em terceira mão do ataque cardíaco da mãe, depois que uma amiga do programa dela encontrou o número de Bethella e ligou para ela. Apesar dos seis meses de sobriedade de Darlene e de seus frequentes pedidos de perdão, através de Eddie, Bethella ainda se recusava a falar com a irmã, mas transmitiu a informação a Eddie, que decidiu visitá-la. Não que a loja de ferragens recém-expandida tivesse começado a dar lucro e o deixado com a sensação de ser abastado o bastante para comprar correndo uma passagem de avião. Acontece que a notícia tinha gerado uma série de premonições perturbadoras: que a mãe talvez não sobrevivesse, que talvez ela não *quisesse* sobreviver e que fosse morrer sozinha. Embora ele só tivesse o nome do hospital e o único telefonema para o quarto dela não tivesse sido atendido, ele voou para Shreveport mesmo assim.

Ele encontrou a mãe dividindo um quarto com uma colegial que também se recuperava de uma cirurgia no coração — uma atleta, pelo aspecto das decorações de temática esportiva em volta da cama, que ficava do lado da janela; uma claridade nebulosa atravessava as persianas verticais. A garota ou a família dela tinha colado cartões por toda a cabeceira da cama e fixado diversos outros à parede; uma fileira de plantas ocupava o peitoril da janela, os vasos enrolados em papel laminado colorido; brilhantes sacolas de presentes se espalhavam pelo chão, pela cadeira, até mesmo pela bandeja de comida. Acima da cama, uma faixa dizia MELHORAS, MINDY em letras de forma metálica.

Os narcisos que Eddie havia trazido, comprados na loja da esquina, tinham pétalas brancas acetinadas apoiando cálices alaranjados, mas pareciam grosseiros em comparação àquilo. No lado de Darlene do quarto, a cortina azulada estava fechada até a metade, bloqueando a maior parte da luz que sua área recebia. Os únicos objetos perto dela eram um copo d'água na mesinha e um telefone. Ela tinha um tubo de oxigênio no nariz e o monitor ao lado da cama zumbia baixinho.

As diferenças entre os lados do quarto sugeriam a Eddie que a mãe tinha tentado, como era de costume, resolver tudo sozinha, fazer tudo à sua maneira sem admitir quantas vezes a sua maneira levava ao Fracasso. A essa altura, pareceria cruel e sem sentido falar novamente de seus padrões de autodestruição; agora até mesmo ela devia achá-los tão óbvios quanto um trem de carga vindo com tudo para cima de um carro parado nos trilhos. O quarto vazio significava que Darlene não tinha ligado para ninguém ou que tinha ligado, mas que ninguém tinha se importado. Eddie não sabia direito qual alternativa era mais triste.

Só depois que ele atravessou a porta, no entanto, foi que sentiu que tinha cometido um erro. Aquilo o surpreendeu, já que tinha tido bastante tempo para analisar as opções, motivos e possíveis reações da mãe.

A reação inicial dela não ajudou a reverter o constrangimento dele. Ela estava deitada na cama, absorta em uma reprise de *Jogo das Famílias* na televisão da parede e, quando percebeu que Eddie tinha entrado no quarto, pressionou o botão automático ao lado da cama e levantou-se um pouquinho, assumindo uma posição vertical, endurecendo a coluna. Sua linguagem corporal sugeria perplexidade em vez de alegria.

Ela olhou para ele por debaixo das sobrancelhas baixas e disse: Não podia ligar?

Ele parou ao lado da cama e pôs as flores em uma cadeira. Então repousou as próteses de metal nas barras ao pé da cama, emitindo um som que se parecia com uma campainha de serviço. Por um instante, o clima festivo do lado do quarto de Mindy chamou sua atenção novamente. Mindy em si estava deitada sobre o lado esquerdo, o rosto na direção da janela, tocado por um facho de sol, os cabelos oxigenados refletiam a luz do dia, cintilantes, e ela roncava como o motor de um carro pequeno. Os olhos de Eddie se voltaram à mãe e ele se concentrou na distância entre as pinças metálicas na ponta dos próprios braços e as solas descalças dos pés dela. Ele já podia notar que se enraivecia só de pensar que ela pudesse mandá-lo embora depois de ele ter feito tanto esforço para vê-la. Mas olhar para o outro lado do quarto fez com que ele se lembrasse da solidão de Darlene, então pensou que talvez ela não o mandasse embora por ter deixado de anunciar sua chegada se ele pudesse encontrar uma maneira de curar aquela solidão sem chamar atenção para ela.

Eu liguei, disse, escolhendo as palavras com cuidado, mas ninguém atendeu ao telefone.

Ah, disse ela. Bom, então. Tô feliz que você veio, mas não queria que ninguém me visse desse jeito. Isso não é o ideal. Sem se mexer, ela sugeriu através da postura que ele poderia se aproximar e se sentar ao lado dela e que, embora ela não gostasse que ele interrompesse a televisão, que tinha mudado para o *Jeopardy!*, eles podiam ter uma conversa.

Eddie foi até a cadeira ao lado da cama e se sentou a uma distância que julgou confortável. Fiquei sabendo do que aconteceu, disse ele. Tá se sentindo melhor? Ele percebeu que tinha se sentado em cima das flores, então levantou os quadris o suficiente para passá-las para a mesinha. Alguns botões continuaram intactos.

Ela riu e, no meio da risada, pediu a ele que não a fizesse rir porque doía. Se eu tivesse me sentindo pior, taria morta, Eddie. A declaração não pareceu engraçada a Eddie, e sim amargamente verdadeira. Ele se sentiu culpado por ter destruído os narcisos. Ele assistiu à televisão e não disse nada por alguns instantes, para deixar o momento passar.

Seu sorriso tá bonito!, disse ele.

Ela se animou e mostrou os dentes restaurados. Ah, muito obrigada!, disse ela. Você veio lá do Minnesota. Cadê a família?

Eles ficaram lá. Pareceu a melhor ideia.

Por quê?, perguntou Darlene. Tá com vergonha de...

Não, não. Despesas e tudo mais. Ruth tá trabalhando. Nat tem escola.

Nat, disse ela, e quando ela disse aquele nome Eddie achou que ela houvesse se dirigido ao marido em vez de ao filho dele.

Ela perguntou quando ele a deixaria ver o pequeno Nat e, embora Eddie devesse ter esperado a pergunta, se viu pego de surpresa pela segunda vez.

Obviamente, disse ela, não vou viver para sempre. Talvez nem esteja mais aqui semana que vem. Estamos deixando tempo demais passar.

Eddie teve dificuldades de encontrar uma resposta adequada sem mentir e mais uma vez recorreu ao silêncio. Não havia a menor possibilidade de ele tentar estabelecer regras àquela altura — isso seria ao mesmo tempo prematuro e tardio, não seria nem útil nem lógico. Talvez a intenção dela fosse botá-lo numa saia justa. Ele podia sentir isso mais claramente do que em qualquer outro momento de sua vida, uma sensação sinistra do tempo como um enorme conjunto de engrenagens, cada geração se interligando às outras ao seu lado, todas sendo forçadas a reagir, uma girando a outra em direções opostas.

Falando ocasionalmente por cima de Alex Trebek, eles embarcaram em uma conversa rudimentar, hesitante, dos meses mais recentes de suas vidas. Darlene enfatizou o tempo significativo vivendo de forma moderada e sóbria e incluiu diversos sermões familiares aos quais dava crédito por ajudá-la a atravessar as partes mais difíceis da recuperação e da nova vida. Vai fingindo até conseguir, disse ela. Um dia de cada vez. Ela voltava aos princípios do programa com tanta frequência, praticamente da mesma maneira que tinha se apegado aos preceitos do livro, que Eddie não conseguiu deixar de duvidar dela. Tudo o que ela dizia fazia ele lembrar do livro, o que o fazia se lembrar dos alojamentos encharcados de urina e dos campos sufocantes da Delicious Foods. Darlene certamente sabia a verdade, que só o tempo poderia provar que ela tinha dominado todos os terríveis padrões, os ciclos viciosos cujas dores ele ainda sentia em seus dedos-fantasma.

Lembra de Sirius B?, perguntou ela de repente.

Não muito bem, disse Eddie. Mas você se envolveu com ele, não foi?

Ainda sonho acordada com ele às vezes, disse ela.

Parecia uma confissão pueril, um compartimento da personalidade que a mãe raramente abria.

Ele era um sujeito interessante, disse Eddie. Pelo que ouvi dizer, tá se saindo bem na indústria musical.

Sonhei muito acordada lá na Delicious, disse Darlene. Era preciso. Ainda mais nos campos, naqueles serviços. Ela não desviou o olhar da TV.

Eddie permitiu que a mãe definisse o que tinha feito como um sonho, escolhendo não discutir. *Sonhando acordada*, pensou ele. *Quem dera.*

Como todo mundo, disse ela, ela descobriu um jeito de se manter focada apenas o suficiente para realizar uma tarefa que lhe foi passada, para que sua mente pudesse viajar em qualquer direção que quisesse, mesmo que eles não permitissem que o seu corpo fosse junto. Ela contou a Eddie que muitas vezes via-se submergir em um estranho episódio que tinha dividido com Sirius numa noite clara feito diamante. O sol havia tombado no horizonte e transformado a terra a oeste em uma silhueta de veludo; ao leste, o céu se tornara um cobertor de feltro azul todo furado, cada buraco um mistério — será que cada um deles era um lar distante? Um poste de luz? Um avião absorto? Algum acontecimento celestial?

A gente sabia, sem nos avisarem, disse Darlene, que teríamos que fazer hora extra noite adentro. Os administradores nunca ligavam as luzes de trabalho antes do último segundo possível. O principal propósito de How na vida era assegurar que a Delicious nunca passasse do orçamento.

Eddie riu, concordando, e disse que se lembrava disso.

A mãe procurou a mão dele e abaixou a cabeça quando encontrou apenas a prótese. Uma vergonha silenciosa por ter momentaneamente se esquecido do passado pareceu irradiar dela; ela passou a mão por cima do aparato e seus dedos fizeram um contato delicado com a pele do braço de Eddie.

Tudo bem, disse ele. *O perdão nunca termina*, pensou ele para si mesmo. *Ou é um copo sem fundo ou não é nada. Puro — sem leite, sem açúcar.* Aparece no mês que vem, mãe. Eu pago a passagem. Ele imediatamente repreendeu a si mesmo por ter feito a oferta sem antes falar com Ruth.

Sério?, disse ela.

Posso fazer um jantar pra você, Ruth e Nat, talvez Bethella apareça.

Não vamos apressar as coisas!, exclamou ela ao ouvir o nome de Bethella.

Darlene cruzou o olhar com o do filho. Eddie tentou não sorrir nem chorar. Quanto mais eles seguravam esse olhar, mais ele se expandia, parecendo conter tudo — os acontecimentos do passado e as consequentes emoções: dor, alegria, traição, afastamento, amor, ódio. Então o momento explodiu como um fusível sobrecarregado.

Ela passou um tempo tentando se lembrar do que estavam falando e depois disse: Sirius! Daí eu e Sirius viramos umas manchas pretas lá naquela noite, abaixados, colhendo morangos, invisíveis.

A lua ainda não tinha surgido. Naquela escuridão negra, eles encontraram uma vantagem. Sirius se ajoelhou na terra atrás dela para descansar, um ato que, se How tivesse visto, teria lhe custado uma advertência séria. Ele tinha parado de colher e sacudia as plantas, fazendo um barulho que soasse como trabalho. Darlene também parou e levantou a mão para limpar a testa e sentir o cheiro do resíduo de morango que cobria seus dedos, o único prazer que o trabalho oferecia e que, mesmo assim, era duvidoso, considerando que também ficavam pegajosos. No meio daquele farfalhar, Sirius pediu baixinho que ela chegasse mais perto dele. Ela se aproximou, ainda agachada, como um pato. A essa altura, o crepúsculo emitia feixes de um rosa incandescente sobre a distância escura, e as estrelas se revelaram como bolhas de champanhe no interior de uma enorme taça canelada. Quando ela parou ao lado dele, pondo a mão em suas costas suadas através da manga cortada da camisa, ele apontou várias constelações, os centauros e escorpiões do céu em que ela nunca acreditou totalmente.

Ele explicou para ela novamente o conceito de anos-luz: a luz viajava quase dez trilhões de quilômetros em um ano nosso. De alguma forma, aquilo pareceu lento para ela. Ela achou perturbador e difícil de imaginar quando ele repetiu que as estrelas que eles viam naquela noite na verdade tinham existido há centenas de anos, mas a luz delas só tinha chegado aos olhos deles naquele dia. Ela se sentiu ofendida pelo fato de o passado poder se intrometer no presente de forma tão literal e, ainda assim, jamais retornar. Aquilo a fez pensar sobre todas as coisas de seu próprio passado que a levaram à Delicious e que agora ela queria reverter. E como a luz das estrelas vinha de muito antes de ela estar com o filho, até mesmo de antes do tempo em que Nat estava vivo. Só então ela pôde aceitar o romantismo daquilo tudo; de todos os seres humanos, sozinhos em uma pedra molhada, num ponto de um universo cujo tamanho eles não compreendiam, olhando para o céu e traçando figuras primitivas no ar, coisas baseadas em luzes que podiam até nem existir mais. E um dia tudo aquilo desapareceria, pelo menos do jeito que Sirius descrevia: o espaço entraria em colapso, o planeta seria destruído por um cometa, o sol fritaria o sistema solar com uma supernova, alguma catástrofe extinguiria a história e a civilização humanas. Teremos sorte, disse ele, se nossos ossos virarem os fósseis de outras pessoas.

Darlene absorveu toda aquela informação dele, mas não encontrou nenhuma esperança naquilo. Por que, perguntou ela, se todas essas pequenas coisas que fazemos, todo esse trabalho que jogam em cima de nós dia após dia, se todo o nosso amor e nossos vínculos não significam absolutamente nada e tudo vai acabar sendo incinerado, por que nos damos ao trabalho de fazer qualquer coisa? Existe algum motivo para continuar vivendo? É por isso que é melhor fumar a nossa vida até as cinzas? Por isso que o esquecimento e a morte parecem estar constantemente nos chamando, como se estivessem nos convocando para casa? Como é que a gente faz? Como é que a gente segue em frente?

Antes que Sirius pudesse responder, How ligou as luzes, um par daqueles holofotes claros, montados em grupos de seis, produzindo o tipo de iluminação ofuscante que normalmente se encontrava nos campos de baseball de cidades suburbanas. Os dois devem ter se sentido eletrocutados. Eles ficaram paralisados por um instante e, em seguida, seus membros relaxaram. Como se tivessem caído do cosmos, eles se voltaram à tarefa de vasculhar a terra e as plantas baixas no intuito de encontrar espécimes sem machucados, impecáveis, e colocar delicadamente cada fruta em uma das pequenas caixas que carregavam.

Aí eu nunca cheguei a ouvir a resposta dele pra pergunta, disse Darlene. Encontrei meu caminho, mas queria saber o que ele achava.

Acho que ouvi a resposta, disse Eddie, e relatou que, durante o julgamento de Sextus, ele e Sirius foram, junto de Michelle e algumas pessoas da equipe de acusação — um advogado e um jovem assistente — para uma lanchonete a alguns quarteirões dali, daquelas que parecem um trailer Airstream, forrada de alumínio polido e facetado em losangos, impregnada daquele cheiro agradavelmente desagradável de anos de gordura de bacon. Em algum ponto da conversa, amaciada pela sensação de que a equipe não tinha mais chance de perder o caso e pelos sólidos raios de sol que adentravam o local, o assistente se virou para Sirius e o questionou sobre a fuga, como faria uma pessoa jovem e impetuosa.

O garoto magro usava uma camisa de manga curta, de estampa quadriculada azul-clara, exatamente como papel milimetrado. A energia de seu corpo recendia à vida e ele virou o corpo todo para perguntar a Sirius: Como diabos você conseguiu passar por tudo aquilo?

Sirius riu por um segundo, Michelle também, então uma expressão séria tomou conta da boca e dos olhos dele. Mas, para o assistente, a resposta já tinha demorado demais.

Quer dizer, o que te fazia seguir em frente? Tipo, eu fiquei preso pela neve e sem eletricidade por dois dias no chalé de um amigo no Colorado, sozinho, e passei metade do tempo de joelhos, rezando pra Deus até o resgate chegar. Enrolado em cinco cobertores, claro.

Eu passei por essa fase, disse Sirius, concordando com a cabeça. O Senhor não fez porra nenhuma.

Uma pausa desconfortável envolveu a todos devido ao desdém casual de Sirius pela fé religiosa do garoto. Eles ficaram olhando para o amigo, esperando que ele elaborasse a questão. Michelle adoçou o café, batendo a colher na xícara.

Deus acabou sendo só mais uma história, continuou Sirius. Depois dessa, disse ele, contei pra mim mesmo a história da tristeza da minha família se eu morresse, mas isso era piada também — a tristeza deles duraria tanto quanto um intervalo comercial.

Ele transformou aquilo em um desejo de viver pelo sonho de ter a própria família, disse ele, ou de que sua música durasse mais que ele, por algum legado que pudesse ajudá-lo a viver além do tempo de sua vida, mas tudo isso eram histórias também. Acabou que todas as histórias te traem quando você tá caçando grilos pra sua próxima refeição. Uma história pode te ajudar a seguir vivendo, disse ele, mas ela não te mantém literalmente vivo — aliás, na maioria das vezes, as pessoas que têm poder transformam a história delas em um muro de tijolos que afasta a verdade dos outros, para que elas possam seguir na vida que acreditam levar, tentando de alguma forma preservar a ideia de serem boas pessoas em suas vidinhas, apesar de seu envolvimento, por mais indireto que seja, com males maiores. Ele disse que sempre pensava nas pessoas que iam comer os morangos, limões e melancias que ele colhia para a Delicious, na aparência que essas pessoas tinham, como podiam descascar a fruta, que sabor a fruta teria, talvez na salada de frutas que elas iam fazer, ou numa torta.

Mas tenho certeza que elas nunca pensaram em mim, disse Sirius. Não, não detrás daquele muro de tijolos.

Depois de um tempo lá na mata, disse Sirius, os mitos e fés e tudo que fosse social pararam de significar qualquer coisa para ele. O instinto de sobrevivência falou mais alto que os contos de fadas diários de que ele tinha precisado quando todos trabalharam na Delicious. E alguma coisa essencial em seu cérebro o transformou de volta em um animal. Lá estava ele, pegando peixes com as próprias mãos, orientando-se através do cheiro, tomando banho na chuva. Sirius parou de se perguntar como podia seguir em frente, Eddie disse à mãe. Ele tinha que sobreviver. Ele tinha que viver. Ele estava livre.

AGRADECIMENTOS

Pela ajuda, carinho e apoio, o autor gostaria de mandar um beijo para Brendan Moroney, Ben George, Doug Stewart, Clarinda Mac Low, Kara Walker, Jennifer Egan, Helen Eisenbach, Colleen Werthmann, Timothy Murphy, Alvin Greenberg, John Bowe, Marcelle Clements, Andrew May, Michael Agresta, Brian Parks, Gregory Cash Durham, David Hamilton Thomson, Daniel Clymer, Jen Sudul-Edwards, Joshua Furst, Christopher e Kathleen Moroney, Rosa Saavedra, Laura Germino e a Coalition of Immokalee Workers, Greg Schell, Marla Akin e John McAlpin, Patrick Adams, Carina Guiterman, Fundación Valparaíso, a Corporation of Yaddo, a Constance Saltonstall Foundation for the Arts, a MacDowell Colony, o Blue Mountain Center, a Port Townsend Writers' Conference, Ledig House e seu antigo e terrível escritório, ISC 310, no Instituto Pratt.

JAMES HANNAHAM é autor do romance *God Says No*, que recebeu honraria da American Library Association. Fez mestrado no Michener Center for Writers, da Universidade do Texas, em Austin, Estados Unidos, e mora no Brooklyn, cidade de Nova York, onde dá aula de escrita criativa no Instituto Pratt.

Ontem à noite eu vi na beira do asfalto
Tragando a morte, soprando a vida pro alto
Ó os cara, só o pó, pele e osso
No fundo do poço, mó flagrante no bolso

— RACIONAIS MC'S —

DARKSIDEBOOKS.COM